‹ SÉRIE QR ›

Nᵒ 161

M
I L L E
SECRETS M
I L L E DANGERS

Le poème cité dans le chapitre X à la page 353
est tiré de *La Fraternité de l'Anneau*, de J. R. R. Tolkien,
traduit de l'anglais par Daniel Lauzon et
paru chez Christian Bourgois éditeur en 2014.

—

Le Quartanier remercie de leur soutien financier
le Conseil des arts du Canada (CAC)
et la Société de développement des entreprises
culturelles du Québec (SODEC).

Gouvernement du Québec – Programme de crédit d'impôt
pour l'édition de livres – Gestion SODEC.

Le Quartanier reconnaît l'aide financière
du gouvernement du Canada.

Canada

—

Diffusion au Canada : Dimedia
Diffusion en Europe : Harmonia Mundi Livre

—

Dépôt légal, 2021
Bibliothèque et Archives nationales du Québec
Bibliothèque et Archives Canada

ISBN 978-2-89698-527-2

ALAIN FARAH

MILLE SECRETS MILLE DANGERS

roman

LE QUARTANIER

Le Quartanier Éditeur
C.P. 47550, CSP Plateau Mont-Royal
Montréal (Québec) H2H 2S8
www.lequartanier.com

À la mémoire de Myriam E. (1979 – 2014)

· MSMD ·

PREMIÈRE PARTIE

I

VIE DU PÈRE

La noce

YEUX BLEUS, JE VOUS VOIS.
Shafik Elias a relevé la tête, sur le point de conclure. Il parcourt la salle du regard, glissant sur les visages connus, les visages inconnus. Silence complet, ardent, presque religieux. L'écoute est à son acmé. Shafik se penche une dernière fois vers le micro. Il tient le lutrin du bout des doigts, prend une grande respiration, puis dit :

— Je m'en voudrais de vous quitter sans citer cette phrase que mon père me répétait chaque soir avant que je ne m'endorme : *Al dounia fania wa al zaman kabass.* Oui, mes amis, profitons de cette belle soirée, car cette vie où nous sommes plongés est un piège, un piège qui sommeille dans la prison du temps.

Shafik recule d'un pas. On sent la qualité du silence changer. Les gens hésitent. Shafik sourit avec douceur. Les applaudissements éclatent, emplissant toute la salle, des tables d'honneur jusqu'au fond de la mezzanine. La fin de son discours a libéré une curieuse énergie parmi la centaine de convives distribués sur les deux étages de La Toundra.

Les yeux brillants d'émotion, Shafik reçoit l'électricité particulière que produisent les applaudissements. Cette électricité, il la reçoit et la savoure quittant l'estrade, derrière laquelle on aperçoit le fleuve, les gratte-ciel du centre-ville, la silhouette de la montagne, même la croix érigée dessus.

Un serveur passe entre les premières tables et l'estrade et vérifie si tout va bien ; on a longuement attendu l'entrée. Pour l'essentiel, tout va bien, l'entrée plaît. Le bœuf est une valeur sûre. À une table de la deuxième rangée, une femme vêtue d'une robe de satin rouge se tourne vers son voisin de gauche. Elle s'appelle Ruby Brouillard.

— L'accent de ton oncle, dit-elle, c'est un accent libanais ou égyptien ?

Ce voisin, c'est Édouard Safi, son conjoint. Il ne répond pas à la question. Tout à son assiette, il retire consciencieusement de ses fines tranches de bœuf l'espèce de luzerne qui les recouvre. Il a chassé de son esprit les événements des dernières heures – les engueulades, les conciliabules, l'idée de génie – et tente de se concentrer. L'origine ou la nature de l'accent du père de son cousin n'occupe pas le premier plan de ses pensées. Cette viande, cette viande si rouge, si, comment dire, gluante, a-t-elle été cuite *au four* ? Voilà ce qu'il veut savoir. Le carpaccio lui est inconnu.

Ruby ne s'impatiente pas. Ces jours-ci, Édouard n'est

pas tout à fait lui-même ; et ce soir, il a bu en quantité appréciable, on a pu le constater plus tôt.

— J'ai oublié, c'est ton père ou le père de ton cousin qui vient d'Égypte ?

— Les deux, répond Édouard distraitement après quelques secondes. Mais ils ont un accent libanais... Mon père *avait* un accent libanais.

Il pique de sa fourchette une tranche de viande et la porte à sa bouche. Il mastique lentement, avec précaution. Goût métallique, froideur suspecte, texture élastique. Il grimace. C'est de la viande crue. Il regarde autour de lui. Tout le monde mange avec appétit, le bruit des couverts et la rumeur des voix créent une masse sonore mélodieuse et chantante. Il fait très chaud, malgré la climatisation.

Mécanicien de formation, chauffeur de remorqueuse à son compte, entrepreneur en devenir, Édouard Safi a eu une journée difficile. À vrai dire, il a eu une semaine compliquée, et une année de merde. Dieu sait pourtant qu'il n'est pas du genre à se compliquer la vie. Il espère que le vent tournera, des développements récents le laissent croire, mais il manque de recul. S'il semble aujourd'hui avare de paroles, lui d'habitude si volubile, c'est que son attention est divisée, ses émotions bloquées. On l'a dit : il est déjà très ivre. Édouard a éclusé plusieurs German vacation, et il comprend que le temps est venu de recouvrer ses esprits, de passer à l'eau plate, de penser à la suite. Aujourd'hui, il a dit des choses, en a entendu d'autres. Il est partagé entre le regret et la colère, l'anticipation et la mélancolie, sans compter cette histoire de viande crue qui lui roule dans la bouche. Et s'il répond du bout des lèvres à Ruby Brouillard, la femme qu'il aime, ce n'est pas qu'il refuse de parler des origines de sa famille. Bien au contraire. C'est qu'il a un problème ; il a ce genre de problème que tous nous essayons en général de ne pas avoir – c'est-à-dire un problème qui en crée un deuxième, qui en crée un troisième, et ainsi de suite, et qui chacun à leur tour produisent de petits mais surtout de grands soucis.

Son problème, pense-t-il soudain, c'est sa relation avec Ruby Brouillard. Il n'a pas entièrement tort, si comme lui on préfère considérer les problèmes un à la fois, au dernier moment, juste avant qu'ils ne nous éclatent au visage. Car, en vérité, son problème, c'est une chose et puis une autre, l'une dans l'autre, en même temps et en succession, jusqu'à ce carpaccio qui lui colle au palais et aux dents, et qu'il recrachera en boulette tiède au creux de sa paume. Résumons. Il a en partie gâché un mariage – par distraction, par accumulation d'embrouilles, parce que ses chaussures vernies neuves lui serraient les pieds. Il s'est fait dire des choses horribles et blessantes par une des personnes les plus proches de lui. Il a mis tous ses œufs dans le même panier. Il a remis au lendemain ce qu'il pouvait faire le jour même. Il s'est endetté jusqu'au bord du précipice. Il a failli à ses engagements. Il n'a pas regardé les choses en face. Il a espéré que tout s'arrangerait de soi-même, par magie. Il a dit des choses, en a caché d'autres, à lui-

même en premier, sans s'arrêter là. Il a refusé la tristesse, n'a pas vécu son deuil, il a perdu son père. Or, en
cette minute précise, Édouard Safi ne pense pas à ces
choses. Il ne les voit pas. Ces choses pourraient aussi
bien ne pas exister tant il n'y pense pas.

Depuis des semaines, ça ne va plus très fort entre
Édouard et Ruby. Communication brouillée, malen-
tendus, ambitions désaccordées, retournement de veste,
révélation insane. Ils devaient emménager ensemble
demain dans leur premier appartement : un coquet bas
de duplex sur la Rive-Sud, à un jet de pierre du fleuve,
ce fleuve dont les eaux miroitent derrière l'estrade alors
que décline la lumière du jour. Mais hier, Édouard a
annoncé à Ruby qu'ils ne pouvaient plus emménager
ensemble dans ce coquet bas de duplex ; que lui, du
moins, ne le pouvait pas. Car la bonne fortune immobilière leur avait souri, a-t-il commencé, et il a continué,
au désespoir de Ruby. Il a longuement parlé, mais trop
tard, bien trop tard, trop confusément, et ça a mal fini.
Leur destin commun est pour l'instant suspendu. Il lui
a dit qu'il l'aimait, ça au moins c'était clair, et elle l'aimait aussi. Il a dit que c'était la chance d'une vie, que
c'est pour cette raison qu'il n'avait pas fait ses boîtes,
ni décroché ses rideaux, ni empaqueté sa console.

Voilà le genre de pensées qui passent dans la tête
d'Édouard en cette minute précise.

Ruby, elle, sait maintenant ce que cache le comportement irrationnel et changeant d'Édouard. Il n'y a pas
trente minutes, il hurlait de rire en tapant sur la table,

au pic de son ivresse, son téléphone cellulaire vissé à l'oreille ; ce matin, hors de lui, il l'engueulait en lui disant que son argent était son argent, et qu'elle n'avait pas à s'en mêler. Pensive, elle le regarde grimacer puis recracher furtivement dans sa main sa bouchée, qu'il enveloppe dans sa serviette de table. Il se racle la gorge et tire sur les deux ailes de son nœud papillon. Voyant que Ruby est tournée vers lui, et qu'elle attend peut-être qu'il continue, il repousse son assiette et conclut sur un ton las, comme si toute énergie l'avait quitté :

— Libanais, égyptien, c'est la même chose.

*

À quelques mètres de ce couple, Shafik Elias fait le premier des dix pas qui le séparent de Cleopatra, l'une des trois tables d'honneur où ont pris place les proches des époux, bénis soient-ils tous. Pendant ce court déplacement, Shafik va voir en accéléré le film de sa vie.

Nul besoin de s'inquiéter : il va bien. Il ne s'effondrera pas au beau milieu de la fête, ne se cognera pas le crâne sur un coin de la table, ne mourra pas dans les prochaines minutes. Impossible de toute manière de se cogner sur un coin de la table : cette table n'est pas rectangulaire comme le veut la tradition, elle est ronde. Sue n'a pas eu le choix de cette hérésie. Car il y a trois tables d'honneur. Il était impensable d'asseoir côte à côte le père et la mère du marié. On a attribué une table à chacun, et la troisième aux parents de la mariée. Sue

McKanick a eu l'idée de baptiser ces trois tables du nom des villes les plus importantes dans l'histoire des mariés. Cleopatra d'un côté, Addis-Abeba de l'autre, Shawinigan au centre. Mais la véritable hérésie, c'est cette idée des mariés volants. On a laissé deux places libres à chaque table d'honneur, pour que les mariés puissent aller et venir d'une table à l'autre à l'autre et s'asseoir ici ou là, en veillant à bouger souvent et à accorder à tout le monde une attention égale. Sue s'est opposée en vain à ce compromis diplomatique. Pour une planificatrice de mariage de son standing, c'est la violation des principes fondamentaux de la noce. À l'union des familles on a préféré la division et les demi-mesures. Le client a toujours raison.

L'homme dont les paroles ouvrent ce livre va donc voir ou plutôt revoir les scènes les plus signifiantes de sa vie. Aujourd'hui, l'occasion est trop belle pour ne pas en ajouter une nouvelle : *le mariage du fils*. Shafik est un homme ordonné, il collectionne les souvenirs et les choses, les trie, les classe, les range dans des boîtes, des fichiers, des disques durs. Il est circonspect, il est stoïque, pourtant l'émotion le gagne, les applaudissements nourris qui assourdissent la salle font leur effet. Son cinéma mental projette les images dans le désordre. Les contrats en Suisse avant la mort de sa mère, la première neige à Montréal avant la guerre des Six Jours, les felouques sur le Nil avant la Corniche d'Alexandrie, le mariage de son fils avant le mariage de son père.

Sous les sourires réjouis des convives, Shafik Elias descend de l'estrade où il a prononcé son discours, parcourt la dizaine de mètres qui le séparent de Cleopatra et du carpaccio de bœuf. Il va marcher d'un bon pas, mais c'est un demi-siècle qu'il s'apprête à parcourir. Ça va vite, c'est lent, c'est normal.

Il cligne des yeux, une seconde se dilate, il ressent soudain beaucoup de choses.

Il se dirige vers le centre de La Toundra en ce 7 juillet 2007, sur une île minuscule sise dans le havre d'une île plus grande, d'une île où s'étend sa ville adoptive, et ses pensées voyagent en d'autres endroits, en d'autres époques.

Il fait un pas, sent sur sa peau la chaleur sèche de sa région natale – et dans ses yeux, dans le bleu si clair de ses yeux, se rencontrent la lumière du ciel d'Alexandrie et le bleu profond de la mer.

*

Il est 20 h 43.

Le film s'ouvre sur un plan de la Méditerranée, plus calme qu'à l'habitude. On entend peut-être le tramway qui entre dans Mahatet el-Raml, littéralement la gare du Sable. On entend peut-être hors champ des hommes discuter en terrasse.

Shafik Elias réinvente et traduit dans sa tête leurs paroles, car à ce moment de sa vie, âgé de trois ans, il ne parle pas encore arabe, seulement français. Shafik

Elias reconstitue son enfance alexandrine, celle des fellahs en tarbouche, celle que les privilégiés que sont les Égyptiens d'origine syro-libanaise, les Chawams, peuvent encore offrir à leur progéniture, avant que Nasser ne bouleverse tout.

Qui sont les Égyptiens de souche?

Les Nubiens? Les Coptes? Les Arabes qui ont émigré depuis la péninsule arabique pendant le califat d'Omar quand, au septième siècle, a eu lieu la conquête? Les Ottomans venus sous Méhémet Ali?

Et si on s'entendait sur la vraie origine ethnique des vrais Égyptiens, si on parvenait à établir que ce sont ceux-ci plutôt que ceux-là qui seraient arrivés en premier, et que ceux-ci par exemple étaient les Nubiens, seraient-ils les seuls à pouvoir revendiquer l'Égypte comme leur pays?

Est-ce une bonne question?

Une *vraie* question?

Même s'il fait chaud sur les berges du Nil, peut-on qualifier les vrais Égyptiens de *pure laine*?

Shafik s'amuse de cette pensée, qui surgit à l'instant où il aperçoit la mère de sa bru, Agathe Pellerin-Wise, une vraie Québécoise pure laine. Il la salue d'un sourire et d'un signe de tête, mais dans son esprit repasse la discussion tendue de ce matin, entre le dentiste Wali Wali et son fils, au sujet de cette ville de la Mauricie où un conseiller municipal a rédigé un code de vie dans le but de préserver les Québécoises de la *lapidation*.

Il murmure le gentilé archaïque, *Chawams*, dont

23

les autres Égyptiens affublaient les populations issues d'une certaine partie du Croissant fertile. Shafik est un Chawam. Youssef son père était un Chawam. Elias le père de son père était un Chawam. Youssef son fils n'en est pas un. Shafik repense à l'histoire de son pays, bien qu'il ne soit pas dupe : à l'âge qu'il a au début du film de sa vie, à trois ans, il est trop jeune pour en comprendre l'histoire, trop jeune pour comprendre le Croissant fertile, trop jeune pour comprendre le Moyen-Orient.

À quel âge, d'ailleurs, comprend-on le monde où l'on est né, où l'on a grandi ?

*

Chawams parce que les ancêtres de Shafik Elias viennent du Bilad el-Cham, une province dessinée par les califats qui régneront sur la région pendant des siècles. C'est du nom de cette province, de *Cham,* qu'on a dérivé le nom de *Chawams* : originaires du Cham, habitant le Cham.

Bilad el-Cham correspond, à quelques territoires près, au pays du Levant, au Machrek, lequel englobe les territoires les plus à l'est de la Méditerranée : le Liban et la Syrie, sous protectorat français pendant une partie du vingtième siècle, mais aussi Israël, la Palestine et la Jordanie.

La famille de Shafik, comme celle de beaucoup de Chawams, vit en Égypte depuis deux générations, ses aïeuls ayant fui les persécutions des chrétiens dans l'Empire ottoman, qui s'érige sur les ruines des califats arabes et dont la chute permettra la colonisation française.

Il regarde de ses yeux très bleus la mer très calme, il entend le tramway qui entre en gare, il voit les fellahs en tarbouche.

C'est le début de sa vie. La famille de Shafik loue à Alexandrie un grand appartement à moins d'un kilomètre de la Corniche, en plein cœur du quartier Cleopatra. Youssef, son père, et Marcelle, sa mère, lui offrent, à lui, fils unique, les plaisirs les plus simples : une pâtisserie de chez Délices, une glace de chez Fayoumi. Shafik se rappelle ces commerces, dont les noms, cinquante-cinq ans plus tard, libèrent encore des images, des parfums, pistache, fleur d'oranger, la douceur du miel. L'odeur du jasmin, puissante, intacte, embaume la rue de son enfance. Il joue avec un bilboquet de bois rapporté de Suisse par un ami de son père ; l'objet le fascine. Il entend sa mère, la voit aussi, qui chante un refrain d'Oum Kalsoum en préparant son sac de sport puis en laçant ses chaussures dans le soleil du séjour.

L'enfant est trop bien entouré pour percevoir ce qui approche en ce juillet de 1952 : la Méditerranée s'agite, alors que le *Mahroussa,* le yacht du roi Farouk, rejoint la Côte d'Azur. Farouk prend la fuite, il vient d'être déposé.

Shafik ne sait pas encore que la révolution de Nasser transformera à jamais la terre d'accueil qu'était l'Égypte pour les descendants d'immigrés juifs, grecs, italiens, libanais.

25

Un pas de plus, il s'éloigne de l'estrade, franchit le seuil du souvenir, plonge dans l'octobre noir ; il a fêté ses six ans.

Depuis des mois, ses parents lui répètent avec fébrilité que bientôt il aura une petite sœur, un petit frère, et que ce sera pour eux un miracle.

Des médecins diplômés en Europe, rentrés à Alexandrie depuis peu, pratiquent une nouvelle intervention qui permettra de traiter le problème à l'utérus qui empêche sa mère de mener ses grossesses à terme.

Ses parents ont perdu le compte des fausses couches, deux avant sa naissance, trois après, ils ne savent plus.

Sa mère n'arrive pas à rester enceinte.

Shafik sait que, s'il est au monde, s'il existe, s'il peut s'avancer oscillant entre deux époques vers sa table d'honneur au vingt et unième siècle, c'est parce que sa mère, dans l'Égypte de son enfance, où les hommes portent des tarbouches, où l'on déguste des pâtisseries sur la Corniche, sa mère est restée sept mois durant clouée au lit ; c'est parce que sa mère, *ya oumi, ya helwa,* a arrêté pendant sept mois de vivre sa vie, *Allah yer rahmek.* Shafik sait que sa mère l'a sauvé.

Quelle était la nature exacte de son problème médical ?

Shafik ne se souvient que d'une expression, *relever la matrice,* qu'il a tant entendue après la tragédie. Il ignore encore aujourd'hui ce que cela peut bien vouloir dire, il n'a jamais demandé à un obstétricien, même quand sa femme était enceinte de son fils.

Comment s'expliquer que le désir d'un deuxième enfant conduise une femme si jeune au tombeau, du lit conjugal au dernier sommeil ?

Comment accepter que sa mère lui ait été ravie ? Comment accepter que sa mère n'ait pas tenu parole, elle qui avait promis de revenir à la maison le lendemain ? Comment accepter que sa mère, une femme jeune, aimée, qui se réjouissait de donner la vie à nouveau, meure sur la table d'opération ?

On ne peut pas l'accepter – et cela fait trop de questions.

Shafik ne perçoit plus les choses de son point de vue d'enfant, il voit de haut un salon assombri, des fenêtres drapées. Quelques grands-tantes l'entourent, de noir vêtues. Elles lui annoncent la nouvelle la plus triste, la plus déterminante de son existence : ta maman est morte, *ya* Shafik, ta maman est montée au ciel. Désormais, tu auras la Vierge Marie pour maman.

Ya oumi, ya helwa, Allah yer rahmek.

Ma mère, ma mère si belle. Que Dieu ait ton âme.

*

Il a mal au ventre. L'inflammation ronge la paroi de ses intestins, comme elle ronge la paroi des intestins de son fils. Il avance tout de même avec détermination vers Cleopatra : il tient la main de son père, c'est le printemps qui suit la mort de sa mère, il assiste à un mariage. Shafik porte une chemise de soie et un petit

27

costume blanc taillé sur mesure, il déteste la sensation de la soie sur sa peau, la sensation est vive encore, il n'a plus jamais porté de soie. Ce mariage auquel Shafik assiste n'est pas celui de son fils, c'est celui de son père, mariage qu'on dira précipité – mais jamais devant lui.

S'avançant dans La Toundra, il n'arrive pas à analyser ce qui a dû se passer, c'est loin, c'est douloureux et c'est surtout inutile ; cette femme que son père prend pour épouse, six mois après la mort de Marcelle, sa mère, Shafik l'appelle maman, il l'a appelée maman, elle a été sa mère.

Pour autant qu'il s'en souvienne.

Et ce souvenir, cette seconde s'étirent.

Et Shafik revoit défiler la première année du mariage.

Du début du printemps à la fin de l'automne, les événements se bousculent à une vitesse inconcevable pour sa famille et son pays, avec des conséquences non moins inconcevables.

La tension en Égypte est à son comble. Le régime de Nasser approche du point de non-retour dans ses relations avec les forces européennes encore stationnées en Égypte.

Dans quelques mois se déclenchera la première des trois guerres que connaîtra Shafik, trois guerres qui placeront les Chawams dans une situation intenable, trop européens aux yeux des Égyptiens de souche pour souhaiter le départ des puissances coloniales, et trop égyptiens pour avoir, comme les colons, un pays où trouver refuge, un pays où se replier avant l'embrasement.

Shafik entend son père dans la cuisine, un soir de juillet 1956, dire à sa seconde épouse : nos origines nous privent du droit d'être patriotes. Il se rappelle pourtant sa fierté : quatre ans jour pour jour après l'abdication du roi Farouk, Nasser a nationalisé la Compagnie du canal de Suez et entamé le processus de mise sous séquestre des biens appartenant, depuis le dix-neuvième siècle, aux industriels européens. Cette fierté de son père se transforme toutefois en inquiétude, au fur et à mesure que se révèlent le mécontentement, l'hostilité des Occidentaux.

Même s'il a à peine sept ans, même si l'expédition de Suez, comme on l'appelle parfois, ne dure que neuf jours, Shafik garde en mémoire chaque détail, chaque événement, chaque moment de peur et d'angoisse de cette première guerre : la peinture bleue dont son père recouvre les fenêtres pour éviter que les pilotes de chasse ne repèrent la lumière, la chanson que tous les voisins chantent en s'adonnant à cette tâche, les sacs de sable devant les entrées des maisons, les abris souterrains où l'on descend pour se protéger des bombes, le bruit et le feu de la défense antiaérienne qui déploie des paraboles de lumière dans le ciel d'Alexandrie.

Cette guerre a éclaté fin octobre : la France, le Royaume-Uni et Israël lancent l'opération Mousquetaire. Objectif officiel : récupérer le canal. Objectif officieux : renverser Nasser.

En quelques heures, le 29 octobre 1956, les tanks israéliens traversent le Sinaï puis prennent le contrôle de l'ouest de la péninsule. La France et le Royaume-Uni intiment à Nasser de restituer le canal. Le raïs rejette l'ultimatum. Les deux puissances bombardent alors les bases de l'aviation égyptienne. Plus d'une centaine d'avions sont détruits. C'est l'humiliation. Les forces coloniales ajoutent l'insulte à l'injure : le 5 novembre, elles larguent des troupes de parachutistes à Port-Saïd, sous prétexte qu'elles assureront le maintien de la paix. Les commandos des Royal Marines retrouvent les plages où ils avaient débarqué, une décennie plus tôt, pour vaincre Rommel. Les navires de la marine française détruisent depuis la Méditerranée les défenses égyptiennes. Port-Saïd brûle, Port-Fouad aussi. Le peuple égyptien se mobilise, prend les armes et parvient à freiner l'avancée des fantassins venus d'Europe, en espérant que surgiront bientôt les renforts soviétiques. La supériorité des envahisseurs est indiscutable. Les commandos anglo-français s'emparent de l'ouest du canal et se dirigent vers Le Caire. En neuf jours, près de trois mille soldats perdront la vie, en majorité dans le camp égyptien. On croit, à Londres et à Paris, que les jours du raïs sont comptés.

Mais le monde a changé. Malgré leur victoire militaire, les deux puissances européennes sont obligées d'accepter un cessez-le-feu, prises entre leur allié américain, qui commence à asseoir son pouvoir sur la région, et les menaces nucléaires des Soviétiques, qui soutiennent désormais Nasser.

Shafik Elias fait encore un pas vers sa table. Yolande

Safi, son ex-femme, la mère de son fils, est en pleine conversation avec ses sujets, elle règne sans partage sur Addis-Abeba. Toutes les têtes sont tournées vers elle : les membres de sa famille, bien sûr, une tante de Pierrefonds et deux cousins venus de Beyrouth pour l'occasion, mais aussi l'assemblée servile des voisines écornifleuses du Petit Liban, qui au premier temps mort ont migré vers celle dont elles constituent, au jour le jour, le sérail. Shafik est bien obligé de l'admettre, Yolande a fière allure dans sa robe de crêpe impératrice.

Comment ont-ils fait pour en arriver là ?

Quinze ans de guerre, trois procès, cent mille dollars en frais d'avocats…

Comment ne sont-ils pas parvenus à trouver un terrain d'entente, à laisser une place à la diplomatie ?

C'est un Canadien, Lester B. Pearson, qui organisera le premier déploiement des Casques bleus en Égypte, et cette sortie de crise offrira au régime de Nasser une victoire politique aux très graves conséquences pour beaucoup d'Égyptiens issus de l'immigration.

*

Ces conséquences, Shafik se les rappelle encore mieux que la guerre elle-même. Un an à peine après la mort de sa mère, six mois à peine après le second mariage de son père, ils sont contraints de quitter Alexandrie.

Voici ce qui s'est passé. Youssef, le père de Shafik, travaille alors pour une compagnie pharmaceutique suisse, qui possède des filiales dans de nombreux pays, dont l'Égypte. La filiale égyptienne de l'entreprise est dirigée par des Français installés au Caire. Or la guerre de 1956 a rendu le gouvernement activement antipathique à quiconque provient de la France, du Royaume-Uni, d'Israël. C'est ce qui explique qu'une très grande partie des Juifs d'Égypte, établis depuis deux mille ans sur le territoire, doivent quitter le pays avec une seule valise après avoir fait don, façon de parler, de leurs biens au gouvernement égyptien. Ce sera pareil pour les Anglais et les Français. Plus tard, les Chawams subiront le même sort. Nous sommes en 1957 et le gouvernement égyptien prend possession de la compagnie où travaille le père de Shafik ; il en expulse les propriétaires. Le père n'a pas le choix, il devra partir au Caire pour coordonner la délicate transition de la compagnie vers le séquestre nommé par l'administration. Tous les trois, son fils, sa nouvelle femme et lui, quittent Alexandrie la mort dans l'âme.

À 20 h 43, une jeune femme surgit devant Shafik. Elle est radieuse. C'est Myriam E., la demoiselle d'honneur. Virginie Pellerin-Wise, la mariée, la considère comme une sœur. On l'aime, elle fait partie de la famille. C'est Myriam, c'est Mym, c'est la plus vieille amie de Virginie. Elles se sont rencontrées au milieu des années quatre-vingt, dans une cour d'école de Notre-Dame-de-Grâce, à Montréal. La journée avait été marquée par un événement rare dans la vie d'un enfant. Un oiseau était mort. Elles l'avaient enterré.

À 20 h 43, Shafik, voyant Myriam, jeune femme moderne, beauté levantine, lui tendre les bras, Shafik Elias, ici, là-bas, s'émeut de penser que son fils et sa belle-fille ont pour meilleure amie cette femme aux origines proches des siennes, la famille de Myriam ayant connu pendant trois décennies les mêmes périls, les mêmes angoisses, les mêmes guerres.

Il a d'ailleurs insisté, au moment où la liste des invités lui a été soumise, pour que le père de Myriam, qui a combattu dans le Sinaï lors de l'opération Focus, au sein d'un escadron de parachutistes de Tsahal, soit au nombre des convives. Son fils a dit à Sue que sa table serait Jérusalem. Shafik a secoué la tête et soupiré.

Myriam embrasse Shafik :

— Ton discours était parfait, j'ai pleuré !

— Faut pas, ma belle Mimi, on est ici pour fêter.

— C'est vrai : votre nom, en arabe, ça veut dire joie et mariage.

— Pas toujours en même temps, hélas.

— Shafik, je sais pas à quoi tu faisais allusion quand tu as dit qu'on léguait pas juste des bonnes choses à nos enfants, mais en tout cas, ton fils t'adore, il parle de toi tout le temps. Il dit qu'il te doit tout !

— C'est bien ça, le problème, Mimi !

— Sais-tu ce que me disait ma mère, moi, quand je me réveillais la nuit ?

— Qu'est-ce qu'elle te disait, *ya* Mimi ?

— Que la journée de demain sera plus belle que celle d'aujourd'hui. J'ai appris à avoir confiance !

— Tu devrais apprendre ça à mon fils.

— Oh oui!

— Dis-moi, j'ai pas vu ton père...

— Il a assisté à la cérémonie, mais il pouvait pas nous accompagner pour la noce : mon cousin fête sa bar-mitsvah.

— *Maalesh,* c'est pas grave, je le recroiserai bien au centre-ville. Ta mère va passer?

— Elle va être là tantôt, pour le party!

Shafik embrasse Myriam à la manière libanaise, trois fois. Droite, gauche, droite. Pour la noce, elle a choisi une robe de tulle illusion couleur safran. Elle s'éloigne vers Virginie, et Shafik a le cœur réchauffé de les voir, elle et Myriam, vivre ensemble ce moment. Il espère que le moment durera, que l'amour durera, que l'amitié durera, que la vie durera, et que pour son fils la joie du mariage ne se renversera pas dans le drame d'une séparation belliqueuse.

Shafik espère que les choses seront plus simples pour son fils, que la vie sera légère, mais il sait qu'il est peut-être trop tard pour la vie simple. Son fils est un intranquille en tout. Il a du mal avec la confiance, avec ce qui arrive, il a du mal à avoir confiance en la vie. Il ne sait pas attendre les choses, accepter leur réalité, leur surface, leur envers, leur teneur. Prenons cette robe dans laquelle Myriam s'éloigne, baignée des feux du jour qui tombe. Shafik ne sait pas que son fils, dans le silence d'un deuil à venir, au plus noir d'une nuit d'insomnie, la ressortira de la housse où Virginie la conserve encore aujourd'hui. Cette robe, il la serrera entre ses doigts, jusqu'à voir apparaître, à travers le tulle illusion, le souvenir de sa présence, la présence de Myriam.

*

Un pas encore, les images reprennent : Shafik enfant, emménageant avec sa famille près de Midan Ramsès, au Caire, devant la gare centrale, où trône une gigantesque statue du pharaon Ramsès II. Il se voit au premier jour dans les couloirs de Saint-Jean-Baptiste-de-La-Salle, l'établissement cairote des Frères des écoles chrétiennes.

Il passe vite sur les dures années de son enfance, marquées par les rhumatismes, les premières doses de cortisone, les maux de ventre terribles dont pendant si longtemps on ne connaîtra pas la cause, des douleurs contre lesquelles il n'existe pas de traitement, contre lesquelles n'ont pas encore été mises au point les thérapies biologiques, les perfusions d'immunomodulateurs, tous ces médicaments d'exception que l'on administre aujourd'hui à son fils. Il passe vite sur cette décennie de souffrance et se retrouve à dix-huit ans, au seuil d'un futur incertain.

Comme la plupart des Chawams, Shafik Elias est éduqué, parle les bonnes langues, connaît les bonnes personnes. Il fréquente les soirées mondaines qui se tiennent dans la riche banlieue d'Héliopolis, les fêtes du Centre culturel français, les garden-partys dans les jardins des ambassades étrangères à Zamalek, sur l'île de Gézira au centre du Caire. Les étés, il les passe à Alexandrie. Il s'ouvre au monde et fait la cour aux jeunes Européennes qui profitent des charmes de la plage de San Stefano. Le fantasme de l'Occident, pour lui, s'incarne d'abord dans ces femmes en bikini qui prennent des bains de soleil, ces femmes qui déambulent sous des ombrelles le long de la Corniche : tous les jeunes Égyptiens le savent, les Européennes sont plus émancipées que les filles du *balad*.

Ces années-là sont le théâtre de ses premières expériences, qui l'amènent à découvrir un autre Caire, une autre Alexandrie : ces villes qu'il croyait connaître par cœur s'augmentent et se doublent de villes parallèles, de parcours intimes, où les points d'intérêts ne sont plus l'île de Pharos ou les pyramides de Gizeh mais telle ou telle garçonnière, telle cour intérieure chez tel ami, tel bar où brille la nuit. Son père l'emmène pour la première fois assister à un concert d'Oum Kalsoum, grande diva qui, chaque mois, monte sur scène et chante pour le peuple, Oum Kalsoum qui émeut le peuple et lui donne espoir, alors que l'Égypte est sur le point de subir une nouvelle défaite militaire. L'attachement de Shafik et de son père à Oum Kalsoum est fort, la chanteuse est un modèle de courage, et dans cette famille on admire le courage plus que tout. *Ya* Shafik, ne te plains pas, la vie est dure. Ne te plains pas, *ya* Shafik, tu as la mer et le ciel, et la vie est meilleure si tu ne nies pas la souffrance. *Youm assal, youm bassal.* Jour de miel suit jour d'oignon. Celui qui vit est celui qui endure, celui qui dure.

Courage, oui, car la diva a su renaître de ses cendres après avoir été la cible des sbires les plus fanatiques du nouveau régime, grisés par le zèle révolutionnaire. En 1952, aux premiers jours de la révolution de Nasser, on interdit la diffusion des chansons d'Oum Kalsoum. Le prétexte ? Elle aurait chanté pour le roi Farouk alors au faîte de son pouvoir ; elle aurait même reçu, des mains du monarque, les grands honneurs.

On raconte que Nasser, apprenant la mise au ban de la diva, réagit en ces termes : ils ont perdu la tête ? Le peuple va nous renverser !

Oum Kalsoum revient dans les bonnes grâces du régime, elle sert même la popularité du raïs, qui prononce souvent des allocutions après la diffusion de son concert mensuel en direct à la radio.

Ces spectacles avaient toujours lieu le premier jeudi du mois. Shafik garde en tête le curieux sentiment de voir le pays s'arrêter et se recueillir sur ces chansons d'amour et de deuil, ces chansons qui durent des heures.

L'amour, le deuil.

Bien souvent dans la vie de Shafik, les troubles intimes qui l'ont bouleversé correspondaient aux chocs politiques qui secouaient son pays.

Il se voit : en pleine fuite avec ses collègues étudiants, tous hors d'haleine, ils courent vers le pont qui enjambe le Nil, à deux pas de l'Université du Caire.

*

C'est un matin de juin comme les autres. C'est un matin où, avant le déclenchement des sirènes d'alerte, les soucis de Shafik sont prosaïques : réussir ses examens à la faculté de génie. Des soucis immédiats qui n'entraînent aucune peur panique.

Les relations diplomatiques entre les déjà vieux belligérants que sont l'Égypte et Israël s'enveniment depuis plusieurs mois. On ne s'en tiendra pas aux menaces.

Ce matin de juin là, il n'est plus possible de contenir la puissance de feu d'Israël, ce feu qui déferle sur l'Égypte. Les surveillants crient aux étudiants de rentrer à la maison. Avec ses amis et des dizaines d'autres qu'il ne connaît pas, Shafik traverse le pont Abbas. Ils savent que les ponts sont les premières cibles stratégiques. Ils entrent dans le temps suspendu de la guerre. L'université sera fermée pendant plusieurs jours. Souvenir paradoxal de l'attente et des heures figées, d'une guerre éclair qui n'aura duré que six jours. Shafik se souvient des instants dilatés et du choc de ce qui survient si vite que tout est déjà trop tard, irrémédiable, effondré.

Si Shafik se souvient de cette guerre avec autant d'acuité, c'est parce que cette guerre brise la relation entre les Chawams et leur Égypte natale.

Une étrange atmosphère règne dans les rues du Caire, le soir des premiers bombardements, et des Cairotes excités par la propagande de la radio d'État descendent dans les rues pour célébrer une victoire factice. Le père de Shafik, comme beaucoup de gens de sa communauté, est pétri de culture occidentale, il écoute quotidiennement des radios étrangères, Radio Monte-Carlo, Voice of America, Radio Beyrouth, Kol Israël, la BBC, ces chaînes qui émettent à partir d'antennes à ondes courtes. Celles-ci dépeignent un portrait catastrophique de la situation de l'armée égyptienne : la moitié de la flotte aérienne a été détruite en quelques heures, le pays est tombé sans résistance, et les Israéliens ont triplé leur possession territoriale.

Le sentiment d'humiliation est total. Il est encore vif chez Shafik, qui approche de sa table d'honneur et tente d'éloigner de ses pensées la prégnance fataliste de la politique, dont la guerre, a dit un grand polémologue, est la continuation par d'autres moyens. Pendant la jeunesse de Shafik, on peut dire plus simplement : la guerre est la continuation de la guerre.

À dix-huit ans, il comprend que cette défaite de son pays n'annonce rien de bon. Les chars de Tsahal occupent le Sinaï. Les petites carences ponctuent le cours des jours : l'Égypte, qui depuis la crise de Suez peine à obtenir un flux suffisant de devises étrangères, est désormais un pays où même les privilégiés doivent se contenter de peu, où les denrées de base sont strictement rationnées.

En route vers Cleopatra, au milieu des serveurs qui repartent avec des assiettes de carpaccio, il échange un coupon contre un poulet dans une coopérative d'État, il le rapporte à son père qui pourra préparer le festin du dimanche après-midi, la molokheya. Un poulet découpé servi avec du riz, sur lequel on verse la soupe verte, faite de bouillon de poulet et de molokheya – les feuilles d'une plante, la corète potagère, qu'on appelle en anglais *Jew's mallow* –, accompagné d'oignons dans le vinaigre, de pain grillé.

*

Shafik décide de changer d'université pour se spécialiser dans un domaine en plein essor. Il s'inscrit à l'Université américaine du Caire. Son père lui a donné, quand il était adolescent, une radio miniature, et le temps des études supérieures venu il choisit les transistors. Il a envie de prendre le large. Il compte bien profiter des contacts de son père à la firme suisse. On lui offre un travail dans un laboratoire de la maison mère, en Suisse, dans le canton du Valais, à une trentaine de kilomètres de Montreux et du lac Léman. Ce séjour le convainc de partir à la conquête de l'Occident, dont il a connu l'abondance, les grands supermarchés, et l'étendue des possibles. Il entreprend les démarches pour s'établir en Suisse, mais à son retour au Caire, quittant son laboratoire un samedi après-midi d'octobre 1973, il accompagne un camarade de classe qui va récupérer un permis de séjour à l'ambassade canadienne, près de Midan Tahrir. Le rendez-vous de son ami se prolongeant, il allume son transistor, en espérant que la pile ne sera pas morte, car son père et lui ont passé la soirée à écouter le concert d'Oum Kalsoum sur Gézira deux jours plus tôt, couchés dans l'herbe au pied de la tour du Caire. Il syntonise la chaîne Sawt al-arab. Il doit être environ 14 h 15 quand la nouvelle tombe : les troupes égyptiennes, sous le commandement de Sadate et de Moubarak, sont parties à la reconquête du Sinaï. Bientôt elles traverseront le canal et franchiront la ligne Bar-Lev. Shafik éteint sa radio. Cette guerre de l'Égypte contre Israël, inaugurée par une attaque-surprise en plein jeûne de Yom Kippour, sera la dernière entre les deux pays – la dernière de Shafik, aussi.

Il se lève, s'avance, salue l'employée dans son meilleur français, pose une question, celle qui changera tout. De fil en aiguille, de cette première discussion à la réception de son *landing,* sans trop comprendre comment, il se retrouve dans un Boeing 747 à destination de Montréal. Shafik émigre au Canada.

Arrivé à sa table, juste avant de tirer sa chaise pour se rasseoir, il regarde autour de lui : il est surpris de ne pas voir son fils.

L'inquiétude s'empare de Shafik. Il a peur qu'il se soit passé *quelque chose.* Il se tourne vers la mère de son fils, lui adresse un signe de tête. Toute leur vie, ils se seront inquiétés pour lui, différemment. Elle craignait les courants d'air, la transpiration excessive, les mélanges alimentaires. Lui se faisait du souci au sujet de ses études, de son avenir professionnel, de ses fréquentations. Ils auront eu tort, ils auront eu raison.

Shafik est perplexe : il avait imaginé que son fils l'attendrait devant Cleopatra, sous les applaudissements qui commencent à faiblir, qu'il l'attendrait pour le remercier de son discours, de ses paroles, de sa présence ; or il n'est pas là, n'est nulle part dans la salle.

Shafik sourit aux gens qui picorent dans leurs assiettes. Trente ans plus tôt, il a fait ses adieux à son père. L'angoisse l'étreint lorsqu'il descend de l'avion à Montréal. Il n'a que soixante dollars en poche. Il se déniche un emploi, éreintant, abrutissant. Il doit inspecter les conteneurs qui entrent au port. Les conditions sont épouvantables, et il travaille souvent de nuit, les vraquiers accostant vingt-quatre heures sur vingt-quatre. À sa deuxième semaine, il perd pied dans un conteneur de sucre, se blesse à la tête, et du sang lui coule dans les yeux. Il a vingt-six ans. Jour d'oignon suit jour de miel.

Un mois plus tard, dans le froid humide de novembre, il reçoit un télégramme d'un ami, DÉCÈS DE TON PÈRE SURVENU ALEXANDRIA NÉCESSAIRE FAIT PRÉSENCE INUTILE TA MÈRE OK LETTRE SUIVRA.

Il jette un regard inquiet au fond de la salle, son fils est toujours invisible, les images s'accélèrent : une heure du matin, à l'hôpital Royal-Victoria, son fils vient de naître, les infirmières déposent le poupon dans un incubateur. Le temps se replie sur lui-même, tout arrive, s'emmêle dans le fouillis de la mémoire : l'achat de la maison à Cartierville ; la remise de diplôme de son fils au collège Mont-Saint-Louis ; les étés à Wildwood sur la plage ; sa rencontre avec Yolande Safi par l'entremise d'amis communs du Petit Liban ; son fils et son neveu, ces deux imbéciles, qui se morfondent piteusement au fond d'une cellule du centre opérationnel du Service de police de la Communauté urbaine de Montréal, sans lunettes, sans lacets à leurs chaussures – et maintenant Shafik est assis à Cleopatra, devant son carpaccio, lui, le père du marié.

Il se voit se voir, bouleversé par le tourbillon des images. Il détache un bouton de sa veste, se cale bien droit dans sa chaise. Ses yeux brillent d'un bleu irréel.

La salle est bruissante de rires et de conversations. Shafik prend une gorgée d'eau fraîche. Virginie qui discute à bâtons rompus avec Myriam s'interrompt pour lui sourire. Elle est sans inquiétude. La nuit commence à tomber, il est 20 h 45 et Shafik Elias Farah tourne la tête dans ma direction et me voit, moi, Alain Youssef Farah, son fils, son héritier, à l'autre extrémité de La Toundra, du côté des Jardins des Floralies, au moment précis où, remontant ma braguette, je passe la grande porte de verre.

II

LES DEUX IMBÉCILES

En route vers l'Oratoire

EN CETTE CHAUDE JOURNÉE DE JUILLET, je me marie. J'épouse l'incomparable Virginie Pellerin-Wise, femme que j'aime d'un amour durable et fulgurant. Ce mariage, nous le célébrerons devant Dieu et un parterre d'invités, sous la gouverne experte de Sue McKanick.

Je mange pour l'instant une frite de chez Orange Julep.

— Il faut que je fasse attention à ma dent, dis-je à Édouard. Je risque une pulpite irréversible. Ce débile de Wali Wali m'a averti. Pas de chaud, pas de froid, que du tiède.

Mon cousin répond par un sourire absent et mélancolique. Il n'a pas proféré un son depuis que je suis monté dans la remorqueuse. Il reste immobile, serrant le volant à deux mains, en position dix heures dix – chic comme un pacha dans son smoking. Son col de chemise mord dans la chair de son cou. S'il est incommodé, il n'en laisse rien paraître. Pas une fois pendant les cinquante-cinq minutes qui nous seront nécessaires pour nous extraire du bouchon de circulation dont nous sommes prisonniers coin Décarie et Paré, il ne montrera de signe d'impatience ou d'inconfort. En revanche, son embarras est palpable.

C'est que je me marie aujourd'hui – qu'est-ce que je raconte, je me marie dans une heure. Des plans extrêmement précis ont été élaborés par la fine fleur de la profession quant à mon transport jusqu'au lieu du sacrement. Dans les plans de Sue McKanick, il n'a jamais été question d'une remorqueuse.

Nous voici pourtant, Édouard et moi, quinze minutes après avoir quitté le stationnement du Orange Julep, côte à côte sur la banquette avant d'une remorqueuse blanche de marque Hino, modèle 258LP. Sur mes genoux protégés par plusieurs serviettes de papier, une frite grasse. Je tiens la mayonnaise devant moi, loin de ma chemise et de ma veste, et je prends bien soin de ne pas en renverser, ni de faire déborder le petit ramequin de carton quand j'y trempe une frite encore brûlante. Vir me tuerait si j'arrivais taché de mayonnaise, ce qui ne serait rien en comparaison de ce que me ferait Sue McKanick si j'arrivais en retard. Édouard visualise sans doute lui aussi la tête que fera Sue lorsque nous apparaîtrons en remorqueuse.

Je pointe d'une frite le dôme vert de l'oratoire Saint-Joseph, au loin. Le dôme est à peine plus gros que la goutte de mayonnaise au bout de la frite. Je dis :

— À vol d'oiseau, on est à quoi, un kilomètre ?

Édouard appuie son front sur le volant, se redresse en soupirant à nouveau, un peu plus fort. Il ne répond pas. Il a sonné à la porte de mon appartement, avenue Christophe-Colomb, à 13 h 15. Dix minutes plus tard, nous nous engagions sur l'autoroute Métropolitaine. Depuis, la situation s'est dégradée. La circulation était fluide jusqu'à la jonction avec l'autoroute Décarie. Ce détour par Orange Julep, sous prétexte que ça nous requinquerait, aura finalement été une erreur. C'est simple, nous n'avançons pas. Il fait beau, tout est bleu et scintillant, tout chatoie comme dans un film, mais sans intervention divine, nous risquons fort d'arriver sur Queen-Mary après le début de la cérémonie.

Je bloque cette pensée, enfonce une frite molle dans la mayonnaise. Je mâche tout en douceur pour épargner ma dent. Autour de nous, c'est un bouchon de circulation d'envergure biblique, un *act of God,* une calamité. Je soupire à mon tour.

Avons-nous eu une panne, un accident, un bris mécanique ?

Non.

Alors pourquoi allons-nous à mon mariage en remorqueuse ?

C'est ce que j'ai envie de demander à Édouard.

Lui regarde droit devant, les mains toujours à dix heures dix ; il est 13 h 58. Le profil comme un hiéroglyphe, mon cousin fixe intensément l'horizon. D'habitude intarissable, il ne desserre pas les lèvres.

*

Édouard a décroché son emploi de remorqueur deux ou trois ans après la fin de notre secondaire. Il travaille douze heures par jour, six jours par semaine. Il n'a pas le choix : il faut cumuler un nombre maximal d'heures de patrouille pour faire un minimum d'argent. Or Édouard est heureux aux commandes de ce véhicule frappé du logo de la CAA. Sans véritable patron, maître de son temps, il se sent privilégié d'être payé, bien que maigrement, à faire ce qu'il aime le plus : conduire.

L'habitacle empeste le déodorant pour voiture, un sapin brun à l'arôme « Bourbon ». Entre nous, sur la banquette en similicuir marine, il y a un gros étui qui renferme des centaines de CD piratés (Metallica, Madonna, ABBA, Paul Anka, et je n'en suis qu'aux A), et sa chemise d'uniforme, froissée comme une boulette de papier qu'on viendrait de déplier – de petites broches en forme d'étoiles y sont piquées, signe que ses clients prennent la peine de le louanger auprès du siège social.

Édouard aime conduire, il aime les gens et les machines, et ne fait rien à moitié. Il me complète.

Petite victoire, nous venons d'atteindre la rue des Jockeys. Une frite mayonnaisée se trouve à mi-parcours entre le ramequin et ma bouche lorsqu'Édouard repère une ouverture et lance la remorqueuse en avant. Le coup d'accélérateur brise la parabole : une larme de mayonnaise se détache et fonce en piqué vers ma manche de smoking. Hors de question. Je l'esquive avec un cri aigu.

La larme de mayonnaise fait une petite flaque blanche là où je me trouvais l'instant d'avant. Édouard réagit à peine, et on continue à bonne vitesse pendant une centaine de mètres. C'est vrai qu'il a une vaste expérience de mes simagrées. Lui et moi avons l'habitude de ces balades en remorqueuse. Nous écoutons de la musique (Sinatra), parlons de cinéma (Coppola), de jeux vidéo (*Zelda*), mais le plus souvent j'écoute Édouard monologuer. Il en a long à dire sur un grand nombre de sujets, y compris la littérature (il a lu *Le Seigneur des Anneaux*).

*

Enfant, Édouard était le garçon le plus ingénieux du quartier. Bricolages, inventions, expériences, un projet n'attendait pas l'autre dans sa chambre à coucher, qui avait des airs de laboratoire. Avec ses deux hamsters, Merry et Pippin, j'étais son principal cobaye. Dans le cadre d'une étude sur le fonctionnement du transit intestinal, je devais avoir neuf ans, Édouard m'a fait avaler, chronomètre en main, trente-quatre biscuits à l'avoine. J'ai mis six minutes à les ingérer et, deux heures plus tard, quinze secondes à les expulser, sous forme liquide. Conclusion de l'étude : l'avoine active le transit.

Nos deux familles habitaient Le Topaze, dans Ville Saint-Laurent. C'est l'un des nombreux immeubles d'appartements qui bordent l'autoroute 15. Il y a une trentaine d'années, on a baptisé Petit Liban le quadrilatère délimité par la 15 et les boulevards Jules-Poitras, de la

Côte-Vertu et Henri-Bourassa. Plus de la moitié des habitants de cette enclave sont originaires du pays du cèdre, et il est tout à fait possible d'y vivre en arabe.

Ma mère m'accordait parfois le droit de sortir, mais seulement pour monter chez son frère Nabil. Édouard est le fils de Nabil. Nous avons grandi ensemble, l'un au-dessus de l'autre. J'habitais au deuxième, lui au sixième. Prendre l'ascenseur seul à sept ans a été l'acte fondateur de mon émancipation. Chaque visite chez Édouard était une fête. Sa chambre était tour à tour une caverne, un labo, un chantier miniature, une salle des machines. Je le trouvais toujours en train de fabriquer quelque chose, en train de bricoler avec des cure-dents ou des bâtonnets de popsicle. Les grandes structures sphériques l'obsédaient. Il passait de longues heures à fabriquer leurs squelettes, de fins treillages triangu-laires. Il construisait des planètes creuses, des mondes fractals, un popsicle à la fois. Ses explications, de visite en visite, se complexifiaient :

— Cette histoire de Sainte-Trinité que tu me racon-tais hier, ça m'a fait réfléchir. Tu vois, l'idée, avec ces bâtonnets, c'est de distribuer la tension sur l'ensemble de la structure. Un, deux, trois. Tu vois ? Le père, le fils, etc. L'idée, c'est de créer une sphère autoporteuse, mais à l'intérieur, c'est vide. Le défi, c'est de répartir le poids de la structure sur la plus grande superficie possible. C'est là-dessus qu'on va travailler. Ça va nous prendre du balsa, et je sais où en trouver. Le petit Ahmed au sous-sol, leur locker est plein de stock. C'est jamais barré, en plus. Il y avait une dizaine de feuilles de balsa. Je vais lui donner mon Power Glove, en échange. C'est tellement de la marde, mais on lui dira pas. Avec le balsa, on va avoir un maximum de portabilité. Penses-y, tu vas pouvoir apporter la sphère à l'école pour ton exposé sur Dieu.

Je le cite de mémoire. Sa fascination pour les structures, les systèmes, les agencements n'a jamais cessé de s'approfondir depuis le temps, ou de s'aggraver, de sorte qu'il se permet aujourd'hui des observations qui dépassent largement ses champs de compétence.

— Tu me fais rire, avec ton obsession de l'originalité. Fais juste raconter, mon frère. Tu imagines dans mon domaine si chaque matin un gars se levait et réinventait la roue ?

Nous nous trouvions dans le garage qu'il louait près du chemin de fer. Nous étions début février, six mois avant le mariage. Je m'en souviens, parce que le chauffage dans mon studio fonctionnait à plein régime jour et nuit. Il faisait moins trente à l'extérieur, mais c'était un sauna chez moi, je vivais en slip et en marcel. Le père d'Édouard, mon oncle Nabil, était mort deux semaines plus tôt, et je passais voir Édouard le plus souvent possible. Son état émotionnel fluctuait grandement d'un jour à l'autre. Fatigue, tristesse, soulagement, colère, mais aucune de ces émotions ne s'exprimait dans des mots. Sans compter qu'il se tuait à l'ouvrage. Douze heures dans la remorqueuse, suivies de quatre heures en soirée à travailler sur des voitures. Je me demandais s'il dormait plus de trois heures par nuit. Il était livide sous l'éclairage des néons. Sur un des établis, des cartons de pizza, des emballages de *beef jerky* et des litres de Coca-Cola. Je m'inquiétais. À vivre comme mon cousin, je serais mort il y a longtemps. J'ai eu une pensée pour Ruby. Édouard et elle parlaient d'aller vivre ensemble, de fonder une famille. Ruby, j'ai plus envie de rien, lui avait-il dit le jour des funérailles. Il n'avait rien dit d'autre de la journée. Il s'engourdissait dans le travail et ne lui parlait presque plus. Ruby nous tenait au courant, Vir et moi, et je lui avais promis d'être plus présent. Je savais aussi que depuis des mois il se débattait avec ses problèmes d'argent. Il en avait toujours eu, mais il en était au point où les agences de recouvrement le harcelaient. Édouard m'assurait que de faire de la mécanique au noir le sortirait du pétrin. Je regardais autour de moi. Non seulement un appareil de levage hydraulique flambant neuf occupait maintenant une bonne partie du garage comme un lit à baldaquin, mais les murs étincelaient d'outils rutilants, qui devaient se vendre à fort prix. Je l'interrogeais sur la fonction de tel outil, le nom de tel autre. Édouard ne répondait pas, noyait le poisson. Il a fait dévier la conversation sur l'écriture. Il savait que j'écrivais un roman.

— Je me suis cassé la tête toute la journée avec ça, ai-je répondu, on est pas obligés d'en parler.

— Avoue que j'ai raison.

— À quel sujet? Raconter?

— Faut qu'on sache de quoi tu parles. Ça te prend des

vrais personnages. Par exemple, le gars dans ton texte qui s'emballe dans un colis censé contenir du matériel informatique, et qui se fait envoyer en Europe pour pas payer son billet d'avion?

— C'est deux lignes, dans le texte, Édouard.

— Justement! Qu'est-ce qui lui arrive, à ce gars-là? Je veux le savoir, moi. Je veux la suite. Mais non! À la place, tu pars sur autre chose qui a zéro rapport. Le poulet Pinky, un agronome, rouge vert jaune, Napoléon, le pape… Ça marche pas. On est fourrés. En plus, on s'en fout! Je te gage qu'on entend plus jamais parler du gars dans sa boîte. Il s'est rendu, en Europe, ou pas? Si tu continues de même, t'en vendras pas vingt-neuf, de ce livre-là.

— Dernière fois que je te fais lire des pages.

— Prends-le pas comme ça, mon frère.

— T'as raison, c'est pas grave.

— Tu te rappelles, la phrase dans ton premier livre, quand tu dis que tu m'as tagué POLICE sur le corps?

— Tu t'étais évanoui. J'avais badtrippé tout seul dans ta chambre, ça avait duré cinq heures. Je sais plus ce qu'on avait pris cette nuit-là…

— Parle pour toi. Je m'étais juste endormi, pis j'ai tagué personne dans son sommeil. Mais c'est pas ça que je veux dire. Dans ton livre, c'était dix mots, y avait pas d'histoire. Dans la vraie vie, j'ai été pogné à me promener avec ça sur le corps pendant un mois. C'était impossible à enlever. Mon père avait essayé de me sabler la peau avec une pierre ponce. Il voulait t'arracher la tête. Il parlait de descendre chez vous et d'aller t'écrire CHARMOUTA dans le front avec un Sharpie. S'il avait pas eu peur de ta mère, il l'aurait fait.

— Les Safi, sérieux, vous exagérez tout le temps.

— Ta phrase dit rien de tout ça. Dans ce que tu m'as fait lire, c'est pareil. Soit tu vas trop vite, soit tu tournes autour du pot.

— En tout cas, ton père, lui, quand il pétait un plomb, il tournait pas autour du pot...

— Je dis ça pour t'aider.

Édouard était le champion de l'aide non sollicitée, surtout quand il s'agissait de littérature. En temps normal, j'adorais l'écouter discourir. Son assurance me fascinait. Il tirait tous ses exemples de Tolkien, des jeux vidéo ou du cinéma. Il avait lu mon livre de poèmes et, périodiquement, me le rappelait, reprenant le fil de l'infinie critique qu'il m'en faisait depuis sa sortie, trois ans plus tôt – il l'avait lu une première fois pendant le lancement, debout à côté de la table de dédicace, et une deuxième fois le lendemain au déjeuner. Quand on s'était revus, il m'avait dit : J'ai aimé ça parce que ça te ressemble. Sauf que c'est incompréhensible. Je veux dire, on comprend rien. Au moins c'est court, ça va vite. En tout, Édouard avait lu *Le Seigneur des Anneaux,* mon livre de poèmes et *Le guide de l'auto.* Ça lui semblait suffisant. J'ai changé de sujet :

— Ça t'a coûté combien, ce lift hydraulique là ?

— J'ai eu un deal.

— Génial. Tu l'as eu à combien?

— C'est un investissement, mon frère. Ça rapporte déjà.

— OK, mais ça t'a mis dans le trou de combien?

— Inquiète-toi pas, je sais ce que je fais. Le gars de l'Alfa Romeo, il était là ce matin quand ils ont installé le lift. T'aurais dû voir sa face. Il va m'envoyer du monde. C'est comme ça que ça marche. Tes clients voient ça, ça les met en confiance, ils savent que t'es à la fine pointe. C'est ça, la game. Il me manque encore l'électronique, un bon scanneur, sauf que pour les chars vintage, on s'en fout. J'attends une 911 de 1985.

— Faque tu t'es pris une autre carte de crédit?

— Ils me l'ont donnée, j'étais préapprouvé.

— Crisse, tu vas faire faillite avant tes trente ans.

— Je te dis, c'est temporaire.

— Comment ça, temporaire? Qu'est-ce qui est temporaire? T'as déjà les agences de recouvrement au cul. Ça va te prendre quoi, avant d'allumer?

— C'est tout prévu. Avec la limite qu'ils m'ont donnée sur celle-là, je vais pouvoir en payer au moins deux autres. J'ai six mois sans intérêt.

— Deux *autres*? T'en as combien, de cartes de crédit?

— À peu près cinq, je dirais.

— *À peu près* cinq?

— Six.

— Six en comptant la nouvelle?

— Sept, d'abord...

— T'es hors de contrôle. Sept cartes de crédit. Veux-tu bien me dire comment le système a pu laisser passer une affaire de même ?

— Le système roule sur des gars comme moi. Pis là, j'ai six mois sans intérêt.

— Et dans six mois, tu vas faire quoi ?

— Dans six mois, mon frère, tu te maries. Je vais te louer la plus belle Mustang en ville !

— Je sais pas dans quel monde tu vis, ni comment tu fais pour pas péter une crise cardiaque.

— Écoute, Alain, il y a une chose que tu sais pas. Ma mère m'a appelé samedi.

— Qu'est-ce qui se passe ? Elle est quand même pas malade, elle aussi ?

— Non, c'est pas ça. Mon père avait une assurance-vie.

— Ah oui ?

— On le savait pas. Il a pris ça en arrivant au Québec. Il y avait de la paperasse à signer au CHSLD. Ma mère a trouvé ça en faisant le ménage dans les papiers. Elle connaissait même pas le nom de la compagnie.

— La compagnie existe plus ?

— Non, non, c'est juste qu'elle a changé de nom. Ma mère a appelé, elle a arrangé ça. Tout est beau.

— Vous allez être corrects, alors ?

— Je vais recevoir cinquante mille piastres, mon frère.

— Oh. Je suis content pour toi. Tu vas pouvoir respirer.

— Ça tombe trop bien.

— Pis ta mère, est-ce qu'elle va recevoir de l'argent?

— La même chose. C'est un cent mille qu'on se partage.

— Elle aussi, ça va lui faire du bien.

— Mets-en.

Édouard se penche sur son coffre à outils, en fait claquer les fermoirs deux ou trois fois.

— J'en ai pas encore parlé à Ruby. Je sais qu'elle t'appelle souvent ces temps-ci… S'il te plaît, dis-lui rien. Je veux lui faire la surprise.

— T'inquiète. Ça tombe tellement bien, pour vos projets.

— C'est ça que je me dis. C'est ça que je me dis…

— Donc tu vas venir me chercher en Mustang?

— Je te le promets, mon frère, tu vas arriver à ton mariage dans une Mustang décapotable blanche – ou je m'appelle pas Édouard Safi.

*

Mustang blanche? Remorqueuse blanche. À 14 h 17, la discussion est au point mort, si tant est qu'on puisse parler de discussion quand de longues minutes de silence s'accumulent péniblement dans l'habitacle. Nous sommes désormais bloqués au coin de Décarie et de Van Horne.

Il y a soixante-deux minutes qu'Édouard a garé sa remorqueuse en face de chez moi, avenue Christophe-Colomb. J'y suis monté, sans comprendre. Édouard avait le visage fermé, presque triste. Ça a freiné mes récriminations. J'ai essayé de le dérider en évoquant un à un les sujets qui habituellement le passionnent : la régulation informatique de la circulation, l'arrivée imminente des voitures autonomes, l'arnaque des véhicules électriques, le choc pétrolier de 1973, la guerre du Kippour, la vraie recette du foul. Mais mon cousin est resté coi, pas un mot, pas la moindre réaction – même lorsque j'ai évoqué la possibilité terrible que le Tour de l'île à vélo ait été déplacé aujourd'hui, sans que personne nous en ait avertis. Pas un sourire.

La remorqueuse avance de quelques mètres. Loin devant, le feu est rouge, puis vert, puis jaune, mais ça ne change rien, on ne bouge pas. Édouard finit par dire, avec une lassitude extrême dans la voix, et sans tourner la tête, en fixant le torrent d'acier immobile qui s'étire devant nous :

— Je m'excuse pour la Mustang, mon frère. Mais ça me tente pas d'en parler.

Je le trouve culotté de me dire ça, mais je vois bien qu'il va mal. Je ne lui ai pas vu cette tête-là depuis la mort de son père. Je lui dis de ne pas s'en faire. J'ouvre l'étui à CD, le feuillette : *The Chronic 2001* de Dr. Dre, le *Concerto en sol* de Ravel, *Prose combat* de MC Solaar, *Rendez-vous doux* de Gerry Boulet, *The Shape of Jazz to Come* d'Ornette Coleman. Des A j'extrais *Incesticide* et l'insère dans le lecteur. Je vais directement à « Molly's Lips ». La remorqueuse prend des allures de mosh pit. Édouard me crie par-dessus la musique, soudain égayé, que si un jour il a une fille elle s'appellera Molly. Je suis soulagé : Édouard a souri. Reste que, si nous n'avons pas atteint l'avenue Isabella dans dix minutes, j'envoie des fusées de détresse.

*

J'aspire bruyamment la dernière gorgée de mon Orange Julep par la paille.

— Ça aurait pas été plus simple de vous marier à l'église sur Jean-Talon ?

— Écoute, Dodi, c'est pas de ma faute, le trafic.

— C'est à côté de chez vous.

— Penses-tu vraiment que Vir aurait accepté qu'on se marie dans une église de quartier ? Sans stationnement, avec une grosse croix en néon laide. Tu rêves en couleurs, mon gars. En plus de ça, on a une centaine d'invités. On les aurait mis où ?

— C'est écœurant comme vous manquez de sens pratique.

— Le monde se marie pas par sens pratique.

— Je veux dire, l'Oratoire. Faut toujours que ce soit gros, vos affaires. Vous êtes un peu mégalos, tu trouves pas ? La planificatrice de mariage control freak, le plan de table nébuleux, l'horaire réglé au quart de tour. Vous connaissez même pas la moitié des invités. Un show de boucane à trente mille piastres. Trente mille piastres flaubées en une journée. Vous êtes pas Céline Dion. Pourquoi pas Saint-Pierre de Rome, un coup parti ?

Vous auriez pas pu faire comme le monde normal pis vous marier à l'hôtel de ville devant une dizaine d'amis ?

— Le monde normal...

— Oui, le monde normal.

— Je me suis pas tapé cette vie-là pour être le monde normal...

— T'es tellement prétentieux.

— Peut-être, mais ça va me mener loin.

— Loin dans le délire, mon frère. Il est temps que tu te rendes compte que tes livres sont pas à la veille d'être adaptés au cinéma.

— Je m'en fous, de toute façon.

— Je suis sûr de ça.

— On avait pas beaucoup de choix dans le quartier, pour les églises, Dodi.

— Qu'est-ce que tu racontes, il y en a une super belle, sur Bélanger.

— Sur Bélanger ? Celle où il y a une fresque de Mussolini à cheval ?

— Non, attends, je me trompe avec celle à côté de chez vous, sur Jean-Talon, Notre-Dame-de-la-Consolata. Mais ils sont en train de la transformer en condos.

— Wali Wali me disait justement ce matin que Mitsou a acheté une ancienne église pour la convertir en spa.

— C'est la nouvelle mode en immobilier... Tout le monde rénove des vieilles églises. On connaît même quelqu'un qui s'est lancé dans un projet comme ça...

— Ah oui, qui ?

— Tu devineras jamais...

— Donne-moi un indice.

— C'est un Arabe.

— On a grandi entourés d'Arabes, on en a connu plein, ça m'avance pas beaucoup.

— Pense à l'Arabe avec un grand A.

— Le petit Ahmed?

— Non! Plus proche de nous – ça fait dix ans que tu l'as pas vu...

— Dix ans que je l'ai pas vu...

— Marocain...

— Tu me niaises, pas lui! Baddredine?

— Ben oui, lui.

Baddredine. Je suis estomaqué. Jamais je n'aurais cru entendre ce nom aujourd'hui, ce nom tabou, ce nom maudit, et encore moins dans la bouche d'Édouard.

Baddredine.

Ce nom qui me rappelle des choses auxquelles je n'aime pas penser : mon adolescence, ma maladie, la médication sans fin, le divorce de mes parents, ma première peine d'amour, mes plus connes erreurs, mes pires conneries. Ce nom qui me rappelle mes années de douleur, celles qui suivent le divorce, celles qui m'ont défait. Celles des avocats en droit de la famille, des travailleuses sociales, des procès, des expertises psychologiques commandées par la cour. Celles des saignements, des batteries de tests médicaux, des prescriptions, des séjours à l'hôpital, des premières chirurgies.

*

Je fréquentais alors le Mont-Saint-Louis, un collège privé situé dans le nord de Montréal, pour ainsi dire sur les berges de la rivière des Prairies. Les Frères des écoles chrétiennes l'ont d'abord fait construire, en 1887-1888, sur la rue Sherbrooke. Quatre-vingts ans plus tard, à la fin des années soixante, en pleine Révolution tranquille, les frères ferment le collège. Une coopérative de parents se forme aussitôt, qui reprend en main la destinée de l'institution et l'installe dans les murs de Saint-Ignace, un ancien collège jésuite qu'elle a racheté.

Mon père avait fréquenté en Égypte un établissement tenu par la même congrégation, historiquement très dévouée à l'enseignement. Il m'avait donc inscrit au Mont-Saint-Louis, pour que je profite moi aussi des vertus d'une éducation catholique. J'avais suivi mon cours primaire à Augustin-Roscelli, une école privée dirigée par des sœurs italiennes. Mon père est un homme de foi ; il est aussi un homme de tradition. Il ignorait que le collège s'était laïcisé et que les frères n'y jouaient plus aucun rôle depuis belle lurette.

Si les élèves de mon école primaire étaient en grande majorité issus de l'immigration, filles et fils d'Haïtiens, de gens du Moyen-Orient, d'Italiens, dont les salaires servaient à payer les frais de scolarité élevés censés assurer l'avenir de leur progéniture, la clientèle du Mont-Saint-Louis, pour sa part, était curieusement assez homogène et constituée presque entièrement de Québécois pure laine, la plupart vivant de l'autre côté de la rivière des Prairies, à Laval. Né trois jours après moi, Édouard fréquentait aussi ce collège, grossissant avec Baddredine et quelques autres gamins les rangs de ceux qu'on appelait «les importés». J'étais un importé.

Le Mont-Saint-Louis se targuait d'offrir, parmi les établissements d'enseignement secondaire, l'une des meilleures formations littéraires au Québec, et s'enorgueillissait d'avoir accueilli, un siècle plus tôt, Émile Nelligan, tout en omettant de rappeler qu'il avait expulsé le poète en raison de son comportement erratique.

De mes années dans ce collège, il ne me reste pas grand-chose : des visages, deux noms, deux noms indissociables. Baddredine Abderramane. Constance Desmontagnes.

Je dis Constance, Constance Desmontagnes, et par ces mots me reviennent en bourrasque les moments que j'ai passés avec elle, à être l'ami, le confident, à l'aimer à visage couvert, à l'admirer. Constance ne laissait personne indifférent. Tout chez elle était vitalité, elle avait une aisance désarmante, où qu'elle aille, une voix déjà grave, une intelligence rapide et désinvolte, la démarche déliée des grands sportifs, un rire moqueur. Elle devenait une jeune femme alors que Baddredine, Édouard et moi ne cherchions pas à être autre chose que des adolescents. Constance passait joyeusement d'un univers à l'autre, de celui, social et performant, du sport de compétition, qu'elle dominait en sa qualité de championne provinciale de tennis, à celui, exclusif et mélancolique, de notre amitié. Rien ne nous destinait à être amis. Nous venions de mondes si différents, si éloignés, que notre relation tenait du prodige. Ou plutôt, de la plus simple logique alphabétique. On attribuait les places dans la classe selon l'ordre des noms de famille, et pendant les cinq années de notre cursus, son pupitre se retrouvait souvent juste devant le mien, Desmontagnes devant Farah. Si j'avais tendu le bras, j'aurais pu lui toucher l'épaule.

La seule fois que je lui ai touché l'épaule, c'est pendant la finale de l'Open du Canada, l'été de nos seize ans. Son père lui avait offert un laissez-passer hebdomadaire pour deux au niveau 100. Andre Agassi venait de battre Pete Sampras en trois sets. Je m'étais enhardi, des papillons dans le ventre. J'avais tendu le bras et posé ma main sur son épaule nue et hâlée. Mon cœur s'était mis à battre si fort que j'avais failli retirer ma main. Sa peau était chaude, sèche, je sentais ses muscles frémissants. Elle s'était tournée vers moi et m'avait souri d'un air espiègle. J'essayais de ne pas m'effondrer d'émotion et de conserver une attitude désinvolte. Je lui avais lancé, jouant mon va-tout :

— Quand on va se marier, on pourrait peut-être faire ça sur le court central ?

Elle avait éclaté de rire :

— Je t'aime beaucoup, mais je me marierai jamais, ni avec toi ni avec un autre. Penses-tu que je passerais ma vie avec quelqu'un qui a autant de fun à gratter ses bobos ?

J'avais ri moi aussi.

*

Je remonte la vitre de la remorqueuse, Édouard s'est enfin décidé à mettre en marche la climatisation. Je repense à Baddredine, à cet échalas marocain qui portait les mêmes vêtements tous les jours : Air Jordan rouges, pantalon de survêtement Adidas, kangourou Fila XXL. À Baddredine que j'avais tant haï et que je n'avais pas cessé de haïr.

Je me suis souvent demandé quelle aurait été notre vie, à Édouard et moi, si nous ne l'avions pas croisé sur notre chemin.

Bad, comme il demandait à se faire appeler.

Aurions-nous joué les truands, nous prenant pour Vince et Jules dans *Pulp Fiction,* que nous avions vu au cinéma Palace ? Nous serions-nous baptisés les Chemical Brothers ? Aurions-nous réussi à *faire de la prison,* ne serait-ce qu'une heure, dans une cellule du centre opérationnel, à quelques rues du cinéma York – une cellule dont l'odeur d'urine prenait à la gorge ?

Je l'ignore. Sans doute que non.

Mais je vais trop vite.

À partir du Mont-Saint-Louis, il fallait prendre la 69 Gouin pour rentrer au Petit Liban. Édouard, Baddredine et moi, nous l'attendions à l'arrêt en face du cimetière. Bad n'habitait pas dans notre quartier, mais nous faisions une partie du trajet ensemble. C'était l'occasion d'âpres débats sur la musique et la valeur de nos groupes et artistes préférés. Il m'accusait d'écouter de la musique de Blancs, Aerosmith, Guns N' Roses et plus tard Nine Inch Nails et Radiohead ; lui, il ne jurait que par Snoop Dogg, The Notorious B.I.G., Tupac, Wu-Tang Clan. Nos goûts étaient irréconciliables. Je lui disais qu'il écoutait de la musique d'immigrants. Il recevait mon insulte avec un rictus de fierté. Il me répondait :

— Venant d'un vendu comme toi, c'est un compliment.

Bad et moi parlions aussi de filles, il aimait se vanter de sa maturité sexuelle. Il fréquentait plusieurs *femmes* en même temps mais, pour se garder une marge de manœuvre, s'assurait qu'elles vivaient dans des immeubles différents. Il connaissait toutes sortes de techniques pour les faire jouir très vite. Il employait les mots les plus crus, il disait *chatte, bite, dèche,* et moi je l'écoutais en rougissant. J'essayais de me représenter ce que signifiaient exactement les expressions *passer le doigt, rouler la bille.* Il m'expliquait dans l'autobus, sans même baisser la voix, qu'il avait beaucoup étudié les films pornos qu'il volait au club vidéo. Il me donnait des conseils, des trucs, il disait : « Tu les pénètres un peu à la diagonale, tu vois, tu te places comme ça, d'abord un coup très long, très doux, et puis tu vas très loin, et après, je te jure, trois coups secs, tu vois ? Et après tu te retires, sans pitié ! Elles deviennent folles… » Je lui disais de parler moins fort, d'arrêter de faire des gestes, mais ses mots s'imprimaient dans ma tête, sans signification précise, comme des codes à déchiffrer.

Au coin du boulevard Saint-Laurent et d'Henri-

Bourassa, presque tous les élèves descendaient de la 69. C'est là que ceux qui continuaient vers l'ouest prenaient leur correspondance : Bad la 164 Dudemaine, qui le menait à Cartierville ; Édouard et moi la 171 Henri-Bourassa ; d'autres la 64 Grenet, la 170 Keller, la 180 Salaberry. En attendant nos autobus, nous avions l'habitude d'aller nous réchauffer dans le dépanneur 7 Jours. Le propriétaire, un vieil Arménien, nous faisait la gueule dès qu'il nous voyait entrer. Quand il en avait marre de nos messes basses, il nous mettait à la porte en nous criant dessus dans un mélange de français et d'arabe. Bad se faisait un point d'honneur de lui voler ses *Penthouse*. C'est là aussi qu'on achetait nos paris sur les matchs de hockey. Loto-Québec venait de sortir Mise-o-jeu. À l'époque, les mineurs pouvaient encore y participer. La veille des matchs, Bad tirait de ses poches des billets de cinquante, des billets de cent. Édouard et moi étions électrisés. Nous n'avions jamais vu autant d'argent liquide. Bad devenait pour nous une sorte de héros. Il avait les filles et il avait l'argent.

Un soir, je paie mon sac de chips et ma canette de thé glacé, et je demande à Bad, qui remplit sa fiche de paris à côté de moi au comptoir :

— Tu les trouves où, tous ces billets-là ?

— Tu vois bien, Farah, je gagne tout le temps. Les Sharks arrêtent pas de perdre, c'est trop facile.

— Non, je veux dire, au début.

— Quoi, au début ?

— Ton premier billet de cent, tu l'as pris où ?

— Nulle part. C'était un billet de vingt, au début. J'avais pas cent piastres en partant.

— Je savais pas qu'un cent, c'était brun.

— Tu sais vraiment rien, Farah, je te jure. Les Québécois appellent ça un brun.

— C'est quoi, ta marge de gain ? demande Édouard.

— Un point un, lui répond Bad, mais ça voudra rien dire pour vous. C'est une question de volume.

— OK, dis-je. Tu me prêtes un vingt ? Je pense que les Whalers vont battre les Sénateurs.

— Laisse faire, dit Édouard en posant sa main sur mon bras, comme pour m'éloigner du comptoir et de Baddredine. À un point un, ça va te prendre six mois pour quintupler ta mise de fonds, et ça, c'est juste si les Sénateurs continuent de jouer comme des pieds.

*

J'écris Constance, j'écris Baddredine. Mais si j'écris, je le dois à monsieur Cho. Monsieur Cho, mon professeur de français. Je l'aimais et je l'admirais. Sa clairvoyance était grande. Monsieur Cho savait des choses sur le savoir, des choses sur le monde. Il était professeur de latin, de lettres classiques, il nous racontait les guerres puniques, César, le Rubicon, parlait des dieux grecs et des héros comme de sa propre famille. Un jour, pince-sans-rire, il avait noté, dans la marge de mon test de lecture, qui portait sur la poésie française du dix-neuvième siècle : « La littérature peut déplacer bien

Desmontagnes... » Monsieur Cho est celui par qui j'ai découvert la culture. Je me souviens lui avoir confié que je ne lisais pas, que je ne connaissais rien à la littérature, que j'habitais dans une maison qui ne comptait qu'un livre, l'espèce de dictionnaire médical de ma mère. Je n'oublierai jamais sa réponse : selon lui, les jeux vidéo qui nous passionnaient tant, Édouard et moi, *Zero Wing, Zelda, Metroid,* les jeux que nous allions louer le vendredi après-midi à la sortie des classes, eh bien, c'était ça, nos classiques. Faire la connaissance de ce professeur, suivre ses cours, a débloqué quelque chose en moi. Je pouvais être moi-même, celui que j'étais, un fils d'immigrés du Petit Liban, je pouvais être moi tout en commençant à être un autre. Je m'évadais de ma tristesse en parcourant des mondes où deux plombiers italiens pourchassaient des champignons sur des nuages, où un jeune garçon costumé en farfadet traversait le miroir et passait de l'ombre à la lumière, où une chasseuse de primes intergalactique découvrait des planètes et luttait contre un cerveau géant. Ces jeux étaient des fictions, et ces fictions m'ont appris la nécessité de m'inventer des mondes, des mondes où je serais le plombier, le farfadet, la chasseuse de primes, des mondes dont la légitimité tiendrait à mon désir de survivre et de raconter. Monsieur Cho est celui par qui j'ai découvert la littérature. C'est lui qui m'a fait lire *Une saison en enfer,* un livre écrit par un garçon à peine plus vieux que toi, m'avait-il dit. Sans monsieur Cho, je n'aurais pas si tôt dans ma vie mis les mots sur

71

mon plus grand secret, mon plus grand talent, ma plus grande faiblesse : comme dit Rimbaud, j'ensevelis les morts dans mon ventre.

Monsieur Cho s'est enlevé la vie quelques jours après notre bal de finissants. C'était à la fin du mois de juin, ou au début du mois de juillet, je ne sais plus. Le concierge du collège a trouvé notre professeur pendu dans un cagibi, près de la palestre, dans une des parties les plus anciennes du Mont-Saint-Louis. J'ignore combien de temps la police s'est attardée sur la scène, j'ignore quelle crise la direction a dû gérer, j'ignore comment la nouvelle est parvenue jusqu'aux parents, jusqu'aux étudiants, jusqu'à nous, les finissants. Et j'ignore les raisons de son geste. Je me souviens seulement de mon hébétude et de ne pas avoir très bien compris ce qui était arrivé, comme si c'était impossible qu'un professeur se tue. Personne, dans mon entourage, ne s'était jamais suicidé. Le seul exemple que je connaissais, c'était celui de Kurt Cobain, deux ans avant. Cette mort, je l'avais vue à la télévision. Le suicide de Cho, c'était différent. Il m'avait tant appris. Rimbaud faisait des métaphores, Cho s'était pendu. Il avait choisi une mort brutale, violente, et cette mort, il se l'était donnée dans ce lieu où il nous avait enseigné la littérature, la culture, la vie, pendant toutes ces années, et avec une telle générosité... J'étais face à un mystère, à quelque chose qui se dérobait. La nouvelle m'a hanté pendant une semaine ou deux, puis la tragédie s'est dissipée dans la temporalité excitante de mon été d'adolescent. La joie, la bonne humeur ont marqué la suite de cet été-là. Mes intestins continuaient de me faire souffrir, mais la perspective d'entrer au cégep me donnait de l'espoir. Nos trois mois de punition, à Édouard et moi, étaient terminés. Nous avions recommencé à faire les quatre cents coups. Bad, Constance, c'était du passé.

À la toute fin du mois d'août, avant la rentrée des classes, la direction du Mont-Saint-Louis a convoqué les étudiants à une cérémonie en mémoire de monsieur Cho. Nous sommes plusieurs de notre cohorte à nous être déplacés, même ceux qui n'avaient jamais eu monsieur Cho comme professeur. Nous nous sommes rassemblés au salon Émile-Nelligan, tout près de la cafétéria. La rencontre s'est déroulée dans la plus grande sobriété. Il n'y avait pas de photos de lui, et personne n'a prononcé de paroles vides de sens. Des collègues de Cho ont témoigné de son exigence, de son humour, de ce désir qu'il avait toujours eu d'écrire, mais qu'il n'était jamais parvenu à assouvir. J'étais mal à l'aise, je ne me sentais plus à ma place dans ce collège. Ce qui me troublait par-dessus tout, c'était de revoir Constance, à qui je n'avais plus parlé depuis les événements du printemps. Nous nous sommes salués sèchement, j'ai tout fait pour la fuir le reste de la soirée. Je comprenais que je ne verrais plus jamais Cho. Entre ces brèves retrouvailles avec Constance et les suivantes, dans des circonstances tout autres, plus de dix ans s'écouleraient.

*

— Donc toi, ça fait pas dix ans que tu l'as vu, Baddredine?

Édouard ouvre la bouche; aucun son n'en sort. Il se ressaisit:

— Je l'ai vu il y a trois jours, répond-il en rougissant. Il était assis exactement à ta place.

— OK.

— Je te jure.

— Je te crois.

— Ça faisait dix ans que je l'avais pas vu.

— Tu parles déjà comme lui.

— Hein?

— *Je te jure...* Il disait toujours ça.

Édouard s'est tortillé sur son siège.

— De toute façon, pourquoi tu me parles de Baddredine Abderramane le jour de mon mariage? Qu'il crève.

— T'es dur.

— C'était un sociopathe.

— Tu buvais ses paroles.

— J'aurais jamais dû.

— Tu comprends pas, Alain. Il a changé. C'est un autre gars, maintenant.

— Il voulait quoi?

— Quand, ça?

— Ben, il y a trois jours.

— Il y a trois jours?

— Tu viens de me dire qu'il était assis à ma place.

— Ah, oui, c'est vrai.

On vient de s'engager sur Queen-Mary. La circulation s'est allégée, on a enfin pu prendre de la vitesse. Édouard reste silencieux, il cherche à gagner du temps, j'en suis sûr.

— Je l'ai ramassé sur un appel. Sa Lexus l'avait lâché près du marché Atwater.

— Garanti qu'il l'a volée.

— Profilage racial ! Il se l'est payée, mon frère. Une IS300, la grosse classe. Tu t'en sors pas en bas de trente mille piastres, sans les options.

— Il a dû continuer à dealer. Impossible qu'il soit clean, cet ostie-là.

— Ouvre la boîte à gants. Il m'a laissé sa carte.

Je dépose mon casseau de frites vide à mes pieds. Dans le compartiment, c'est un fouillis de napkins, de sachets de ketchup et de chargeurs de toutes sortes. Je trouve une carte professionnelle. Je lis :

BADDREDINE ABDERRAMANE
GESTION IMMOBILIÈRE

La carte a quelque chose de prétentieux, une parodie de design graphique branché, faussement sobre, imprimée sur un carton blanc cassé, au fini texturé, comme les couvertures de certains livres de poésie à l'ancienne. Je me retiens de la déchirer.

— Alain, lâche ta dent, dit Édouard. Ça va décoller.

Sans m'en rendre compte, en examinant la carte, j'appuyais sur mon incisive avec mon pouce. La pression atténuait les élancements.

— Pas de danger.

— Pour la onze, les dentistes prennent toujours de la résine composite.

— Qu'est-ce que tu connais là-dedans ? Quelle onze ?

— Il y a un système de numérotation internationale des dents. Ta bouche est divisée en quatre quadrants, et tes dents sont numérotées de 1 à 8, du milieu jusqu'au fond. Wali t'a jamais parlé de ça ?

— T'aurais dû l'entendre déblatérer, ce matin... Il s'est surpassé.

— J'ai arrêté d'aller le voir depuis ma greffe de gencives. Il m'a charcuté le palais. Ça a pris des semaines à guérir. J'arrêtais plus de saigner.

— T'as déposé une plainte ?

— J'ai pas fini : le premier chiffre indique le quadrant, le deuxième, la position de la dent. Celle que tu t'es cassée, c'est la onze, l'incisive centrale.

— C'est le mauvais œil, Dodi.

— Arrête avec ces conneries-là. On croirait entendre ta mère. T'as été chanceux d'avoir un rendez-vous un samedi.

Je retourne la carte entre mes doigts.

— Gestion immobilière, c'est n'importe quoi.

— Elle est pas mal, sa carte, non ?

— C'est de la frime.

— Avec ses associés, il s'est lancé dans l'achat et la vente d'immeubles. Figure-toi que, grâce à un fonctionnaire de la Ville, ils ont réussi à mettre la main sur un presbytère au coin Saint-Joseph et Chambord.

— Qu'est-ce que tu veux dire, ils ont mis la main sur un presbytère ? Ils l'ont acheté ?

— Ils l'ont eu pour pas grand-chose. C'est encore mieux que les églises.

Nous croisons un collègue d'Édouard, en pleine intervention près du métro Snowdon. Édouard le salue d'un signe de la main. Quelque chose se décrispe dans son visage.

— Mais ça se passe pas si bien que ça pour Bad et ses associés, reprend-il, d'une voix légèrement préoccupée. Au début, le vendeur et le notaire leur ont dit qu'ils pourraient commencer les travaux dès que l'acte d'achat serait signé. Le changement de zonage était censé être dans la poche, mais là, c'est la merde totale.

— Un problème avec l'arrondissement ?

— Non, c'est leur ami fonctionnaire. Il a clamsé.

— Tant pis pour eux.

— Ah, arrête, Alain. Il est mort d'une péritonite. Il prenait du Salofalk et ça a créé des effets secondaires. Ça arrive jamais. Un genre d'allergie mortelle.

Édouard me coule un regard sévère, quasiment comme si leurs déboires étaient de ma faute.

— Ça sert à rien, le Salofalk, dis-je. Ils m'en ont donné pendant un an sans que ça m'aide du tout.

Je baisse le pare-soleil, je vérifie dans le miroir. Ma dent me fait mal, mais elle est toujours en place.

— Est-ce que les gars avaient commencé les travaux ?

— C'est pas pertinent. Ils ont acheté la bâtisse et ils peuvent rien faire...

— Quelle gang de tatas. Ils ont juste à la revendre.

— Tu comprends pas, dit Édouard en s'emportant encore plus. Toute activité sur les lieux doit avoir un lien *direct* avec un culte, n'importe lequel. Qui va acheter ça?

— D'autres tatas, dis-je. De toute façon, on s'en fout. Tu prends ça pas mal à cœur, je trouve. C'est les conneries à Bad. Il a zéro changé. C'est un petit dealer de merde avec un gros ego.

Édouard se passe la main dans les cheveux. On dirait qu'il a une seconde conversation en parallèle dans sa tête.

— Ça m'a affecté, son histoire. Un peu d'empathie, ça te tuerait pas.

— Mon cœur saigne. Pauvre gestionnaire immobilier. Pauvre Bad.

Il est 14 h 53 et nous arrivons devant la guérite du parking. La cérémonie commence dans sept minutes, dans la crypte de l'oratoire Saint-Joseph, une chapelle au pied de la basilique au dôme vert. Le commis, son téléphone sur l'oreille, parlant très fort en portugais, nous laisse passer sans un regard.

— C'est zoné culte?

— Oui…, répond Édouard en rétrogradant pour attaquer la côte. Et ça changera pas, surtout si l'autre maniaque est élu maire du Plateau. Le genre de gars qui va finir par fermer le mont Royal à la circulation ou piétonniser l'avenue d'un bout à l'autre.

— Ça, je sais pas… Ce qui est sûr, Dodi, c'est que, si j'étais Baddredine, je créerais ma propre religion.

Édouard se tourne vers moi. Son visage a pris une étrange expression, difficile à identifier, entre la catatonie et la béatitude. Édouard, lui dis-je, regarde devant toi. Il me fixe sans dire un mot, tandis que je mets la main sur le volant pour manœuvrer. On entend le moteur qui gronde dans la montée. Puis il me donne une claque sur la main et sort de la lune. Pour la première fois aujourd'hui, il s'esclaffe. On voit la plupart de ses dents, de la 22 à la 44. Sur le coup, je ne me rends pas compte que sa réaction est suspecte. Je suis heureux de le voir enfin joyeux. Je n'ai pas encore compris que cette phrase absurde, *je créerais ma propre religion,* a donné à mon cousin une idée. Une idée qu'il va à son tour donner à Baddredine Abderramane, mon ennemi – lequel, n'en manquant pas une, va la saisir au vol et s'inviter à mes noces.

III

INSOMNIES, PROTOCOLE

La nuit des funérailles ;
la nuit avant le mariage

DEPUIS DES MOIS, JE ME COUCHE DE BONNE heure, mais ça ne change rien : chaque soir, je me mets au lit et je suis pris de frissons, de tremblements. Les plinthes chauffantes ont beau rester allumées en permanence, le frimas recouvre peu à peu les vitres de la chambre. Bénédicte s'est réveillée tout à l'heure, elle saignait du nez. Vir et moi regardions le téléjournal, et je l'ai vue apparaître du coin de l'œil, petite silhouette claire dans la quasi-obscurité du salon. Je saigne du nez, papa, m'a-t-elle dit, me montrant ses doigts tachés de rouge. J'ai pris un mouchoir, je l'ai trempé dans mon verre d'eau et j'ai aidé ma fille à se nettoyer. Ça ne saignait déjà plus. Aux nouvelles, c'étaient les attentats de *Charlie Hebdo*. Notre appartement n'a rien de spacieux, quelques pas séparent le salon de la chambre de Bénédicte. Je l'ai raccompagnée jusqu'à son lit. Avant que je ne l'embrasse et retourne suivre le reportage, elle m'a fait promettre que je n'allais jamais mourir. Je suis là, mon amour, je suis là. Elle a hoché la tête et ajusté ses couvertures. Enfin, elle a fermé les yeux. Je me suis penché pour poser mes lèvres sur son front.

Toutes les nuits, depuis des semaines, je me réveille transi. Je sens la panique revenir : je tremble. Je jette un coup d'œil à mon radio-réveil : peu importe l'heure, le temps est suspendu. Peu importe si c'est par le truchement de cet appareil que j'ai appris la mort de René Lévesque, la chute du mur de Berlin, le début de la seconde guerre du Golfe, ou encore, l'automne dernier, l'assassinat, près du cénotaphe à Ottawa, d'un réserviste par un jeune homme décidé à faire le jihad, l'histoire pour moi est figée.

Plus rien n'a de sens.

Pendant des mois, nous nous sommes dit *Mym va mourir* et, la semaine dernière, Mym est morte.

*

J'écris ces pages au plus noir d'une nuit glaciale. L'enterrement a eu lieu ce matin, le 7 janvier 2015. Je ne peux croire que mon insomnie m'empêche d'en finir avec cette journée.

J'aurais souhaité que ce livre raconte tout entier un mariage, j'aurais souhaité que ce livre soit un livre de joie, mais la joie nous a quittés et l'écriture m'échappe, malgré moi le temps ne va plus, malgré moi les époques, les événements se superposent, se confondent, se projettent en une image impossible où tout bataille pour occuper l'avant-plan de ma conscience agitée.

J'aurais souhaité un livre de joie, mais ce livre sera ma peine. Ma peine d'avoir perdu une amie, ma peine à écrire cette perte, ma peine d'avoir tant essayé, puis d'avoir abandonné.

Je me réveille en sursaut, je ne sais plus très bien qui je suis, ce que je suis. Je me répète mille fois mon nom.

Pire qu'un cauchemar, ce qui arrive est arrivé, continue d'arriver.

Je me réveille, je suis transi. Je me lève, je vais à la fenêtre. Le givre en recouvre la moitié. Je le gratte avec mes ongles pour regarder dehors. Il n'y a rien à voir. Je voudrais pouvoir dormir : on ne pense à rien dans le sommeil.

Je me réveille. J'entends Bénédicte qui nous appelle.

— Mimi est là, dit-elle, j'ai fabriqué une Mimi pour vous.

Vais-je trouver la force de raconter la descente aux enfers qu'a vécue notre amie, qui commence ce jour où, revenant de ma perfusion, je comprends, en entendant Myriam et Virginie discuter dans la cuisine, en percevant l'extrême tension dans leurs voix, que l'heure est grave ? Mym vient d'apprendre qu'elle est atteinte d'un cancer.

*

Je me couche de bonne heure depuis plusieurs mois, tout de suite après la fin du téléjournal. Je tombe d'épuisement, puis, vers deux heures du matin, je me réveille en sursaut. Le froid m'assaille. Il entre en moi, dans mon corps, descend le long de mes bras, dans mes cuisses, et s'empare de mon cœur. Le sang quitte mon cerveau, mon visage s'engourdit, je vois des étoiles. Mes maux de ventre reviennent. J'ouvre les yeux. Ce qui est arrivé est un cauchemar et le cauchemar continue d'arriver. Je revois Myriam immobile dans son lit d'hôpital, terriblement amaigrie, le visage creusé et hagard. Je nous revois, Vir et moi, il y a deux semaines, sept jours avant la mort de Myriam, après deux années de traitements, nous entrons dans sa chambre aux soins palliatifs de l'Hôpital général juif. La chambre est maintenant dépouillée de la plupart des instruments de soins et baigne dans une pénombre chaude. Par la fenêtre, on aperçoit l'Oratoire illuminé de bleu, de vert et d'or, comme si Dieu se moquait de nous. Nous nous approchons du lit, avec hésitation, de Mym qui ne dort pas. Elle sait que nous sommes là, mais elle n'a aucune réaction. Elle ne mange plus, ne boit plus depuis deux jours. Notre présence nous paraît d'une impudeur obscène. Son regard flotte, détaché de nous, du monde. Après un moment, je lui dis à travers mes sanglots cette phrase imbécile, cette phrase cruelle que je donnerais tout pour reprendre :

— Je t'avais dit, Mym, qu'on serait là jusqu'au bout.

Elle incline la tête et me regarde dans les yeux.

— Pleure pas, Alain, me dit-elle dans un murmure éteint.

Avec délicatesse, Virginie me tire en arrière, et s'avance jusqu'au lit. Elle glisse sa main dans celle de Mym. Ses gestes sont les plus doux que je lui aie jamais vus.

— Je te promets de parler de toi à ta fille, de lui dire quelle amie extraordinaire tu as été pour moi, et de lui raconter quelle femme incroyable était sa mère.

— Pourquoi tu dis ça, Vir ? Ils m'ont emmenée ici pour que je me refasse des forces. Je vais pouvoir rentrer à la maison pour Noël.

Nous étions le vingt et un décembre. Puis je revois ce moment où, une semaine plus tard, au milieu de la nuit, nous retournons dans cette chambre de l'Hôpital juif. Le corps figé de Mym est allongé dans le lit. Son visage, livide, n'est plus tout à fait celui qu'on a connu et aimé. Les traits sont fixés par le masque de la mort. Autour du lit, sa mère et son père. Celui-ci se lève pour nous laisser la place. Vir et moi nous approchons du lit. Je touche la main de Myriam, elle est encore chaude. Son père me dit : « Alain, peux-tu me suivre ? » Il quitte la chambre avant que j'aie pu répondre. Je sors dans le corridor assombri et le rejoins dans la petite salle à côté. Je m'approche de lui pour le serrer dans mes bras, mais il se dérobe et me demande de m'asseoir. Je m'assois.

— Je dois te raconter quelque chose, dit-il en se laissant tomber sur une chaise.

Il semble réfléchir :

— Dieu demande à Abraham de conduire son fils unique, Isaac, au sommet d'une montagne. Abraham doit y construire un autel, lier son fils, l'étendre sur l'autel

87

et l'offrir en sacrifice à Dieu. Au moment où Abraham s'empare de son couteau, un ange intervient. L'ange lui dit : « Ne fais pas mal à cet enfant, ton fils unique ! » Dieu sait désormais que son serviteur le craint et lui obéit. Il peut alors le bénir et lui donner une descendance nombreuse, victorieuse.

Je l'écoute, abasourdi et bouleversé. Pourquoi le père de Mym me raconte-t-il cette histoire, dans la petite pièce jouxtant la chambre où repose le corps de sa fille ? Pourquoi ne reste-t-il pas avec elle, jusqu'à ce que la médecin vienne constater le décès ? Je reste silencieux, je ne sais quoi répondre. Mais je me rappelle ceci : quand Abraham le ligote sur l'autel pour le sacrifier, Isaac a trente-cinq ans. Trente-cinq ans, c'est l'âge de Mym. Ça ne signifie rien, et je ne dis rien. Son père me regarde encore un instant puis se lève. Sans rien ajouter, nous regagnons la chambre de Mym.

*

Je suis attablé dans la cuisine de notre appartement, devant un cahier ouvert. Je décapuchonne mon stylo et je regarde à l'extérieur. Vir et Béné dorment enfin. En face, le terrain du collège Villa Maria, enneigé, a quelque chose de majestueux, de sinistre, avec ses grands arbres décharnés qui oscillent dans le vent.

Pourquoi Abraham obéit-il à l'ordre de Dieu sans le remettre en question ? Pourquoi Isaac ne se défend-il pas ? Dieu annonce-t-il ainsi le sacrifice auquel, des siècles et des siècles plus tard, il livrera son propre Fils ? Je l'ignore, et je n'ai plus la force de savoir. Plus aucune certitude ne tient. Tout à l'heure, j'ai promis à ma fille que je ne mourrais pas, mais je vais mourir, moi aussi, j'ai même parfois l'impression d'avoir déjà commencé.

Je repense à une autre nuit d'hiver glaciale, une autre nuit où les fenêtres sont recouvertes de givre, où je regarde à l'extérieur, seul dans une pièce silencieuse. J'ai quinze ans, je viens de subir ma deuxième opération chirurgicale. Je suis à l'hôpital Sainte-Justine, au sixième étage du bloc 2. La cime du grand sapin de Noël érigé à l'entrée de l'hôpital s'élève jusque devant ma fenêtre. Les lumières du sapin colorent les murs sombres de ma chambre. Mon père m'a expliqué que l'immense chantier de construction à l'est de Brébeuf, qu'on voit aussi de ma chambre, est celui des nouveaux édifices de l'École des hautes études commerciales. Il espère qu'un jour j'y poursuivrai comme lui des études en administration. J'occupe seul cette chambre. L'infirmière est passée me voir il y a quinze minutes. Depuis la chirurgie, ils se relaient à mon chevet, les infirmières, les médecins, les résidents. La psychologue de la clinique de la douleur a convaincu le chirurgien de ne pas hésiter à me donner *quelque chose contre la peur.* J'ai noté les noms des médicaments sur un bout de papier que je laisse sur le plateau roulant qui me sert de table de chevet : depuis la fin de l'après-midi, j'ai reçu une injection de Solu-Medrol, j'ai pris deux comprimés d'Empracet, de la ciprofloxacine et du métronidazole.

Je marche péniblement jusqu'aux toilettes. Je me regarde dans le miroir : mes yeux sont moins rouges qu'à mon arrivée à l'urgence. La cortisone fait effet. J'ai quand même de la difficulté à me reconnaître. Les médecins insistent depuis ce matin pour que je *fasse une première selle*, mais j'ai peur d'avoir trop mal. C'est la deuxième fois que je subis cette opération ; après la première, je me suis évanoui en essayant d'aller aux toilettes. J'avais cru que les points de suture lâchaient, que la plaie s'ouvrait de l'intérieur. Je prends garde à ne pas trébucher dans la tubulure de ma perfusion puis je m'assois sur le siège, avec des précautions extrêmes. Tout à coup, j'ai à la fois très chaud et très froid, et mon corps se couvre de sueur. J'ai mal du côté gauche de mon ventre, qui a durci. J'ai peur. J'entends distinctement, dans mes oreilles, l'air qui circule dans mes poumons, comme si je respirais aussi par mes tympans. Une voix que je ne reconnais pas me répète que je ne suis plus moi-même. Je frissonne de manière incontrôlable. Dans un effort qui me semble surhumain, j'essaie d'interrompre la succession effrénée des questions banales mais terrorisantes qui se superposent à ma respiration dédoublée. Pourquoi toute cette céramique blanche ? Sommes-nous le jour ou la nuit ? Quel est mon nom ? Vais-je mourir ici ?

Je tire sur la cordelette rouge derrière moi, qui active l'appel d'urgence. L'infirmière arrive presque aussitôt. C'est la même qu'hier, une Italienne, sa fille a la même maladie que moi. Elle me dit de respirer calmement, mais c'est justement ça, le problème, ma respiration, je ne la contrôle plus. Je suis maintenant debout et je m'asperge le visage d'eau froide. L'infirmière m'escorte jusqu'à mon lit, qu'elle remet en position horizontale, elle éteint le minuscule téléviseur en noir et blanc puis l'éloigne en repliant le bras articulé.

— Ça va mieux, jeune homme ?

— Je sais pas. J'ai peur.

— Donnez-moi une minute, je reviens.

Elle sort de la chambre, réapparaît, me tend un petit gobelet de plastique. Il contient mes premiers comprimés de benzodiazépine, du Xanax. Je les avale. Je viens de faire ma première crise de panique.

*

Respirons ; je respire. Je me concentre sur ma situation physique, je me rattache à des éléments concrets. J'ai développé avec les années des outils cognitifs pour éviter d'avoir recours au Xanax, ou à toutes les molécules connexes dont j'ai réussi à me sevrer pendant les premières années de mon mariage. Je suis dans mon lit. Le sommeil ne vient pas, les événements de la journée repassent en boucle : l'arrivée au salon funéraire, la cérémonie, la mise en terre sur le mont Royal, dans le froid le plus terrible que j'aie ressenti. Je ne me calme pas. Le temps est venu de recourir au protocole que j'ai élaboré pour lutter contre mes insomnies. Il s'agit d'un protocole strict, qui comporte plusieurs étapes.

Il commence toujours de la même manière : je m'étire.
Je place mes mains derrière ma tête. Couché sur le dos,
j'exécute une série de relâchés-tendus discrets sous les
draps. J'en fais cinquante à un rythme lent, en comptant dans ma tête, puis cinquante autres, plus rapidement. J'entends Vir remuer à ma gauche. Je me rends
compte qu'elle non plus ne dort pas. Je me tourne vers
mon radio-réveil : 2 h 02. Le sommeil arrive rarement
à la première étape. C'est une sorte d'échauffement.
Je ne lâche pas des yeux mon radio-réveil, je compte
mes respirations, 2 h 03. Je me concentre sur l'objet du
radio-réveil, énumérant tout ce qu'il n'est pas ; il n'est
ni un simulateur d'aube, ni un périphérique intelligent,
ni une boîte noire, ni un monolithe, ni une machine à
faire chanter de petits oiseaux électroniques. C'est un
objet d'un autre temps. La tête sur l'oreiller, je regarde
les chiffres rouges – flous – caractéristiques des affi-
cheurs sept segments, 2 h 03. Téta Aïda m'a offert ce
radio-réveil le jour de ma première communion. Téta
Aïda était la mère de ma mère, l'unique aïeule que j'aie
connue. Heureux de mon cadeau, j'avais remercié Téta
en lui disant que, pour ma confirmation, elle pourrait
m'offrir la prochaine console Nintendo, ou alors une télé.

— Nous sommes maronites, *ya ebni*. Nous avons
parcouru la moitié du monde pour conserver nos rites.
Ta confirmation a eu lieu en même temps que ton baptême. Ta première télé, c'est toi qui te l'achèteras.

*

S'il existe plusieurs grandes Églises catholiques orientales, l'Église syriaque, l'Église orthodoxe grecque, l'Église arménienne, l'Église melkite – à laquelle appartient mon père –, moi, j'appartiens à l'Église maronite par ma mère. C'est inhabituel.

Cette Église, vieille de quinze siècles, se soumet à l'évêque de Rome. On raconte que cette communauté est née dans les montagnes de Syrie, sous l'inspiration d'un ermite qu'on appelait Maron. Ses disciples ont édifié, près du lieu de sa mort, un grand monastère qui deviendra au fil des siècles le cœur de la chrétienté dans la région.

J'aime ces histoires et les imagine se déroulant dans le désert, même si elles se passent dans des contrées plus verdoyantes encore que les montagnes du Vermont en juillet.

Chassés de Syrie par la conquête musulmane et les persécutions de chrétiens qui en découlent, autour du neuvième siècle de notre ère, dit-on, les maronites s'installent au Liban. On en recense trois millions dans le monde, répartis dans vingt-sept diocèses, dont un dans le quartier de mon enfance, à Ville Saint-Laurent, qui compte encore aujourd'hui une communauté très active. Ma mère en a été la présidente – elle qui voulait m'y dénicher une épouse, une belle Libanaise du Petit Liban –, mais après six ans d'un mandat houleux elle a démissionné avec éclat, juste avant qu'une faction ennemie ne la destitue.

Tout ça pour dire que j'ai dû accepter en cinquième année du primaire de ne pas être confirmé avec mes amis. Je participais tout de même aux activités religieuses. Nous avions monté une Passion du Christ, sous la supervision de sœur Saint-Damien. Sa mise en scène proposait un casting visionnaire : le rôle du Christ était tenu par Montaigne Racine, un ami haïtien turbulent. Sœur Saint-Damien m'avait au départ attribué un rôle de figurant, j'étais l'un des gardiens postés devant le palais de Ponce Pilate. J'avais contesté sa décision avec ardeur, si bien qu'elle avait retiré à Édouard le rôle de Jean pour me l'offrir. Jean, le grand évangéliste, le disciple préféré de Jésus. Le soir de notre unique représentation, ébranlé par mes nouvelles responsabilités – Jésus m'avait confié sa mère –, je me rappelle avoir ressenti pour la première fois de ma vie l'angoisse innommable qui m'assaille à nouveau ces temps-ci.

Ce n'est pas la trahison du jardin des Oliviers ou la montée vers le Golgotha qui m'angoissait, mais la rencontre d'une nouvelle élève, blonde et déjà grande pour son âge, que nous avions accueillie dans nos rangs après Noël. Ses parents, entrepreneurs immobiliers, venaient de déménager de Québec à Montréal, dans une maison ancestrale sur le boulevard Gouin, à cinq minutes de l'école. Constance Desmontagnes entrait dans ma vie.

J'interagissais peu avec elle dans la pièce, mais le fait de la fréquenter de loin dans les corridors, aux réu-

nions préparatoires ou pendant les répétitions du vendredi suffisait à me troubler. Constance incarnait Marthe,
une des sœurs de Lazare. Elle était magnifique dans sa
tunique de Galiléenne. Un soir, à l'approche du spectacle, les sœurs nous avaient fait répéter dans le réfec-
toire jusqu'à neuf heures. Je m'étais décidé à aborder
Constance, mais, arrivé devant elle, je n'avais pas pu
ouvrir la bouche, et elle m'avait souri avant d'aller se
mettre à sa place sur la scène.

Plus tard, à la maison, incapable de m'endormir, je
voyais derrière mes yeux fermés ses yeux à elle, bleus,
espiègles mais très sages en même temps, son visage
qui avait répondu à mon malaise par un tressaillement
indéchiffrable des paupières et la bienveillance d'un
sourire. Une tristesse profonde s'est emparée de moi,
et beaucoup d'angoisse, aussi. J'ai voulu aller en parler
à mes parents qui regardaient le téléjournal dans le
salon. Pour une rare fois, ils semblaient complices. Mon
père avait posé sa tête sur les cuisses de ma mère, ils
discutaient d'une nouvelle qu'avait annoncée Bernard
Derome. Je n'ai pas voulu les déranger : les Hongrois
célébraient leur sortie de l'URSS.

*

J'étire les muscles de mes pieds, de mes mollets, de mes
cuisses, de mon abdomen. Je remonte jusqu'à mon cou
puis à mon cuir chevelu, que je masse pendant quelques minutes. Rien à faire. La respiration de Virginie

est profonde, régulière, très légèrement agacée. La lune baigne Notre-Dame-de-Grâce de sa clarté blafarde. Vir combat l'insomnie selon une tout autre approche, plus homéopathique, trouvant mon protocole hystérique et contre-productif. Je passe à l'étape suivante : lire. Je m'assois dans le lit, le dos calé contre un oreiller, et j'allume ma petite lampe de chevet. Je prends la nouvelle traduction de la Bible sur ma table de nuit et l'ouvre à l'Évangile selon saint Jean.

Il était une fois un signe, le premier des signes. Il était une fois un homme qui faisait des signes, et cette histoire que je lis est l'histoire du premier de ces signes. Une noce a lieu. Nous sommes sur le territoire de l'actuel Israël, sans doute sur le site de la ville de Kafr Cana dans le district Nord, à plus ou moins six kilomètres de Nazareth. Une terre rocailleuse s'étend sur des kilomètres. Beaucoup de gens sont rassemblés pour la noce, plusieurs assis par terre. Des tentes ont été plantées un peu partout autour du lieu de la fête ; au cours de l'après-midi, elles protégeront les invités du soleil. Ne nous fions pas aux représentations de l'histoire de l'art. Les gens n'apparaissent pas vêtus des fantasmes de la Renaissance. Leurs habits se déclinent dans une variété de teintes de terre, ils portent des tuniques qui vont de l'ambre aux bruns et aux beiges, du jaune ocre au rouge cochenille, des keffiehs safran, des sandales de cuir poussiéreuses. On danse en rond autour du feu. La plupart des convives se tiennent la main, d'autres discutent, étendus sur des tapis posés au sol. L'homme des signes fait partie des invités, avec sa mère et quelques-uns de ses disciples. L'heure du repas est arrivée. Nourrir tous ces gens, voilà qui ne va pas de soi. Mais les hôtes ont tout prévu : il y a plusieurs heures déjà que les moutons rôtissent sur les broches. Des assiettes de fruits passent d'une main à l'autre, des raisins, des poires, des figues grosses comme des poings. Des enfants se jettent dessus ; d'autres s'égayent devant les chevaux ou les ânes attelés à des véhicules rudimentaires qui depuis des heures ne bougent pas. On joue de la musique. On bat le rythme sur le tabla, petit tambour dont on joue du Maroc au Yémen, et les flûtes de pan émettent des sons envoûtants qui épousent la cadence. Le soleil commence à décliner et les oliviers se balancent lentement au passage de la brise. On allume les torches, qui brûleront jusqu'aux aurores.

Or le repas est à peine servi que le vin vient à manquer. Sa mère dit à l'homme des signes :

— Nous n'avons plus de vin.

L'homme des signes répond :

— Qu'est-ce pour toi, femme ? Mon heure n'est pas encore venue.

Près des tables centrales où sont placés les mariés avec leur famille, il y a six jarres de grès ou de terre cuite. Elles sont vides. Chacune peut contenir deux ou trois mesures, c'est-à-dire une centaine de litres, l'équivalent de deux gros fûts de bière. L'homme des signes s'adresse aux serviteurs :

— Remplissez d'eau ces jarres.

Ils obéissent et les cruches sont remplies à ras bord.

Puis il leur intime d'en puiser un peu et d'aller porter l'eau au maître de cérémonie, qui la goûte ; c'est du vin. Il dit à l'homme des signes qu'il a renversé l'usage : habituellement on boit le bon vin au début, lui garde le bon pour la fin. Le maître de cérémonie ignore d'où provient ce vin, mais ceux qui ont rempli d'eau les jarres le savent. Le texte dit : « Voici le commencement des signes de Jésus, à Cana de Galilée. Il s'est montré dans tout son éclat et ses disciples lui ont fait confiance. »

Je referme la Bible, plus éveillé que jamais. Cette nuit, plus je lirai, moins je dormirai. Les signes sont partout, hors de contrôle, affolent mon angoisse et ma tristesse. Lisant une noce, je vis des funérailles. Les signes de Rabbi Jésus n'ont rien pu pour Mym. Je me suis raconté Cana en vain, chuchotant les mots des versets, le dos contre un oreiller, perdu dans mon lit, égaré dans ma tête, au cœur de cette nuit interminable, cette nuit de chagrin, qui aura suivi la mise en terre de Myriam, au matin d'un jour glacial où auront gelé nos larmes. Cette nuit où le temps est disjoint, où les heures ne viennent pas, où la tristesse est partout, où pleurer, où m'apaiser et dormir est hors d'atteinte.

*

Ensuite, c'est le bain chaud, le bain brûlant, le bain de lave. J'ai mis au point cette étape radicale au temps de mes premières opérations chirurgicales. L'objectif est de m'abattre, si on veut, d'abaisser rapidement ma pression artérielle, et de tout ramollir. Cette étape fonctionne le plus souvent. Après une dizaine de minutes, je deviens faible, mes muscles totalement flasques. Normalement, j'ai à peine le temps de me traîner jusqu'à mon lit, à peine l'énergie de me glisser sous les draps, que je dors déjà, en paix.

Mais cette nuit, tout résiste.

Je passe donc à l'étape suivante, celle où, comme si j'étais mon propre enfant, je me raconte une histoire. Je vais me la raconter dans ma tête, je vais la visualiser, je vais la laisser défiler.

— T'es pas dans ta tête, Bibou, soupire Virginie.

— Ah non ?

— Tu parles à voix haute.

— Je chuchote…

— Non, tu parles à voix haute *basse*.

— Pardon, pardon.

Je reprends.

— Plus bas, s'il te plaît.

— Je vais chuchoter dans ma tête.

— Merci, Bibou. J'arrête pas de voir Mym toute seule, étendue dans la terre, dans le sol gelé. J'en reviens pas qu'on l'ait laissée là. Je la vois couverte de glace, j'ai l'impression qu'elle ressent le froid…

— Je sais, c'est insupportable.

La seule façon de ne pas être envahi par ces images est de les remplacer par d'autres images, me dis-je pour m'encourager. Je repense à notre mariage, à cette folle journée – de joie, de surprises, de retrouvailles étranges, d'émotions, mais aussi d'angoisses maladives, de chaos et de révélations. Je revois Mym discutant avec mon père après son discours, leurs sourires à tous les deux, et sa robe d'un jaune intense, solaire, de cette nuance de jaune qui dorénavant me serrera toujours le cœur.

— Vir?

— Quoi!

— La robe de Mym, elle est où, tu crois?

— Quelle robe?

— Celle qu'elle portait à notre mariage...

— Pourquoi tu penses à ça maintenant?

— C'est peut-être à toi que les parents de Mym devraient la donner.

— Je sais pas... Je suis fatiguée, laisse-moi dormir, s'il te plaît.

Aux images de Mym, aux images du mariage se succèdent celles de la nuit d'insomnie qui l'a précédé, remplie de peur et d'incertitude, et qui, huit ans plus tard, se confond avec celle-ci, remplie de peurs et de visions. La vérité, c'est qu'on ne choisit pas les images qui nous hantent et nous font.

*

Il était une fois un fiancé, il y a huit ans et des poussières. Il était une fois un fiancé, à douze heures de son mariage, dans la nuit du 6 au 7 juillet 2007, un fiancé qui ne dormait pas, un fiancé qui essayait de vivre sans anxiolytiques, et pour qui chaque matin le combat recommençait : est-ce aujourd'hui que je flancherai? Quatre mois plus tôt, c'était en février, il avait fait la première crise de panique de sa vie adulte. Ce jour-là, Édouard était venu le voir ; le fiancé lui avait demandé de réparer son calorifère, et ils avaient fini par débattre de la vraie façon de préparer le foul ; et ce soir-là, chez Myriam avec des amis, il avait bu, il avait fumé. Ça avait été trop, et la crise avait été terrible. Depuis, il y pensait chaque jour, parfois même plusieurs fois par jour, à chaque heure les mauvaises journées, sa résolution faiblissant, tandis qu'il se tenait paralysé devant le miroir de sa pharmacie. Mais il ne flanchait pas.

Il était une fois un fiancé qui passait sa dernière nuit dans ce studio minuscule de l'avenue Christophe-Colomb. Dans ce studio, il avait vécu sept ans. C'est le seul appartement qu'il avait occupé après être parti de chez son père. Toute sa vie, il avait souffert de maux de ventre qui, d'année en année, s'étaient aggravés de manière alarmante. S'il arrivait à résister à l'appel des anxiolytiques – dont il avait dû plusieurs fois se sevrer, péniblement, à l'adolescence –, il s'était mis à consommer de fortes doses de cortisone et d'immuno-suppresseurs, à quoi s'étaient ajoutés plusieurs types d'antibiotiques, qu'il avalait chaque jour. Cela n'avait pas suffi. Son état avait continué de se détériorer. En dernier recours, on l'avait placé devant une alternative. Soit il subissait une chirurgie invasive unique et irréversible, soit il faisait l'essai d'une nouvelle thérapie et

se destinait à recevoir pour le reste de sa vie des perfusions d'immunomodulateurs, dont les effets secondaires étaient encore inconnus. Le dilemme avait duré
des semaines. Il avait choisi l'inconnu plutôt que l'irréversible. Il avait mal au ventre, mais la douleur le rassu-
rait : ses spasmes, ses crampes, ses saignements faisaient
partie intégrante de ce qu'il était. Son père avait eu les
mêmes problèmes, les mêmes traitements – et les avait
encore –, avait subi presque les mêmes chirurgies. Cette
maladie qui se transmet rarement d'un père à un fils, le
fiancé n'en parlait que très peu avec son père. La preuve :
ils avaient soupé ensemble ce soir-là, pour célébrer la
fin de sa vie de garçon, et à aucun moment au cours de
leur longue conversation ils n'avaient effleuré le sujet.
Des intestins enflammés jusqu'au sang, c'est une réalité qu'on tait dans les occasions spéciales.

Il était une fois un fiancé qui ne dormait pas, qui
regardait son radio-réveil toutes les dix minutes. Il
était 1 h 42, il était 1 h 52. Il était maintenant 2 h 02.
Encore neuf heures et Édouard serait en bas de chez
lui au volant d'une Mustang. Édouard son cousin, son
meilleur ami, son frère. Édouard son garçon d'honneur.
Le fiancé avait mal au ventre et ne dormait pas. Il s'était
pourtant couché de bonne heure, en rentrant de cet
étrange souper avec son père, qui avait insisté pour l'inviter au Tour de Ville, un restaurant panoramique qui
tourne sur lui-même, au trentième étage d'un hôtel de la
rue University. Le fiancé n'arrivait pas à chasser de son
esprit ce que lui avait raconté son père. *Je voulais que*

nous soyons une famille, mais pas à n'importe quel prix...
Si c'était à refaire, je ne me marierais pas... Jamais son
père ne s'était autant ouvert sur le divorce. Le conflit
avait duré des années, et le fiancé se refusait à interroger ses parents, à demander des explications sur la
tournure violente et toxique qu'avait prise leur séparation, pour des raisons qui lui échappaient encore en
partie. Le père et le fils étaient revenus sur des souvenirs douloureux : les expertises des psychologues à
chaque procès, les procès eux-mêmes, les nombreuses
matinées au palais de justice, les nombreuses visites
de la police à la maison. Le fiancé s'était couché sitôt
rentré. Il voulait se marier frais et dispos. Il s'était vite
endormi, à 22 h 02. Puis les maux de ventre l'avaient
arraché au sommeil. Il était 1 h 02. Il avait bu un grand
verre d'eau, il s'était étiré, torsion au sol, chas de l'aiguille, *baddha konasana,* la posture de l'angle lié, puis
savasana, la posture du cadavre. Il avait lu des pages de
Du Côté de chez Swann. Il avait lu des extraits de l'Évangile selon Jean, il avait lu les versets où Jésus réveille
les morts, il avait pris un bain très chaud. Rien n'y avait
fait. Il était passé à l'étape suivante de son protocole, se
racontant en accéléré les films de *Star Wars,* ralentis-
sant à la scène du troisième épisode où Palpatine révèle
à Anakin Skywalker, sur le point de rejoindre le côté
obscur, qu'un chevalier noir du nom de Darth Plagueis
a maîtrisé le secret de la vie éternelle. Fébrile, souf-
frant, le fiancé s'était affalé sur le sofa. Il avait allumé
la télévision et avait zappé. Il était 3 h 02. Il zappait et

zappait. Il avait fini par s'arrêter aux premières notes d'une mélodie reconnaissable entre toutes ; l'écran était noir, et un fondu avait laissé apparaître, en gros plan, le visage d'un homme dans la soixantaine. Le fiancé s'était redressé, comme un voyageur dans une contrée étrangère qui au milieu de la nuit retrouve un visage familier.

Bonasera ressemble à mon père, pense le fiancé.

Il a une moustache grise bien taillée et les cheveux peignés sur le côté, par-dessus sa calvitie. Il porte un smoking. On ne voit pas à qui s'adresse Bonasera. Il dit : « Je crois en l'Amérique. L'Amérique a fait ma fortune. » Nous sommes à Long Island, à la fin de l'été 1945. L'homme s'appelle Amerigo Bonasera. *Je ne comprends pas pourquoi Sue nous fait faire une escale à* JFK, *il y a pourtant des vols directs Montréal – Le Caire. Dans quel état je vais être, à l'atterrissage ?* La caméra recule lentement, et son interlocuteur apparaît de dos. *Est-ce que j'ai bien mis des antibiotiques dans mon bagage de cabine ?* Il s'agit de Vito Corleone. *Il ressemble encore plus à mon père, c'est fou.* Corleone est à la tête de l'une des cinq familles italiennes qui se partagent New York. *À moins que notre escale soit à LaGuardia ?* Sur les genoux de Corleone ronronne un chat gris, qu'il caresse avec une calme assurance. Corleone célèbre aujourd'hui le mariage de sa fille, Constanzia, Connie. Un Sicilien, même émigré aux États-Unis, ne refuse pas une faveur à ceux qui lui en demandent une en ce jour si spécial. *Et un Libanais d'Égypte émigré au Québec, lui demande-t-on quelque chose le jour du mariage de son fils ?* Des hommes se succèdent dans le bureau de celui qu'on appelle le Parrain : le pâtissier Nazorine, l'homme de main Brasi, et le croque-mort Bonasera, qui croit en l'Amérique et demande justice à Don Corleone parce que sa fille a été battue et que les tribunaux ont infligé une peine dérisoire à ses agresseurs. *Je n'aurais pas dû louer un smoking sur la Plaza Saint-Hubert. Deux cents gars ont dû se marier dedans. J'aurais dû écouter Sue. Si tu ne t'achètes pas un costume le jour de ton mariage, tu le feras quand ? Au moins, c'est réglé, le smoking est dans la housse.* Les rideaux tirés empêchent la chaleur du dehors d'entrer dans le bureau. Don Corleone y reçoit les doléances de ses invités. L'entourent son fils aîné, Santino, Sonny, et son fils adoptif, Tom Hagen, qui est aussi son *consigliere*. Les trois hommes portent un smoking avec fleur à la boutonnière : des œillets blancs pour Sonny et Tom, une rose rouge pour Vito Corleone.

À l'extérieur, la noce somptueuse se déroule dans un jardin enceint d'un haut mur de pierre, qui préserve les convives des intrus, des curieux et des agents du FBI. *Nous, c'est le fleuve, notre mur, j'imagine que c'est pour ça que c'est si cher, louer La Toundra. Notre petite île privée...* Les festivités se déroulent dans une liesse bruyante. Impossible de dénombrer les invités, dispersés aux quatre coins du jardin, aux tables, sur la scène, autour de l'orchestre, ou sur le plancher de danse. Les tons de rose, de corail et de sable contrastent avec l'auvent bleu royal et blanc. *Cent cinquante invités, presque les trois quarts de mon côté. J'espère que Pa et Ma vont se tenir*

tranquilles. La honte, si ça dérape... Entre-temps, les
Corleone se préparent pour une photo réunissant la
famille proche. Il y a Vito, son épouse Carmela, Connie,
Sonny, Fredo, le benjamin, et Tom, mais il manque le
petit dernier : Michael, qui n'est pas encore arrivé. On
danse et on chante. *Ah, danser, ça ne va pas être possible.
Faut que je dorme, ça n'a aucun sens. Je me sens brisé.*
Sonny laisse sa femme dans le jardin et monte avec une
cousine éloignée, les deux font l'amour dans une pièce
qui sert au repassage, au premier étage de la maison des
Corleone. *Ça, au moins, ça ne risque pas d'arriver dans
La Toundra.* La caméra ne s'attarde pas et redescend
au rez-de-chaussée. On comprend que tout le monde
mange dans la main de Vito. Les sénateurs, les juges, la
police. La noce bat son plein. Johnny Fontane, un chan-
teur de charme, le filleul de Corleone, souhaite profiter
de son influence pour décrocher un rôle à Hollywood.
Puis c'est le tour du pâtissier Nazorine, qui fait cadeau
à la famille d'un énorme gâteau à plusieurs étages, et
qui dans la foulée demande au Parrain de régulariser la
situation d'un de ses employés, dont sa fille s'est amoura-
chée. *Shit, les douceurs libanaises, pour la* sweet table *de
minuit ! Ma a insisté pour les commander, mais ils vont
faire comment, pour la livraison ? Ils nous font attendre
quand on achète des baklavas pour quatre. Pour cent
cinquante, oublie ça, ils ne seront jamais prêts à temps.
Je te gage que Ma n'a pas laissé d'acompte. Avec quel
argent, de toute façon ? Ah oui, Sue lui a remis une enve-*

loppe. J'espère que Ma n'est pas allée au casino. Je pense que je ne serais pas capable de l'aider, cette fois. J'y vais pour les spectacles, qu'elle ose me dire. Mon cul ! Sur la scène, Johnny séduit une rangée de jeunes femmes, en chantant une ballade langoureuse qu'il dédie à Connie. Michael vient d'arriver. Il porte un uniforme militaire, il est attablé un peu à l'écart, avec sa petite amie, Kay. Il rejoint la famille pour la photo officielle. *Faut que j'appelle Vir, on a complètement oublié d'organiser le plan de la photo. Je ne suis quand même pas pour la réveiller. Cent cinquante personnes, ça ne rentre pas dans une photo. Tu leur dis comment, euh, non, pas vous, s'il vous plaît. Personne ne va être capable de nous trouver, dans la photo. Où est Charlie ?* Le Don peut enfin danser avec sa fille, et la mélodie du *Parrain* reprendre, si reconnaissable et si poignante.

Pour le fiancé, ce serait le moment idéal de s'endormir, sur ce film qu'il aime tant. Il se laisserait aller et fermerait les paupières, contenté, rompu de fatigue. Mais il n'en peut plus, son esprit s'agite dans tous les sens, pour tout, pour rien. Il se demande s'il est possible de mourir de fatigue à son âge. Mourir l'inquiète. Il éteint le téléviseur et se remet debout. L'obscurité dans la pièce commence déjà à se diluer, des filets de lumière s'infiltrent par les stores verticaux. Il retourne dans son lit et se couche sur le côté, en position fœtale. Il a oublié de retirer ses lunettes, et la première chose qu'il voit, outre son radio-réveil – il est 4 h 02 –, c'est un crucifix, cloué au-dessus de la porte d'entrée. Son père le lui a offert quand il a emménagé ici, sept ans plus tôt. Il ferme les yeux. Il ne dort pas. Il repense au film, qu'il visionne dans sa tête, scène par scène, en même temps que quelque chose en lui reste prisonnier du langage et de l'analyse. Il est frappé aujourd'hui plus que jamais par le fait que *Le Parrain* est un hommage aux sacrements catholiques, le mariage de Constanzia, celui de Michael en Sicile, le baptême sur lequel se termine le film, ce baptême où, solennellement, Michael jure de ne jamais céder aux pompes de Satan, au moment exact où ses hommes abattent les têtes dirigeantes des quatre autres familles de New York. Le radio-réveil indique 4 h 22. *Dieu qu'il est tard.* Le fiancé se relève et se rend à la salle de bain. Tout son corps lui fait mal. Son ventre, son dos, ses hanches. L'intensité de la douleur l'effraie. Il regarde son visage dans le miroir de la pharmacie. *Est-ce aujourd'hui que je vais flancher ?* Il ouvre la porte-miroir, son visage pivote et disparaît, alors qu'apparaissent les tablettes bien garnies, dont celle du haut est réservée aux médicaments les plus puissants. Oui, c'est aujourd'hui. Il abdique, le protocole a échoué. Il est vaincu. Il saisit le flacon de Xanax, l'ouvre et avale deux cachets de 0,5 milligramme, qu'il fait descendre avec quelques gorgées de sirop contre la toux. Il attend. Puis il ouvre un deuxième flacon et prend deux Empracet de trente milligrammes. Jour d'oignon précède jour de miel. Le visage défait du fiancé réapparaît dans le miroir de la pharmacie. Le fiancé aurait une bonne raison maintenant de ne plus tenir debout. La pharmacie, c'est *pharmakon*. C'est le remède, le poison. Farah, c'est le mariage et la joie.

IV

ŒIL POUR ŒIL

La noce (bis)

TOUT SE PASSE BIEN, C'EST UN GRAND soulagement. Il est 19 h 58, et nous sommes dans La Toundra. Un homme est monté à la mezzanine il y a peu, pour parachever les préparatifs en prévision de l'ouverture du second bar. Sa mise en place terminée, il profite d'une pause. Accoudé à la balustrade, il fume une cigarette malgré l'interdiction récente. Derrière lui, au fond contre le mur, scintillent en rangs serrés des bouteilles de gin, de scotch, de vodka, de rhum, de vermouth, d'amers et de liqueurs de diverses natures. Si on ne le connaît pas, cet homme, on l'a vu, depuis le début de la journée, s'affairer ici ou là, huilant la mécanique des opérations. On l'a vu, il y a quelques minutes encore, intervenir avec doigté auprès de la brigade de cuisiniers. À lui seul, il a réussi à dégripper l'engrenage d'une équipe paralysée par la mauvaise foi et la dissension, qui menaçait d'en venir aux mains. L'homme est intervenu et, très vite, par les vertus de son charisme, les factions se sont réconciliées, et l'entrée de carpaccio a pu être servie, avec une fluidité et un synchronisme qui n'avaient rien à envier au *Lac des cygnes*. On a vu cet homme un peu plus tôt encore, dans le jubé de la crypte de l'oratoire Saint-Joseph, s'asseoir devant l'orgue Casavant, numéro d'opus 708, pour exécuter, après quelques préliminaires désinvoltes dans un goût moderne, les premières mesures d'une sarabande limpide et tendre, procédant avec la maestria sobre de celui qui sait qu'il interprète le maître des maîtres. Et enfin on l'a vu accueillant le marié sur le parvis à l'entrée de la crypte. Arrivé en haut de l'escalier, le marié avait eu besoin d'une minute à lui, pour tenter de chasser le trac et l'angoisse. Il avait inspiré, expiré, puis s'était assuré que son double Windsor était bien droit et qu'aucune tache de mayonnaise ne souillait son smoking. L'homme qui se tenait devant lui, mince et de grande taille, semblait l'attendre. Il portait un complet d'été dans des tons pâles, de coupe impeccable, assorti à une cravate sépia sur une chemise bordeaux à col français. Il s'était détourné de sa contemplation du quartier Côte-des-Neiges, et un sourire avenant avait flotté sur ses lèvres.

— On a failli commencer sans vous.

Sa voix était sonore et veloutée, comme le timbre d'une clarinette.

— Pardon ? avait dit le fiancé.

— Vous faites bien de respirer un peu, de vous remettre en phase avec le moment présent. Ce serait dommage de se marier en retard sur soi-même.

114

— Vous... ?

— Toutes mes excuses : Jakobson, avait-il dit en tendant la main. Jakobson tout court.

— Alain Farah.

— Enchanté !

— Je ne suis pas sûr de...

— Je prête assistance à Suzanne aujourd'hui. Sue, comme vous l'appelez.

— Ah, je vois, avait répondu le fiancé. Désolé pour le retard. Le trafic a été infernal, Décarie était bloqué. J'ai cru qu'on allait mourir de chaleur dans la remorqueuse. J'aurais dû me marier en blanc, m'acheter un costume comme le vôtre. C'est du lin ?

— Il est très bien, votre smoking.

— Bah, je dois être le centième à me marier dedans.

Jakobson s'était contenté de sourire à nouveau, puis, comme de nulle part, avait produit une fleur blanche, un œillet, et l'avait glissée dans la boutonnière du fiancé.

— La fleur du jeune Don... Après tout, il règne aujourd'hui une chaleur proprement sicilienne, vous ne trouvez pas ? Je rentre, mais prenez votre temps, je vous en prie.

*

Tout se passe bien, il est 19 h 59 et nous arrivons, Vir et moi, à Cleopatra. En haut, perché sur la mezzanine, la main sur la balustrade, Jakobson termine sa cigarette. On le sent détendu, en contrôle, il balaie la salle du regard une dernière fois avant de redescendre. Les invités ont commencé à s'acheminer vers leurs tables, et le brouhaha des conversations a atteint son apogée ; le cocktail s'achève.

Nos noces se déroulent dans La Toundra, au cœur des Jardins des Floralies, sur l'île Notre-Dame. Cette salle de réception est l'un des rares vestiges du pavillon construit par le Canada lors de l'Exposition universelle de 1967. Elle est vitrée du plancher au plafond, et nous sommes de plain-pied avec la végétation luxuriante du jardin. Nous jouissons par ailleurs d'une vue magnifique sur le centre-ville de Montréal et le jour qui tombe. Les murs dépourvus de fenêtres sont ornés de bas-reliefs épurés, réalisés par deux artistes de la terre de Baffin sur des plaques de saponite. On y voit chasseurs et pêcheurs en action, ainsi que des représentations d'animaux, bernache, bœuf musqué, harfang, lemming de Norvège, quelques rennes, des loups, un phoque solitaire. Contre les hautes baies vitrées se trouve l'estrade du disc-jockey, où nos proches prononceront leurs discours. Juste devant s'alignent les trois tables d'honneur circulaires, réservées aux trois familles – celle de ma mère, celle de mon père, celle de Vir –, puis une deuxième rangée de quatre tables, pour les amis, et une troisième rangée de cinq tables, pour le reste des invités, connus et inconnus.

Tante Nouhad s'est arrêtée à notre table et elle donne des bises en rafales. Trois bises au début de l'échange, trois bises à chacun des *mabrouk* qui ponctuent la conversation, trois bises avant de se dire au revoir, et un dernier *mabrouk* pour la route, *mabrouk, ya* Alain, vous viendrez nous rendre visite, *toi et ta femme.* Elle n'a visiblement pas la moindre idée du nom de Virginie, et je ne suis pas mieux, dans la mesure où, son nom mis à part, j'ignore presque tout de cette dame. Dans la culture libanaise, « tante » veut pratiquement dire « une femme de notre connaissance ».

Sorti du nuage de bises, je pose mon trousseau de clefs sur la table et m'assois enfin. J'ai mis une bonne quinzaine de minutes pour franchir les quelques mètres qui séparent Cleopatra de l'estrade, d'où nous sommes descendus après les présentations officielles des trois familles, à la fin du cocktail. Je sors de la poche de mon veston une feuille de papier pliée en deux sur laquelle j'ai inscrit, ce matin, les heures où je dois prendre mon Xanax. Ma prochaine dose est dans vingt minutes. C'est ma cinquième dose depuis la nuit passée. Je suis au plus mal et je sais qu'à aucun moment d'ici la fin de la journée le Xanax ne doit quitter mon sang. Je remets la feuille dans ma poche.

Nous avons baptisé la table des Farah du nom de Cleopatra en l'honneur du quartier d'Alexandrie où a grandi mon père. Y sont rassemblés plusieurs membres de sa famille, dont je tairai le nom et l'identité. Leurs surnoms suffiront : Zizo, Noucy, Gigi, Vivi, Doudou et bien sûr mon père, Shafo. Je le regarde ; il me répond par un sourire tranquille, peut-être un peu inquiet. Il perçoit ma fatigue. J'aimerais lui dire que sa présence me rassure, me donne l'énergie d'endurer les maux de ventre, l'épuisement, l'angoisse. Mais je devine que je n'en aurai pas l'occasion au milieu des discussions croisées, des va-et-vient, des blagues qui fusent. J'aurais pu lui chuchoter à l'oreille : Sans toi, je n'aurais pas atteint ce moment de ma vie, mes vingt-huit ans. J'aurais ajouté : Ton soutien, ce matin encore chez ce dingue de Wali Wali, n'a pas de prix pour moi. Souhaitons que mon père lise dans mes pensées.

Shafik Elias, ou Élie, est un homme paradoxal, que marquent sa formation d'ingénieur et sa foi. Un homme hyper rationnel, qui analyse tout ce qui l'entoure. Un homme dont la grille d'analyse devient le monde et non plus sa représentation. Un homme de tête habité par une foi inébranlable, une foi qui s'est déclarée à la mort de sa mère – ou plutôt qu'on lui a inculquée : *Désormais, tu auras la Vierge Marie pour maman,* lui avaient dit les grands-tantes vêtues de noir.

C'est à mon père que je dois mon éducation spirituelle. J'ai adopté, bien avant d'en comprendre les implications, sa manière de pratiquer la religion comme exercice d'humilité, comme travail d'abdication du contrôle que l'on tente d'avoir partout ailleurs sur nos vies, et comme dernier recours. Mots de mon père chuchotés depuis toujours à mon oreille : *Face à la souffrance et au désespoir, la seule façon de ne pas mourir, c'est d'avoir la foi.* Cette sagesse, il l'a mise en œuvre dès le début de sa vie consciente. Il y a chez lui une pudeur, une tristesse impassible qui le rendent muet. Je vois bien que mon père est en même temps rempli de fierté et envahi par la détresse. Je ne veux pas qu'il sache que j'ai recommencé les anxiolytiques. Je me lève. En deux pas, j'atteins Stuttgart, la table d'Édouard et de Ruby, dans la diagonale de Cleopatra, sur la deuxième rangée. Édouard n'y est pas. Debout face à la baie vitrée, baigné des dernières lueurs du jour, il parle au téléphone et semble beaucoup s'amuser. Après nos dernières discussions, je ressens le besoin d'aller prendre des nouvelles de Ruby. Je m'assois à côté d'elle à la place d'Édouard ; elle l'observe, médusée, tiraillée entre la lassitude et l'incrédulité.

— Alors, Ruby, sur le point de t'autodigérer ?

— Mmm, j'ai pas vraiment faim. Je suis un peu stressée, en fait.

— C'est vrai, demain, vous...

Elle a un petit rire amer.

— Justement, non.

— Pardon ?

— Je vais pas te raconter tout ça le soir de ton mariage.

— J'ai cru comprendre que les préparatifs du déménagement, les travaux de peinture, les allers-retours à la quincaillerie, c'est pas mal toi toute seule qui t'en es occupée.

— C'est beaucoup plus compliqué que ça. En vingt-quatre heures, ma vie a basculé. Je le comprends plus du tout. Ce matin, ça avait aucun sens, t'as pas idée...

— Il avait une face d'enterrement quand il est venu me chercher en remorqueuse.

— Oui, et regarde-le en ce moment. Il est hysté-rique. Et on parlera pas de sa disparition pendant votre mariage. Un garçon d'honneur qui perd les alliances ! Demande-lui pas de respecter un bail, de tenir ses enga-gements, après ça.

— Qu'est-ce qui s'est passé, ce matin ?

— Tu devrais me demander ce qui s'est passé hier ! Je suis arrivée chez lui à huit heures pour l'aider avec les boîtes. Il avait rien fait. Je veux dire, rien. On a signé en mars. On est en juillet. Il y avait du linge sale partout, deux boîtes vides sur le plancher de la cuisine, et une troisième avec sa friteuse dedans. Les armoires débordaient, comme d'habitude, et pas un meuble de démonté. Dans la vie, je suis pas une fille qui pleure. Mais quand j'ai vu ça, j'ai eu une boule dans la gorge.

— Ça lui ressemble pas, Ruby, il planifie tout long-temps à l'avance. Je l'ai toujours connu comme ça, depuis qu'on est tout petits. Il planifiait ses affaires, il planifiait les miennes. Je te jure, il rédigeait mes exposés oraux.

— Je sais pas de quel gars tu parles, mais c'est pas avec lui que je sors. La mort de son père l'a changé.

— Ça a toujours été dur, sa relation avec Nabil.

— Je comprends, Alain. La famille, c'est simple pour personne. Nabil a été malade tellement d'années, en plus. Mais c'est pas ça, le problème.

— Ça a frappé fort quand même. Édouard, c'est le genre de gars pour qui le deuil est une affaire incompré-hensible. Il comprend pas ce qui lui arrive, il voit rien venir et il pense qu'il devrait déjà en avoir fini. Déjà qu'il en arrachait avec ses problèmes d'argent. Je sais pas comment il arrive à endurer ça. Je pensais qu'il faisait de son mieux, dans les circonstances.

— De son mieux ? C'est dur de faire pire, il me semble. Alain, il a *jamais* cassé son bail.

— Comment ça, jamais cassé son bail ?

— Il m'a dit ça hier matin. Il m'a dit que, d'une chose à l'autre, il y avait plus pensé. Il m'a dit qu'il avait oublié ou qu'il était sûr qu'il l'avait déjà fait et qu'après il avait oublié. Il déparlait.

— Et il t'a dit ça deux jours avant le déménagement ?!

— Il m'en aurait même pas parlé si j'étais pas débarquée chez lui pour l'aider. Je te raconte ça et j'y crois même pas. Ça me rend folle. C'est pas dans ce contexte-là que je m'imaginais rencontrer toute votre famille, et encore moins assister à votre mariage, à Vir et toi...

— Il doit s'en vouloir à mort.

— Il regrette rien. Selon lui, c'est un signe du destin.

— Ça explique son attitude de ce matin, en tout cas.

— Ça fait une semaine que je me décarcasse à repeindre notre nouvel appart, j'ai même commencé à charrier des boîtes après le bureau. Monsieur doit travailler... La remorqueuse le jour, d'accord, mais passer ses soirées à gosser sur les Volks de ses amis, je vois pas l'urgence.

— Ça l'aide à payer ses dettes, quand même...

— Si tu savais, Alain. Ses cartes de crédit... C'est un puits sans fond. J'ai jamais vu ça.

— Sept cartes de crédit pleines, je pensais pas que c'était possible. Soixante mille dollars, plus les intérêts, c'est hallucinant.

Ruby tressaille. Je la vois accuser le coup. Son visage se décompose. Elle boit une gorgée d'eau. Sa main tremble. Merde, me dis-je, j'ai trop parlé. Ruby fixe le vide. Autour de nous, les conversations commencent à se délier.

— Il m'avait dit que c'était trois cartes... Il m'avait dit que c'était vingt-cinq mille piastres... On parle de budget ensemble depuis des mois. Il m'avait juré que c'était temporaire, qu'il prendrait une partie de la police d'assurance de son père pour payer tout ça...

— Il m'avait dit la même chose... Je suis désolé, Ruby, j'étais sûr que tu savais...

— Rendu là... Trois, quatre, sept...

— Ça va se régler, c'est juste des problèmes d'argent.

— Oh que non! C'est du déni, c'est des mensonges. C'est du délire. Il a besoin d'aide, le pauvre, mais il le sait pas. Il veut pas le savoir.

— Je comprends, c'est dur.

— Dans quel monde il vit? Il a pas cassé son bail, il m'a laissée faire la job toute seule à l'appartement, il a pas fait ses boîtes, puis ce matin il m'annonce, avec sa face d'innocent, qu'on va retarder un peu notre déménagement. Il avait l'air content de me dire ça. Il avait pensé à tout. J'avais juste à venir vivre chez lui le temps qu'on s'installe dans un grand loft sur le boulevard Saint-Joseph. Alain, son appart, c'est un coqueron. Est-ce qu'il se rend compte du niveau de déni que ça représente ? Et du manque total de considération pour moi ? Il a soixante mille piastres de dettes, sept cartes de crédit, il est dans le trou jusqu'aux yeux... Le pire, c'est qu'il fait tout ça sans malice. C'est un enfant. Ça lui est jamais passé par la tête que vivre à Montréal, ça m'intéresse pas. Il était tellement heureux de m'annoncer ça. J'aurais pu le tuer. Regarde-le...

Auréolé des roses orangés du crépuscule, Édouard est encore au téléphone, appuyé sur la baie vitrée. Un des pans de sa chemise sort de son pantalon. Il gesticule en parlant, son cellulaire coincé entre l'épaule et l'oreille. On entend sa voix jusqu'ici, il rit fort, puis se tait. Quelque chose de joyeux, de quasiment maniaque déforme ses traits. Tout le contraire de la tête qu'il tirait ce matin dans la remorqueuse. Il s'évente le visage avec un petit carnet gris. C'est dans ce carnet qu'il consigne les numéros de téléphone de ses contacts et même les numéros de plaque d'immatriculation de ses clients. C'est sa bible. J'ignore le lien entre ce carnet et ce coup de fil mystérieux. Je dis à Ruby :

— Il parle sûrement pas à son patron, à rire comme ça ?

— Je t'assure que non.

— Et la remorqueuse ? Il peut pas la laisser dans le stationnement de l'Oratoire jusqu'à demain.

— Je sais pas quoi te répondre. C'est le cadet de mes soucis. De toute façon, je pense qu'Édouard a perdu contact avec la réalité.

Une expression de grand découragement passe sur
le visage de Ruby. Nous restons en silence côte à côte.
Sur l'estrade devant nous, Jakobson est en train d'installer un micro et un lutrin en prévision des discours.
Édouard éclate de rire une nouvelle fois. Il a rangé
son carnet, et ses doigts jouent machinalement avec
une carte d'affaires. Alors que je me lève pour gagner
Shawinigan, Édouard salue son interlocuteur et raccroche en fermant le clapet de son téléphone d'un geste
sec et victorieux.

*

Les alliances ont été retrouvées, le mariage a été célébré,
les registres ont été signés. J'ai insulté Édouard de
la plus vile manière. J'y repense et j'ai honte. Je suis
tendu, je regrette, je lui en veux encore. L'arrivée oppor-
tune de Jakobson au volant de la Mustang a désamorcé
les hostilités. Après son départ, j'ai fini par retrouver
une contenance, et nous nous sommes installés dans la
décapotable. Pendant qu'on attendait Vir, j'ai raconté à
Édouard, qui me pressait de questions et n'en revenait
pas, le mystérieux vol du cœur du frère André. J'ai avalé
un Xanax – mon quatrième de la journée –, puis Vir est
apparue, feignant de ne pas remarquer la drôle de tête
qu'on faisait. Je me suis dit : Tout va bien, respire. Vir
m'a embrassé. Nous sommes mari et femme, nous por-
tons nos alliances, et nous sommes maintenant affalés
sur la banquette arrière de la Mustang. Le soleil de la

fin de l'après-midi dévore tout. L'air est brûlant et le ciel nous aveugle, partout le bleu. Des badauds traversent lentement la rue, vêtus de rien, qui lèchent leurs cornets de crème glacée. Ils avancent à petits pas qui font claquer leurs tongs. Dans six mois, la ville sera recouverte de neige, le vent soufflera très fort, et les badauds se hâteront de traverser l'intersection, le cou rentré, emmitouflés dans leur parka. Il est 16 h 45. Édouard a descendu Côte-des-Neiges sans encombre, on a gagné le centre-ville par la rue Guy, mais la circulation commence à se densifier. Je crains la réaction d'Édouard, qui s'énerve quand on l'empêche de rouler. Je repense à son cafouillage plus tôt, avant l'échange des vœux, et je me remets presque en colère. Édouard a déconné comme jamais, et il a déconné le jour de mon mariage, à mon mariage, lui, mon cousin, mon frère, mon sang, mon garçon d'honneur. Il y a sûrement une explication.

À l'approche de la rue Sainte-Catherine, on est pris dans un bouchon. Derrière ses verres fumés, Édouard ne réagit pas. Une main nonchalamment posée sur le volant, il semble perdu dans des pensées agréables. Il ne s'impatiente pas. Le bras gauche appuyé sur la portière, il sifflote l'air de Sinatra qui sort des haut-parleurs. Au sud de René-Lévesque, le trafic se fluidifie à nouveau. Vir glisse sa main dans la mienne. Avec la vitesse, un vent chaud et sec souffle sur nous, fait voleter quelques mèches échappées de sa coiffure. Cité du Havre, pont de la Concorde. Nous voilà sur le circuit Gilles-Villeneuve. En été, la piste de formule 1 est séparée en deux voies à sens unique, une pour les piétons, une pour les véhicules. Édouard accélère, salue son équipe imaginaire qui le regarde passer depuis les paddocks, puis se conforme au Code de la route : il ne peut dépasser trente kilomètres à l'heure. Dans sa tête, pourtant, les choses vont plus vite. Il a retrouvé une partie de sa superbe, on le sent en phase avec la voiture ; un peu après l'épingle, fermée au public, il éclate de rire comme un gamin en longeant le mur des champions – à dix kilomètres à l'heure – puis, par souci d'authenticité, monte hardiment sur les vibreurs. À la sortie du virage Senna, Édouard négocie les chicanes d'une main experte. On achève bientôt notre premier tour, et la Mustang Shelby GT500 vrombit malgré que son pilote la tienne en bride. Je commence à me détendre, moi aussi. J'essaie d'apprécier le moment. Je laisse courir mon regard le long des larges pans de ciel bleu cyan qui glissent et pivotent autour de nous comme des décors amovibles. Édouard est dans son élément. Entamant son deuxième tour, il décélère et prend à la perfection son premier virage, bien à l'intérieur. Il nous regarde dans le rétroviseur, l'air content. Vir lui a dit de ne pas s'en faire pour l'histoire des alliances, que ce n'est pas si grave. Je ne suis pas du tout d'accord avec elle, mais j'ai décidé de me taire. Vir a toujours su choisir ses combats : aujourd'hui, rassurer Édouard. Sous sa bonhomie retrouvée, il doit être fou de stress à cause de son déménagement. Depuis notre départ de l'Oratoire, Vir et lui bavardent à bâtons rompus, se lancent des blagues. Elle profite de ce moment de répit où elle n'a pas à parler à cinq personnes à la fois. De mon côté, j'attends avec impatience que le Xanax agisse, j'attends de sentir son effet enveloppant, cette espèce de halo vaporeux, et le goût amer qui l'annonce.

— On va faire quelques tours de plus !

Dire qu'Édouard n'a pas desserré les dents de notre trajet en remorqueuse ce matin.

— Oui, ça fait du bien, un peu d'air, dit Virginie.

— En tout cas, je vous remercie pour ça. La Shelby GT, c'est la seule voiture américaine que j'aime. C'est la seule que je *respecte*. J'aurais préféré conduire le modèle de 1965, mais ça arrivera pas tout de suite.

— Tu me passerais le volant pour un tour ou deux, Dodi ?

— Faudrait pas se mettre en retard non plus. À moins que ça te tente, toi, Vir, de l'essayer ?

— Je veux pas priver Alain…

— Tu dis ça, mais je suis sûr que tu triperais. C'est un monstre, cette voiture… Et puis, le son ! Alain, trouve-nous du beat ! On va quand même pas se taper « My Way » en boucle. File-moi la trame sonore de *La haine*. Tu te rappelles cette chanson, « Le vent tourne » ?

— « En somme, je suis l'homme de la pluie, l'enfant du beau temps… »

— « … mais le temps fuit et m'entraîne avec lui dans l'oubli. »

— Les gars, tout le monde chantait ça à NDG aussi. « Est-ce que tu sens le vent ? »

— C'est du René Char, le début, je crois.

— Le vent tourne, justement. J'étais à terre ce matin, là je suis super heureux.

— Ça s'appelle la cyclothymie, mon frère.

— Regarde qui parle! dit Vir.

— Je te taquine, Dodi.

— C'était juste un coup de déprime. Mes affaires vont mieux, là... D'ici un an je vais au moins troquer ma Firefly pour une allemande.

— Ah, je suis contente de savoir que tu as repris le contrôle.

— Le contrôle...?

— Alain m'avait parlé un peu de tes finances cet hiver. Je t'avoue que ça m'inquiétait, avec tout ce qui s'en vient, votre déménagement, le nouvel appart, peut-être même, on sait jamais, un enfant?

On dirait que la réplique de Vir brise l'élan d'Édouard. Quelque chose cloche vraiment avec lui. Je ne l'ai jamais vu comme ça. Ses verres fumés me fixent un instant dans le rétroviseur. Je dis:

— Ça a dû être un soulagement énorme, de vider tes cartes de crédit une après l'autre?

Édouard ne répond pas, le regard de nouveau sur la piste. Ses verres fumés m'empêchent de déchiffrer son expression. Le virage 12 approche, et nous le prenons si lentement que j'ai le temps de compter les pissenlits en bordure des vibreurs; des patineurs à roues alignées nous doublent comme des malades. Ils nous ont vite

semés. On accélère ensuite mollement vers le virage 13.
J'insiste :

— L'assureur de ton père a dû te payer en mars, non ?
Au pire en avril ? Remarque, on sait jamais, avec les
assureurs.

— Vous inquiétez pas. Ils m'ont payé fin mars. Je respire vraiment mieux depuis que j'ai encaissé le chèque.
En fait, je vois cet argent comme un genre de coup de
pouce post-mortem de mon père… Une façon pour lui
de m'encourager, de m'aider dans mes projets même s'il
est plus là.

Je connais bien ce ton. C'est le ton d'un type qui s'est
raconté une bonne histoire et qui y croit dur comme
fer. Je ne veux pas plomber l'ambiance, j'essaie de rester
calme. Il est préférable que je ne me mêle plus à la
conversation. Je referme l'étui à CD. D'une minute à
l'autre, on quittera le circuit Gilles-Villeneuve et on
sera à La Toundra.

— Des projets avec Ruby ? relance Vir.

— Ben… oui, on peut dire ça. J'ai toutes sortes de
projets. C'est des projets d'envergure, maintenant. En
fait, je vous annonce, les amis, que je vais faire mon
premier million cette année !

— Wow, dit Vir.

— Faut juste savoir investir, c'est pas sorcier. C'est
une question de timing, de marché, de contacts. C'est
plus facile qu'on pense, faire de l'argent. Il y a un deal
qui s'est présenté…

Et moi, malgré moi :

— Je pensais que t'allais dire que c'est plus facile qu'on pense, s'endetter.

— T'es dur, mon frère...

— Il te restait de l'argent à investir après avoir payé tes cartes ? T'as joué à la bourse ?

Silence. Je sens que Vir me fusille du regard. Édouard soupire, ajuste distraitement le rétroviseur.

— Écoute, je me suis déjà excusé pour les alliances.

— Sens-toi pas obligé de lui répondre, Édouard, intervient Vir.

— C'est parce qu'on peut pas comparer payer ses dettes *dans l'immédiat* avec investir dans un projet *à moyen terme.* Là, je parle d'un retour sur investissement tellement... je veux dire, c'est *tellement* à une autre échelle. Le monde reste pauvre parce qu'ils gèrent leur argent en peureux.

— Dodi, t'as payé tes cartes, oui ou non ? Parce que je –

— Alain, voyons, ça se fait pas, me coupe Vir. C'était l'assurance-vie de son père. C'est à lui de gérer ses dettes comme il l'entend ! Je suis désolée, Édouard. On aurait pas dû parler de ça.

— Moi, je m'en fous, de parler d'argent. C'est pas un tabou. Mais pour une fois qu'une occasion de me sortir de la merde se présente, je sens qu'il me juge. Il est rough avec moi aujourd'hui, je te jure. Il m'a dit des affaires... Je laisserais personne me parler comme ça si c'était pas lui, si c'était pas le jour de son mariage. Yo, mon frère, on est pas tous payés pour faire des doctorats!

— T'as pas réglé tes dettes, donc?

— Bibou, il a raison, lâche-le un peu.

— Alain, t'es pas un gars de chiffres, t'es pas business, tu peux pas comprendre. T'es pris dans tes histoires de littérature pis tes romans que personne lit sauf trois quatre weirdos. Moi, je vous parle d'un investissement substantiel, de retours rapides, dans un des secteurs les plus solides qui soient. Je pouvais pas me permettre de passer à côté de ça.

— Qu'est-ce que tu racontes? Tu dois être rendu à soixante-dix mille piastres de dettes...

— Alain, arrête!

— T'inquiète, Vir, on parle d'argent depuis toujours. Je l'aide à faire son budget depuis qu'il a seize ans et que son père lui a annoncé qu'il devait payer sa part de loyer. Dodi, c'est quoi, ton secteur solide, exactement?

— Parfois, c'est plus payant de pas payer ses dettes et d'investir. À chaque année, quand c'est le temps des impôts, il y a plein d'info qui circule là-dessus.

— C'est pas de l'info, c'est de la pub! Les banques, elles *vendent* des produits financiers.

— Par rapport à tes dettes, Édouard, ça dépend quand même des taux d'intérêt de tes cartes. Les intérêts composés, ça compte aussi pour des dettes...

— Je sais, je sais... Mais je vous parle de quelque chose de plus gros. C'est une autre catégorie. Pas le genre d'intérêts qui payent vingt ans plus tard, quand tes enfants sont partis de la maison.

— Comme tu veux, dit Vir. Ça nous regarde pas. Si c'est comme tu dis, OK, peut-être. Et puis, si t'as pris une entente avec les compagnies de crédit, si t'as fait baisser tes taux d'intérêt, j'imagine que ça a du sens.

— On peut faire ça? s'étonne Édouard. Faire baisser les taux d'intérêt de nos cartes?

Je m'interdis de répondre ou de regarder Vir. Je ferme les yeux. J'arrive très vite à laisser mes pensées s'envelopper de flou. Merci, Xanax. Mon cinéma mental joue l'ouverture du *Parrain,* j'entends la mélodie, qui s'est enregistrée au fond de moi comme une berceuse de l'enfance, une mélodie qui me réconforte et me redonne à moi-même. Je sens qu'on quitte la piste, et qu'on arrive à un stationnement. Je me prépare à l'idée qu'aujourd'hui, je vais boire de l'alcool. Congé de régime; congé *draconien.* Je fais sans cesse attention, un peu d'ivresse ne me tuera pas. C'est ma noce, après tout.

— En remorqueuse, on aurait fait une entrée plus spectaculaire! dit Vir. J'avais oublié de te demander, Édouard : qu'est-ce qui s'est passé au concessionnaire ce matin?

— Ils fermaient à onze heures... Pas à 11 h 03, pas à 11 h 05, à onze heures pile. Tu te pointes à 11 h 01 et tu te cognes le nez sur la porte.

— C'est le principe des heures de fermeture, interviens-je sans ouvrir les yeux.

— T'es arrivé à 11 h 01? demande Vir.

— Onze heures et dix, onze heures et quart, je dirais? Ils étaient encore là, en plus. Je voyais les silhouettes à travers les vitres. J'ai appelé, j'ai cogné comme un fou, j'ai gueulé que c'était pour le mariage de mon cousin. Ils ont jamais voulu ouvrir. Je serais pas arrivé en retard si Ruby m'avait pas appelé pour m'engueuler.

— Ruby, t'engueuler? T'exagères pas un peu? Elle est stressée. Elle s'est beaucoup investie dans le déménagement.

— Mmm, fait Édouard en coupant le moteur.

J'ouvre les yeux. Nous sommes arrivés à La Toundra. De petits groupes d'invités marchent vers l'entrée, certains bavardent à l'ombre en fumant une cigarette. Ni mon père ni ma mère ne sont encore là. Les Pellerin-Wise, à l'autre bout du parking, descendent de leur Volvo. Ils ne nous voient pas. Dans la Mustang, personne ne fait le moindre geste. Édouard s'est renfrogné. Il cherche manifestement une manière de répondre à Virginie. Son visage se crispe. Édouard retire ses verres fumés et les pose près du levier de vitesse. Nos regards se croisent dans le rétroviseur. Je reconnais la peur dans son expression, la peur que lui et moi partageons de faire comme nos parents. La peur de rater nos mariages, de divorcer, de faire un jour du mal à nos enfants.

— Disons qu'on s'est engueulés. Depuis quelques mois, Ruby et moi, on s'engueule tout le temps, et on s'est encore engueulés ce matin. C'est pour ça que je suis arrivé en retard chez le concessionnaire. C'est pour ça que je suis allé chercher Alain en remorqueuse.

— Vous vous engueulez à cause du déménagement?

— On peut dire ça…

— T'as peut-être pas envie d'en parl –

— C'est aussi une question d'argent. Je veux dire, mon héritage, mes dettes, mon projet d'investissement. Elle non plus, elle comprend pas…

— Elle s'inquiète… Pour toi, pour vous deux.

— C'est un projet de vie, que je lui offre.

— Une idée comme ça. Pourquoi tu irais pas voir un conseiller financier?

— Bonne idée! lancé-je, rompant mon vœu de silence.

Contre toute attente, Édouard rit, d'un rire naturel mais sans joie.

— Un conseiller financier? Vous êtes vraiment dans une bulle, vous deux. Faut juste lire sur les investissements, s'intéresser à l'économie, parler aux bonnes personnes. On est dans un cycle haussier, les experts s'entendent là-dessus. Ça va durer des années encore. Vous disiez il y a pas quinze minutes que les banques essaient juste de nous vendre des affaires. Non, je vis pas dans ce monde-là, moi. Le monde où t'appelles ton avocat, ta planificatrice de mariage, où t'envoies une carte de Noël à ton éleveur de bengals.

— Édouard, voyons, ça a rien à voir.

— Pourquoi pas un designer d'intérieur, rendu là. Un assistant personnel. Un butler, câlisse.

Il éclate de rire à nouveau ; manifestement, parler lui
fait du bien… Bon, mieux vaut remettre la conversation
à plus tard. Des amis qui nous ont aperçus marchent à
grands pas vers nous.

*

Édouard semble fébrile, chargé à bloc, comme vibrant
d'électricité. Son sourire me donne des sueurs froides.
Les parents de Vir ont terminé leur discours il y a peu,
un discours à leur image, tout en réserve et en élégance.
Je viens de quitter leur table, où Vir, Mym et les sœurs
de ma belle-mère les accueillent en levant leur verre de
prosecco. La sœur aînée d'Agathe poursuit le récit de
son mariage, qui a eu lieu quarante ans plus tôt, dans
l'église de Saint-Élie. Vir l'écoute avec attention, Mym
aussi, elle qui a toujours été curieuse de visiter ce village. Vir n'a jamais eu l'occasion de l'y emmener. Il est
20 h 24, et tout se passe maintenant un peu moins
bien. Édouard m'agrippe par les épaules et m'entraîne
à l'écart, de l'autre côté de l'estrade. Ça tombe pile, j'en
ai long à lui dire – ce que m'a raconté Ruby m'a décou-
ragé –, mais il me prend de vitesse.

— Il y a quelqu'un qui va vouloir te parler demain.

Il brandit son téléphone comme si c'était une idole,
un objet sacré.

— Qui, ça ?

— J'ai vu ton regard dans la Mustang, je sais que tu
as tout compris. T'es fâché à cause des anneaux, OK. Tu

voulais me blesser, c'est normal. Je te pardonne. Mais je sais que tu as compris mon proj –

— Tu me pardonnes ?

— Oh, arrête de tout dramatiser. T'es une vraie diva, Alain. Les anneaux, même Vir s'en fichait un peu. C'est quand même pas les bagues qui se mariaient. Et puis, on les a récupérées. Faut pas non plus –

— Écoute, Dodi, t'es conscient que c'est une journée importante pour moi. Qu'est-ce qui se passe ? On dirait que t'es perdu. Que tu perds pied.

— C'est pas de ça que je veux te parler, Alain. Je veux te parler de mon projet. Tu vas m'aider. En fait, tu nous as déjà aidés, sans le savoir.

Nous ?

Il me remet son téléphone sous le nez et continue de sourire comme un dément, les yeux écarquillés. J'ai déjà vu des gars poudrés à mort moins survoltés que lui. Il fouille frénétiquement dans les poches de sa veste à la recherche de quelque chose.

— Tu vas comprendre.

— Il faut que je retourne à Addis-Abeba. Tu me montreras ça plus tard, OK ? J'ai soif. Ce soir, je bois, j'ai besoin de me péter la face. Un verre de mousseux pour commencer, puis je vais construire là-dessus.

— Mais attends !

— Dodi, je dois aller voir ma mère. Elle monte sur l'estrade d'une minute à l'autre. On a l'air de comploter.

— Mais c'est ça qu'on fait ! s'écrie-t-il. C'est ça qu'on fait !

— J'y vais, on se reparle tantôt. Je suis en retard pour mes médicaments, je peux pas sauter une dose.

— Attends, attends, donne-moi deux secondes. Cet après-midi, pendant que je cherchais un moyen de récupérer vos bagues, j'ai pris un peu de temps pour réfléchir et –

— Je sais, Dodi! T'as tellement pris ton temps que t'as manqué l'essentiel de mon mariage!

— Bon, tu recommences avec ça… J'ai manqué le show d'orgue, deux ou trois formalités. Le gars parlait même pas latin. Arrête de capoter. L'échange des vœux, le mariage, j'étais là, je *suis* là, c'est maintenant, mon frère. C'est toute la journée, le mariage, c'est toute notre vie d'avant et toute notre vie d'après, c'est le football sur écran géant le dimanche après-midi dans votre salon, c'est nos soirées au gara –

— Dodi, je t'aurais fait ça à toi, et tu me serais passé sur le corps avec ta remorqueuse.

Édouard marque une pause. Il sait que je ne lâcherai pas le morceau. Je le connais par cœur et il sait que je le connais par cœur. Il connaît ma mauvaise foi mieux que quiconque. Il sait très bien qu'entre nous deux, le rancunier, c'est moi. Je n'oublie rien et je le rends au centuple.

— Tu aurais passé un sale quart d'heure, concède-t-il. Mais c'est pas pertinent. Écoute-moi deux secondes.

— Moi, je trouve ça drôlement pertinent.

— C'est pas pertinent *du tout,* répète-t-il. Parce que je me marierai pas, moi. En fait, je t'annonce que Ruby

137

et moi, on déménage pas ensemble. Je la quitte. Enfin, techniquement, c'est *elle* qui me quitte, mais c'est moi qui *pars*. Tu comprends ? Elle emménage seule dans notre nouvel appart, et moi je déménage ailleurs, dans six mois, genre. Je passe à autre chose. Je passe à une autre étape de ma vie. Je suis prêt à changer de classe sociale. Je vais dans plus grand, dans plus beau, dans plus propre. Mais Ruby en veut pas, qu'est-ce que tu veux ?

Je me dis *Nous y voilà*. Je réentends Ruby me résumer la situation, je l'entends d'autant mieux que je la vois en ce moment même, à Stuttgart, qui sympathise avec les gens autour d'elle, sans rien montrer de sa peine, de sa déception. Je mesure à quel point Édouard est atteint. Édouard et ses fameux projets d'investissement à retours rapides... Un frisson me traverse, si intense que j'ai l'impression que je vais claquer des dents et que tout le monde va m'entendre. Ma dent, du coup, me refait mal. Je me retourne vers Cleopatra ; mon père est engagé dans une discussion animée avec ma mère, qui lui a rendu visite depuis Addis-Abeba. Ils sourient, je n'en reviens pas, je n'ai rien vu de tel depuis quinze ans. Ma mère tend à mon père une serviette de table en papier sur laquelle elle a griffonné quelque chose. Ça n'augure rien de bon. Ça augure même le pire. Ma mère va essayer de lui emprunter de l'argent parce qu'elle s'est remise à jouer. On sera chanceux si ça ne dégénère pas dans la prochaine heure. Mon ventre se contracte. J'entends Myriam qui éclate de rire à Shawinigan. C'est trop. Ruby, Édouard, mes parents, j'ai besoin de ne plus penser. En même temps, un gouffre se creuse, vertigineusement. Dans ma tête, la voix nasillarde de Wali Wali entonne ses tirades délirantes sur les accommodements raisonnables, la chute du Québec aux mains des extrémistes. J'ai soif, il me faut mon Xanax, j'ai déjà trop tardé. Je vole son verre à Édouard, plonge la main dans ma poche, en sors mon pilulier. Xanax de vingt heures : Bop. Je ne prends pas de chance : Xanax de minuit. Bop bop.

— Man, ton drink goûte le cul, ça a pas d'allure...

— C'est à base de Jägermeister. Avec du rhum brun et du gingembre. On appelle ça un German vacation.

— Bon, ce que je veux savoir, c'est pourquoi tout ça arrive *la veille* de votre déménagement.

Je ne lui dis pas que Ruby s'est confiée à moi. Il me reprend son verre, le vide d'une traite.

— C'est parce que Ruby est venue m'aider à faire des boîtes hier.

— Je vois pas le rapport.

— C'est simple, pourtant. En entrant chez nous, hier, elle a bien vu que je déménageais nulle part demain. J'avais pas vraiment commencé à faire mes boîtes, j'avais rien démonté, c'était un peu en désordre, tu vois le genre. J'ai été obligé de tout lui expliquer. Ça s'est pas bien passé.

— Dodi, tout expliquer *quoi*?

— Je sais, moi aussi je trouve ça mêlant.

— Dis-moi si je me trompe, OK? Il y a trois mois, vous avez loué un appart ensemble, vous avez signé le bail. Là, Ruby quitte son appart, toi tu *devais* quitter le tien, pour que tous les deux vous emménagiez dans un *troisième* appart, à Longueuil. Entre-temps, Ruby repeint toute seule le nouvel appart. Jusque-là, j'ai bon?

— Oui, c'est assez bon.

— Et hier, *l'avant-veille* de votre déménagement, Ruby découvre que t'as pas fait tes boîtes, que t'as pas annulé ton bail, et qu'en réalité tu veux bien que vous déménagiez ensemble, mais *juste dans six mois,* et dans un *quatrième* appartement non identifié et inconnu de tous les personnages de cette histoire, sauf toi. Et tout ça, tu l'as décidé *unilatéralement,* sans en dire un mot ni à Ruby, ni à moi, ni à personne…

— Oui, c'est ça. C'est pas mal ça. C'est très bon.

— Édouard Safi, câlisse. C'est pas *très bon.* Arrête de faire le clown! C'est du déni de réalité criminel.

— Excite-toi pas, je voulais dire, c'est plus clair quand c'est toi qui le racontes. Par contre, y a le bout sur le quatrième appartement qui est pas tout à fait exact. C'est normal, vu qu'il te manque des informations importantes.

— *Quelles* informations importantes? Joue pas avec mes nerfs, Dodi. Tu le sais, c'est pas facile, aujourd'hui.

— Justement, j'ai pas l'impression que tu seras très réceptif.

— T'as bien raison. En fait, ce que je veux savoir, c'est ce que tu foutais, pendant des mois, à *pas en parler* à Ruby.

— Je pensais, Alain.

— Tu pensais… ? Tu pensais à quoi ?

— Je pensais pensais. Je veux dire, je *réfléchissais.*

— Mais tu réfléchis tout le temps, ces temps-ci ! Et tout le temps aux pires moments !

— J'ai pas le choix des moments, moi. C'est pas ma profession, moi, de réfléchir, j'ai pas une bourse de cent mille piastres pour analyser des poèmes… Pis j'haïs ça, en plus. Ça fait que je réfléchis quand j'ai absolument pus le choix, quand je suis obligé. Je réfléchis quand mon père meurt avant que je sois prêt, je réfléchis quand je suis plus capable de supporter d'être pauvre tout le temps et de passer d'une job à l'autre en me fâchant deux fois par jour, je réfléchis quand mes cartes de crédit sont pleines et que j'en ai plein mon casque des ostie de complications ! Pis quand je commence à réfléchir, on dirait que je peux plus m'arrêter pis que je contrôle plus rien.

Pendant qu'il parle, je vois dans ses traits quelque chose que je connais bien d'Édouard, quelque chose comme sa sensibilité, ou sa tristesse à lui, son spleen, dirait-on s'il était écrivain. Je m'adoucis un peu. Je sens qu'il souffre, et que la mort de son père l'a engourdi, lui a enlevé ses moyens. Je dis :

— Et t'as fini par te perdre, c'est ça ?

— Pas du tout. C'est le contraire, en fait.

Et tout ce qui s'apaisait dans son visage se crispe de nouveau. L'agité histrionique reprend le contrôle. Je panique presque. Une voix dans ma tête se demande si je devrais prendre de l'avance sur ma dose de Xanax de quatre heures du matin – et si ce serait une bonne idée de la faire descendre en vidant un jéroboam de prosecco. Autant crever l'abcès.

— Je suis prêt à t'écouter, pour les informations importantes. Je suis dans les bonnes dispositions. Je suis réceptif. Vas-y.

De loin, je dois avoir l'air aussi fou que lui, ou les gens pensent qu'on prépare un de ces coups foireux dont on avait le secret dans nos jeunes années. Je suis remonté comme un ressort, et Dodi le sent. Il va pour répondre quand une sonnerie retentit, l'air de la marche impériale de *Star Wars*. On sursaute. Le son est atroce, aigu et parasité, on dirait que le haut-parleur se déchire de l'intérieur. C'est son foutu téléphone. Derrière Édouard, Myriam, à côté de Ruby, me fait de grands gestes de la main : elle montre une flûte de prosecco, veut savoir si elle me l'apporte. Je suis surstimulé et je réponds par un geste idiot et incohérent, qui veut dire au mieux au revoir, au pire dégage. Édouard ouvre le clapet de son cell et dit oui allô!, et son visage se transforme encore. Je te le passe, brame-t-il. Là-bas, derrière, Mym pose le verre sur mon napperon en lançant des grimaces à Vir, qui est morte de rire. J'ignore ce qu'elles se racontent, mais ça a l'air plus marrant qu'ici.

— C'est pour toi, fait Dodi.

Sans penser, je lui arrache le téléphone des mains.

— Oui? dis-je.

— Qui parle?

— Bad?

— Farah ?

— C'est cool de t'entendre, Bad, mais j'ai pas le temps, je suis désolé. Je sais pas pourquoi Édouard m'a passé le téléphone, et je sais pas pourquoi tu l'appelles, mais moi, si ça te dérange pas, je préférerais qu'on jase à un autre moment.

Je raccroche en faisant claquer le clapet de l'appareil. Les deux Xanax tardent à se manifester et j'entends pétiller les bulles de mon prosecco à dix mètres d'ici. Je suis à cran. Édouard a l'air peiné. Je l'avertis :

— Fais-moi plus jamais ça, Dodi. Ramasse-le tant que tu veux quand sa Lexus est en panne, je m'en fous. Tu le sais que je veux pas y parler, à ce gars-là.

— Voyons, vous avez été amis !

— T'en as oublié des bouts, je pense. Mais pour tout de suite, laisse faire et dis-le, le truc que tu veux me dire. Les informations qui me manquent, c'est quoi ?

Il range son téléphone dans la poche intérieure de sa veste.

— J'ai fait un down payment sur un condo. Je simplifie un peu, mais c'est ça. L'idée, au départ, c'était de le revendre à la fin des travaux. On est trois investisseurs. Bon, il y a eu des imprévus, des petits soucis, des trucs techniques, mais rien de grave. Je veux pas t'embrouiller. L'important, c'est deux mille pieds carrés, planchers de béton verni, matériaux nobles, fenestration sur trois côtés, etc. Au cœur du Plateau, mon gars.

— Fuck non, Dodi, please. T'as pas fait ça.

— Hein ?

— Fuck! T'as pas fait cette connerie-là? C'est pour ça que tu me parles de Bad depuis ce matin? Tu t'es embarqué avec sa gang de tatas qui ont acheté une église et qui tombent des nues que le bâtiment soit zoné culte? T'es en train de te faire arnaquer, man. Ça lui aura pris dix ans, mais il a décidé de se venger. Bien sûr, il commence par toi, et comme t'es crédule, tu tombes dans le panneau. Je te gage que c'est de ça qu'il veut me parler. Il veut m'arnaquer moi aussi.

— Tu délires, Alain. Et t'as pas besoin de m'insulter. Bad voulait juste te remercier.

— Foutaises.

— Il voulait te remercier de nous avoir donné la solution.

— Quelle solution? À quel problème?

— On fonde une religion... Ça règle tout... On va pouvoir habiter dans nos condos, ou les revendre si ça nous tente, à condition que ce soit à des fidèles. On va s'arranger avec les acheteurs. On va raconter à l'arrondissement qu'il y a eu un schisme, qu'il a fallu chasser les hérésiarques, les excommunier, peu importe, mais que les unités vont rester dans la congrégation... C'est pour ça qu'on a besoin de toi. Ça nous prend un dogme, un genre de mythe, de parchemin, avec des personnages, des querelles théologiques, des objets sacrés, des costumes... C'est un peu de travail, mais j'ai plein d'idées. J'ai déjà choisi notre saint! Quand j'ai appelé Bad en sortant de l'Oratoire, il a trouvé ta suggestion géniale et il veut te faire une offre...

— Dis-moi pas que t'es sorti de la crypte pendant mon mariage à cause de ce délire-là...

— Je te l'ai expliqué mille fois ! Quelqu'un a barré la porte de la sacristie...

— Parce que ça, je te le pardonnerais jamais.

— Tout est arrivé en même temps. Les anneaux qui étaient plus dans mes poches, la porte barrée, la vieille dame à la boutique des objets de piété, le cœur du frère André.

— Sérieux, Dodi, tu déparles. Je t'ai jamais vu dans cet état.

— Tu veux que je sois honnête avec toi, mon frère ?

— C'est tout ce que je demande.

— Moi non plus, je t'ai jamais vu dans cet état. Tu penses qu'on te voit pas gober tes Xanax comme des bonbons ? T'as l'air d'un gars traqué. Tout le monde est là pour Virginie et toi, ça devrait être la fête, et tout ce que tu trouves à faire, c'est de me traiter comme de la merde, de me dire comment vivre ma vie, comment gérer mon argent, et à cause d'une distraction, d'une erreur qui aurait pu arriver à n'importe qui, tu pètes un plomb, tu me dis des choses dégueulasses, les pires choses que j'aie jamais entendues, des choses sur mon père... Pis quand je me confie à toi sur un projet qui me tient à cœur, tu me traites d'imbécile.

Je sais qu'il a raison, que je n'ai pas été à la hauteur de ce que nous sommes l'un pour l'autre, aujourd'hui. Lui non plus. Mais si j'avais pris de ses nouvelles dernièrement, je me serais rendu compte qu'il n'allait pas bien. Je me retiens de lui dire qu'il me fâche, que sa naïveté m'exaspère, et que son refus du réel me terrifie.

— Je suis désolé, Dodi. Je suis stressé. Le mariage, l'angoisse, les insomnies. J'ai du mal à contrôler mes réactions. J'étais déçu, ce matin, quand tu es arrivé en remorqueuse. Je savais pas, pour Ruby et toi…

Il fait un geste de la main, comme pour dire que ce n'est pas grave ou qu'il ne veut pas en parler.

— Alain, j'aimerais vraiment ça que tu parles à Bad. Je te le demande. C'est une faveur. Je veux seulement que tu entendes ce qu'il a à dire sur le deal, sur l'immeuble…

— Crisse, Dodi !

C'est sorti tout seul. J'ai crié, et le volume des conversations autour de nous a descendu d'un cran. Des têtes se sont retournées. Ma mère fronce les sourcils – elle qui connaît bien Édouard sait que quelque chose cloche. Le nom de Baddredine se promène dans ma tête et le nom ne s'en ira pas si je ne fais rien. Je tends ma paume ouverte, et je dis en tentant de contrôler ma voix :

— Passe-moi ton téléphone.

Édouard sourit. Il me claque le téléphone dans la main, tope là, comme si on concluait un pacte, comme si j'allais investir dans son projet et leur écrire une Bible et je ne sais quoi d'encore plus stupide. Mon cousin a besoin d'aide. J'ouvre le téléphone, appuie sur *recomposer.*

— Tu vas pas le regretter, dit-il pendant que ça sonne à l'autre bout.

— Je le regrette déjà, si tu veux tout savoir.

— Édouard! fait la voix de Baddredine.

— Baddredine, écoute-moi bien.

— Ah, c'est toi, Alain…

Je baisse le ton et je m'éloigne d'Édouard en me bouchant l'oreille gauche.

— Je suis prêt à écouter vos délires de religion, dis-je à toute vitesse, mais pas ce soir, c'est clair? Je sais que tu –

— Hein? Qu'est-ce que tu dis? Parle plus fort, Alain, je t'entends mal.

— Je te dis que ça me dérange pas de vous rencontrer pour –

— Est-ce qu'Édouard t'a parlé de notre projet?

— C'est ça que je te dis!

— OK. On est en train de se préparer, Édouard nous a transmis ton invitation. On s'en vient.

Et il raccroche. Un goût amer, de métal et de sang, m'emplit la bouche. Je rends son téléphone à Édouard, qui me serre dans ses bras. J'entends les glaçons à moitié fondus s'entrechoquer dans son verre. Je ressens tellement de choses en même temps que mon angoisse m'apparaît concentrée en un minuscule point noir à l'horizon, dur comme une pointe de diamant, à mi-chemin entre mes tempes. Je suis mou et ultratendu, ivre et hyperlucide. Un peu comme si le énième Xanax avait commencé à faire effet au moment exact où je me prenais un coup de pelle dans le visage. *On s'en vient?*

*

Virginie a quitté Shawinigan pour Addis-Abeba. Enfin je m'assois à côté d'elle. Édouard est monté à la mezzanine dès l'ouverture du second bar. Ruby déambule, comme si elle hésitait entre nous rejoindre ou regagner Stuttgart. Ma mère est de retour à Addis-Abeba depuis Cleopatra et discute avec Vir. Elle commente tout, les fleurs, la musique, l'habit de mon père, digresse sur le fait qu'elle digère mal certaines marques de ricotta, puis sur le fait qu'elle en parle même si elle sait qu'on n'en servira pas. Son débit, comme d'habitude, est frénétique, ponctué de «tu ne trouves pas, Virginie?», qui obligent ma tendre épouse à une attention continue. Ma mère parle pour combler un vide, pour empêcher le silence de recouvrir sa vie, pour éviter de voir qu'il ne reste plus autour d'elle que des cousines éloignées et de vagues amies qui passent leur temps à médire l'une de l'autre. C'est tellement triste. Je prends conscience, l'écoutant, de tout ce que ma mère a perdu. Ce qu'elle a perdu m'apparaît avec une si grande clarté que pendant une seconde sa seule présence ici me semble un miracle. Elle a perdu son père Édouard quand elle avait douze ans; sa ville natale, Alexandrie, quand à seize ans elle a dû, avec sa mère et ses frères, partir au Liban dans l'espoir d'un avenir meilleur; sa ville d'adoption, Beyrouth, quand a éclaté la guerre civile; son mari, quand mon père a décidé de la quitter; sa raison, quand folle de rage elle a utilisé tous les moyens à sa disposition pour se venger du divorce ; son fils, quand je suis parti de chez elle, à mon dernier jour de collège ; sa mère, ma Téta Aïda, quand elle est morte d'un AVC sans crier gare, juste après son admission à l'urgence du Sacré-Cœur ; son frère aîné, Farid, mort au même hôpital, l'année suivante, à la suite d'une amputation ; puis Nabil, son frère cadet, le père d'Édouard, fauché il y a quelques mois. Quelle force lui permet de tenir encore, malgré toutes ces épreuves ? Je l'ignore et, pour une rare fois dans ma vie, je me rends compte que je l'admire, que j'admire Yolande Safi, ma mère.

La voilà qui se lève. Elle me regarde :

— C'est le moment de mon discours, Alouna.

D'une démarche nerveuse, qui fait onduler sa robe de crêpe impératrice, elle gagne le devant de la salle, où Jakobson la guide jusqu'sur l'estrade. Il a eu la prévenance d'ajuster le lutrin à sa taille – ma mère ne fait pas cinq pieds. Elle serre le micro entre ses mains, qui tremblent de plus en plus.

— Vous m'entendez ?

Je retiens mon souffle. Ma mère attend patiemment que tous se taisent.

— Merci à vous tous et à toutes les familles rassemblées ici aujourd'hui. Merci Tom, merci Agathe pour vos beaux mots. C'est à moi de commencer mon discours. Bonsoir à tous, chers parents et amis, dit-elle en prononçant chaque mot très lentement. Pour une mère,

149

surtout une mère-poule comme moi, un fils, surtout un fils unique, c'est ce qu'il y a de plus important dans la vie.

Les invités sont pendus à ses lèvres. Autour d'Addis-Abeba, de Cleopatra, de Shawinigan, c'est le silence complet. Même chose dans le reste de La Toundra, sauf en mezzanine, où on entend Édouard commander un verre au bar. Après une pause mélodramatique sur le mot *vie,* ma mère reprend :

— Vous me permettrez, chers parents et amis, d'adresser ce petit discours à mon fils. Je lui ai écrit un poème, j'ai pensé qu'il aimerait ça. Il m'a dit que les poèmes n'ont pas besoin de rimer, que c'est l'émotion qui compte. Je vais commencer.

Elle sort de son sac à main ses lunettes de lecture, puis une serviette de papier recouverte de son écriture, la serviette de table qu'elle montrait à mon père tout à l'heure. Elle la déplie.

— Vous savez, mon fils est tout ce qu'il me reste. J'ai perdu ma mère, mes frères, mon mari.

Je déglutis. Coup d'œil à Cleopatra : mon père reste impassible.

— Je vais commencer, maintenant. Mon cher fils. Comme c'est un grand jour, un si grand jour pour toi et ta Virginie. Hier encore tu étais dans mon ventre... Mon Dieu... Virginie et Alain, je veux vous souhaiter le bonheur, la santé, et surtout la paix intérieure. *Ya ebni,* tu le sais, que j'ai attendu ce jour toute ma vie, j'ai souvent pensé que tu allais réparer ma vie avec la tienne, mon divorce avec ton mariage. Je t'ai élevé pour que tu traites bien ta femme.

Vir me sourit, et j'en profite pour m'emparer de son verre de vin. Elle me regarde avec étonnement le vider d'une longue rasade. Il fait une chaleur suffocante et j'ai l'impression de manquer d'air.

— Il est si émouvant pour moi de vous voir, ta femme et toi, aujourd'hui, en ce beau 7 juillet 2007, entreprendre cette grande aventure du mariage. Sept-sept-sept, comme au casino! Virginie, c'est le jackpot, *ya* Alain.

— Wouhouh, vas-y, ma tante!

Tous les yeux se tournent vers la mezzanine. Édouard lève son énième German vacation à la santé de ma mère, mais son geste est tellement brusque que la moitié du contenu gicle et retombe sur le parterre en une pluie sucrée parfumée au clou de girofle et à la cardamome, éclaboussant les invités de Waterloo en troisième rangée. Bref moment de chaos : on entend crier de surprise, des chaises raclent le sol, un homme s'exclame : « Heille, le clown! » Édouard rit.

Je regarde ma mère, puis la salle. Tous les yeux sont à nouveau rivés sur elle, et l'expression des gens est bienveillante. Si la plupart la voient pour la première fois, tous ont entendu parler de ma mère, certains depuis des années, d'où la qualité d'écoute particulière. On sent une légère fébrilité. À Cleopatra, mon père, détendu, laisse flotter un léger sourire sur ses lèvres. Il sait qu'on peut s'attendre à tout de la part de Yolande Safi.

— Un garçon élevé chez les sœurs, que j'ai habillé toute ma vie comme une carte de mode... Un jeune homme avec du caractère aussi et parfois de bien drôles d'idées – à la fin de sa sixième année, il a découpé son pantalon d'uniforme pour en faire un bermuda –, des drôles de projets qu'il avait aussi avec mon neveu Dodi, que vous connaissez tous, maintenant! Désolé, j'ai perdu le fil. Ah oui, je voulais vous dire que je trouve ça très beau qu'Alain ait connu Virginie aux HEC grâce à Myriam, son amie juive. Vous savez, nous sommes chrétiens, et en Égypte où j'ai grandi tout le monde s'entendait très bien avant Nasser, les juifs et les musulmans, les musulmans et les chrétiens. Et puis, c'est aussi aux HEC que j'ai rencontré ton père, *ya ebni,* parce que Noucy prenait un cours là-bas, et moi je travaillais dans une succursale de la CIBC sur Côte-des-Neiges. Souvent, ton père et moi, on allait danser à la discothèque après le travail, au Crazy Horse... C'étaient nos belles années! Et quand je regarde l'homme que tu es devenu, oui, je vois ton père au même âge. Tu lui ressembles tellement, sauf pour les yeux, que tu tiens de moi, mon fils... Je voulais enfin te dire, avant de commencer, que je suis fière de toi, *ya ebni.* Je sais que ton père est fier de toi, lui aussi, et nous sommes fiers que tu t'en sois sorti, que tu ailles mieux. Nous avons été si longtemps inquiets pour ta santé, pour ton avenir, mais nous voilà rassurés, tes problèmes sont derrière toi, maintenant, Alouna. Mais je saute du coq à l'âne, désolée... Voilà, je commence… Mon cher Alain, pourquoi ne pas profiter de cette occasion pour te dire des choses que je ne t'ai jamais dites ? Tu as longtemps été désiré, mon fils. Tu demeures aujourd'hui et malgré tout le fruit de notre amour. Alain, réussis ce que je n'ai pas réussi. Comble ce que je ne n'ai pas comblé. Aime autant que j'ai aimé. Donne sans rien attendre en retour. Exprime tout haut ce que j'ai chuchoté tout bas. Respecte ta femme, ne lui parle pas avec violence ; respecte-la, Alouna, elle sera le toit de ta maison, la mère de tes enfants et ton amie la plus chère. *Allah mahkom,* Dieu vous bénisse. Soyez bons l'un avec l'autre. La vie est trop courte pour se faire du mal. Je vous aime.

Le *je vous aime* plane quelques secondes dans un silence presque irréel, puis les applaudissements éclatent, pleins de ferveur et d'émotion. J'applaudis moi aussi, avec une ferveur égale, j'applaudis d'émotion et de soulagement. J'entends sous le vacarme des applaudissements des choses se manifester en sourdine, je respire difficilement et ma vision s'embrouille en périphérie. Ce doit être une chute de pression artérielle. Je distribue les sourires, tandis que les regards vont de ma mère à moi puis reviennent vers ma mère. Jakobson lui donne la main et l'aide à descendre de l'estrade, d'où elle regagne Addis-Abeba d'un pas dynamique, en saluant la salle comme le ferait la reine d'Angleterre. Je me lève pour l'accueillir, mes oreilles bourdonnent, et mon champ de vision se réduit à une sorte de tunnel. Ma mère et moi, nous nous serrons dans les bras. Je ferme les yeux. Les applaudissements font vibrer le plancher et les baies vitrées de La Toundra.

— Je vais aller aux toilettes, *ya mama,* lui dis-je à l'oreille.

— Quelque chose ne va pas, *ya ebni*? Tu es pâle... Est-ce que tu as bu?

— T'inquiète pas, j'ai juste peur de commencer une migraine. Peux-tu avertir Pa? Dis-lui qu'il peut y aller, je serai là dans deux minutes.

Je me faufile entre les tables. Des invités me serrent l'épaule, me donnent des tapes dans le dos, les conversations reprennent et les serveurs affluent aux tables. J'avance sans ralentir vers la sortie qui donne sur les jardins. En franchissant la porte, je me retourne pour regarder l'horloge à la mezzanine : il est 20 h 34. Jakobson appelle mon père au micro. C'est ma mère que je vois se lever. Elle lui fera le message, ça ira. Je n'ai pas le choix, je sors.

*

Je n'entends plus rien. C'est à la fois la pression et l'air du soir, le silence, qui m'enveloppent et me rassurent. Dehors, appuyé contre un gros pilier, je fais le bilan de ce qui ne va pas : le mal de ventre, ma dent cassée, l'angoisse, Édouard en roue libre, Baddredine qui va débarquer. Je contemple la toiture de La Toundra. Chaque pilier est surmonté d'une pyramide inversée, posée là, en équilibre. Elles étaient blanches à l'origine, mais quarante ans d'intempéries les ont salies. À gauche comme à droite, des dizaines de ces pyramides. Des dizaines de triangles, qui forment des dizaines de pyramides, qui forment un seul toit. Les vitres de La Toundra vibrent à nouveau. J'entends la voix de mon père, les rires de l'assemblée, les applaudissements. Devant moi s'ouvre un petit chemin de pierre, et je l'emprunte, j'entre dans les Jardins des Floralies. Je m'oxygène, mais mon cœur bat encore trop vite. Je voudrais penser à autre chose, mais les mots de ma mère résonnent en moi, *réussis ce que je n'ai pas réussi, comble ce que je ne n'ai pas comblé, aime autant que j'ai aimé.* C'est la première fois qu'elle reconnaît, même à demi-mot, une part de ses torts. J'avance sur le petit chemin de pierre et m'enfonce dans les jardins, à la recherche de fraîcheur, d'air, d'un microclimat, d'une plante rare dont la proximité me libérerait un instant de mon angoisse. J'arrive à un petit bois, je pense arbre, arbre pour l'arbre, érable de Norvège ou argenté, févier, frêne rouge, orme de Sibérie, micocoulier, tilleul, les mots défilent dans ma tête, les mots sont pour moi des choses et je prends leur parti, avançant dans le souffle et les phrases et la végétation qui m'entoure, absorbant les essences, les parfums, le vert sombre de la frondaison, éprouvant l'humidité du sol et la densité spongieuse des mousses. Je ne sais plus rien. J'avance dans le bois, tiré en avant, au milieu du chemin de ma vie, je vois des arbres et des arbustes et des feuilles qui frémissent. Les roses orangés de la fin du jour se déposent au sol et les lampadaires n'éclairent que partiellement le sentier. Je traverse un ponceau qui enjambe un ruisselet bordé de vieux framboisiers croulant sous les fruits. La pénombre chatoie et mes pensées s'emmêlent. Mon envie de fuir me guide, *tu as été longtemps désiré, tu demeures aujourd'hui et malgré tout le fruit de notre amour.* J'avance à l'aveuglette, m'éloignant toujours plus de La Toundra, et je débouche sur une clairière où se dresse une haute colonne. Je lève la tête pour en voir le sommet, et le vertige me prend, un vertige à l'envers, les étoiles tombent à l'infini dans le ciel qui tourne. M'approchant je découvre qu'il s'agit d'un totem. Je ferme les yeux et j'inspire doucement : une forte odeur de cèdre m'enveloppe tout entier. Quand je rouvre les yeux, des animaux se succèdent en une longue ascension vers le ciel, et m'envahit un sentiment juste et vrai et je sens le rythme simple et nu de la prière qui monte : je deviens païen. Corbeau de la mer, donne-moi la force ; grizzly, saumon, serpent à deux têtes, arrachez-moi mon ventre, enlevez-moi mes maux, dévorez-les ; épaulard mangeur de phoques, castor, urubu à tête rouge, aidez-moi à disparaître, avalez-moi. Bêtes mythiques, répondez à ma prière. J'ai connu le culte du feu, j'ai connu le culte de la lune, j'ai vu leurs limites et je les ai délaissés : je suis devenu l'adorateur des animaux, des animaux de la clairière. Je marche à présent sur un sentier de gravier. Il mène à une route en macadam, sans aspérités, lisse comme la peau d'un enfant. Dans le rougeoiement du

soir qui tombe loin dans le fleuve, je distingue une succession de rectangles rouges et blancs : je suis revenu
sur le circuit Gilles-Villeneuve. Les eaux s'étendent et
clapotent devant moi, où jouent des lueurs, lumière de
la lune, lumières de la ville, un vaste courant qui foi-
sonne de poissons argentés. Les poissons répondent à
ma prière, j'ai connu le culte du feu, j'ai connu le culte
de la lune, j'ai connu le culte des animaux de la clairière, j'ai su leur limite et je les ai délaissés : je suis
l'adorateur des poissons. La lumière continue de fluc-
tuer, mon champ de vision dénoué s'emplit de couleurs
vaporeuses. Devant moi se dessine une large structure
métallique. Des centaines de minuscules pyramides
s'agencent pour former les trois quarts d'une sphère
presque parfaite. Je m'arrête, la tête vide, d'une ivresse
qui m'étourdit. Je suis devant un cerveau monumental
qui ne me veut pas de mal. Je soigne ma peur. Je me
projette à l'intérieur de cette sphère gigantesque. Dans
l'obscurité qui s'installe, la sphère est immense et fabu-
leuse. Le silence est complet, et c'est à ce moment que
m'apparaît le visage de Vir. Je souris, pour elle et pour
moi. Je me sens vivifié et m'engage à bonne allure sur
un sentier de dalles qui s'invente à travers les conifères.
Je longe la surface d'obsidienne d'un étang minuscule ;
y flotte un large nénuphar aux côtés d'une plante mauve
très haute dont les feuilles immenses s'ouvrent comme
une orchidée géante. Voilà le chemin de pierre, voilà
la pyramide blanche, voilà le pilier. Je suis de retour
parmi les miens. J'urine sur le tronc d'un cèdre, à peine

conscient du tonnerre d'applaudissements à l'intérieur. Mon père a terminé son discours. J'ouvre la porte et entre dans le brouhaha des rires et des voix.

À sa table, mon père – le regard clair et anxieux de mon père, tourné vers moi.

Il est 20 h 45.

Yeux bleus, je vous vois.

DEUXIÈME PARTIE

V

ROMAN DE A, B, C

Une adolescence

C'EST L'HISTOIRE DE TROIS ADOLESCENTS, A, B, C, une histoire qui plongera l'un d'eux au plus profond de la nuit. Car il va plonger, A. C'est une histoire qui se déroule sur cinq ans, dont la fin sera brutale, où il croira mourir, où il voudra mourir. Une histoire où A finit sa cinquième année de secondaire maigre comme un clou, malade comme un chien. A ne mange plus. A ne dort plus. A éprouve ce qu'aimer veut dire. A va se tuer, il va le faire. Il va avaler tellement de médicaments qu'au matin sa mère va le retrouver mort, mort à seize ans. Elle va le retrouver mort, son fils.

Bien fait pour elle.

Bien fait pour B.

Bien fait pour C.

*

A a rencontré C jeune fille, à la fin de leur cours primaire.

Le secondaire les rapprochera. Les livres et les films lui ont appris que, les femmes, il faut les conquérir, et A veut de tout son cœur vivre dans les livres, vivre dans les films, vivre loin de la guerre qui déchire sa famille. Alors il se met en tête de conquérir C.

Ce sera un projet de longue haleine, déployé sur cinq ans, en cinq actes. Cinq ans, cinq actes, avec pour contrepoint néfaste et belliqueux le délitement de sa famille, la fin de l'histoire d'amour qui l'a mis au monde, l'histoire d'amour de ses parents.

*

A vient de commencer le secondaire. Le matin, il respire mieux dès qu'il part pour le collège. Passé la fin de semaine, il n'a plus à entendre ses parents se menacer de mort dix fois par jour. Il est heureux de retrouver C, qui occupe le pupitre devant le sien. Cette première amitié sérieuse avec une fille lui procure l'oxygène qui lui manque cruellement à la maison. Quand A la retrouve en classe les lundis matin, C lui raconte ses week-ends, assise en tailleur sur sa chaise de bois : le chalet avec la famille, les compétitions de tennis où elle s'illustre. Au retour de congés, ce sont les voyages qu'elle raconte, Noël au Mexique, la relâche dans les Rocheuses, la semaine de Pâques à Walt Disney World. Elle parle des projets de ses parents pour l'été : Carcassonne, les Alpes suisses, la côte amalfitaine. Il ignore tout de ces choses, de ces mondes.

*

Les mois passent, déjà c'est le mois de mai. A et C ne se parlent presque pas à l'extérieur des salles de classe. C a-t-elle honte d'être vue avec un garçon aux cheveux crépus, à la barbe clairsemée, qui porte de grosses lunettes aux verres épais ? Vers la fin de cette première année de secondaire, les choses changent. A et C ont une longue conversation lors d'une randonnée cycliste au canal de Lachine organisée par les professeurs d'histoire. C découvre ce jour-là un garçon différent, d'une sensibilité qu'elle ne connaît pas. Quand elle le taquine au sujet de sa manière hésitante d'enfourcher son vélo, A ne se fâche pas ; il lui dit plutôt qu'il vient à peine d'apprendre à en faire, à treize ans et demi. À compter de ce jour, elle le salue quand elle le croise dans les corridors, lui sourit, l'invite à rejoindre ses amis à leur table de la cafétéria. Le dernier jour avant les vacances, elle l'attend après l'école pour marcher avec lui vers l'arrêt d'autobus qui mène au Petit Liban.

*

Deuxième année de secondaire. Les parents de A ont divorcé avec fracas. Le père a quitté la maison, et A reste avec sa mère, qui de tout son être refuse la réalité. Le fracas de la séparation cède la place à la fureur de la mère : fureur contre le père. La mère sombre dans la folie, la folie que produit parfois l'amour. L'amitié qui lie A et C se transforme. Ils se livrent davantage l'un à l'autre. Ils vieillissent vite. La colère que A ressent envers la vie assombrit tout. Il en veut secrètement à C de respirer le bonheur et le bien-être et il se sent coupable. C demeure la seule lumière dans sa vie. Elle le fascine par sa lucidité, par la vivacité de son esprit. Elle confie à A qu'elle n'apprécie pas le regard que posent maintenant sur elle les garçons et les hommes. À l'école, dans l'autobus, au tennis. Elle a commencé à exister pour eux d'une manière inédite, elle ignore si c'est un pouvoir ou un piège, ce qu'elle voit apparaître dans ces regards. Elle est grande de taille, gracile, blonde et mate de peau. A n'entend jamais les femmes parler ainsi dans les films. Il l'écoute, n'arrive pas tout à fait à comprendre ce qu'elle dit, il préfère se perdre dans l'éclat de ses yeux bleus. Le cœur de A se serre.

*

C et A sont désormais inséparables. Ils chuchotent pendant les cours, traînent ensemble à l'heure du dîner, sur le terrain de football qui jouxte le collège Mont-Saint-Louis. À la fin des classes, le retour à la maison n'est qu'un intermède. Ils s'appellent tous les soirs et parlent des heures, sauf lorsque *Scoop* ou *Chambres en ville* jouent à la télévision. Ils reviennent sur les événements de la journée, rient ensemble des frasques de certains élèves, parlent de tout et de rien, trouvent plaisir dans la voix de l'autre, la présence de l'autre au bout du fil, même les silences. La mère de A décroche souvent pour demander la ligne. Cette situation ne se produit jamais chez C, qui a sa propre ligne. La confiance est devenue totale entre les deux adolescents. C répète à A qu'il n'est pas comme les autres garçons. A s'efforce de jouer le rôle du grand ami même s'il se sait engagé sur la voie du mensonge. À quatorze ans, il s'autorise à reconnaître ce qui est évident pour tout le monde : il est amoureux fou de C. Jamais il ne lui avouera ses sentiments. A ne se rend pas compte que le cœur du problème est là. Ne rien dire revient à dire beaucoup de choses. Beaucoup de choses qui, tues trop longtemps, finissent par nous perdre.

*

Nous sommes au milieu de la troisième secondaire : un nouvel élève est admis au collège. C'est le B de cette histoire. B a un an de plus que A et C, il est haut de taille, il a une magnifique tête bouclée noire, lustrée, caravagesque, indocile. B est *streetwise,* arrogant, tchatcheur. Il dit *baskets,* il dit *t'es naze,* il dit *je te jure.*

A et son cousin enquêtent, mais ils ne découvrent rien du passé nébuleux de B. La rumeur dit qu'il a été renvoyé de son école pour une affaire de drogue ou de violence. On n'en sait pas plus.

B n'est pas un nouveau comme les autres. Il n'a pas à se chercher des amis : on vient à lui. Son magnétisme est irrésistible. Dans le vestiaire des garçons, A l'entend raconter ses histoires de filles. A découvre que les gens sont duplices, contradictoires, que la parole est une arme : B est galant avec les filles, mais vulgaire et crâneur quand il parle d'elles devant un public de gars. Il imite les soupirs, les gémissements de ses conquêtes, et les imbéciles qui l'entourent les reprennent en écho, criant comme une bande de dégénérés.

*

A souffre de l'amour secret qu'il ressent pour C. La maladie aussi le fait souffrir. Il souffre dans son corps et dans sa tête. Sa souffrance le révèle à lui-même. Il commence à réinventer son histoire, à exorciser ses cauchemars par la fabulation. Les médecins lui ont diagnostiqué une maladie auto-immune. Certains sont pessimistes. Ils prédisent qu'il perdra ses intestins avant ses trente ans, qu'il aura une stomie, un *sac,* avant d'avoir des enfants. A essaie d'échapper à la guerre qui se poursuit entre ses parents. Au quotidien, c'est crise après crise, interventions de la police, querelles d'avocats, visites au palais de justice. A passe tout son temps avec C. Il lui raconte ses flirts avec des filles du Petit Liban. Il raconte ses maladresses, sa gêne, la manière dont les filles le rabrouent, le moquent et l'éconduisent. Il la fait rire, il fait l'idiot. Ses histoires sentimentales, A les raconte pour sceller le statut de leur relation, pour la rassurer sur leur amitié : sincère, sans arrière-pensée. C'est une ruse : en fait, A veut amener C à parler de ses

propres sentiments. Et ça marche. C lui dit toujours :
« Tu n'es pas comme les autres, tu es mon seul vrai ami,
tu serais une fille ou moi un garçon que ça ne changerait rien. »

*

C lui révèle qu'elle est amoureuse de quelqu'un. Elle
refuse de dire de qui, mais A analyse ses réactions quand
d'autres garçons sont avec eux. Il en est bientôt certain : c'est un des joueurs de tennis de son club. A voit
dans le trouble de C le reflet de ce qu'il éprouve pour
elle. Il l'écoute s'interroger à voix haute, crois-tu que
je plairais à un garçon très différent de moi, qui vient
d'un tout autre milieu ? A se transforme en conseiller
zélé, il entreprend un long plaidoyer détourné qui vise
à convaincre C de laisser tomber les choses de l'amour,
de se concentrer sur le sport et l'école. Le reste viendra
bien assez vite. Elle rigole, le traite de vieux grincheux.
Elle dit qu'il ne peut pas comprendre. A est blessé. Il
ravale tant bien que mal sa frustration. Trop tard. C
n'a plus envie de lui parler de cet amour qu'elle ressent.

*

Les soirées au téléphone n'ont plus la cote. A et C
marchent ensemble pendant des heures après l'école,
dans les parcs qui longent la rivière des Prairies. Les
amies de C partent dans les Mercedes de leurs parents,

vont magasiner au Carrefour Laval ou voir Brad Pitt en vampire au cinéma. Elles s'étonnent que C traîne avec A. Un jour, C demande à A s'il fréquente encore des filles de son quartier. A dit que non, qu'il a renoncé au désir et pratique la sagesse bouddhiste, improvise toutes sortes de balivernes. A fabule tant et si naturellement qu'il faut bien appeler un chat un chat : il ment. A ment à C, A ment à sa mère si contrôlante qui exige de savoir pourquoi il rentre de plus en plus tard du collège. Il invente de nouvelles raisons chaque jour : une séance d'études, une participation à un tournoi d'échecs, un bon moment passé avec son cousin à jouer au mississipi. Il ment de mieux en mieux. Il n'a plus le choix, la vérité fait trop mal.

*

Chez A, dans l'appartement du Topaze où il vit avec sa mère, la situation a encore dégénéré. Sa mère le surnomme Mossad, le harcèle, l'accuse d'être un sale espion. Elle dit : « Tu travailles pour ton père. Tu ne mérites pas les sacrifices que j'ai faits pour toi. » Il a quinze ans. Il commence sa quatrième année de secondaire et veut partir loin de chez lui, tourner le dos une fois pour toutes à cette vie pourrie. Il en parle à C. Elle lui dit de patienter, qu'en attendant elle est là, que le secondaire terminé il pourra aller étudier le journalisme à Jonquière, ou voyager avec elle en Europe. Un soir, il ne rentre pas après l'école et se cache dans un

cinéma désaffecté. Sa mère met la police à ses trousses.
A fugue plusieurs fois.

*

Mais A revient toujours. Il est trop malade, trop apeuré,
trop démuni pour quitter sans retour ce foyer où, avec
amour malgré tout, sa mère s'occupe de lui : elle le
nourrit, change ses pansements, l'encourage dans ses
études. Lueur d'espoir. Vacances de Noël. Rentrée de
janvier. A et son cousin fréquentent maintenant B. B,
en quelques mois, a conquis le Mont-Saint-Louis. Il a
de l'argent, fait découvrir à tous une musique nouvelle,
le hip-hop, organise des fêtes, joue les mentors auprès
des plus jeunes, comme A. B finit cette année-là son
secondaire, résolu à ne pas poursuivre ses études. B se
lancera en affaires.

*

A a fêté ses dix-sept ans dans une souffrance désormais familière, ordinaire. Il termine son secondaire.
Le moment où il voudra mourir n'est pas venu encore.
A se dit qu'il doit tenir bon. Il veut voir si se révélera
la justesse de cet adage que son professeur préféré lui
a appris, avant de s'enlever la vie un an plus tard : le
sens des choses est déterminé par leur fin.

Un jour, après l'école, C veut lui parler. Elle lui dit
tout. Elle sort avec un garçon plus vieux, ça fait presque

dix-huit mois que ça dure, elle ne sait pas si elle est heureuse, le garçon peut être dur avec elle, mais elle en est amoureuse, au point où elle devient quelqu'un qu'elle ne reconnaît pas. Qui devient-elle donc ? Se perd-elle ? Est-ce cela, mûrir ? Est-ce cela, aimer ?

A écoute C patiemment pendant des semaines et tente par tous les moyens de la persuader de ne pas se laisser avoir.

*

Un après-midi de mai, A doit se rendre à l'Hôtel-Dieu, chez son gastroentérologue. Ce matin-là, il propose à C de faire l'école buissonnière. Si tu ne te reconnais plus avec lui, pense-t-il, ose une folie avec moi. A appelle le secrétariat du Mont-Saint-Louis, se fait passer pour le père de C ; sa voix est trop aiguë, mais il a confiance en lui et raccroche en jubilant.

C et A marchent jusqu'à l'avenue du Mont-Royal, puis empruntent la voie Camillien-Houde jusqu'en haut de la montagne. Près de la maison Smith et du lac aux Castors, ils entrent dans le cimetière Notre-Dame-des-Neiges, se promènent entre les rangées de pierres tombales.

C avoue à A qu'elle n'en peut plus de lui cacher la vérité, c'est trop dur. Elle exige de lui qu'il soit aussi sincère avec elle qu'elle s'apprête à l'être avec lui. Le cœur de A bat si fort et si vite qu'il craint de perdre connaissance. Les deux amis s'assoient au pied d'un chêne centenaire. Le sens des choses se détermine par leur fin.

*

La fin des mensonges coïncide avec le début d'une bataille qui occupera longtemps l'esprit de A. A ne le sait pas encore, mais cette bataille le rattrapera jusque dans sa vie adulte. Son ennemi reviendra même le hanter le jour de son mariage.

C dit tout à A, et elle s'attend à la même chose de lui.

C'est de B qu'elle est amoureuse.

B, comme dans Baddredine Abderramane.

A perd connaissance. A se relève.

*

C et B vivent en secret leur histoire depuis l'arrivée de B au collège, deux ans plus tôt. A n'a rien vu, il est abasourdi. A ne comprend plus rien. Il a l'impression que B l'a trahi. Ils étaient devenus amis, et A lui vouait une admiration sans bornes.

Dans le cimetière, C vient de dire la vérité à A. Elle s'attend à la même chose de sa part.

Est-il amoureux d'elle ? veut savoir C.

D'où sort-elle ça ? feint de s'étonner A.

C tient ça de B, de B qui depuis longtemps lui dit de se méfier de A : il n'est pas différent des autres garçons, juste plus retors, et habile à cacher ses sentiments.

C veut savoir si, pendant ces cinq années où elle s'est

confiée à lui, où elle lui a raconté des choses qu'elle n'avait racontées à personne d'autre – si, chaque fois qu'elle lui a demandé si leur amitié était véritable, A a été sincère.

A perd pied. Son esprit s'embrouille, et les émotions le submergent.

Comment une fille comme C peut-elle s'intéresser à un manipulateur comme B, comment peut-elle ne pas comprendre que lui, A, sensible aux autres, aux choses du monde, à la littérature, vaut plus que lui ?

Il réalise que B a voulu l'éliminer de la vie de C. Et il a réussi, il a gagné la bataille.

A avoue tout à C.

Oui, toutes ces années ont été un mensonge.

Il est amoureux d'elle, à en mourir. Il est amoureux d'elle depuis la première soirée de répétition de la Passion du Christ.

A dit tout. Il parle et tremble de tous ses membres en parlant. Quand il a fini, il se lève, crache par terre à quelques pas de C, dans un geste insensé de colère et de douleur, puis s'enfuit du cimetière sans même la regarder ni attendre sa réaction.

*

Cela se passe en mai, alors que s'achève leur cinquième secondaire. C'est la dernière fois que A parle à C. A n'est pas encore conscient du désastre, et la honte viendra plus tard, au moment de la plus grande joie, de la plus grande fragilité – au moment de l'inconscience la plus grande de ce tort ancien. Pour l'heure, sur le chemin du retour, en redescendant le mont Royal, A songe à s'enlever la vie, sa main droite crispée sur son flacon de Xanax. S'il en avale vingt, il ne se réveillera pas. Veut-il ne pas se réveiller ? S'il veut mourir, veut-il vraiment ne plus vivre, ne plus rêver ? Veut-il ne plus être, et en a-t-il la force, A ? Une fois au pied du mont Royal, A sait, il se répond : non, il ne veut pas, et non, il ne l'a pas, la force. Sa colère est trop grande.

Il n'y a qu'une solution : A tuera B – et tant pis pour C.

VI

ENTROPIE, SYSTÈMES

Une nuit de février

LES MONSTRES DE JUILLET SUIVENT CEUX de février, ou l'inverse, je ne sais plus.

J'ouvrais et refermais la pharmacie. Appuyé sur le lavabo, j'hésitais, examinant le visage que reflétait le miroir encastré dans la porte, guettant les signes. J'avais les traits tirés, le teint livide, des cernes violacés. J'ouvrais et refermais la pharmacie. Mon visage partait, revenait, s'absentait à nouveau, cédait la place au triste tableau des flacons de médicaments, des ampoules d'injection, des bouteilles de sirop, des tubes d'onguent, des poires rectales. J'ouvrais et refermais la pharmacie. Visage cireux, produits périmés. Je me suis souvenu de mon arrivée dans ce logement au début des années deux mille. Avant même de ranger la vaisselle ou de brancher l'ordinateur, je m'étais empressé de placer mes réserves de médicaments à l'intérieur de cette petite armoire de mélamine blanche. Les antibiotiques avec les antibiotiques, les immunosuppresseurs avec les immunosuppresseurs, les sédatifs avec les sédatifs.

Mon un et demie de l'avenue Christophe-Colomb se trouvait au centre exact d'un immeuble à logements au cœur de Villeray. On aime ce qu'on connaît : j'avais habité Le Topaze avec ma mère, Le Plein Ciel avec mon père. Mes parents avaient toujours vécu dans ce genre d'immeubles, comme la majorité des nouveaux arrivants. Celui où je vivais ne portait pas de nom, cet usage étant tombé en désuétude au moment de sa construction. On y accédait par une allée cimentée bordée de deux carrés de gazon jauni ou enfoui sous une croûte de neige sale, que délimitaient des clôtures en fer forgé qui ne m'arrivaient pas au genou. Devant l'immeuble, quelle que soit l'heure du jour ou de la nuit, on croisait des voisins, qui discutaient ou flânaient près de l'entrée, parfois assis sur de vieilles chaises de jardin décolorées.

J'habitais au deuxième étage, dans le studio du centre, qui sentait la moisissure en raison du dégât d'eau survenu en février. Tout avait été repeint de frais depuis, blanc partout, mais l'odeur avait resurgi. C'était petit, et je n'avais pas pris la peine de décorer. À part deux étagères, les murs étaient nus ; le fini brillant de la peinture donnait au studio l'allure d'un cube de plastique blanc ; les joints de plâtre, bâclés par le concierge, créaient sur les murs de curieux reliefs, comme de longues cicatrices ; la moquette industrielle râpait la plante des pieds ; et ma douche produisait une longue note hurlante quand je faisais couler de l'eau très chaude. Je vivais dans vingt mètres carrés. Sur les étagères s'alignaient quelques dizaines de livres. De la poésie (Ducasse, Ponge,

Quintane), de la philosophie (Marx, Arendt, Deleuze), de l'essai (Benjamin, Duras, Jacob), de la psychanalyse (Robert, Scarfone, Cliche). Une partie de l'espace salon était réservée à mes vieilles consoles de jeux vidéo : Intellivision, Coleco, Atari, Nintendo. Je jouais encore sur la plupart, mais surtout je me livrais, c'était mon hobby, à un petit trafic de jeux des années quatre-vingt, parcourant la ville à la recherche de profanes qui vendaient pour rien des cartouches usagées, que j'achetais pour les revendre avec profit à des connaisseurs.

Face à moi-même dans le miroir, je n'arrivais pas à franchir le pas. J'ouvrais et refermais la pharmacie, temporisais. Mes yeux inventoriaient le contenu des tablettes, flacon par flacon. Je m'imaginais avaler un cachet, et le déjà-vu semblait immémorial.

J'étais dévasté à l'idée de recommencer aujourd'hui ; j'étais épuisé de ne pas l'avoir fait avant ; j'étais honteux de n'avoir pas su tenir plus longtemps.

Tablette du bas, les remèdes quotidiens – du moins pendant les périodes de crise : métronidazole, 500 milligrammes *quater in die,* qui contrôlait les abcès mais causait le muguet, une mycose caractérisée par un goût métallique en bouche qui me donnait des nausées ; ciprofloxacine, 500 milligrammes *bis in die,* qui contrait les infections, mais que les produits laitiers neutralisaient ; acide 5-aminosalicylique, 1 gramme *ter in die*, un anti-inflammatoire local se dissolvant dans le grêle, qui s'était montré moins efficace contre mes dernières crises intestinales, mais que je prenais par habitude ;

181

6-mercaptopurine, 75 milligrammes *quaque die ante meridiem,* un immunosuppresseur actif qui réduisait l'inflammation ; prednisone, 40 milligrammes *quaque die ante meridiem,* qui en contrepartie de son efficacité prodigieuse me faisait enfler de partout, me surexcitait et fragilisait mon squelette ; carbonate de calcium, 1 gramme *quaque die ante meridiem,* à prendre deux heures avant ou après la ciprofloxacine. Tablette du centre : ampoules de vitamines, antispasmodiques, analgésiques. Tablette du haut : sirops contre la toux, benzodiazépines, somnifères : Bronchophan, Rivotril, Xanax, zolpidem, trazodone.

Combien d'années s'étaient écoulées sans que j'avale un seul calmant ? Les monstres de février m'avaient rattrapé. Mon protocole contre l'insomnie ne pouvait plus rien pour moi. Je ne devais pas avoir honte, je devais accepter de me voir tel que j'étais, à cette seconde précise, la dernière d'une infinie et lente succession : un homme malade, à bout de forces, au bout du rouleau.

*

Les stores de la large fenêtre du studio étaient tirés. J'ai inséré des bouchons dans mes oreilles, mis mon masque de nuit et me suis recouché. Un fourmillement glacé montait de mon ventre à ma tête. Mon cœur battait à une vitesse folle, m'irriguant bientôt de souffrance, par vagues croissantes et renouvelées. Le nom de cette souffrance s'élevait en moi dans cette langue primordiale que je connaissais bien. Je me marierais douze heures plus tard, mais dans la souffrance je sombrais, dans le passé je régressais. Je retrouvais inchangée en moi l'enfance, redevenais l'enfant. L'enfant qui ne parlait et ne comprenait qu'une langue, celle des symptômes : ventre troué, j'ai mal, tête cassée, incapable de bouger. Je me suis efforcé d'inspirer profondément, mais ma pensée s'agitait, se débattait, encore et encore, prisonnière et fuyante, mille fois repliée sur elle-même, égarant les noms, appelant tout qui suis-je. La souffrance était ancienne et naissait sans fin, comme une source d'images millénaires, scorpions dont on me fouettait à répétition ou qui, dans des déserts inouïs, enfermés dans un cercle de charbons ardents, s'affolaient jusqu'à trouver la mort en se frappant de leur propre dard ; Léviathan surgissant du Nil pour m'arracher les entrailles de ses crochets ; esclaves nus et glapissants que flagellaient en riant leurs maîtres. Paralysé dans mon lit, terrorisé, je transpirais et frissonnais, le cœur cognant sourdement, comme pour que s'ouvre en deux ailes d'os ma cage thoracique. D'une respiration à l'autre, profonde et âcre, j'attendais. Bientôt les calmants m'emporteraient loin des lueurs abjectes de l'aube. Leurs molécules tournoyaient déjà dans mon sang. Je me suis dit, au milieu de ma confusion et dans cette langue sans mots, que c'étaient peut-être elles, les fourmis invisibles qui parcouraient mon corps. Fourmis invisibles, vitesse impossible. De l'estomac au cœur, du cœur au cerveau. Il fallait que ça finisse, il le fallait, il le fallait. Il fallait que je disparaisse, que l'obscurité m'enveloppe.

Tout sauf les premiers rayons de l'aube, tout sauf le soleil.

Tout sauf le chant des oiseaux.

*

Je commençais à perdre le sentiment de mon corps. L'engourdissement psychique s'installait. Je me mariais dans douze heures, mais j'étais redevenu ce garçon qui avait subi trois opérations chirurgicales en quelques mois, cet adolescent dépendant des sédatifs et des calmants, qui en prenait le soir pour se reposer et dormir, le matin pour affronter la journée au collège, cet adolescent qui se plaignait, à chacune de ses visites à l'hôpital Sainte-Justine, de la douleur, de la souffrance physique, cet adolescent ne voyant pas ce que ses médecins voyaient. Ses difficultés étaient ailleurs : le divorce, le déchirement, l'angoisse, l'amour refoulé pour sa meilleure amie, mois après mois, année après année. Les médecins m'avaient prescrit mes premiers calmants, ils disaient que ça allait m'aider, mais j'avais été obligé de consulter un psy. Je me souviens que c'était la rentrée, j'étais en quatrième secondaire, j'avais quinze ans. Il y avait Constance qui occupait mes pensées, et Baddredine qui occupait les siennes. Il y avait Édouard et moi qui fuyions nos familles dans un arrière-monde de moins en moins habitable, qui nous livrions à des frasques diverses, lesquelles avaient lieu ailleurs, dehors. Et il y avait dorénavant les médecins, psychologues et thérapeutes. On aurait dit que j'avais attendu pour tomber malade, puis que j'avais su, mieux que d'autres, l'être. Avec un mélange de soulagement et de répulsion, j'étais entré dans ce rythme, dans cette vie récursive de rendez-vous et de salles d'attente. Un arrière-monde en appelle toujours un autre, et encore un autre. Les consultations m'aidaient à gérer ma consommation de codéine et de Xanax. Mon père m'accompagnait, surtout pour me rassurer. Il lisait des magazines dans la salle d'attente pendant que j'apprenais les rouages de la parole et les mécanismes du récit de soi qu'on fait aux autres. J'avais parlé de mes visions. Aux médecins, psychologues et thérapeutes, j'avais raconté les scorpions, le serpent, les esclaves hurlants. Je m'étais senti mieux. Je m'étais senti assez fort pour arrêter. D'un coup. Et, d'un coup, scorpions et esclaves étaient revenus, accompagnés de nausées et de tremblements. Les médecins m'avaient écouté, ils m'avaient posé des questions et ils avaient écouté mes réponses. Puis ils avaient dit que certains problèmes ne se soignaient pas uniquement par des pilules. C'était donc *dans ma tête,* ce n'était pas une vraie maladie. Les médecins et thérapeutes essayaient de m'expliquer que les souffrances n'avaient pas toutes la même source et qu'elles n'existaient pas toutes sur le même plan. Je ne comprenais pas. J'avais recommencé les calmants, à des doses encore plus fortes. Je les avais pris pendant quelques mois malgré l'inconfort, l'asthénie, la mémoire floue. J'avais au moins recommencé à dormir. Cette année-là, les vacances de Noël ne m'avaient pas plongé dans des abîmes d'angoisse. Je me sentais vivre à côté de mon corps. La guerre que se livraient mes parents – leurs manipulations, leur mauvaise foi et leur médisance – avait déplacé son théâtre des opérations hors de mon ventre et perdait un peu de sa morbide prégnance. Avril venu, me croyant tiré d'affaire, je m'étais sevré à nouveau. J'avais tenu trois mois et demi. J'avais repoussé les visions tant bien que mal. Puis, fin août, c'était la rentrée : l'angoisse s'était remise à me broyer les entrailles et la poitrine. J'avais recommencé, le cycle avait recommencé et déjà je planifiais le prochain sevrage. J'avais compris quelque chose, j'avais compris que je devais diminuer plus lentement les doses – mais j'ignorais encore à quel point –, diminuer et diminuer jusqu'au jour où, à force d'essais et d'erreurs, je réussirais à vivre sans les calmants. Le poison, le remède. J'y parviendrais, après des années. Des années de vigilance, d'efforts, d'acharnement, de fébrilité, de compensation. Des années qui étaient loin, qui étaient proches. Depuis février, cette souffrance ancienne me rattrapait, envahissante, diffuse, impassée.

Les minutes s'égrenaient. Je m'offrais aux molécules, je les retrouvais. La peur était toujours là, assourdie. J'ai sursauté. Je n'avais pas le choix, j'ai retiré mon masque, je me suis relevé pour marcher d'un pas hésitant jusqu'à mon bureau. Sur une feuille de papier, j'ai écrit : 4 h 34. J'ai rédigé une séquence posologique pour la journée, car je connaissais trop bien la courte demi-vie du Xanax : 8 h 34, lever ; midi trente-quatre, dans la Mustang avec Édouard ; 16 h 34, départ de l'Oratoire vers La Toundra ; 20 h 34, discours (parents de la mariée, parents du marié, Mym, Édouard) ; minuit trente-quatre, table des douceurs. J'ai écrit au bas de la feuille : *9 juillet, Le Caire, j'arrête.* Posant mon stylo, j'ai fermé les yeux. Quelque chose se détachait en moi, dérivait. Je ressentais enfin l'inertie douce d'une fatigue si longue. Puis je me suis levé pour aller à la fenêtre et j'ai écarté deux lattes du store. Les voisins du rez-de-chaussée parlaient comme en plein jour, assis sur la clôture. Les frères Vrátnik : mi-quarantaine, moustachus, râblés, Štefan et Marek, qui se ressemblaient comme deux gouttes d'eau. Ils occupaient l'unité la plus proche de l'entrée principale et de l'escalier intérieur. Ils travaillaient de nuit comme agents de sécurité. C'étaient des bêtes d'habitude ; ils étaient peut-être idiots – ou asociaux. Par beau temps, à la fin de leur quart au petit matin, ils s'installaient à l'entrée de l'immeuble et engloutissaient leur souper acheté au casse-croûte du coin, ouvert vingt-quatre heures. Sous-marins, poutines, cheeseburgers, pizzas, hot-dogs Michigan, lasagnes, etc. Ils conversaient en slovaque, on aurait dit qu'ils ne s'étaient pas vus depuis des jours. Chaque matin, les résidents qui sortaient trébuchaient sur leurs ordures. Aujourd'hui, les Vrátnik s'affairaient à dévorer des poitrines de poulet rôti et deux grosses frites trempées de sauce brune gluante. Les ratons laveurs parqués

sur le côté de l'immeuble devaient attendre que retentissent les rots caverneux marquant la fin des agapes.
Dans l'immeuble, on avait abdiqué, personne ne repro-
chait plus leur négligence aux frères Vrátnik. Ça ne servait à rien. J'avais moi-même essayé à deux reprises.
Ils s'étaient foutus de ma gueule, dans leur langue. Ils
avaient le beau jeu. Comme on ne pouvait compter sur
l'invisible propriétaire de l'immeuble pour les menus
travaux, même en cas d'urgence, les Vrátnik s'étaient
improvisés concierges. Vous descendiez cogner chez
eux et, pour peu que vous connaissiez trois mots d'anglais, l'un ou l'autre s'extirpait du canapé et vous suivait
chez vous en emportant un énorme coffre à outils, pendant que l'autre continuait à regarder des reprises de
Friends. Les locataires ne voulaient pas se les mettre à
dos. Pour ma part, je m'étais grillé auprès d'eux, ce qui
constituait l'une des causes indirectes de ma débâcle de
février. Tout, en ce bas monde, se paye un jour ou l'autre.

J'ai regagné mon lit. Aujourd'hui, tu te maries, me
suis-je dit en fermant les yeux. Dors et marie-toi.

*

Un matin de février, en songe, m'est revenu.

C'était le genre de journée où le froid est tel que,
dès que vous sortez, respirer fait mal. Météomédia
jouait en continu. La présentatrice parlait de tempéra-
tures polaires, elle répétait toutes les quinze minutes un
avertissement de froid extrême, moins quarante-trois

degrés Celsius avec le facteur vent. Elle égrenait son topo en direct du bord du fleuve, accompagnée d'un collègue emmitouflé. Dans mon studio, je suais à grosses gouttes. Impossible de contrôler le chauffage. C'était un vieux radiateur à colonnes qui, chaque hiver, cliquetait bruyamment et transformait le studio en sauna sec. Je vivais en boxer et en marcel. L'hiver précédent, j'étais descendu m'en plaindre aux frères Vrátnik, et l'un d'eux avait réglé le problème, sans un mot. Il avait travaillé vite, un genou à terre, puis il était reparti en me jetant un regard réprobateur. Cette année, je n'avais pas ce recours. Je m'étais emporté contre les Vrátnik l'été d'avant. En fait, j'avais pété un plomb, une nuit, pendant un de leurs soupers bruyants. J'avais sorti la tête par la fenêtre pour leur crier dessus dans cet arabe très approximatif que je baragouine, et ils m'ignoraient depuis. J'avais bien tenté de leur demander de l'aide, au mépris de mon orgueil, mais ils m'avaient refermé la porte au nez en soupirant. Le propriétaire ne retournait pas mes appels. Certains soirs, quand je n'en pouvais plus, j'allais dormir chez Vir et Mym, mais je ne voulais pas m'imposer. Édouard disait que cette chaleur était normale, inévitable. Que c'était là le destin du studio du milieu, du cube central, chauffé de toutes parts par les logements qui l'entourent. Reste que je perdais mon eau simplement à rester assis.

Ce matin-là, j'ai appelé Édouard à la rescousse. Je me disais que ce ne serait pas compliqué pour lui et que ça lui changerait les idées, de régler un problème concret. Son père était mort trois semaines plus tôt, et j'essayais de le voir souvent, pour l'aider à sortir de l'espèce d'état morose, de catatonie qui s'emparait parfois de lui. Le soir, je lui rendais visite à son garage ou l'emmenais au cinéma. Il n'avait pas versé la moindre larme à l'hôpital quand ça avait été fini et il n'avait pas pleuré à l'enterrement non plus. Il ne m'avait pas parlé de ce qu'il ressentait, de sa peine. Je ne l'avais jamais vu aussi taciturne. Les Safi sont de grands bavards ; ils pleurent beaucoup aussi. Ma mère avait pleuré pour nous tous, la mort de son jeune frère l'avait dévastée. Moi, j'étais surtout triste pour Édouard. Il avait accepté de passer chez moi. Sa remorqueuse avait été rappelée pour une mise au point. Il était en congé forcé pour le week-end. Je me préparais à manger quand il est arrivé.

— Il fait pas si chaud, me semble, a-t-il dit en entrant. On est bien.

Édouard haïssait l'hiver. Il a lancé son manteau sur mon lit, s'y est laissé choir, le regard dans le vague. Il n'avait pas l'air tout à fait réveillé. J'ai versé de l'huile d'olive dans une poêle chaude où j'ai ajouté un petit oignon émincé et une gousse d'ail pressée.

— As-tu faim ?

— J'ai pas mangé ce matin. J'ai travaillé jusqu'aux petites heures sur une vieille Jetta 96. Presque cinq cent mille kilos, là-dessus. On l'entendait claquer à trois coins de rue quand le gars est venu me la laisser. T'as toujours pas de café ?

— Veux-tu un thé ?

— Bof, OK. Tu te fais quoi?

— Du foul.

— Ah ouais, du foul? Mon Dieu, qu'est-ce que ta mère va dire?

Recette égyptienne classique : ail, oignon, jus de citron, persil, cumin. Et des fèves gourganes, l'ingrédient principal, comme pour les falafels – les falafels égyptiens.

Édouard s'est levé et s'est étiré, puis il s'est approché du radiateur. Juste au-dessus, l'humidité s'accumulait sur la large fenêtre couverte de buée, formant de fines gouttelettes qui s'agglutinaient en rigoles dévalant le verre; dans la salle de bain, la petite fenêtre à guillotine était toute givrée. Édouard a considéré le radiateur pendant une bonne minute. Il avait manifestement l'esprit ailleurs. Il a tendu la main vers une des colonnes de fonte.

— C'est brûlant.

— Tu vas être capable d'arranger ça? Ça doit pas être trop compliqué?

Il a bâillé longuement puis il s'est posté devant mon étagère de jeux vidéo. Il a examiné mes nouvelles acquisitions l'une après l'autre, en silence. Ça ne lui ressemblait pas. Il a levé les yeux sur les étagères au-dessus, il a vu les trois livres à plat qui dépassaient de la tablette de romans, dos vers lui. Mes plus récents achats. Quintane, Carrère et Cadiot. Édouard avait reconnu d'un coup d'œil la maquette blanche, le papier côtelé, le logo à sept ronds, trois gris, quatre bleus. Ces livres-là, il ne les sortait plus de la bibliothèque pour voir ce que c'était. Il avait souvent roulé des yeux en lisant leur quatrième de couverture. Puis, comme à chaque visite, il a laissé son regard errer dans la pièce, à la recherche d'autres nouveaux objets, de quelque chose de neuf à inspecter, à manipuler, idéalement à démonter, peut-être à critiquer.

J'ai versé une cuillerée de cumin moulu dans les fèves, salé, poivré, puis j'ai haché le persil pendant que le foul mijotait. On n'entendait plus que les impacts saccadés de mon couteau sur la planche à découper. Quand j'ai eu terminé, j'ai demandé :

— Comment va Ruby ? Est-ce qu'elle –

— Ah, c'est comme ça que tu fais ton foul ? a dit Édouard au même moment.

Il m'avait rejoint devant la cuisinière et se préparait son thé lui-même. Il me regardait cuisiner, le visage moqueur. J'ai remarqué à quel point il avait les yeux cernés. Il semblait éreinté, tendu, surtout.

— Ruby va bien. Elle travaille beaucoup. Elle s'inquiète, comme d'habitude. On sort de la ville pour quelques jours. On part ce soir, vers cinq heures. C'est elle qui a booké ça quand elle a su que je travaillerais pas en fin de semaine. On s'en va dans un spa. Chaud froid, chaud froid, avec souper fancy sur le bord du lac. Elle avait un coupon, je pense. Il y a des cours de yoga, un étang de bouette, du feng shui.

— Du feng shui ? T'es sûr ? Dans un spa ?

— Oui, c'est sur leur site internet, j'invente pas ça. Des massages thérapeutiques.

— Ah, du shiatsu?

— Peut-être... j'ai pas appris par cœur toutes les sortes de massage sur leur site.

— Qu'est-ce que tu veux dire, *c'est comme ça que je fais mon foul*?

— Je disais ça de même, j'étais curieux...

— Je le fais comme ça se fait. C'est pas sorcier.

— Chez nous, on le faisait à la manière égyptienne. Toi, ça part mal : des fèves en canne...

— On s'en fout, Édouard. Une fève, c'est une fève.

— C'est vrai que ta mère en faisait jamais. Ta mère et ses mille superstitions... C'est quoi, déjà, l'espèce de livre où elle prenait toutes ses théories? Tu veux que je t'aide?

— Non, laisse, j'aime ça, cuisiner...

— Si ça t'amuse, a-t-il dit en versant l'eau fumante dans sa tasse.

— En tout cas, tu vas voir, le spa, tu te sens comme de la gélatine, après. Elle s'inquiète pour quoi, Ruby, au juste?

— Je pourrais hacher les tomates et le concombre, ou faire cuire les œufs?

— Non, ça va, je te dis. De toute façon, j'ai pas de tomates, ni de concombre, ni d'œufs.

Édouard a eu un léger recul en se tournant vers moi, exagérant sa réprobation. Je ne l'ai pas relevée. Je reconnaissais l'humeur bagarreuse d'Édouard, sa manière capricieuse d'écouter à moitié ou d'ignorer les questions qui l'embêtaient.

— Ben, pourquoi tu fais du foul, d'abord ? C'est comme si tu me disais je fais des pâtes mais j'ai pas d'ail, pas de parmesan, pas d'huile d'olive. C'est-tu la première fois que t'en fais, du foul ? Je veux dire, avec quoi tu manges ça, toi ? Du foul, ça se mange avec des tomates, du concombre et des oignons. Tout le monde sait ça. Pis tu écrases un œuf dans les fèves à la fin. En Égypte, tu ferais rire de toi.

— Dodi, lâche-moi avec l'Égypte, tu me fatigues.

— Mais tu fais ton foul n'importe comment. Rendu là, passe-le au blender pis mange-le avec des nachos.

— T'en veux ou t'en veux pas, Toutankhamon ?

— J'en veux, énerve-toi pas. Je suis sûr que ça va être bon. C'est juste que ce sera pas du foul. Fais pas cette face-là – mais jette pas le jus de cuisson !

— Dodi, calme-toi, ta mère vient du Lac-Saint-Jean. Tu me diras comment faire quand je te recevrai au cipâte.

— À la *tourtière* ! Le cipâte, c'est dans le Bas-Saint-Laurent.

J'ai mis quelques pains syriens dans une assiette. J'ai remarqué sur la table un petit sac Walmart, qu'Édouard avait sans doute posé là en arrivant.

— Il est passé où, ton coffre à outils ?

— Je l'ai pas apporté, j'avais pas le goût de m'encombrer. On empruntera celui des monozygotes au rez-de-chaussée.

— Moi, je vais pas là, ai-je dit en remplissant les assiettes du ragoût de fèves brunâtre. En plus, on sait pas si c'est vraiment des jumeaux.

— T'arrives à les différencier ? À part de ça, c'est toi qui m'as dit que c'étaient des jumeaux monozygotes.

Il devait faire trente-cinq degrés. Je suis retourné au comptoir pour découper le citron en quartiers.

— J'aurais pas dû, j'en ai aucune idée. Mais depuis qu'ils portent tous les deux la moustache de Hulk Hogan, je pourrais plus te dire lequel est lequel. Ce que je sais, c'est qu'il y en a un qui mange jamais de hot-dog Michigan. Je le comprends, d'ailleurs. Le soir du hot-dog Michigan, il remange de la pizza pour pas être décalé d'avec son frère pendant le reste de la semaine. Avoue que ça, ça fait monozygotes.

— En tout cas, s'est relancé Édouard après un long silence.

Avec sa fourchette, il écrasait consciencieusement les fèves dans son assiette.

— En tout cas quoi ?

— Pour le foul, le foul *égyptien,* je veux dire, il faut des fèves sèches, pas des cannes. Tu les fais cuire à feu doux pendant quoi, trois quatre heures ? Au moins trois quatre heures. Cinq heures, si tu veux. T'écris tes poèmes, tranquille. Là-bas, c'est toute la journée que ça cuit, à petit feu. On garde le liquide. Le jus de cuisson. Le soir, on enlève les fèves du feu, et c'est prêt pour le lendemain, pour le déjeuner. Tu manges ça le matin, du foul.

— Tu le manges quand tu veux, mon gars.

— En Égypte, ils disent : « Foul du matin, repas de roi ; foul du midi, repas de pauvre ; foul du soir, repas de l'âne. »

— OK, dis-moi donc ça en arabe, pour voir.

— T'es de mauvaise foi, Alain.

— Je suis pas de mauvaise foi. Je te fais à manger pis tu chiales avant de goûter.

Il a pris une bouchée de fèves qu'il a mâchée d'un air concentré.

— C'est bon, a-t-il dit. Ça goûte les fèves. C'est juste que mon père m'a fait du foul un matin sur deux toute ma vie. Tu peux pas commencer à m'obstiner là-dessus. Des fois, je trouve que t'es fermé, pour quelqu'un qui aime autant l'école. On dirait que t'as de la misère à apprendre des nouvelles choses. J'ai mangé du foul toute ma vie, pas toi. C'est pas de ta faute. Je veux dire, y a pas une maudite fève qui rentrait chez vous, tellement ta mère avait peur que ça te change le sang en boudin.

— En eau, Dodi. Elle avait peur que ça me change le sang en eau. Elle est pas si déconnectée que ça. Le favisme, c'est pas une superstition, il y en a dans la famille. La fille de tante Loula a failli en mourir.

J'ai souri malgré moi, en pensant à ma mère et à son dictionnaire médical, qui avait réponse à tout. Édouard a sorti un objet du petit sac Walmart. Il l'a glissé vers moi entre les assiettes. Ça avait des allures de fusil jouet.

— Quand tu m'as appelé ce matin, je magasinais. Je t'ai acheté ça.

196

— OK ?

— Un thermomètre infrarouge.

— Un thermomètre infrarouge ? Je veux pas m'en mêler, mais ton héritage... Pour une fois que t'as un petit coussin, tu pourrais essayer de voir venir... Tu me disais pas que Ruby et toi, vous aviez des projets ? Avec le monte-charge hydraulique, les outils flambant neufs, il me semble que tu...

— Toi, ton père t'a toujours backé. Tu peux pas comprendre.

— Je te critique pas. Tu fais ce que tu veux. J'ai juste peur que tu te retrouves encore dans la merde. Comme avec le téléphone sans fil, mais à une autre échelle.

— Arrête, avec ça. C'était rien.

— Quel enfant de dix ans s'achète un téléphone sans fil ?

— T'étais jaloux...

— Jaloux ? Si on m'avait donné deux bruns pour mes dix ans, il y a mille choses que j'aurais achetées avant –

— T'es jaloux que Khalo Farid m'ait donné deux cents piastres à moi quand toi, t'as rien eu.

J'ai préféré ne rien répondre. Khalo Farid, c'était le parrain de son père, je ne me serais jamais attendu à un cadeau de sa part.

— Dans le fond..., a-t-il repris après un instant, dans le fond c'est toi qui aurais eu besoin d'un sans-fil. T'aurais pu sortir dans le corridor pour parler avec Constance sans te faire déranger par Yolande.

— Elle écoutait sur la ligne, de toute façon.

— Tu sais qu'elle est devenue médecin? Constance, je veux dire.

— Je savais qu'elle avait fait sport-études au cégep, c'est tout. On s'est jamais reparlé après la fois du cimetière.

— La fois du cimetière? Je comprends pas.

— Laisse faire.

— Bref, j'ai remorqué Françoise l'autre jour, c'est elle qui m'a dit, pour Constance. Elles se sont croisées sur Van Horne...

— Françoise vit pas à Genève? Elle travaille à l'Unesco, non?

— Les vacances, ça existe, Alain. En tout cas, sa batterie était à terre.

— Et moi, je te disais juste de pas faire de niaiseries avec ton argent. J'imagine que tu as payé toutes tes cartes de crédit.

— Recommence pas avec ça.

— Les taux d'intérêt sont bons, ces temps-ci. Pourquoi tu places pas ton argent?

— À voir l'arnaque que ça a été avec le salon funéraire, c'est là-dedans que je devrais investir.

Édouard a déchiré un pain et pris une deuxième bouchée. Il avait le regard trouble. Il semblait pensif, ou triste, indécis. T'as mis du cumin, bravo, a-t-il dit d'une voix égale, après quoi il a mangé en silence, avec un certain appétit, sans relever la tête. Il s'était rasé même si on était samedi. J'avais l'impression qu'il était passé me voir en sachant qu'il ne pourrait rien à mon problème de chauffage. Sa dernière bouchée avalée, il a essuyé le fond de son assiette avec son pain.

— Comment ça va, sinon? ai-je dit.

— Ça va, ça va... En fait, je...

Édouard s'est interrompu. Son visage restait impassible, mais il avait les yeux rouges. Il regardait vers la fenêtre au-dessus du radiateur, où l'humidité continuait de s'accumuler et de ruisseler lentement. On entendait siffler le vent.

— Je m'ennuie de lui, on dirait. Il...

Édouard s'est tu à nouveau. Il respirait fort. Je savais que je ne devais pas le presser de questions. Il était peut-être sur le point de me dire quelque chose, de me parler de ce qu'il ressentait. J'ai mis ma main sur son avant-bras un instant.

— Je t'aime, Dodi.

Il s'est tourné vers moi et s'est raclé la gorge.

— C'était pas une vie qu'il avait, à la fin, dans son CHSLD de marde.

— Je suis allé le visiter une fois, au début. C'était dur.

— Il était le plus jeune de l'étage. Je suis sûr que c'est pour ça que son cœur a lâché. Il est mort de tristesse, tout seul avec des vieux.

Édouard s'était planté devant le radiateur, qu'on entendait cliqueter. Je n'ai pas insisté. Le sujet était clos. La vérité, c'est que ça avait toujours été difficile entre Édouard et son père, et les choses ne s'étaient guère apaisées quand Nabil était entré au CHSLD.

— Le mieux, je pense, a-t-il commencé d'une voix

rauque, c'est d'investir dans l'immobilier. Ça te protège. Quand t'achètes une maison ou un appartement, si quelque chose tourne mal, tu perds pas tout.

— C'est clair, ai-je renchéri. Si j'avais cent mille piastres, j'investirais dans un flip.

— Tu vas les avoir un jour, mon frère. Quand ton roman va être fini...

Édouard a consulté le petit écran témoin du thermomètre infrarouge :

— Quarante et un... Il fait officiellement plus chaud dans ta cuisine que dans ta bouche.

— Je vais perdre la tête.

Édouard s'était étendu de tout son long sur la moquette pour essayer de regarder sous le radiateur. Je l'avais vu souvent dans cette position au garage, couché sur son *bed,* en train d'inspecter le dessous des voitures. Il n'aurait plus besoin de le faire, maintenant qu'il avait un lift hydraulique.

— Alors?

— Écoute, Alain, je suis mécanicien automobile. Et puis j'ai pas mes outils avec moi.

— Trouve une solution, s'il te plaît. Je dors plus, j'ai trop chaud.

— Sais-tu quoi? Je te prête mon appart. Tu vas l'avoir juste pour toi pendant une couple de jours. Le pire qui peut t'arriver avec mon chauffage électrique, c'est que tu saignes du nez. T'as l'habitude...

— Je suis écœuré de pas dormir. C'est dangereux, l'insomnie.

Édouard s'était relevé, il s'épongeait le front et les tempes avec son t-shirt. Il a paru réfléchir, puis il a repris d'un ton léger :

— En fait, Ruby s'inquiète pour le déménagement. Elle arrête pas de refaire les comptes pour être sûre qu'on a les moyens.

— Elle a peur que tu passes pas au crédit ?

— Aucun problème là.

— T'es sûr ?

— Je te dis. Ruby nous a trouvé de quoi de beau sur la Rive-Sud.

— Je suis content pour toi, Dodi. T'es rendu là. Ça va te faire du bien. Tu veux un autre thé ?

— Oui, earl grey, si t'en as.

*

Édouard retournait précautionneusement entre ses mains une cartouche à cinq vis de *Legend of Zelda*. Il avait déniché la chose nouvelle.

— Tu l'as payée combien ?

— *Khamsa* dollars, mon homme.

— Cinq piastres pour une *five screw* ?

Il l'a examinée, a soufflé à l'intérieur, puis l'a redéposée sur l'étagère. Il a enfilé mon Power Glove avec les gestes d'un médecin qui met un gant de latex.

— Le pauvre gars, à l'Armée du Salut, il savait pas ce que c'était... Je me suis pas dépêché de lui dire.

— C'est fou, dans ces places-là, on trouve des Game &
Watch quasi gratos.

On a déposé nos tasses sur la première étagère et
on s'est assis en tailleur sur la moquette.

— Ce que je comprends pas, c'est que l'an passé,
Štefan a réussi à –

— Qu'est-ce qui te dit qu'il l'a pas pété pour de bon,
en fait ? Décroche, s'il te plaît, je pourrai pas le régler,
ton problème de chauffage. C'est systémique.

— Systémique ?

— Oui. C'est un système, le problème est dans le
système, alors c'est systémique. Le système mesure la
température autour de lui et il décide de la température qu'il faut atteindre pour que tu sois confortable.
Il chauffe l'eau, il pousse ça dans les tuyaux, la chaleur
se diffuse. Après un bout de temps, il reprend la température, puis il s'ajuste. C'est ce qu'on appelle un système *ouvert*. Décisions, feedback, ajustements, ainsi de
suite. Mais quand je parle d'ajustements, je parle pas de
resserrer une vis avec une clef Allen… C'est le système
qui s'en occupe. Je vais te dire ce que je pense. Ce que
t'as là, ça ressemble à un système ouvert voyou, qui se
comporte comme un système fermé. Ton radiateur a
arrêté d'échanger avec son environnement. Il répond
plus, il entend plus, il écoute plus. Ça lui tente plus. Il
se fout de toi. Va falloir que t'attendes que l'entropie
s'en mêle.

— Ça va être long ?

— On le sait pas, a dit Édouard. Personne le sait. Ça peut être long, l'entropie. L'été a le temps d'arriver.

— Quelle merde.

— Commence par appeler ton proprio. Après, tu t'en viens chez nous direct.

— Non, je vais chez les filles, ce soir. Je vais repasser nos vieux albums photo avec Mym. Faut en choisir une centaine pour le diaporama.

— On va se taper cent photos de vous autres le soir du mariage ?

— On va en éliminer. Les cent photos, c'est la première étape.

— Il y en a combien, d'étapes ? Vous capotez pas un peu avec vos préparatifs, cinq mois d'avance ?

— C'est ça, être organisé, Dodi... Mym réfléchit déjà à son discours... Faut bien commencer à un moment donné. Tu sais que toi aussi, t'as un discours à faire, hein ?

— J'ai largement le temps d'y penser. De toute façon, je sais exactement ce que je vais raconter.

— Comment ça, raconter ?

— Tu vas voir, mon frère.

— Qu'est-ce que tu vas raconter ? Il va y avoir plein de monde, de la famille des trois côtés, ce sera pas le temps de dire des niaiseries.

— Un mariage, c'est le meilleur moment pour dire des niaiseries. Les discours, ça sert justement à rire des mariés. C'est pas pour rien qu'on appelle ça des bien cuits. Mais c'est aussi l'occasion de dire aux mariés qu'on les aime... Tu me connais, t'as pas à t'inquiéter.

On a bu le reste de notre thé en silence. J'ai essayé de planifier mentalement les prochains jours ; aller chez Édouard, pourquoi pas ? Le lendemain, au lever, je mettrais dans un sac quelques livres, mes cahiers, des vêtements pour deux ou trois jours. J'avancerais mon roman dans un décor à peu près aussi lugubre que mon studio.

Édouard et moi, perdus dans nos pensées, on considérait le radiateur, qui cliquetait toutes les deux secondes comme un automate déréglé. Dehors, le ciel était d'un bleu profond, polaire, irréel, strié de délicats effilochements blancs et translucides. Le froid, le chaud. J'espérais qu'Édouard et Ruby, ça tiendrait le coup. Je soupçonnais Édouard de faire l'autruche. Ses dettes, son couple, son père. Il y penserait plus tard, il en parlerait plus tard. Il laissait tout s'éloigner, ou tout s'enfouir en lui, espérant inconsciemment que ça s'évanouirait. Toute ma vie, j'avais vu ma mère pratiquer cet art du déni. Mais il arrive un moment où l'esprit n'est plus assez fort pour encaisser. Tout revient, tout éclate. On se retrouve face au chaos d'un réel qu'on ne reconnaît plus.

Édouard a allumé le Nintendo et la télévision, insérant dans la foulée la cartouche *R. C. Pro-Am* dans la console. *R. C. Pro-Am,* c'est un jeu de première génération auquel on jouait depuis vingt ans. Il n'existe pas de version *five screw* de ce jeu. Les *five screw,* assemblées à l'aide de cinq vis disposées en quinconce sur la face arrière, n'ont existé que pendant quatre ans, au tout début de l'ère NES, avant que Nintendo remplace les deux vis du haut par des crochets de plastique pour diminuer les coûts de production. Ma cartouche *R. C. Pro-Am* ne comptait donc que trois vis. Le jeu a démarré, on a équipé nos camions de pneus adhérents et de moteurs turbo. J'avais le rouge, Édouard le vert. À la fin du second tour de piste, atteignant une vitesse prodigieuse malgré la pluie, j'ai détruit le camion d'Édouard avec des shurikens. Édouard s'est levé brusquement, appuyant sur *power* avant que j'aie pu recevoir mon trophée en forme de clef anglaise, et il a rincé sa tasse dans l'évier.

— Faut que j'y aille.

— Mauvais perdant...

— C'est toi qui m'as appris le *ragequit*.

Édouard a enfilé son manteau et enfoncé ses pieds dans ses bottes Sorel difformes. Je l'avais rejoint près de la porte.

— Faut que je sois chez Ruby à quatre heures, quatre heures et demie au plus tard, et j'ai du lavage à faire.

— Embrasse Ruby pour moi, OK?

— Embrasse Mym, a-t-il dit en me donnant l'accolade. La prochaine fois, c'est moi qui fais le foul.

Par la fenêtre, je l'ai regardé marcher vers sa vieille Firefly 96 mauve, dans laquelle il m'avait appris à conduire sept ans plus tôt. Le paysage était aveuglant; la veille, la déneigeuse avait laissé le long des trottoirs de hauts bancs de neige qui ne s'étaient pas encore salis.

Édouard s'est dégagé en manœuvrant avec assurance, et la voiture s'est éloignée vers le nord.

Je me suis étendu sur mon lit. Édouard serait bientôt en train de se relaxer au spa – chaud, froid, repos – tandis que je n'étais pas plus avancé. Damné radiateur. Il se foutait de moi. J'allais prendre les grands moyens : je ferais subir à mon studio un choc thermique analogue à celui que connaîtrait le corps d'Édouard s'immergeant dans un tonneau d'eau glacée. Plutôt dormir dans la neige que de vivre une autre nuit tropicale. J'ouvrirais les fenêtres du salon et de la salle de bain, et j'entrebâillerais aussi la porte du balcon et la bloquerais, à l'extérieur avec une vieille raquette de tennis, à l'intérieur avec un chaudron d'eau. Je m'en voulais de ne pas y avoir pensé avant. Pour la première fois en plusieurs semaines, je dormirais dans une fraîcheur tonique, d'un sommeil profond, réparateur. Vir était partie chez ses grands-parents à Saint-Élie pour le week-end ; je savais qu'il n'y aurait eu aucun problème à ce que je m'installe dans sa chambre, mais j'avais besoin de tranquillité pour travailler sur mon livre. Je m'entendais un peu trop bien avec Myriam. On ne parvenait qu'à se distraire mutuellement.

J'ai mis mon plan à exécution avec une grande minutie, puis, debout au centre de la pièce, je me suis assuré de la bonne circulation de l'air. J'étais peut-être trop impatient. J'ai essayé de siester pendant quarante minutes, mais j'étais trop fébrile. Je me suis relevé, l'esprit soucieux, et je me suis douché puis habillé pour la soirée – jean bleu, t-shirt, kangourou, comme d'habitude. L'après-midi tirait à sa fin et le ciel s'assombrissait. J'ai commencé à sentir l'air se rafraîchir. Je me suis installé dans mon futon et j'ai lu près d'une heure et demie sans souffrir de la chaleur. Vers dix-huit heures, je me suis réchauffé du foul, que j'ai mangé en regardant RDI. Je suis parti à Notre-Dame-de-Grâce l'esprit apaisé. Je rentrerais tôt, vingt et une heures maximum, pour profiter d'une longue nuit de sommeil. J'en avais bien besoin, je n'étais pas moins fatigué qu'Édouard.

Chaud, froid, chaud.

Jamais de repos.

*

J'ai gravi deux par deux les marches de l'escalier de la station Villa-Maria. Je marchais sur Northcliffe dans le froid coupant, respirant par la bouche, car je détestais la sensation de l'air glacial dans mes narines. Je connaissais peu ce quartier, où ma fiancée et sa meilleure amie avaient toujours vécu, mais je m'y sentais bien et, avec Vir, je m'y installerais après le mariage. Nous venions de signer le bail d'un appartement avenue de Vendôme, en face de la maison où Hubert Aquin avait vécu ses dernières années. Mym allait demeurer dans le haut de duplex de l'avenue Northcliffe qu'elle partageait avec Vir depuis plusieurs années, et qui appartenait à son père. Celui-ci, qui voyageait beaucoup, l'avait utilisé comme pied-à-terre à Montréal jusqu'à ce que Myriam

soit en âge de l'occuper. C'est ainsi que les filles profi-
taient de ce palace de six pièces et demie, une sorte de
quartier général où, les vendredis et samedis, les amis
avaient l'habitude de se retrouver. En entrant par un
vestibule si petit que deux personnes ne pouvaient s'y
tenir debout en même temps, on passait directement
dans un salon double qui servait aussi de salle à manger.
Les filles avaient chacune leur chambre à une extrémité :
Mym occupait celle du fond ; celle de Vir donnait sur la
rue, mais en été le feuillage du vieux frêne qui poussait
devant la maison l'isolait du monde extérieur. La troisième chambre servait de débarras au père de Myriam.

Chez les filles, quelqu'un avait déneigé l'entrée à
coups de botte. J'ai sonné après avoir pris soin de toucher la mezouzah, accrochée de biais sous la sonnette
comme le veut la coutume. La mezouzah est cet objet
de culte que les juifs fixent au chambranle des portes,
un parchemin roulé, fait de peau d'animal, sur lequel
sont inscrits ces versets tirés du Deutéronome : « Écoute,
Israël ! l'Éternel, notre Dieu, est le seul Éternel. Tu
aimeras l'Éternel, ton Dieu, de tout ton cœur, de toute
ton âme et de toute ta force. Et ces commandements,
que je te donne aujourd'hui, seront dans ton cœur. Tu
les inculqueras à tes enfants, et tu en parleras quand tu
seras dans ta maison, quand tu iras en voyage, quand tu
te coucheras et quand tu te lèveras. Tu les lieras comme
un signe sur tes mains, et ils seront comme des fron-
teaux entre tes yeux. Tu les écriras sur les poteaux de ta
maison et sur tes portes. » Le père de Mym et moi dis-

cutions, les fois où il nous arrivait de nous croiser dans cet appartement, de certains passages de la Torah et du Talmud. J'avais l'habitude, par affection pour Mym ou par mimétisme, de toucher la mezouzah chaque fois que j'entrais chez les filles. La mezouzah, disait-on, plaçait la maison juive sous la protection du Roi de l'univers.

— Entre vite, on gèle ! a lancé Mym du haut de l'escalier.

Elle m'a accueilli avec un grand sourire. J'ai ôté mon manteau, ma tuque et mes gants, et Myriam me les a pris des mains pour les ranger dans le garde-robe. Elle m'a fait la bise puis m'a dit :

— Je viens d'avoir Vir au téléphone, elle est bien arrivée.

— Good. T'as eu une belle journée ?

— Vraiment relax. J'étais encore en pyj' il y a cinq minutes.

— T'as bien fait. C'est atroce dehors.

— C'est toujours Cuba sur Christophe-Colomb ?

— J'en peux plus. Mais j'ai trouvé la solution, je pense.

— Ça va sûrement sonner à la porte tout à l'heure, Anaïs veut venir chercher sa chicha. Je lui ai offert de rester pour un verre, ça te va ?

— Pas de problème.

La minute d'après, Myriam m'a servi un chinotto sur glace. Elle savait que mes problèmes de ventre m'empêchaient de boire de l'alcool. C'était amer, quand même, comme boisson. Des boîtes remplies de documents nous attendaient dans la salle à manger. Les trois quarts étaient à moi. Le week-end précédent, il m'avait fallu deux voyages entre le taxi et l'appartement pour trans-bahuter le tout. Mon passé tenait dans cette dizaine de boîtes d'albums photo, d'albums de finissants, de lettres, de cassettes vidéo. Il faut dire que j'avais depuis long-temps la manie de photographier chaque moment que je jugeais significatif, à en fatiguer mon entourage. Tous les prétextes étaient bons, j'avais pris des milliers de photos. Je ne comptais plus ce que cette habitude me coûtait en frais de développement. J'avais des photos de toutes les fêtes qu'on organisait pour le Super Bowl et les séries éliminatoires de la Coupe Stanley ; j'avais des photos d'un nombre embarrassant de soupers chez les filles, de soirées avec Édouard ; j'avais des photos de toutes nos vacances, à Vir et moi, depuis qu'on se fré-quentait. Myriam avait visiblement hâte qu'on se mette au boulot. Elle a réparti les photos dans des chemises associées aux différentes périodes de nos vies : enfance, Mont-Saint-Louis, Villa Maria, HEC, voyages, fiançailles. On les a épluchées. L'enthousiasme de mon amie était contagieux : contre toute attente, j'avais du plaisir à retrouver des souvenirs d'époques peu réjouissantes, mais lointaines. Le chinotto commençait à goûter bon.

— C'est ton cousin, ça ? a rigolé Mym devant la photo d'un Édouard sans connaissance, les bras et les jambes recouverts de gigantesques lettres tracées au Sharpie, qui formaient le mot *police*. Il est maigre là-dessus !

— Ça remonte à loin. C'était en 96, l'année où on a fini dans une cellule...

— Votre fameuse arrestation... À t'entendre, on dirait que vous avez purgé deux ans moins un jour.

— Faut croire que ça m'a marqué...

— Mon pauvre! T'as passé trois heures au poste, pis t'en parles encore dix ans plus tard. Viens faire un après-midi de bénévolat au centre jeunesse, tu vas voir c'est quoi, des ados qui l'ont pas facile...

Pendant une heure, nous avons fait des allers-retours entre la longue table de la salle à manger et la table du salon, une authentique Noguchi.

J'ignorais pourquoi je me sentais si bien dans cet appartement. Rien n'était neuf, mais tout était beau : les planchers en bois, les tapis turcs délavés par le soleil, les poufs en cuir cognac, les tableaux dans leurs cadres vernis ou peints couleur laiton.

Nous avons disposé les photos dans l'ordre chronologique, formant deux rangées. Celle du bas contenait les photos de Vir, celle du haut contenait les miennes. Un autre dossier, placé à l'écart, rassemblait les photos de nous deux qu'avait prises Myriam depuis ce jour béni de janvier 2002 où, dans la cafétéria des HEC, juste sous le tableau affichant les cours de la Bourse, elle nous avait présentés l'un à l'autre, peu de temps avant que Mym et moi, chacun son tour, quittions les HEC. J'irais étudier la littérature, et Mym le travail social. Vir serait diplômée en gestion des ressources humaines.

Notre première sélection se composait d'environ deux cents photos. J'ai pensé à Édouard au spa, puis j'ai vu clairement la tête qu'il ferait aux noces quand ces images se mettraient à défiler. Des photos de Vir et moi enfants, adolescents, jeunes adultes. Mym a proposé qu'on établisse une sélection plus serrée dans chaque catégorie la semaine suivante. On en avait assez fait pour aujourd'hui. Le mariage, c'était dans cinq mois, quand même. Mym avait tamisé les lumières et s'était calée dans les coussins du canapé. Elle venait de glisser *Frank* d'Amy Winehouse dans le lecteur CD. On était fans tous les deux et on connaissait les paroles par cœur. Comment une fille plus jeune que nous pouvait-elle avoir une voix si ample et puissamment chargée de vécu? Je ne pensais plus à mes problèmes de chauffage, le chinotto descendait tout seul, Mym était en train de m'en verser un troisième quand ça a sonné à la porte. Un vacarme de pas et de bottes a rempli la cage d'escalier. Nini n'était pas venue seule. C'était une bonne amie de Vir et Mym – elles avaient fait leurs études secondaires ensemble au collège Villa Maria. Jusqu'à tout récemment, elle habitait à Toronto, où elle travaillait en marketing chez Chanel; ses patronnes lui avaient proposé un poste à Montréal. Elle était de retour depuis les fêtes pour coordonner les relations entre sa marque et certains grands magasins, Holt Renfrew et Ogilvy notamment. J'avais déjà croisé une fois ou deux Nini, de son vrai nom Anaïs Garcia. Elle était née au Mexique, mais sa famille s'était installée au Québec au début des années quatre-vingt quand elle était encore enfant.

Je l'ai regardée retirer son manteau de laine sombre, ample comme une robe et orné de deux rangs de boutons dorés, qu'elle a posé avec naturel sur le bras tendu de Mym.

— On gèle tellement, Mym, c'est fooouuuu ! s'est-elle écriée en entrant dans l'appartement.

Elle s'est ensuite penchée pour retirer ses bottes cavalières, d'un impeccable cuir luisant et souple, qui allongeaient encore sa silhouette, et les remplacer par des ballerines qu'elle avait tirées d'un énorme fourre-tout, lui aussi de cuir noir, qui pendait au bout d'une chaîne à gros maillons dorés. Sa tenue me fascinait : stricte et délicate en même temps, les motifs de ses pendants d'oreilles en lustres rappelant subtilement ceux de son top ajusté en jacquard de soie. Je n'emportais jamais de chaussures quand je me rendais chez des amis. Je me suis senti un peu minable avec mes bas blancs.

— Je sais, Nini, a répondu Myriam en lui faisant la bise. My God, tes joues sont glacées !

— J'ai attendu les gars vingt minutes devant le resto perse...

Les gars en question la suivaient dans la cage d'escalier. Je me suis demandé comment le premier n'était pas mort de froid avec son hoodie, son blouson Levi's, sa tuque mince et ses baskets trouées. L'autre ne portait rien sur la tête mais, au moins, il avait un manteau

– un bomber, façon bonhomme Michelin, au fini brillant, grand ouvert.

— T'es sûre que ça te dérange pas qu'on débarque comme ça ? a demandé celui qui était immunisé contre le froid.

Mym leur a dit de faire comme chez eux. Elle avait déjà pris leurs manteaux. Elle m'a jeté un regard discret, comme pour vérifier que ça m'allait aussi. Elle savait que j'étais fatigué.

— Depuis Noël, qu'on essaye de voir Nini...

— Je sais, a concédé Mym, elle est impossible à avoir.

— C'est rare qu'on est en ville en même temps...

— Arrêtez de vous excuser, on est contents que vous soyez là.

Mym s'est tournée vers moi.

— Je vous présente mon ami Alain. C'est le futur mari de Virginie.

— Virginie Wise..., ont-ils lâché en chœur, ça fait longtemps !

— Elle est pas là ce soir, par contre... Alain, je te présente Kimio et Godley.

— Messieurs, ai-je dit en leur tendant la main.

J'ai serré leurs mains et embrassé Anaïs, puis je me suis ôté du chemin le temps que tout le monde s'installe au salon, passe à la salle de bain, aille mettre au froid ce qui devait l'être. Mym ne savait pas qu'ils allaient débarquer, j'en étais presque sûr. Elle m'aurait averti.

Les gars ont posé des bouteilles de Corona givrées au centre de la table basse et se sont affalés dans le canapé.

Vir m'avait souvent parlé de ces deux-là, j'étais surpris et peut-être un peu énervé de les rencontrer enfin. Ils avaient été expulsés du Collège de Montréal à la toute fin de leur secondaire, à cause d'une histoire d'alarme incendie déclenchée cinq fois dans la même semaine. Ça ne les avait pas empêchés de faire du chemin, et ils étaient devenus DJ. Dès le milieu des années quatre-vingt-dix, ils voyageaient d'Ibiza à Berlin sur le circuit des grandes messes technos. Ils se vantaient de n'avoir manqué aucune édition du Love Parade depuis 1997.

Mym a disparu un instant dans sa chambre avant de revenir avec la chicha d'Anaïs, qu'elle lui a tendue comme un long sceptre magique.

— Combien je te dois ?

— J'ai négocié, a dit Mym, je l'ai eue pour trente dirhams… Mais tu me dois rien. J'ai été chanceuse. Mon père m'a pas crue quand je suis rentrée à l'hôtel !

Les filles se sont installées avec nous sur le canapé, Anaïs a allongé ses jambes sur la méridienne. Ses amis semblaient là pour rester. Je sentais quelque chose d'électrique dans l'air. Kimio s'était approprié le système de son et y avait branché son iPod pour faire jouer du Infected Mushroom. Je n'avais jamais entendu ce nom-là. Je sentais la basse résonner dans mon cœur, je n'étais pas certain d'aimer ça.

Godley a dû s'apercevoir que j'étais un peu largué. Il m'a dit que c'était du Goa – une sorte de trance. Le groupe venait d'Israël et ça marchait encore très fort là-bas. J'ai demandé à Godley comment un groupe israélien finissait par se spécialiser dans un genre qui s'appelle le Goa.

— Ça fait déjà un bout que c'est sorti, mais notre amie Anaïs en est toujours pas revenue.

Je n'aurais jamais ma réponse. Anaïs l'a doucement frappé à l'épaule de son poing, il s'est marré en se frottant le bras, feignant la douleur. Sa chevelure jaillissait en V de part et d'autre d'une raie parfaitement tirée au centre de son crâne, on aurait dit Sideshow Bob. Il portait une chemise à carreaux juste assez déboutonnée pour laisser paraître un vieux t-shirt de Prodigy usé à la corde – tournée *Fat of the Land,* un futur *collector.* Ça, au moins, ça me disait quelque chose : côté musique, je m'étais longtemps limité au rock, les gros noms, Radiohead, Nine Inch Nails, jusqu'à ce que, un peu grâce à Rage Against the Machine, je m'intéresse au hip-hop et découvre *The Chronic 2001.* J'avais eu une illumination.

— Tu vas voir, a ajouté Kimio, ça continue de monter en puissance pendant neuf minutes.

Kimio portait un prénom japonais, mais c'était un Bahamien de six pieds six pouces, à la peau sombre, aux cheveux bouclés serré, aux mains gigantesques et baguées. Il reproduisait le rythme de la chanson sur la table, c'était assez virtuose, mais je m'inquiétais pour la vitre.

— Tu bois quoi? m'a demandé Anaïs.

Elle venait d'enlever son cardigan. Même partiellement recouvert par la bretelle de son top, le tatouage sous sa clavicule m'avait sauté aux yeux : il représentait l'œil d'Horus.

— Il est sur le Brio depuis tantôt, a répondu Mym. J'en ai encore une caisse pleine, ma mère m'a rapporté ça de chez Costco. T'en veux ?

— Non, j'ai mieux que ça, a-t-elle répondu. Du Pimm's ! Du Brio pour adultes, si on veut. As-tu encore les ballons que je t'ai offerts l'autre fois, ou t'as réussi à tous les casser ?

— Hé ho, j'en ai cassé un, et c'était au jour de l'An, ça compte pas !

Kimio et Godley ont disparu un instant dans la cuisine avant de réapparaître avec de nouvelles Corona. Ils faisaient comme chez eux. « Alien infected us, it's about time we infected them », chuchotait en boucle une voix de femme sur un beat frénétique, à presque deux cents BPM ; se succédaient des segments où se mêlaient accords de guitare acoustique plaqués, cordes symphoniques, synthés new age planants, solos baroques de piano ou de clavecin, arpèges distordus tout droit sortis de la trame sonore de *Mega Man*. J'ai décidé de me mettre au Pimm's moi aussi, malgré les regards réprobateurs de Mym.

Cinq minutes plus tard, je sortais acheter des cigarettes. La lueur du dernier croissant de la lune, mince comme une lame, diluait uniformément le bleu saphir du ciel vide de tout nuage. Le mercure avait encore baissé. Je suis entré dans le dépanneur poussé par une bourrasque venue d'Arctique. Le type au comptoir m'a reconnu, je m'arrêtais là chaque fois que j'allais chez les filles. Il a eu l'air étonné de m'entendre demander des Du Maurier king size. It's for you ? Yes, man. Je n'étais pas fumeur, sauf quand je buvais, c'était obligé, je me sentais mieux une clope au bec. Encore aujourd'hui, c'est comme ça. À mon retour, je me suis lancé dans la préparation des cocktails sur la table du salon. J'avais tout transporté de la cuisine : verres, planche à découper, concombres, citrons, soda, doseur, glaçons. Je préparais des cocktails en continu. Des Pimm's cups. Les morceaux de techno s'enchaînaient, créant une sorte de monde parallèle, de cocon étrange et pulsant, baigné de lumière chaude et dorée, qui défiait l'hiver.

— Tu travailles tellement mal, mon petit chou !

Anaïs m'a aidé à nettoyer le plateau de verre de la table après les trois ou quatre premiers cocktails. Sa remarque était bienveillante, prononcée sur le ton gentiment moqueur d'une mère qui s'adresse à son enfant. Elle avait raison : je bâclais, je jouais du couteau sans précision, avec l'impatience nerveuse qui me caractérisait à cette époque. C'est que Kimio vidait ses verres plus vite que je n'arrivais à les lui filer. Il s'était assis entre Anaïs et moi, et je les écoutais discuter à bâtons rompus. Kimio parlait d'un concert de Daft Punk auquel il avait assisté avec Godley l'été d'avant, en Belgique. Ils avaient rencontré des Israéliens qui les avaient invités à venir danser sur du Goa dans les boîtes de la rue Dizengoff, à Tel-Aviv. Les gars y avaient séjourné trois semaines en novembre : dodo jusqu'à quatorze heures, plage jusqu'au coucher du soleil, houmous et falafels jusqu'à la fin de l'apéro, puis beat et ecstasy jusqu'à l'aube. Je l'ai interrompu :

— C'était comment, Israël ? Êtes-vous allés au port de Jaffa ?

— Non, a dit Godley.

— Et sinon ?

— Les gens sont super, la bouffe est incroyable, hein Kim ?

— C'est l'Europe, mais au Moyen-Orient.

— Non, mais je veux dire, Jérusalem, les Territoires…

— On a surtout fait nos petites affaires, a dit Godley, on s'est pas beaucoup promenés.

— C'est peut-être mieux comme ça…, a commenté Mym. Ça a pété fort à Eilat il y a deux semaines. Mon père a un cousin qui gère un hôtel là-bas.

— Qu'est-ce qui s'est passé ? a demandé Anaïs.

— Attentat-suicide, ai-je dit.

— Ça va juste empirer, a soupiré Mym, maintenant qu'ils leur donnent du Captagon.

— C'est quoi, du Captagon ? a demandé Kimio.

— C'est qui *ils* ? a fait Godley en même temps.

— Les organisations.

— Mais c'est quoi, comme dope ? a insisté Kimio.

— C'est une sorte de speed qui te détache de tes émotions, a expliqué Anaïs. En Turquie, en Syrie, au Liban, les terroristes en prennent avant de se faire sauter.

— Me semble que, quand on gobe, c'est pour avoir exactement l'effet contraire.

Mym a marqué une pause, presque imperceptible, avant de reprendre Kimio.

— Dans un rave, oui, mais pas quand tu te strappes une ceinture d'explosifs autour de la taille.

— Ça me fait capoter, ai-je dit.

— Es-tu juif, toi aussi ?

Par où commencer ? J'ai déballé mon paquet de Du Maurier, arraché l'aluminium et porté une cigarette à ma bouche. J'ai emprunté le Zippo d'Anaïs, je me suis concentré pour ne pas m'étouffer en m'allumant et j'ai expiré longuement la fumée vers le plafonnier. Puis j'ai répondu :

— C'est pas une question d'être juif ou non, c'est juste qu'on dirait que ça finira jamais.

— Il y a deux frères de sa grand-mère qui ont été rapatriés de Beyrouth l'été dernier, a dit Mym.

— Ah, désolé, a dit Godley.

— Non, c'est rien, c'est OK.

— J'ai l'impression que ça va se régler, a dit Anaïs, quand les grandes puissances vont arrêter de traiter le Moyen-Orient comme un jeu de Risk. Y a du monde qui vit là-bas, ils veulent juste vivre. Si c'est pour continuer à péter, au moins qu'on parte en guerre contre les régimes corrompus.

— Je sais pas, a répondu Mym. Va aussi falloir que les pays arabes réalisent ce qu'Israël apporte à la région, et qu'ils arrêtent de traiter les Israéliens comme des monstres sans humanité.

Tout le monde a semblé retenir son souffle. J'ai cherché le regard de Mym. Elle et moi avions ce pacte, plus ou moins implicite, plus ou moins fragile, voulant qu'on ne perde jamais de vue les humains pris au milieu de ces guerres, qu'on évite les considérations partisanes ou idéologiques dont on avait hérité de nos parents sans comprendre avec précision ce qu'elles impliquaient.

— De Tel-Aviv à Dubaï, a dit Kimio, j'ai vérifié, c'est quatorze heures de vol. Faut que tu transfères à Kiev, man.

Anaïs a écarquillé les yeux.

— Et tu serais allé faire quoi à Dubaï?

— OK, on change de sujet! s'est-il exclamé.

— On boit! a dit Godley.

— Bonne idée, God! ai-je renchéri. Et un Pimm's cup sans concombre pour Kimio. À ton voyage mystère, homie!

Ces histoires de guerres, de terrorisme, de religions occupaient constamment mon esprit. Pas ce soir. En terminant mon quatrième cocktail, je me suis dit que je faisais bien de boire, je me suis dit que j'avais bien le droit de m'amuser de temps à autre. Je dormirais de plus longues nuits dans les jours à venir. J'ai pensé à ce type qui avait la même maladie que moi et qui travaillait dans la restauration : il mangeait ce qu'il voulait, buvait presque chaque soir et en assumait les conséquences. Une cuite ou deux par année ne me tuerait pas. J'ai attrapé l'iPod pour monter le volume.

— Thanks, Farah, a dit Kimio. Là, c'est à notre tour de te payer la traite. Nini, amène-toi!

— Je suis prêt ! ai-je beuglé en tranchant des citrons, confectionnant un énième Pimm's cup pour personne en particulier.

Godley, qui avait entendu le signal, a plongé la main dans son sac à dos, puis a lancé un quatorze de weed devant moi, au milieu des concombres, des quartiers de citron, des verres propres ou sales et des bouteilles de Perrier.

— Roller starter ! a-t-il hurlé.

Je suis resté impassible, c'est-à-dire hilare et saoul, une partie de moi croyant nécessaire de ne pas avoir l'air impressionné devant Anaïs qui, prise dans une conversation avec Mym, ne s'occupait de toute façon plus de nous. J'ai secoué le sac en jouant les habitués.

— T'as ton grinder ? ai-je dit.

Myriam m'a interrompu :

— Tu vas pas rouler, quand même, Alain...

— Non, non, pas besoin, a dit Kimio.

Il a libéré un espace sur la table en réunissant les photos et les cassettes vidéo qui traînaient encore là en une petite pile qu'il a poussée à l'écart de la zone la plus collante. Si on m'avait demandé lequel de lui ou Godley était le maniaque de la propreté, je n'aurais pas parié sur lui. J'ai apprécié l'attention, mais ne l'ai pas remercié, de crainte qu'il veuille savoir à qui appartenaient ces souvenirs.

Myriam m'a fait signe de m'approcher. Je n'ai pas bougé, je lui ai envoyé un bisou aérien. J'étais bien où j'étais, au cœur du beat, nonchalant et surexcité à la fois. Elle s'est levée, a fait deux pas puis s'est penchée vers moi. Entourant mon cou de ses bras, elle m'a glissé à l'oreille :

— Alain, je suis pas sûre que ce soit une bonne idée que tu fumes ça en plus. Eux, ils sont habitués. Faut pas que t'essayes de les suivre.

Je savais que j'aurais dû l'écouter, mais je m'y refusais. J'avais le droit de m'amuser, me suis-je répété. Je venais de passer une heure à regarder des photos de ma jeunesse avec Mym, et un sentiment oublié m'avait saisi, comme intact : cette colère, de n'avoir pas le droit de vivre comme je l'entendais, parce que j'étais malade. Moi aussi, j'avais le droit de vivre.

— Te fais pas de souci, j'en rajoute un peu, mais je suis pas si saoul que ça. C'est rien, c'est juste du weed.

— Dans la chicha, ça frappe dix fois plus fort.

— Je me sens bien, Mym, crois-moi.

— Je t'aurai averti.

Anaïs en avait eu assez de la musique de rave. Elle avait rendu son iPod à Kimio et inséré un album de Jean Leloup dans le lecteur CD, *Mexico*. Elle a rapporté le boîtier sur le sofa pour feuilleter le livret.

— Jean Leclerc... Pourquoi ? Pourquoi changer de nom après, quoi, cinq albums ?

Mym a haussé les épaules.

— Un album de Jean Leloup, c'est un album de Jean Leloup.

Son visage s'est illuminé.

— Est-ce qu'on vous a déjà raconté ça, les gars ? Avec

Nini et Vir, on a vu son premier show, à Leloup. La tournée *Menteur,* on avait dix ans, nos parents étaient même pas là !

Anaïs s'est relevée pour aller rincer et remplir la chicha dans la cuisine. Pendant ce temps, Kimio sélectionnait ses plus belles cocottes de weed et les alignait sur le boîtier de CD en plastique translucide avec les gestes d'un enfant perfectionniste. Anaïs, depuis la cuisine, a annoncé à tout le monde qu'elle avait eu l'idée de génie de mettre de la glace dans le réservoir, ce qui a suscité une clameur dans l'appartement. Elle a disposé son matériel sur la table. Je l'ai regardée préparer la chicha. Elle a d'abord testé le tuyau en aspirant à vide : ça tirait bien. Elle a combiné du tabac gluant, aromatisé au miel, aux cocottes de weed qu'elle avait séparées en morceaux plus petits pour favoriser une combustion égale, puis elle a rempli le fourneau de la chicha. Elle a tiré une épingle à cheveux des tréfonds de son fourre-tout, en a écarté grand les branches et s'en est servie pour piquer de petits trous dans un bout de papier d'aluminium dont elle a recouvert le tabac. La concentration, les gestes minutieux détendaient son visage, mais lui donnaient l'air encore plus inaccessible. Elle a ouvert un paquet cylindrique semblable à celui de ces biscuits importés de France, emballés dans une seule feuille de papier glacé, et en a sorti un morceau de charbon. De sa main aux ongles peints d'un rouge noirci, elle a pris une pince métallique sur le plateau de la chicha. Cette pince servait à manipuler le charbon.

— Attends, attends, je vais t'aider avec ça.

Godley, comme surgi de nulle part, a brandi sous le nez d'Anaïs un vieux briquet jaune tout égratigné, le petit modèle, pendant que Kimio fouillait à gestes brusques dans ses poches, à la recherche de son propre briquet, sans se rendre compte qu'il avait été pris de vitesse.

— On se calme, les enfants! C'est *ma* chicha, compris? Allumer le charbon, c'est le meilleur bout.

— Je sais, a dit Kimio.

— Alors tu t'assois et tu me laisses faire.

Elle a allumé le morceau de charbon à l'aide de son Zippo en laiton brossé. Le charbon s'est enflammé. Elle l'a regardé brûler quelques instants et l'a posé sur une soucoupe. Il fallait attendre que la flamme disparaisse avant de le mettre sur le papier d'aluminium troué. Ceci fait, on devait encore patienter, au moins une minute, jusqu'à ce que le tabac et le weed aient commencé à se consumer. Les gars ont protesté, mais n'ont pas touché à la chicha. Enfin, Anaïs a jugé que c'était prêt :

— OK, a-t-elle dit d'une voix étrangement désincarnée, je me blaste à la santé de Coco Chanel, du Maroc, et du peuple juif.

C'était magnifique. C'était terrifiant.

*

J'ai aspiré une longue bouffée, puis une autre. J'ai déposé le tuyau de la chicha sur la table et me suis avachi sur le canapé. Quelques secondes ont passé, une

minute peut-être. Mym, Kimio et Godley s'étaient trans-
portés dans la cuisine, à l'autre bout de l'appartement.
Je n'avais pas l'impression de les avoir vus fumer. Je ne
parlais pas et pourtant j'ai senti le débit de mes paroles
s'accélérer. J'ai aspiré une autre bouffée à la chicha,
où le morceau de charbon brûlait encore. Le weed me
calmerait, diluerait les effets excitants de l'alcool. Je
me souvenais d'avoir commencé à parler à Anaïs, présence flottante à mes côtés. Je lui confiais que j'étais
Égyptien, que j'avais peur du mauvais œil, mais que son
œil d'Horus nous protégeait. C'était stupide de dire une
telle chose, je me trouvais con. J'ai essayé de juguler le
flot de paroles, mais ça parlait malgré moi. Je pensais
à des mots d'arabe, j'entendais ma voix à l'extérieur de
ma tête, débitant des kyrielles de mots français que personne ne disait, ni à ce moment-là ni jamais. Horus. Je
contemplais le buffet devant moi, les objets qui palpi-
taient doucement dans la lumière tamisée. Les objets
devenaient de plus en plus flous eux aussi. De la cuisine me parvenait une rumeur houleuse, celle d'une
foule amplifiée, pleine d'éclats de rires pointus et scin-
tillants. J'étais immobile, mais les mots continuaient
de tourner en boucle, les phrases se divisant en phrases
qui se divisaient à leur tour. Chaud, froid, repos. Anaïs
a dit quelque chose, les ondes sonores se sont dissipées
comme de la vapeur. Une chaleur aiguë a soudain envahi
ma nuque et mon crâne, en même temps qu'un fourmillement très froid. Deux brûlures, l'une sous l'autre.
Je revivais mon dîner avec Édouard, je me revoyais

préparer le foul, je revoyais des images de son père, Nabil, que j'avais fini par redouter tant il pouvait être dur, parfois cruel, de ma mère qui à sa mort avait tant pleuré. Je savais que je n'étais pas vraiment Égyptien. Mais le savais-je vraiment ? Et Anaïs, d'où venait-elle ? Père mexicain, mère du Bas-Saint-Laurent. Pourquoi son tatouage n'était-il pas inca ? Où était-elle née, déjà ? Pourquoi Horus ? Je tournais dans l'énigme de l'origine et des noms comme dans un cube rond, un cube blanc. Les mots tourbillonnaient dans ma tête, perdant un peu de leur sens à chaque tour. Égyptien pure laine. Québécois pur foul. Libanais par le mauvais œil, Montréalais du Petit Liban. Arabe de culture. Phénicien par l'ADN, Chawam des deux côtés, maronite par Dieu. Levantin dans le silence de l'hiver. Immigrant de deuxième génération, qui, depuis Le Caire, depuis Beyrouth, reviendrait à Montréal dans un grand Boeing bleu de mer. Cieux bleus, mer bleue, je me perds et vous vois. Papy, mamy, nous trois, noyés dans l'énigme des noms et de l'origine. Je me suis tu. J'ai eu peur. Peur des extraterrestres d'Infected Mushroom, peur que le weed de Kimio et Godley soit shooté au Captagon. J'ai remué ma main droite devant mon visage ; à ma droite, Anaïs a bougé, elle s'est décomposée en une séquence de sons et de gestes. Mon petit chou. Une mère à son enfant. Anaïs s'était redressée, se redressait, s'est diffractée en rythmes visuels puis unifiée de nouveau. Sa main s'est tendue vers la table. J'ai dit : « Mont-Saint-Louis... » J'ai dit : « Photos... » Elle a soulevé l'une des cassettes vidéo empilées sur la table, le magnétoscope l'a avalée dans un bruit de petits os métalliques broyés, la cassette a joué, la cassette jouait, mon visage s'ouvrait et se fermait devant moi, à l'écran des phrases disloquaient mon visage aux couleurs floues, vibrantes, magenta, safran. Anaïs a bougé à nouveau, cette fois tombant au ralenti en arrière, et le tuyau de la chicha s'est élevé, lévitant, étrange serpent qui roucoulait. Anaïs et la chicha ont respiré ensemble, comme une chimère dont la gorge gargouillait, se remplissait de bulles roulantes et sonores. J'ai cligné des yeux, puis mon visage d'adolescent a ri vers moi dans le rectangle aveuglant de la télévision. Mon visage et le visage de Dodi, Dodi qui riait lui aussi. J'ai fait un effort de densité, de silence, d'immobilité. J'ai attendu, les yeux fermés, concentré sur le silence, cherchant le silence. Puis je me suis tourné vers Anaïs, elle était là, elle avait maintenant deux bras, deux jambes, des doigts au bout des mains, des ongles rouge sombre qui dessinaient des formes dans l'espace à l'aide d'une petite flamme. Des sons se mélangeaient, une cigarette grésillait, une voix me parlait, une voix provenant de tout près, de Tel-Aviv, de là-bas, dans la cuisine, où des éclats de voix ont entonné très fort les premières secondes lancinantes de *My Heart Will Go On*. Les larmes me sont montées aux yeux ; quelque chose a cédé et pleuré en moi. Tout autour, le salon oscillait dans une moiteur dorée... De la télévision surgissaient des émotions déchirées, je reconnaissais ma peine et ma honte, l'image d'elle et sa disparition, le passé et

la peine ; j'ai reconnu la forme élancée de Constance
Desmontagnes qui, d'un coup droit, frappait avec puissance une balle jaune. J'ai vu, au bout du poing de
Constance Desmontagnes, le flou de la raquette dématé-
rialisée, et j'ai vu le flou de son visage absent de l'image,
et l'image absente d'elle-même, qui ne laissait plus que
le nom. Je l'avais filmée à l'entraînement. Elle était suspendue entre ciel et terre, dans l'explosion élastique
de son service. Une seconde suspendue, puis tout s'est
posé, je suis revenu sur le canapé, le réel s'est repeuplé.
La longue seconde s'est dénouée et j'ai expiré par les
narines. Anaïs qui existait et n'existait plus a abaissé
l'embout de la chicha. Je me suis accroché à son geste, à
ce mouvement réel, me détournant de l'écran du passé,
j'ai regardé Anaïs, Nini, l'amie de Mym, qui avait fini
d'aspirer, fini d'expirer : elle a posé l'embout du tuyau
de la chicha sur la table Noguchi et a retroussé lentement le papier d'aluminium qui en recouvrait le fourneau en utilisant sa petite pince argentée ; ses yeux se
sont agrandis de déception. Je comprenais, je revenais,
j'entendais sa voix, une mélodie de phonèmes :

— ¡ *No mames, ya no hay mota !* ¿ *Que va a hacer la
muchacha ?*

— *La muchacha...,* ai-je répété, les joues mouillées
de larmes.

Puis j'ai dû somnoler, ou perdre la notion du temps,
ou m'absorber dans la contemplation de la vanité
qu'était devenue la table : planche à découper remplie
d'agrumes écrasés et de pelures de concombres, petits

couteaux, seau à glace à moitié rempli d'eau, bouteilles vides, paquets de cigarettes ouverts, papier d'aluminium chiffonné, flaques d'eau et de soda. Quand j'ai relevé la tête, j'ai entendu des voix chanter dans la cuisine, en chœur avec Céline. *Once more, you open the door...* Je suis resté seul sur le sofa. Anaïs avait quitté le salon elle aussi. *You're here, there's nothing I fear...*

Je me suis redressé en frissonnant. J'ai essayé de me ressaisir. J'avais la gorge desséchée, et un étau me serrait les tempes. J'ai tiré sur mes jambes le jeté noir et blanc qui recouvrait une partie du canapé. Puis j'ai attrapé un cocktail à peine entamé et je l'ai vidé d'un trait. Je me suis laissé aller vers l'arrière en fermant les yeux et je me suis enveloppé dans le jeté. Après un moment à grelotter, baigné de sueur, je me suis rassis droit. J'étais trop mal, des crampes me nouaient le ventre. Repas de l'âne, raillait Dodi dans ma tête. Je me suis dit : « Respire, tu as mal digéré, c'est tout. » J'ai ouvert les yeux, cherchant mon nom. Tous les autres mots s'interposaient, le repoussaient plus loin. Je me concentrais. « Tu es chez Mym et Vir. Tout va bien. Ton nom n'a pas disparu. Il n'a pas disparu. Il va revenir. Il revient toujours. Reste ici, mon frère, attends-le. Respire. Dodi ? Dodi, es-tu là ? Tu es ici, mon frère. Vir, tu reviens quand ? » Je fixais l'écran, je reconnaissais les images, elles étaient anciennes, elles dataient, celles-ci, de dix ans. Dodi avait filmé notre premier voyage à New York, voyage organisé par le collège pour marquer la fin de notre secondaire. Je reconnaissais les images, je connaissais les lieux, le nom des lieux, mais nul souvenir, nul récit ne remontait. La cathédrale Saint-Patrick, au cœur de Manhattan, sur la 5e Avenue. Le World Trade Center, ses tours d'aluminium, l'hôtel Marriott où nous avions partagé une chambre, Dodi, Philippo et moi. Je me revoyais à l'écran, debout dans la chambre, méconnaissable, qui riais hystériquement. Je pesais quatre-vingt-quinze livres. J'avais le teint livide. Mes cheveux étaient d'un noir irréel. Je me suis rappelé que je les avais teints, j'avais teint mes cheveux noirs en noir. J'avais mal au ventre et je me suis rappelé que j'avais mal au ventre. Je grimaçais devant la caméra. Ma nuque brûlait de manière insoutenable. Je tremblais. J'ai aperçu Constance au loin, s'éloignant du cadre, presque hors champ. C'était le jour où nous avions mangé une pizza à Times Square, c'était le jour où elle m'avait dit qu'elle ne comprenait pas pourquoi je me complaisais dans ma noirceur, où elle m'avait dit que j'avais l'air d'aimer ma maladie, d'aimer le cauchemar de ma famille, où elle m'avait dit que j'avais l'air d'aimer la mort. Qu'autrement j'aurais arrêté de répéter que Cobain avait eu raison de se faire sauter la cervelle, qu'autrement j'aurais arrêté de répéter que j'allais faire pareil et que je n'allais pas attendre d'avoir vingt-sept ans, moi. J'ai vingt-sept ans, ai-je entendu. Le film m'appelait, me tirait à l'extérieur de mon corps. Mes pensées se sont mises à défiler si vite que j'ai perdu le contrôle. Je revivais des scènes dépourvues de réalité, des souffrances qui ne m'appartenaient plus, des opérations chirurgicales presque oubliées, inexorablement je m'éloignais de mon corps. J'ai essayé de me dominer. Je me suis débarrassé du jeté puis j'ai entrepris de me lever. J'ai expiré, posé les pieds sur le sol et poussé, et je me suis retrouvé debout, chancelant, les bras écartés. Mes pieds semblaient englués dans une boue étrange. À pas lents, je me suis dirigé vers les toilettes. J'ai croisé Kimio, puis Godley, puis Anaïs, leurs visages me parvenant en saccades. J'ai entendu un long sifflement, j'ai avancé encore, dans le flou qui s'était reformé derrière eux. Je me suis arrêté devant la salle de bain. Je me suis agrippé au cadre de porte. J'ai voulu toucher la mezouzah mais il n'y en avait pas. Mes jambes se sont dérobées sous moi. Myriam, que je n'avais pas vue, m'a rattrapé au dernier moment, avec force, ses bras m'enserrant par-derrière, sous les aisselles. Elle m'a retenu dans ma chute et, quelqu'un ayant ouvert la porte de la salle de bain, m'a soutenu pendant quelques pas avant de m'aider à m'étendre sur le carrelage. Il y a eu des allées et venues, des voix. Puis Mym m'a pris la main, j'ai senti la fraîcheur de sa peau. « Serre les poings, serre fort. Serre les poings et le sang va remonter à ton cerveau. » Je croyais serrer, mais elle répétait : « Reste ici, mon pauvre, reste avec moi. Serre les poings. » Je me suis recroquevillé, j'avais terriblement froid. Je grelottais, comme agité de spasmes rapides, divaguant, alignant à l'infini des noms, des mots sans suite. Mym s'était assise près de moi. Les autres étaient partis, je n'entendais plus rien, ni musique ni voix. L'appartement était silencieux, et l'éclairage de la salle de bain, tout aussi tamisé et chaud que l'avait été celui du salon. Mym avait glissé une serviette éponge pliée sous ma tête. Je me souviens de sa main, de ses doigts patients dans mes cheveux, de sa voix chuchotant des mots rassurants, de sa voix qui m'apaisait. On est en 2007, Alain, on est en février, tu es chez moi et Vir, tu as survécu à toutes ces choses, laisse-les aller, tu as survécu à ton histoire, dans quelques mois tu te maries, je serai près de toi, je serai avec Vir et toi, ce jour-là tu enterreras ton enfance pour de bon.

J'ai dormi, je ne sais pas combien de temps. J'ai rouvert les yeux, le visage de ma meilleure amie au-dessus du mien. Je reprenais conscience du lieu où je me trouvais, du carrelage de la salle de bain dans mon dos. La séquence des dernières heures se dérobait. Je me souvenais des Pimm's cups, des histoires folles de Kimio et Godley, d'une conversation avec Anaïs sur Tarantino, mais la suite s'embrouillait dans ma tête comme un kaléidoscope déréglé. L'angoisse et les maux de ventre ont achevé de me ramener dans le présent. Je me sentais faible, amorphe. Alain, on va se lever, a dit Mym. Tu dormiras mieux dans un lit. Elle m'a hissé, je me suis aidé avec mes jambes, molles et sans tonus. J'essayais de comprendre ce qui m'était arrivé, mais des images confuses, des phrases incohérentes me remplissaient la tête.

— Il est quelle heure ? ai-je balbutié.

— Tard, mon pauvre. Inquiète-toi pas pour ça.

On est sortis de la salle de bain à pas mesurés, Myriam

me tenant la main par précaution. J'ai vu par la grande
fenêtre du salon poindre les lueurs de l'aube. J'ai dépassé
la table basse, où plus rien ne subsistait de nos excès, et
atteint la porte de la chambre de Virginie. Je me suis
assis sur sa couette, impeccable, lisse et blanche. Bouge
pas, m'a dit Mym, et elle a disparu. Je n'avais pas la force
de tirer les couvertures. Elle a réapparu avec un verre
d'eau qu'elle a posé sur la table de chevet, à portée de
main. Elle m'a aidé à me relever comme on l'aurait fait
pour un vieillard. J'ai entendu derrière moi un froisse-
ment de tissu, puis Myriam m'a dit que c'était bon, que
je pouvais me coucher, maintenant.

— Je suis désolé pour tout ça, Mym.

— Tout va bien, je suis là. Dors… S'il y a quoi que
ce soit, tu m'appelles. J'ai le sommeil léger. T'as compris, Alain Farah ? T'as juste à m'appeler et je serai là.

Myriam m'a bordé. J'ai compris, Alain Farah, ai-je
pensé. C'est toi, ai-je entendu. La couette toute gonflée
est retombée sur moi dans un crépitement moelleux.
Alain Farah, c'est ton nom. Puis je me suis endormi.

*

Le lendemain matin, j'avais repris le métro de Villa-
Maria jusqu'à Jean-Talon et marché dans le froid polaire
jusque chez moi. Une surprise m'y attendait. Aussitôt
avais-je ouvert la porte qu'une vapeur qui semblait sortie
du ventre de la Terre s'est échappée dans le corridor. Je
ne comprenais pas ce que je voyais. Je suis resté figé sur

le seuil. J'avais maintenant très chaud avec mon parka,
ne songeant même pas, dans ma stupéfaction, à enlever
ma tuque, mon foulard. C'était le coup de grâce, j'étais
bon pour l'asile. Je regardais la scène en attendant de
me réveiller de ce cauchemar. La fenêtre du salon avait
été refermée, sans doute celle de la salle de bain aussi.
J'avais oublié que je les avais laissées ouvertes. Je pensais revenir trois heures plus tard. Une voix qui ressemblait à la mienne s'est mise à narrer sur le ton monocorde
d'un vieux documentaire. Le désastre que j'avais sous
les yeux était d'origine thermique. Le radiateur de fonte,
brûlant à mon départ la veille, assailli par l'air glacial
qui était entré pendant toute la soirée et une partie de
la nuit, s'était fendu. Un geyser avait jailli et tout écla-
boussé, les meubles, les murs, les livres, les consoles
de jeu. J'ai retiré mes lunettes pour en essuyer la buée,
et la voix du documentaire s'est tue. Une tension vive
et brutale m'a vrillé l'abdomen, comme si mes intestins se déchiraient. Autre système fermé sur le point
de se fendre. Les frères Vrátnik, ou peut-être le proprio,
étaient intervenus d'urgence : de grandes bâches bleues
recouvraient une partie du plancher, et la moquette
avait été arrachée en catastrophe. J'ai enlevé ma tuque
et dézippé mon manteau, vaincu. Je suis descendu chez
les Vrátnik. Quand Štefan ou Marek a vu que c'était moi,
il s'est contenté d'ouvrir plus grand la porte pour me
montrer l'étendue des dégâts dans leur appartement.
Le plafond était affaissé, juste sous l'emplacement de
mon radiateur. Les deux lazy-boys avaient dû être com-

plètement détrempés ; ils étaient recouverts de poudre blanche, ainsi que le canapé et toute une section de la moquette. Puis Štefan ou Marek a dit : « I hope you're fully insured, boy. » La voix off m'a rappelé qu'une assurance est une garantie formelle en vertu de quoi une personne est indemnisée à la suite d'un événement fâcheux, en l'occurrence les frères Vrátnik pour la destruction de leurs biens, directement causée par ma stupidité. Je me suis souvenu du conseil que m'avait prodigué mon père des années plus tôt, à savoir qu'il serait pertinent que je m'assure. J'avais décidé de dépenser ailleurs les vingt dollars mensuels qu'il m'en aurait coûté.

Cinq mois avaient passé depuis cette nuit-là, depuis ce matin-là. J'avais ouvert la pharmacie, avalé le Xanax, l'Empracet, le sirop contre la toux. J'avais enfin réussi à dormir. Je m'accrochais à cette torpeur délicieuse qui précède l'éveil complet, et mon esprit divaguait doucement. Je nous voyais, Vir et moi, sortant de la crypte de l'oratoire Saint-Joseph, sous le soleil aveuglant de l'après-midi. Je pensais à Joseph, le mari de Marie mère de Dieu. J'imaginais Youssef, mon grand-père, dire au revoir à mon père à l'aéroport, avant son départ pour le Canada. J'entendais la phrase anodine qu'Anaïs avait lancée chez Mym : « Jean Leclerc, j'aimais mieux son pseudonyme. » Je me revoyais, enfant, chez Téta Aïda, qui habitait comme nous Le Topaze ; l'été, souvent, j'allais chez elle manger une glace sur son balcon, d'où on avait une vue imprenable sur le mont Royal et l'Oratoire. J'ai ouvert les yeux et retiré mon masque de nuit.

La lumière du jour traversait les stores, une série de longs traits d'un jaune chaud striaient le plancher. Mon radio-réveil indiquait 7 h 36. Dieu merci, j'avais réussi à dormir presque trois heures. Encore engourdi par la fatigue et l'effet des calmants, je me suis prélassé dans les draps. J'ai regardé autour de moi, scrutant comme tous les matins ce décor familier dans le flou de ma myopie. Sur une étagère se détachait la tache claire de la carte de condoléances que Myriam m'avait offerte à la mort de Téta Aïda. Elle y avait transcrit un extrait du *Prophète* de Khalil Gibran. Je le connaissais par cœur :

> *Qu'est-ce que mourir sinon se tenir nu dans le vent*
> *et se fondre dans le soleil ?*
> *Et qu'est-ce que cesser de respirer, sinon libérer*
> *le souffle de ses marées inquiètes,*
> *pour qu'il puisse s'élever et se dilater et rechercher*
> *Dieu sans entraves ?*

> *C'est seulement lorsque vous boirez à la rivière*
> *du silence que vous chanterez vraiment.*
> *Et quand vous aurez atteint le sommet de la*
> *montagne, vous commencerez enfin à monter.*
> *Et lorsque la terre réclamera vos membres,*
> *alors vous danserez vraiment.*

Je lirais par la suite le livre, mais c'est ce passage qui resterait mon préféré, et qui aujourd'hui me redonne la voix de Mym, comme si ces versets, elle me les avait dits. J'allais devoir m'activer. Il était maintenant 8 h 02. Mes bagages pour le voyage de noces n'étaient pas faits, et j'attendais Édouard pour midi. J'ai mis mes lunettes et me suis levé. Pantalon de jogging, Converse One Star. J'avais faim. Je suis sorti sur Christophe-Colomb. Comme d'habitude, les détritus du repas des frères Vrátnik jonchaient les deux marches de l'entrée et débordaient sur la pelouse. Les ratons laveurs s'étaient régalés. Une boîte contenant des carcasses de poulet traînait éventrée sur le trottoir. Au dépanneur coin Everett, je me suis acheté un croissant rassis, une bouteille de jus d'orange et la grosse *Presse* du samedi. À la une : une vague de chaleur sans précédent balayait les États-Unis ; un nouvel attentat avait fait cent cinquante morts près de Bagdad ; Federer et Nadal s'affronteraient sans doute en finale à Wimbledon. Je suis reparti chez moi d'un pied léger. Il faisait très chaud déjà, et le ciel était d'un bleu vibrant, d'un bleu ininterrompu qui annonçait une journée cuisante ici aussi. Vingt-quatre heures plus tard, Vir et moi serions en route pour l'aéroport. Je visiterais pour la première fois le pays de mes parents, mon épouse serait à mes côtés. Je nous imaginais échangeant nos patronymes à la douane : Virginie Farah, Alain Pellerin-Wise. Mari et femme, *hamdoullilah*.

Je rentrais chez moi d'un pas léger, donc, trop léger peut-être, j'étais perdu dans mes pensées, repassant compulsivement le moindre point de l'horaire que Sue avait élaboré. Je devais être distrait, mon regard focalisé

sur rien de précis. Ce qui est certain, c'est qu'en remontant l'allée du 7310, Christophe-Colomb, je ne regardais ni devant moi ni par terre. Mon pied droit s'est
posé sur l'attache circulaire en plastique qui avait lié
ensemble les boîtes de poulet des frères Vrátnik. Mon
pied gauche s'est lancé en avant pour que se poursuive
cette merveille mécanique qu'est la marche, mais il s'est
pris dans l'attache qui, se tendant, a formé une sorte
de collet. Comme un vélo dont on active subitement et
avec force le frein avant, mon pied a stoppé net, mais
le reste de mon corps, lui, suivant la première loi de
Newton, dit principe d'inertie, a poursuivi sa course
et s'est engagé dans un plongeon irrésistible qui m'a
entraîné la tête la première sur la petite clôture de fer
forgé, de sorte que, suivant le même principe d'inertie,
dont l'action se conjugue à présent à celle de la loi de
conservation de la quantité de mouvement, mon incisive centrale s'est brisée net – l'incisive centrale, c'est-
à-dire la onze, sachant que la bouche est divisée en
quatre quadrants.

VII

MYRIAM

ou

L'ENVOL
DE L'HIRONDELLE

Matin du mariage

À BUENOS AIRES, À LA FIN FÉVRIER, C'EST l'été. Des hirondelles perchées sur les lampadaires dorés de la Plaza de Mayo frétillent imperceptiblement. Elles observent les va-et-vient, les collisions, les attroupements qui se forment et se dissolvent, tous les mouvements qui agitent le *barrio* Monserrat, au cœur de la capitale argentine. Les badauds profitent du soleil. Un coup de klaxon insistant disperse les hirondelles. Longues ailes et queues fourchues envahissent le ciel bleu. Le moment est venu de partir, de toute manière. Les animaux sentent le temps qui passe. Le papillon monarque, la baleine à bosse, la tortue de mer, le saumon et tant d'espèces d'oiseaux – cigognes, albatros, étourneaux –, tous en ont une conscience aiguë. Les jours raccourcissent, la nourriture se fait rare. L'hirondelle se dit : c'est maintenant, je dois migrer. Elle quitte le sol argentin avec des milliers de ses semblables, dans une volée qui se mettra en route vers le nord en même temps que des milliers d'autres, cinq milliards d'oiseaux volant dans la même direction, cinq milliards d'oiseaux traçant, sous les nuages, des lignes invisibles. Des mois passeront. Les hirondelles franchiront l'équateur, et se dissémineront peu à peu sur le territoire nord-américain. Certaines sur-voleront les bayous, longeront les Appalaches, jusqu'à dépasser le quarante-cinquième parallèle.

À Montréal, début juillet, c'est l'été. Les hirondelles sont ici depuis la fin avril, elles ont nidifié et leur pre-mière couvée a éclos. Parmi la volée partie d'Argentine en février, une hirondelle au plumage bleu scintillant et rouille, disons *notre* hirondelle, vient de se poser sur la branche d'un des frênes de l'avenue Northcliffe, dans le quartier Notre-Dame-de-Grâce. Elle secoue la tête. Réveillée dès l'aube, elle a attrapé en vol toutes sortes d'insectes, gardant l'essentiel de sa chasse pour ses hiron-deaux – surtout des mouches, mais aussi des pucerons, des papillons, des phalènes. Elle s'est nourrie, elle aussi, avant de gagner le frêne. Dans la lumière matinale de ce 7 juillet 2007, l'hirondelle se repose. L'instinct qui l'avait poussée à partir en février a été remplacé par l'expérience fugace de pures sensations. Elle vit dans l'indifférence des activités humaines. Tout est parfait.

Myriam passe sous l'hirondelle sans la remarquer. Elle a verrouillé la porte de son appartement et rangé ses clefs dans son sac Longchamp bleu. Elle a la tête ail-leurs, ou plutôt elle est fébrile – presque autant que si c'était elle qui se mariait et non ses amis. Elle prépare sa surprise depuis deux semaines, elle a tout fait pour le cacher à Virginie. Plus question, après la douche, de vaquer à ses occupations dans l'appartement serviette sur la tête, comme elle en a l'habitude, ni de remonter ses cheveux en chignon. Hier soir, elle a emmené Virginie dans un spa à L'Île-des-Sœurs pour qu'elle puisse décrocher avant le grand jour. Myriam, elle, n'est pas parvenue à se relaxer une seule seconde. Elle avait trop conscience de la position de sa tête, de sa nuque, de ses cheveux. Devant sa Toyota Tercel 1994, elle plonge la main dans son sac, tâtonne et reconnaît baumes à lèvres, livres, cellulaire, trousse à maquillage, clef de maison, puis atteint la forme qu'elle cherche, celle de la clef de la voiture. Myriam déverrouille la portière, s'installe au volant et lance son sac derrière elle, sur la banquette. Elle relève ses cheveux noir de jais de la main gauche et se contorsionne juste assez pour apercevoir sa *surprise* dans le rétroviseur. Elle sourit et retrousse les lèvres pour vérifier qu'elle n'a rien entre les dents. La chaleur est déjà cuisante ; avant d'insérer la clef dans le contact, Myriam abaisse les vitres des deux côtés. Le moteur démarre, réactif comme au premier jour. Myriam emprunte le trajet familier conduisant chez les parents de Virginie, qui habitent avenue de Melrose, à moins d'un kilomètre d'ici.

À la proposition de sa mère, Virginie a passé sa dernière nuit de jeune fille dans la maison qui l'a vue grandir. Myriam a trouvé l'idée géniale. À l'appartement, la majorité des possessions de Virginie sont depuis quelques semaines minutieusement rangées dans des boîtes en vue du déménagement. Ses valises pour l'Égypte sont prêtes. Virginie parle avec enthousiasme du cinq et demie tout rénové où elle et Alain emménageront au retour de leur voyage de noces ; de la cuisine, on jouit d'une vue complètement dégagée sur le terrain du collège Villa Maria. Myriam appréhende un peu le départ de Virginie. Elles ont partagé leur quotidien durant tant d'années. Mais elle se raisonne. Les mariés ne seront qu'à deux rues de chez elle.

La Tercel vert canard a parcouru quelque deux cents mètres quand Myriam freine, juste avant le stop au coin de Notre-Dame-de-Grâce. Le stress a bien failli lui faire oublier d'embrasser son poisson. Myriam embrasse *toujours* son poisson. Si Myriam n'embrasse pas son poisson, une catastrophe va arriver, c'est écrit, *maktoub*. Elle porte à ses lèvres le pendentif qui ne l'a pas quittée depuis ses seize ans. C'est sa grand-mère marocaine qui lui a offert ce bijou porte-bonheur trois mois avant sa mort. Sa grand-mère ne l'avait elle-même jamais enlevé de toute sa vie adulte. Elle l'avait acheté chez un bijoutier de Rabat un peu avant d'émigrer au Canada avec son mari et ses fils. C'est un poisson en or serti d'yeux en turquoise, pour chasser le mauvais œil. Myriam embrasse le bijou, comme elle l'embrasse chaque fois qu'elle conduit. Chacun ses habitudes. Signe de la croix, prière à saint Christophe, petit baiser au poisson : tout doit être fait pour éviter un accident. Myriam repart. Elle tourne à droite sur Côte-Saint-Antoine, s'arrête de justesse au feu rouge, coin Décarie. Myriam jette un coup d'œil vers la banquette arrière et l'amoncellement formé par ses vêtements de sport, ses vêtements de ville, ses chaussures de sport, ses chaussures de ville, ses livres des HEC, ses livres de l'École de travail social, ses cigarettes, ses bouteilles d'eau, sans compter les documents du centre jeunesse, les emballages froissés, les journaux, les boîtes de mouchoirs, les sacs de papier. La Tercel de Myriam est une penderie mobile, une bibliothèque, un dépanneur. Elle s'y retrouve d'ordinaire très bien, mais les émotions aujourd'hui l'empêchent de se concentrer. Que cherchait-elle ? Elle a oublié. Il y a des années qu'un grand ménage s'impose, Virginie le lui rappelle souvent, mais il en coûte déjà des efforts considérables à Myriam pour maintenir l'appartement plus ou moins en ordre. Myriam s'attellera à cette tâche après le mariage, ce sera une autre belle surprise pour son amie. Elle se rappelle, soudain : la musique. Le feu passe au vert, Myriam, la main gauche sur le volant, continue l'exploration de la droite. Plastique mou, bouteille d'eau vide ; plastique rigide, cassette audio : elle la retire du fouillis, espérant être tombée sur du Madonna ou du Cindy Lauper. Les circonstances appellent des chansons de leur enfance, qu'elle et Virginie ont aimées et chantées ensemble. Le hasard en décide autrement : c'est *Anamorphosée*, de Mylène Farmer. Myriam voue un culte à cette chanteuse depuis le début de son secondaire. Elle glisse la cassette dans le lecteur. « L'instant X » commence à jouer alors qu'elle traverse l'avenue Girouard à pleins gaz, forçant le feu jaune. Elle s'allume une cigarette, expire une longue bouffée qui disparaît aussitôt par les fenêtres ouvertes. Le parc NDG s'étend sur sa gauche, bordé par une rangée d'arbres à l'ombre desquels déambulent résidents et touristes. Myriam plisse les yeux, jetant des regards rapides vers les balançoires. Elle tente sans succès de repérer le grand chêne où, il y a maintenant vingt ans, Virginie et elle ont gravé « V + M 87 ».

Elle se gare quelques secondes après avoir tourné à droite sur Melrose, devant la maison jumelée des parents de Vir, sa meilleure amie, la future mariée. Après un dernier regard dans le rétroviseur pour s'assurer que ses cheveux cachent bien sa nuque, elle donne deux joyeux coups de klaxon.

*

Pendant que Myriam passait sans la remarquer sous notre hirondelle, Tom Wise poussait la porte battante qui sépare la cuisine de la salle à manger, où le petit-déjeuner s'étire tranquillement. Carafe d'eau en verre teinté bleu cobalt, pichet de jus de pamplemousse frais, sucrier, crémier, pots de confiture – abricot, framboise, figue, rose – et argenterie s'étalent sur la table au centre de la pièce. C'est un grand jour. Tom rapporte une cafetière et des sacs de papier, qu'il pose sur la nappe de lin blanc brodée aux motifs d'œillets, de grenades, de baies et de feuillages, à côté d'une pile de magazines – *Dwell, Vanity Fair, The Walrus.* Au centre, une grande assiette de service en faïence cerclée d'or, où ne restent

que des miettes, et où il dispose de nouvelles viennoi-
series. Sa fille se marie cet après-midi, et ça le comble
de joie. Car Tom est un amoureux. Amoureux avant
tout d'Agathe Pellerin, qu'il a rencontrée à Expo 67
alors que lui-même avait décidé sur un coup de tête de
faire le voyage depuis sa ville natale, London, Ontario.
Amoureux aussi, forcément, de Montréal et de NDG,
son quartier d'adoption. Combien de fois cet anglican,
bien que non pratiquant, pour ainsi dire athée, a-t-il
remercié le ciel d'avoir mis sur son chemin cette fille
de Saint-Élie-de-Caxton elle-même nouvellement
installée à Montréal? Elle avait profité du déménagement de sa sœur aînée pour répondre à l'appel de
la grande ville. Trois-Rivières, même Québec, c'était
trop petit pour Agathe. Elle avait adoré visiter l'Expo,
elle y allait trois ou quatre soirs par semaine, comme
bien des jeunes cet été-là. C'est sous le dôme géodé-
sique de Fuller qu'elle avait fait la connaissance de
Tom. Ils avaient discuté près de la maquette du module
dans lequel les Américains aluniraient deux ans plus
tard, puis ne s'étaient plus quittés. Les parents de Tom
avaient accepté, malgré quelques réticences, qu'il s'installe dans ce Québec bouillonnant et imprévisible, et
qu'il s'inscrive à l'Université McGill, en droit. Agathe,
comme plusieurs femmes de sa génération, avait intégré
très jeune le marché du travail, comme employée aux
ressources humaines de la toute naissante Université
du Québec à Montréal, dans les locaux défraîchis de
l'ancien collège Sainte-Marie. Tom adore son quartier,

surtout l'avenue Monkland. Le samedi matin, depuis presque quarante ans, il fait une promenade. Il s'arrête au Multimags pour acheter *La Presse,* le *Globe and Mail,* le *New York Times* ou *Le Monde* si l'envie lui en prend. Puis il va au café, puis chez le boulanger où il achète du pain et des croissants. Ses sacs, ce matin, étaient plus rebondis qu'à l'habitude : abricotines, pains au lait, chocolatines, danoises.

Sa femme et sa fille, à table depuis huit heures et demie, papotent et rigolent. Virginie se demande si elle sera capable de garder ses chaussures toute la journée – de fins salomés au talon délicat, de huit centimètres. Un peu hauts, mais si beaux, Virginie n'a pas pu résister. Agathe demande si elle les a portés un peu – dans la maison, répond Virginie, consciente que l'expérience sera bien différente à l'extérieur. Ça va aller, la rassure sa mère, qui ajoute qu'elle a fini la soirée de son mariage pieds nus sur la piste de danse. Puis elle change de sujet. Tante Catherine – c'est sa tante, la grand-tante de Virginie – a accepté à la dernière minute de venir à Montréal, elle qui a toujours claironné à qui voulait l'entendre son aversion pour la métropole, forcément sale et surpeuplée. Il a fallu trouver d'urgence un endroit où la coucher – ce sera la chambre de Virginie. Agathe, à la blague, fait promettre à sa fille de ne pas la mettre dans l'embarras et de laisser la chambre dans un ordre irréprochable – tante Catherine est « spéciale ». Tu me prends pour qui ? rigole Virginie pendant que Tom leur sert du café frais. Virginie choisit un financier aux pistaches dans l'assiette, le coupe en deux et en offre la moitié à son père. La matinée a été douce. Virginie a bien dormi. La veille, elle est rentrée du spa détendue. Myriam et elle avaient quitté leur appartement en fin d'après-midi. À dix-huit heures, elles avaient déjà visité le sauna sec et le hammam. Manucure, pédicure, bains chauds, bains froids, repos. Elles ont passé le reste de la soirée à parler à bâtons rompus. Après avoir été averties à quelques reprises puis menacées d'expulsion par le personnel, elles se sont réfugiées derrière la chute du grand bassin à remous pour se donner des nouvelles des copines de Villa Maria et des copains du Collège de Montréal, qu'elles retrouveraient pour la plupart le lendemain au mariage. Parmi eux, des gens qu'elles n'avaient pas revus depuis des lustres. Léa s'était installée à Londres, recrutée par un bureau d'architectes prestigieux. Françoise, elle, envisageait de quitter la Suisse, malgré tout le plaisir qu'elle avait eu pendant son stage à l'Unesco. Elle ne voulait pas forcément rentrer à Montréal; elle avait envie d'autre chose, un mandat à New York, peut-être, dans une autre institution de l'ONU. Colin avait fini sa maîtrise en design industriel à Copenhague, certain qu'il s'y établirait, mais une offre de Dallaire l'avait convaincu de revenir au Québec pour se joindre à l'équipe de conception du futur vélo en libre-service montréalais. Anaïs venait d'être promue à nouveau chez Chanel, et retournerait à Toronto à la fin de l'été. Alexis, après avoir passé quelques années dans l'Ouest canadien comme reporter, serait à la barre du *Téléjournal* jusqu'en septembre. Marie-Claude et Maxime, toujours ensemble après dix ans, allaient avoir un bébé! Myriam avait échangé des messages avec eux ces derniers jours. Ils venaient d'acheter une magnifique maison patrimoniale dans le Vieux-Longueuil. Après son congé de maternité, Marie-Claude reprendrait son travail au Centre des sciences, et chaque soir pourrait rentrer chez elle en navette fluviale.

— En quoi? a demandé Virginie.

— En traversier! Il y a un traversier qui relie Longueuil au Vieux-Port, avec un arrêt au parc Jean-Drapeau. Je savais pas du tout que ça existait.

Dans la voiture, en rentrant chez les Pellerin-Wise, Myriam et Virginie ont joué à établir un palmarès des meilleurs moments de leur enfance. En première position pour Virginie : dîner avec Myriam, du lundi au vendredi, pendant toute la sixième année, chez elle ou bien, le jour où elles recevaient leur argent de poche, au *greasy spoon* sur Décarie – deux hot-dogs ketchup oignon, une frite, pur bonheur. En première position pour Myriam : les défis qu'elles se lançaient le matin en allant à l'école, la plupart du temps au pas de course pour éviter les billets de retard. Des défis qu'elles relevaient le lendemain : parler pendant tout un dîner en jargon, ja za la, re ze le, gon zon lon; porter une combinaison de ski en mai; marcher de chez Myriam à l'école, la bouche pleine d'un rince-bouche alcoolisé extrafort, sans le cracher.

Au mur de la salle à manger est accroché un Riopelle

noir et or au centre duquel, dans un cercle, figure le profil d'un canard. C'est une lithographie. Quand j'ai visité la maison de mes beaux-parents, j'ai reconnu l'artiste, mais j'ai mis des mois à réaliser que c'était un original. C'est arrivé quand Virginie m'a raconté que la seule fois où elle avait vu pleurer son père, c'est quand sa mère lui avait offert cette œuvre pour célébrer leur vingt-cinquième anniversaire de mariage. Ma première impulsion a été de me demander pourquoi il aurait pleuré pour un cadre, puis j'ai compris qu'il avait pleuré de joie, ce qui m'échappait tout autant – et je me suis retenu de poser la question qui me brûlait les lèvres : combien ça vaut ?

Autour de la table, maintenant, on parle du voyage prochain de Tom et Agathe en Argentine. Ils ont loué un appartement à Buenos Aires qui, pendant tout le mois d'octobre, leur servira de « base ». Virginie veut savoir quels lieux ils comptent visiter, quels musées, quels monuments. Ses parents n'en savent rien encore. Ils veulent goûter à l'ambiance de la ville, sortir se balader quand ils en ont envie, aller au cinéma, au café, cuisiner et, de temps en temps, louer une voiture sur un coup de tête, partir en randonnée, dormir à l'auberge. Virginie paraît perplexe, elle insiste, vous allez bien prévoir quelque chose ? Ils haussent les épaules.

— Tu verras quand tu seras à la retraite, dit sa mère, si tu as encore envie de régler ta vie au quart de tour.

— On a donné ! renchérit son père. C'est des vacances, pas du travail.

Il y a deux ans à peine, il ne serait jamais venu à l'esprit de ses parents d'affirmer de telles choses. La retraite les a vraiment changés. Virginie regarde sa montre : il est 9 h 50. Il faudrait bouger. Sa robe de mariée est étendue sur le lit de ses parents, la robe de Myriam aussi. Mais d'abord il y a le coiffeur. Puis la photographe passera chez les Pellerin-Wise juste avant l'arrivée de la limousine, autour de quatorze heures.

— Tu ferais mieux d'aller t'habiller, mon ange, dit Agathe.

— Pas de danger que Mym arrive à l'heure...

— Juste pour moins courir... Je suis sûre qu'elle va pas tarder. Elle sait que Genny a pas beaucoup de marge de manœuvre le samedi avec ses rendez-vous.

Virginie sort de table, embrasse gaiement sa mère sur la joue, puis grimpe à l'étage quatre à quatre. Elle s'arrête un instant sur le palier, lève les yeux vers le puits de lumière. Le soleil inonde son visage. Virginie gagne sa chambre. Elle a à peine le temps de changer ses leggings et son t-shirt pour un short en jean et une ample chemise en lin blanc que deux coups de klaxon retentissent sous sa fenêtre. Elle attrape son sac à main et redescend.

*

— Tu as vu le ciel ? s'exclame Myriam. J'ai mis un chapelet sur ma corde à linge !

Virginie prend la serviette, le tapis de yoga, la raquette de badminton et le mini-aspirateur occupant le siège passager et les envoie rejoindre, d'un geste habitué, le tas sur la banquette arrière.

— Mylène Farmer, malade! On met «Désenchantée»?

— C'est pas sur cet album.

Virginie éjecte la cassette.

— J'avais oublié qu'elle était rouge...

— Elle est belle, hein? Ta toune, elle est sur la cassette avec le corbeau, juste là.

La main ouverte de Myriam virevolte, pointant un vague endroit derrière elle. Virginie renonce devant le bazar, remet la cassette rouge, la recule jusqu'au début de la face A.

— Tu l'as pas trouvée?

— C'est pas grave, on en a pour cinq minutes de toute façon.

— Parle pas trop vite. C'est l'enfer, le parking, avec les travaux.

— Mais non, t'as le meilleur parkma au monde.

— Pas ces temps-ci. Ça fait trois semaines que je mets une demi-heure à trouver une place près de la job.

— Pourquoi tu y vas pas à pied?

— C'est trop compliqué.

— Franchement, tu vis à cinq minutes.

La Tercel passe pour la troisième fois devant le salon de Genarra tandis que les premières mesures de «Mylène s'en fout» résonnent dans l'habitacle.

— Ça te dérange si je l'avance, celle-là?

— Pourquoi?

— Je sais pas, je la trouve déprimante, dit Virginie, en appuyant sur *fast forward*.

Machinalement, la main de Myriam se saisit de son paquet de cigarettes, rangé dans le compartiment sous la radio, puis change d'idée. Elle ne fume plus en voiture quand elle a des passagers, et elle pense à Gennara qui sera en train de lui laver les cheveux dans dix minutes – si Dieu le veut. Elle grogne.

— C'est tout le temps comme ça, ces temps-ci! Je peux pas me permettre d'être en retard chaque fois que je vais travailler!

— Relaxe, Mym, t'es quand même pas neurochirurgienne.

— Tu parles!

Un feu de circulation passe au jaune – pas moyen de le forcer, celui-là. Myriam serre les freins, un peu brusquement, expire fort par le nez, inspire avec une lenteur contrôlée.

— La semaine dernière, j'ai gossé quarante-cinq minutes pour stationner. Quand je suis arrivée, le gardien m'a reçue comme le messie. Il était blanc comme un drap. Les filles étaient en train d'intervenir.

— La petite Cassandre?

Cassandre, c'est une de « ses jeunes ». Myriam s'est attachée à cette adolescente à qui la vie a joué en quinze ans plus de mauvais tours que devrait en subir une seule personne de la naissance à la mort. Elle est rigide et superstitieuse. Les autres filles du centre en ont fait leur souffre-douleur. Sa principale tortionnaire s'appelle Vicky – forte personnalité, leadership naturel : elle a gagné sa place dans le groupe en fédérant tout le monde autour de la persécution de Cassandre. Elle y met toute son intelligence, toute sa créativité. Elle a trouvé sur internet des archives photographiques remontant aux origines de l'édifice qui abrite le centre, un ancien orphelinat catholique. Elle a inventé, jusqu'au moindre détail, des récits d'enfants maltraités par les sœurs et qui depuis des décennies reviennent la nuit hanter les lieux. Cassandre y croit. Pour conjurer leur présence, elle a commencé à dessiner ces enfants du passé. C'est devenu une obsession. Elle n'en dort plus la nuit. Elle fabrique aussi des amulettes, des talismans. Cela s'ajoute à d'autres habitudes bizarres : toujours se lever du même côté du lit, prononcer certaines syllabes en fermant les yeux, compter par trois les objets dans son champ de vision. Dans le dossier, les intervenantes qui la suivent depuis l'enfance parlent d'un trouble d'anxiété généralisée et d'un trouble obsessionnel compulsif. Le matin où Myriam est arrivée en retard, Cassandre en était à sa onzième nuit d'insomnie consécutive. Elle l'a trouvée au milieu d'une crise de panique qui l'avait menée au bord des convulsions. « Je sais plus si j'existe, Mimi ! » a-t-elle crié. Elle pleurait, elle tremblait. « Je pense que je suis morte, aide-moi, Mimi, fais quelque chose. » Les autres filles, Vicky en tête, riaient, comme fières de leur coup. Myriam et ses collègues les ont convoquées dans la salle commune pour comprendre ce qui s'était passé : les filles avaient persuadé Cassandre qu'elle était elle-même un fantôme. Ça brisait le cœur de voir une adolescente dans une telle désorganisation, une telle souffrance. Myriam a réussi à la calmer en lui prêtant le pendentif de sa grand-mère, elle lui a dit qu'il existait des bons fantômes, que sa grand-mère la protégerait.

Virginie interrompt le récit de Myriam.

— Mais est-ce qu'elle voit les fantômes ?

— Je crois pas. Elle pense qu'elle les voit, ou elle pense qu'ils sont là, je sais pas.

— Mais si elle les voit pas, répond Virginie avec vigueur, vous avez juste à lui expliquer : les fantômes, ça existe pas, point barre.

— Tu penses que c'est si simple ? C'est pas rationnel, Vir.

— Pourquoi croire Vicky, mais pas toi ? Pourquoi lui faire confiance à elle, mais pas à toi ?

— Elle me fait bien plus confiance qu'à Vicky.

— Justement !

— Tu comprends pas, je pense.

— Non. Je comprends pas.

— Écoute, je suis pas psy, mais...

La main droite de Myriam se détache du volant, comme si elle pouvait saisir au vol les idées ou les mots qu'elle cherchait, dans les airs, puis les doigts se crispent, se referment.

— Imagine que t'es une enfant, et que depuis toujours, le monde... tes parents, tes profs, tout le monde te répète que les choses sont pas ce que tu penses. Que ce que tu ressens est pas vrai, ou pas valable.

Virginie se cale dans son siège, elle réfléchit.

— Imagine que chaque fois que tu demandes de l'aide, les gens qui sont censés te protéger te répondent que le problème, c'est toi, au fond. Les gens te le disent pas comme ça, mais c'est ça que ça veut dire. Des fois ils te disent que c'est toi, le problème, des fois ils se fâchent contre toi, des fois ils te frappent, et des fois, une fois sur dix mettons, ou une fois sur vingt, ils te prennent dans leurs bras et ils te disent qu'ils t'aiment.

— Mais toi, tu fais pas ça —

— Attends. Imagine : t'essayes de te corriger, de faire plus d'efforts, t'essayes d'être bonne, t'essayes même d'arrêter de souffrir, mais le monde reste pareil... Le monde réagit pas, ou quand il le fait, c'est jamais comme tu l'attends.

— Tout le monde vit ça ! La vie, ça marche pas toujours comme on veut.

— C'est pas ce que je dis : pour une personne comme toi, ou même comme moi, le monde extérieur est cohérent.

— Pas juste pour moi, il l'est, c'est tout.

— Vir !

— Qu'est-ce qu'y a ?

— Pour Cassandre, ou même pour Vicky, ou pour plein d'autres de mes jeunes, le monde est une espèce de chaos... Tu peux pas devenir une personne rationnelle si t'as vécu toute ta vie dans un monde irrationnel, right?

— Mais toi, t'es différente. T'es constante, t'es aimante, tu la traites pas comme une conne, elle devrait –

— Et qu'est-ce qui lui dit qu'elle peut me faire confiance?

— C'est évident!

— Ah bon, c'est évident?

— Come on, Mym, ça se voit.

— Cassandre, elle se fie pas à ce qu'elle voit.

— Mais c'est quoi, elle aime souffrir?

— Pourquoi tu me demandes ça?

— Je sais pas, le choix est simple : te faire confiance à toi, qui veux juste l'aider, ou bien gober des histoires de fantômes stupides.

— C'est trop risqué.

— C'est zéro risqué.

— Dans ton monde. Mais dans le sien?

Virginie baisse le son de la musique.

— OK, reprend Myriam. Pour me faire confiance, Cassandre a besoin de croire que je suis sincère, que je l'aime vraiment – pour le dire vite –, et que je suis fiable, que je vais pas la laisser tomber, et pas lui faire de mal. Dans son monde, ça a très peu de chances d'être vrai.

— Mais t'es sa TS!

— Mets-toi à sa place.

— Je comprends, mais c'est pas parce que les gens ont toujours été méchants avec toi que les bonnes personnes existent pas!

— Même avec toute la bonne volonté du monde, un problème qui a mis quinze ans à se développer va pas se régler en deux mois grâce à une bonne intervenante et quelques discussions.

— C'est comme la grossesse.

— Pardon?

— Ma mère m'a dit ça l'autre jour. De pas m'en faire, quand je vais avoir mon premier enfant. Mon corps va mettre du temps à redevenir ce qu'il était. « Neuf mois à faire, neuf mois à défaire. »

— Minimum. En tout cas, c'est ça que Darquise m'a dit.

— Elle en a eu combien?

— Trois.

Le silence plane dans l'habitacle. Pas un silence tendu, mais pensif. Virginie a toujours voulu des enfants, mais elle s'inquiète, elle craint de ne pas arriver à leur donner cette douceur, cette chaleur qu'exsude sans effort sa meilleure amie – qui la rabrouerait vertement si elle l'entendait. Virginie garde cette pensée pour elle. Myriam analyse ses options parking, reconnaît en son for intérieur que tout aurait été plus simple si elles avaient marché. Elle a été distraite, elle a dépassé Girouard. Elle choisit une solution radicale : elle prend à gauche sur Earnscliffe, fait le tour de la tête d'épingle, redescend sur Monkland par Coolbrook et remonte avenue Marcil pour se garer dans la zone résidentielle où, avec un peu de chance, on réussit toujours à trouver une place ne nécessitant pas de vignette.

— Je sais pas comment tu fais pour rester calme quand c'est le bordel comme ça au centre...

— Je suis payée pour rester calme, répond Myriam.

— On s'en fout ! Ce que je veux dire, c'est que je t'admire – oh, regarde, là !

Myriam aussi a vu le trou dans la rangée de voitures à sa droite. C'est serré, mais la Tercel est minuscule et Myriam excelle dans l'art du stationnement parallèle.

— C'est un peu loin, mais on sera pas trop en retard.

Virginie verrouille sa porte de l'intérieur sans que Myriam ait à le lui rappeler. Sur le trottoir, elle constate qu'elle se sent bien, toujours calme. Elle a les pensées plutôt claires, elle qui était persuadée que cette journée serait aveuglante de stress.

— Tu me donnes une clope ?

Elles s'allument en marchant – pas trop vite, la chaleur est accablante.

— Tu vas me trouver conne de dire ça, mais... tout ce que tu m'as raconté, sur Cassandre –

— Je te trouverai jamais conne.

— Ça m'a fait penser à Alain.

— Je peux voir pourquoi –

— Tu peux pas savoir comme j'ai envie de lui dire de se botter le cul, des fois... OK, tu l'as pas eue facile, mais t'es pas un rescapé d'Auschwitz non plus... Regarde notre vie, c'est pas si pire que ça, on est tellement chanceux.

Myriam ne répond pas, elle prend une bouffée de cigarette en retenant son rire.

— Bon, admet Virginie, je me suis pas super bien exprimée.

— Il va pas bien en ce moment. Mais si tu prends un petit pas de recul, que tu regardes sa vie d'un peu plus loin, tu vois que ça s'améliore. Il essaie de travailler sur lui, avec les moyens à sa disposition. Il veut que ça marche.

— Depuis son bad trip, je te jure, il sort plus de son studio. Il parle de ses angoisses du matin au soir. C'est lourd.

— Voyons, Virginie. C'est pas le bad trip.

— C'est quoi, alors ?

— C'est le mariage.

— Mais –

— On va passer à travers la journée. Ça va être une journée magnifique. Une journée parfaite. Après, on verra. Je vais être là. Je vais toujours être là pour toi. Je vais toujours être là pour vous, OK ?

Après un instant de silence, Myriam n'en peut plus :

— T'as vraiment dit « rescapé d'Auschwitz » ? T'as dit ces mots-là, à Alain ?

Virginie lève les yeux au ciel, acquiesce. Myriam s'esclaffe en tirant la porte vitrée du salon de Gennara.

Elle s'esclaffe, c'est écrit – même si j'entends moins bien le rire de Myriam, aujourd'hui. J'ai beau me concentrer pour le susciter, son souvenir est de plus en plus fuyant. Comme quoi tout s'efface avec le temps. Ce n'est ni un rire ni une image qui me viennent en ce moment, quand je pense à Mym, mais une succession de mots. Des mots en français, d'abord. Attachante, sincère, réconfortante, spontanée. C'est si peu, presque rien. On perd les gens qu'on aime de tant de façons, encore et encore. Il faut accepter qu'un jour il ne restera que des phrases pour nous redonner leurs voix, l'émotion nue, qui resurgit d'on ne sait où. Mais ces voix ne sont pas vraiment les leurs, mais la nôtre. Parfois, quand je pense à Mym, me revient cette formule en arabe, celle qu'on prononce quand tombe au détour d'une conversation le nom d'une disparue : *Allah yerhamek, ya horti*. Que Dieu t'accueille dans son royaume, ma sœur.

*

— Vous perdez pas un seconde, all right ? The parents are supposed to show up at eleven fifteen, je veux pas qu'on gâche le surprise, understood ?

Justine et David ont compris. Genny les a briefés dès le début de leur quart de travail. Ils ont à peine eu le temps de finir leur premier café que leur patronne revenait à la charge. David avait opiné du bonnet, Justine avait promis à Genny que tout baignerait dans l'huile. Ils ne pouvaient rien faire de plus. Ils s'étaient occupés de leurs autres clientes avec diligence, sans bavarder. Ils avaient libéré les deux chaises dès 9 h 50, au cas où Myriam et Virginie se présenteraient en avance. Elles ont plutôt franchi la porte vitrée, coin Monkland et Girouard, à dix heures dix. Genny leur a sauté dessus et les a presque lancées au fond du salon. Pas une seconde à perdre. David a travaillé la chevelure épaisse et noire de Myriam ; Justine, celle fine et blonde de Virginie. Leurs cheveux ont été shampouinés deux fois, revitalisés, essorés à la serviette éponge, lissés au fer plat et relevés en chignon torsadé pour Virginie, mis en plis au fer à friser puis tressés en cascade pour Myriam. Genny, Gennara de son vrai nom, coiffait les mères de Virginie et de Myriam depuis le début des années deux mille. Napolitaine d'origine, elle avait émigré au Québec à la fin des années cinquante. Le quartier Saint-Raymond, au sud de l'arrondissement NDG, dans le quadrilatère formé par les rues Cavendish et Claremont dans l'axe est-ouest, le chemin de fer et la falaise Saint-Jacques dans l'axe nord-sud, a accueilli tout au long du vingtième siècle des immigrants italiens, notamment ceux qui travaillaient à la cour Glen du Canadien Pacifique. Enfant, Genny savait déjà qu'un jour elle ouvrirait un salon de coiffure. Ses parents cumulaient les petits métiers. Puis, pour son vingtième anniversaire, ils lui avaient offert assez d'argent pour qu'elle réalise son rêve. Elle s'était d'abord installée sur Upper-Lachine, à deux pas de la maison familiale, où elle avait mis des années à bâtir sa clientèle avant de pouvoir se payer un local sur Monkland. C'est la première fois qu'elle accueille en tant que clientes Myriam et Virginie, qu'elle connaît depuis la fin de leur adolescence.

— C'est moi qui paie, Vir.

Myriam se dépêche de tendre sa carte de guichet à Genny, mais Virginie proteste :

— T'as déjà tout payé hier soir ! Et les cheveux sont inclus dans le budget.

— Genny, c'est moi qui paie !

— You girls are fighting over nothing. Your mother came in earlier, Myriam. It's on her, sweetie.

— Mym, elle exagère ! dit Virginie d'un ton amusé. C'était ça, la surprise ?

Myriam sent un frisson lui remonter l'échine.

— Quelle surprise ?

— Je te connais.

— De quoi tu parles ?

Genny fait diversion :

— So, Virginie, your mom was telling me you went from « small, intimate wedding » to something... a bit bigger ?

— Tellement intime que je connais pas la moitié des invités.

— Tu es chanceuse que ton chum a pas invité trois cents personnes... That's the minimum, usually. At my wedding, we were five hundred. Mes parents ont fini de compter l'argent des money boxes à cinq heures du matin ! Lebanese people, they are like us. Greeks too.

Gennara développe quelques observations supplémentaires sur les habitudes méditerranéennes. Virginie connaît la chanson. Genny s'en doute, mais elle doit gagner du temps. Il est à peine onze heures. Encore quinze minutes à retenir la future mariée. Myriam trépigne, sa main tripote son téléphone, elle se retient d'appeler sa mère, ou Agathe, ou même Sue. On vient

de terminer la coloration d'une autre cliente, une vieille
dame très élégante, qui danse d'un pied sur l'autre, hésite,
voudrait passer devant Virginie et Myriam pour payer.
Elle a les cheveux très courts et très auburn.

— It won't be long, Mrs. Rubenstein, lui lance Genny.
This young lady here is getting married today!

— *Mazeltov,* répond la dame.

On devine à la douceur dans son regard qu'elle est
mère et grand-mère, qu'elle a assisté à ce rituel un
nombre incalculable de fois. Elle tend la main à Virginie,
qui lui répond :

— *Bevakasha!*

— You speak Hebrew? s'étonne Genny.

— C'est moi qui lui ai appris ça! souligne Myriam.

— May I ask..., reprend Mrs. Rubenstein. I couldn't
help overhearing what you said earlier... Vous vous
mariez à l'église?

— À l'oratoire Saint-Joseph. C'est mon fiancé qui a
insisté.

— C'est rare, fait remarquer Genny, de se marier à
l'église, de nos jours.

— Et pourtant, Vir a un rapport très particulier à
Jésus.

— Tu vas pas recommencer avec ça, Mym!

Mrs. Rubenstein fronce les sourcils, c'est trop de
français pour elle; le visage de Genny s'illumine :

— You haven't heard this crazy story about her old
spooky aunt? I love it!

— I don't believe I've had the pleasure, Genny.

— Eh bien, je vous la raconte !

Et Myriam se lance. Virginie soupire théâtralement mais, dans les faits, elle aime entendre cette histoire, elle aime entendre Mym la raconter, et chaque fois ça l'émeut sans qu'elle comprenne pourquoi, sans qu'elle sache d'où vient l'émotion, de quelle image, de quel nom, de quelle intonation.

Mym raconte comme si les événements se produisaient sous leurs yeux, autour d'elles, dans ce passé vivant du présent de la voix. Cette histoire est celle d'une grand-tante étrange, une tante extravagante et imprévisible, qu'à une autre époque ou dans une autre culture on aurait considérée comme une mystique ou une chamane. Georgette Déziel. Elle avait pris Virginie en affection. Quand sa petite-nièce lui rendait visite à Saint-Élie, Georgette lui racontait la vie de Jésus, elle lui parlait de sa présence, de ses paroles étranges, de ses miracles, elle lui enseignait un catéchisme loufoque et approximatif. On aurait dit du bon berger qu'il était une sorte de superhéros ou d'idiot du village. Pour sa confirmation, Georgette avait offert à Virginie une statuette en cire à l'effigie du petit Jésus, sauvée trente ans plus tôt d'un incendie ayant ravagé l'église d'un village voisin, Saint-Boniface ou Charette, on ne savait plus, ça n'a pas d'importance. La grand-tante avait fait promettre à Virginie de ne jamais s'en séparer. Le petit Jésus avait le visage partiellement fondu. Virginie, qui n'avait que dix ans, ne pouvait la regarder sans frissonner ; la statuette l'angoissait tant qu'elle avait fini par la cacher dans une boîte à chaussures, elle-même rangée dans un tiroir. Le dimanche suivant, Virginie avait tout raconté à Myriam, qui jouait chez elle. Elle lui avait dit qu'elle faisait des cauchemars depuis une semaine et elle lui avait montré la statuette. Myriam aussi avait été dégoûtée. C'était pire que Chucky ! Elle avait réfléchi en contemplant le christ au faciès difforme. Il fallait s'en débarrasser. Mais jeter à la poubelle une relique d'une époque ancienne, un objet de culte, un morceau du patrimoine, un jésus peut-être maléfique ou hanté, c'était impensable. Myriam avait dit à Virginie : apporte-le à l'école demain matin, et sur l'heure du midi on ira chez moi et on fera comme pour l'hirondelle.

Car Myriam et Virginie s'étaient rencontrées autour d'une hirondelle – leur amitié avait commencé sous des auspices mélancoliques. Ça s'était passé en troisième année. Au printemps, au mois de mai. Arrivée dans la cour, Virginie avait remarqué une petite fille, un peu en retrait sous un gros arbre dont le feuillage s'était épanoui d'un seul coup durant la fin de semaine. Virginie s'était approchée. La petite fille était accroupie sous l'arbre, au-dessus d'un corps ailé, menu, au dos bleu-gris, au ventre crème chaud. Une femelle. Chez cette espèce, les femelles sont moins éclatantes que les mâles. La petite fille, elle s'appelait Myriam, penchée au-dessus du corps immobile, retenait ses larmes. Elle reniflait doucement. Elle tenait une branche dont elle avait voulu se servir pour retourner l'oiseau, mais elle n'avait pas osé, en fin de compte. Touches-y pas avec tes mains, c'est plein de microbes, avait dit Virginie, posant son sac à côté d'elle. Elle en avait détaché la fermeture éclair et avait sorti les vêtements de gym placés par sa mère dans un sac de plastique. Elle avait rangé les vêtements dans le sac à dos, sans les déplier. Puis les filles s'étaient demandé comment s'y prendre. Enfiler le sac sur sa main, ramasser l'oiseau, le retourner et jeter le tout dans une poubelle sans se salir, comme avec une crotte de chien? Ça ne leur semblait pas respectueux, pas assez digne. Elles avaient trouvé d'autres branches qu'elles avaient glissées sous l'hirondelle pour la soulever avec précaution et la déposer sur le sac, lui-même posé à plat, bien lissé, sur un duo-tang rouge appartenant à Virginie. Elles s'étaient étonnées de la légèreté incroyable du petit corps. Elles avaient traversé la cour d'école à pas prudents, à la recherche d'une surveillante. Un attroupement s'était formé, et on avait enterré l'oiseau. On s'était dit qu'il veillerait sur tous les enfants de Notre-Dame-de-Grâce. Myriam et Virginie ne s'étaient plus jamais séparées par la suite.

L'idée de Myriam, deux ans plus tard, c'était de mettre en terre le petit Jésus. Elle avait pensé à tout, elle s'excitait : le lendemain elles sécheraient l'école l'après-midi. Elles auraient besoin d'une petite pelle à jardinage, que Myriam prendrait dans le cabanon du voisin – il ne s'en rendrait pas compte, elle agirait en plein jour, pendant qu'il serait au travail –, et elles enterreraient le jésus dans sa cour. Myriam creuserait avec acharnement, elle lutterait contre les racines, elle creuserait avec ses doigts s'il le fallait, elle ferait ça pour Virginie.

— Je lui ai dit de laisser faire, c'était insensé! Elle s'est obstinée un peu, mais finalement j'ai gardé la statuette, je l'ai plus jamais ressortie de sa boîte.

— Quand elle a emménagé avec moi, quinze ans plus tard, dit Myriam, j'ai refusé que ça entre chez nous.

— In my day, répond Genny, on aurait dit que tu faisais une blasphème… Enterrer le Christ! Le curé nous aurait excommuniquées.

— Oh, we did much worse to the poor fellow! renchérit Mrs. Rubenstein.

Myriam éclate de rire.

— Faudrait pas que mon père vous entende!

La conversation se poursuit dans tous les sens : les origines de Myriam, le service de son père dans Tsahal, la guerre toute récente entre le Liban et Israël, les processions annuelles dans Naples pour célébrer San Gennaro et la liquéfaction de son sang, les doléances de Mrs. Rubenstein à propos des rénovations à la piscine de Hamstead, les loyers des commerces qui ne font qu'augmenter sur Monkland, le menu de la noce.

Il est maintenant 11 h 14. Virginie raconte à la cantonade qu'une dispute a failli éclater entre sa mère et son fiancé, qui ne voulait pas payer les quinze sous en extra pour des verres de vin un peu plus hauts, sa mère lui demandant s'il ne serait pas un peu radin. Virginie avait dû s'interposer. Pendant qu'elle termine son anecdote, Genny, d'un geste discret, donne le signal à quelqu'un dehors. Un homme entre, sourire aux lèvres, il a l'aisance souple des danseurs. On l'a vu quelques fois, on le reconnaît, à présent. C'est Jakobson, l'homme de la régie, le délégué de Sue, le gardien des clefs. Il est vêtu d'un polo Lacoste rose pâle et d'un pantalon chino sarcelle roulé à la cheville, avec des mocassins marron. Retirant ses verres fumés, il maintient la porte ouverte pour le couple qui le suit : Tom et Agathe font leur entrée, avec une théâtralité un peu gauche, un peu affectée.

— Allôôô ! s'exclame Agathe en ouvrant les bras.

D'étonnement, Virginie lâche un petit cri. Elle n'attendait pas ses parents ici, ce n'était pas prévu, elle ne comprend pas ce qui se passe. Première surprise. Myriam tressaille de joie, elle a tout manigancé, a mis tout le monde dans le coup.

— Qu'est-ce que vous faites ici ?

Ses parents ont un grand sourire, puis Agathe dit lentement :

— On n'aurait manqué ça pour rien au monde, mon ange.

— Mais manqué quoi, maman ?

Le moment devient tout à coup solennel, l'ambiance fébrile, presque électrique. On a formé un cercle autour des filles et de Genny. Il y a les employés, Mrs. Rubenstein et une autre cliente qui vient de se lever de son fauteuil pour régler. Jakobson prend des photos en continu, sans varier son rythme pour ne pas attirer l'attention, on entend le cliquetis régulier de son appareil. Genny demande à Virginie de fermer les yeux. Elle lui tient la main, la guide tout près de Myriam. On se rapproche, sourire aux lèvres, on se lance des regards complices.

— Open your eyes, darling. C'est le temps pour ta surprise.

Virginie ouvre les yeux.

— Vous m'offrez Mym en cadeau ? répond-elle d'une voix amusée, déjà un peu émue, son visage très proche de celui de Myriam, dont les yeux brillent de joie et de malice.

Myriam pivote vivement sur ses talons et se retrouve dos à Virginie. Agathe s'approche, passe la main sous les longs cheveux noirs de Myriam et dégage sa nuque. Virginie voit et comprend. Elle a le souffle coupé. Ses yeux se remplissent de larmes. Une hirondelle déploie ses ailes, frémissante de vie, magnifique, une hirondelle colore d'un bleu vibrant la nuque de son amie. Myriam se retourne et prend Virginie dans ses bras.

— C'est notre hirondelle, ma Vir chérie…, dit Myriam en reculant. Elle est revenue. Elle durera toujours, comme notre amitié. On n'habitera plus ensemble, mais les années qui s'en viennent seront plus belles encore que celles qui sont derrière nous.

On applaudit, on rit, on pleure, on ne sait plus où se mettre. On s'étreint, on échange des félicitations, des vœux de santé, les conversations reprennent, dans un brouhaha de voix dominé par les effusions de Genny, qui embrasse les filles en leur disant qu'elles seront toujours chez elles ici. Des passants s'arrêtent et observent ce qui se passe dans le salon par la porte restée grande ouverte. Genny débouche une bouteille de mousseux, sort les flûtes, et on trinque devant l'objectif de Jakobson, qui finit d'immortaliser la scène.

Est-ce que notre hirondelle est heureuse qu'une de ses semblables vive désormais sur la nuque de Myriam ? Je veux croire qu'elle choisit ce moment précis pour quitter son frêne de l'avenue Northcliffe. On se souvient : pour l'hirondelle, une fois achevé son périple vers le nord, le présent succède au présent. L'hirondelle ignore ce qui se trame sous la peau de Myriam, elle vit comme nous tous dans une sorte d'innocence bénie. Tant mieux pour nous, tant mieux pour elle. Accrochons-nous à cette innocence, à cette inconnaissance du futur. Des jours difficiles approchent pour son espèce, qui sera peu à peu chassée de l'île de Montréal. Les insecticides ont décimé la population de moucherons et l'érosion des berges du Saint-Laurent détruit les endroits propices à sa nidification.

J'entends difficilement les rires, je vois difficilement les visages. Eux aussi commencent à disparaître. Ce sont des mots qui remontent, ceux peut-être qui ouvrent un roman que je n'ai pas écrit. C'était la saison du froid glacial, c'était la saison de la chaleur étouffante, c'était l'hiver de la tristesse, c'était l'été de tous les espoirs, c'était l'époque où les deux amies n'avaient pas encore trente ans, c'était le temps où déjà elles se sentaient trop vieilles, c'était la somme des promesses tenues et de celles encore à trahir, c'était le jour de son mariage, c'était la nuit de ses funérailles. C'était Virginie, c'était Myriam. C'était l'amitié la plus forte et la plus sincère qu'il m'ait été donné de voir. C'étaient deux femmes, deux sœurs qui pour la première fois depuis des années n'avaient pas dormi sous le même toit. C'était un matin de juillet où elles se retrouvaient. C'était un matin de février à l'autre bout du monde. C'était la vie avant la fin du temps.

VIII

CHEZ WALI WALI

Matin du mariage (bis)

MONTRE-MOI LA DENT, DIT MON PÈRE. Il a le ton d'un homme royalement emmerdé. Assis sur le lit, il a appuyé les coudes sur ses cuisses, ses mains jointes soutiennent son menton, comme si sa tête était devenue trop lourde. Je lui tends un flacon. Il l'ouvre, verse le bout cassé de mon incisive dans sa paume et relève ses lunettes sur son front pour mieux voir.

— Ça a l'air plus grave dans ta bouche, conclut-il.

— Qu'est-ce que tu veux dire?

— Il y a un trou dans ta bouche, mais le morceau de dent est minuscule.

Je n'ai pas compris ce qui m'arrivait quand je me suis retrouvé étendu de tout mon long sur le béton de l'allée. Je suis resté sonné un moment, puis la douleur est montée, en même temps que l'adrénaline. Je m'étais pris les pieds dans quelque chose. Je me suis redressé, et je suis resté à genoux le temps de retrouver mes lunettes, qui n'étaient pas brisées, encore heureux. La douleur venait et se retirait par vagues, au rythme de mes pulsations cardiaques. Du sang gouttait sur le béton, j'ai porté la main à ma bouche. Mes doigts étaient tachés. Ça ne se pouvait pas, une telle malchance. J'ai repéré le morceau de ma dent parmi les déchets du repas nocturne des frères Vrátnik. Je l'ai pincé entre le pouce et l'index et me suis relevé. J'étais étourdi. Sur le trottoir d'en face, un couple me regardait, hésitant. Je leur ai envoyé la main pour les rassurer. J'ai repoussé du pied les déchets et je suis rentré.

Devant le miroir de la pharmacie, j'ai ouvert la bouche. Plus de peur que de mal. Il y avait un trou, c'est sûr. Je me suis dit que personne ne le remarquerait. Le bout de dent mesurait deux ou trois millimètres, pas plus. Je ne savais trop quoi faire mais je ne paniquais pas, j'en étais le premier surpris. J'ai appelé mon père. Il a d'abord cru à une blague, jusqu'à ce que je me mette à pleurer. Quarante-cinq minutes plus tard, il se garait devant chez moi.

Il est tout juste 9 h 15. J'ai à peu près repris mon calme, j'oscille entre l'incrédulité et l'abattement, je vais et viens entre la salle de bain et mon lit, serrant dans mon poing un vieux mouchoir rougi. On ne meurt pas d'une dent brisée, quand bien même on se la briserait le matin de son mariage.

— Un trou gros comment, Pa ?

— Mais tu le vois aussi bien que moi !

— Est-ce que c'est dérangeant ?

— Dérangeant pour qui ?

— Pour les photos...

— Tu fermes ta bouche et puis *khalass!* Ce n'est pas la question.

— C'est quoi, alors?

— Ça risque de s'infecter. Tu as mal?

— Quand j'aspire, je sens l'air froid sur ma dent. C'est désagréable.

— Dans ce cas, faut y aller, pas le choix.

— Tu es sérieux? Ce matin?

— Tu préfères que ça te prenne au Caire? C'est terrible, une pulpite, ou un abcès. Je ne suis même pas sûr que les assurances te rembourseront si ta dent s'infecte. « Condition préalable », on te dira.

— J'ai comme d'autres plans.

— Et moi donc! Allez, habille-toi.

— Je suis fatigué, *ya baba*. Tu me fais une place?

Mon père se lève du lit en soupirant et je m'allonge. Il regarde autour de lui.

— J'ai appelé Wali en chemin, il faisait son marché chez Adonis. Il m'a dit qu'il allait ouvrir la clinique spécialement pour toi.

— Est-ce que je ne devrais pas avertir Virginie?

— Tu vas l'inquiéter pour rien.

— Tu crois?

— On va se débrouiller. Ça aurait pu être pire. Tu aurais pu te fendre les lèvres. Allez, va te préparer.

— C'est juste à moi que ça arrive, ces choses-là...

— La guigne s'acharne sur toi, dit mon père en ouvrant le premier tiroir de la commode. Ou alors le

281

mauvais œil. C'est comme ça pour nous dans cette vie. Jamais rien de simple.

— Je savais que tu dirais ça.

— Depuis des mois, je te dis d'éviter les envieux... Je prends tous tes sous-vêtements, OK ? Tu risques de tous les utiliser. J'ai été malade comme en chien la première fois que je suis retourné là-bas, en 1984.

— Pourquoi tu as attendu si longtemps avant d'y retourner ?

— Tout va très très vite et tout passe, *ya ebni.* Et toi, pourquoi tu n'as pas fait ta valise, encore ?

— Laisse ça, s'il te plaît, Pa. Je pensais la faire tantôt.

— Quand, tantôt ? Dodi arrive à onze heures trente ?

— Au plus tard.

— Alors je t'aide un peu. Mais habille-toi ! On va courir comme des fous, sinon. Vous avez parlé à beaucoup de gens de votre voyage ?

Mon père ouvre ma valise sur le comptoir de la kitchenette. Il y place une dizaine de slips et de boxeurs.

— Pas moi, mais Vir, oui.

— Virginie doit apprendre comment fonctionne le mauvais œil... Je me rappelle, ta mère avait une liste de gens à éviter. La pire, c'était sa tante Nouhad. Il ne faut pas qu'elle soit à la cérémonie, celle-là...

— Je l'ai jamais rencontrée, je pense.

— C'est une cousine de ta téta, *Allah yerhama.* Elle habitait le 219, au Topaze. C'était immanquable : si j'avais le malheur de la croiser dans l'ascenseur, j'avais la diarrhée le lendemain.

— On a laissé cinq places libres à ma mère. Elle invite qui elle veut.

— J'ai pas eu ça, moi.

— Je me suis dit que tu comprendrais. C'était pour que ce soit plus simple.

— J'ai jamais voulu être un emmerdeur. Vivre et laisser vivre...

Mon père me lance un t-shirt et un short repêchés dans la valise.

— *Yallah*. Wali nous attend.

*

— Moi aussi, parfois, je me sens à bout, dit mon père. Moi aussi, parfois, je n'en peux plus de me battre.

Nous patientons dans la salle d'attente de la clinique dentaire depuis vingt minutes. Wali Wali est un vieux camarade de mon père. Ils se sont rencontrés sur les bancs d'école à Alexandrie. Wali Wali a émigré le premier, vers 1970 ; arrivé ici, il a dû recommencer ses cours à l'université pour obtenir le droit de pratiquer la médecine dentaire. Il soigne beaucoup de gens de notre famille élargie, mais pas ma mère, qui a changé de dentiste depuis le divorce : Wali Wali s'était rangé du mauvais côté. Mon père soupire encore. Quitter en catastrophe sa maison de Ville Saint-Laurent pour venir en aide à son fils en détresse l'a ébranlé.

— Mais qu'est-ce qu'il fait, *ya Rab...*, chuchote mon père.

283

De l'autre côté de la porte vitrée qui donne sur la salle de traitement, Wali Wali s'affaire. C'est un petit homme rond, au crâne chauve et lustré. Debout à côté du fauteuil jaune moutarde, tout de blanc vêtu, il aligne ses instruments sur un plateau d'acier inoxydable. Rouleaux de coton, matrice dentaire, gel de mordançage, adhésif, résine composite, tout est à portée de main. Il hésite dans ses gestes et active puis éteint le pistolet air et eau, installe une fraise diamantée sur la turbine haute vitesse, puis une fraise flamme sur la turbine lente. Il renoue avec les bases de son art. Il ne s'est pas occupé seul d'un patient depuis des années. Seul, c'est-à-dire sans Amira, son assistante de toujours. Pendant les traitements, ils sont intarissables. Projets de rénovation et de vacances, actualité, nouvelles du pays natal, blagues salaces et, bien sûr, politique, politique, politique. Ils ne sont d'accord sur rien, débattent de tout, se tirent la pipe par habitude. Amira est de gauche, ce qui fait bien marrer Wali Wali. Il n'a sans doute pas osé la déranger un samedi matin. Il doit se dire qu'il saura se débrouiller sans elle.

Mon père ramasse des magazines au hasard sur la table basse et les feuillette distraitement. *Paris Match* détaille la visite du président Poutine chez les Bush à Kennebunkport; *7 Jours* célèbre le succès de Céline Dion à Las Vegas. Mon père les remet sur la table, irrité, incapable de lire. Je me lève et commence à faire les cent pas.

— Tu as des nouvelles de Virginie?

— À l'heure qu'il est, elle et Mym doivent être chez
la coiffeuse.

— Je les aime, tes beaux-parents. Ce sont des gens
bien.

— Je sais, je suis chanceux.

— Le père a invité beaucoup de famille ?

— Non, c'est un peu comme toi, il a perdu ses parents
jeune. Pas de frère, pas de sœur.

Je me suis arrêté devant la porte vitrée. Wali Wali
est en train de se laver les mains ; il me fait signe de le
rejoindre et s'assoit sur sa chaise à roulettes.

— J'y vais, Pa.

— Il te répare la dent et c'est tout, OK ? dit mon père
en ouvrant le cahier A de *La Presse*.

— Oui, t'inquiète.

— Ne recommencez pas avec vos histoires, s'il te
plaît. Ce n'est pas le moment.

Je m'installe dans le fauteuil où, d'innombrables
fois en plus de vingt ans, Wali Wali a plombé toutes
mes dents ou presque. Il appuie sur la pédale et je me
retrouve en position inclinée. Il approche la lampe
télescopique de ma bouche. Je suis ébloui pendant une
seconde ou deux. Wali fait des allers-retours entre ma
bouche et le négatoscope, où il examine des radio-
graphies qui datent de l'automne dernier. Punaisées
au plafond, les sempiternelles affiches d'Horus, de
Toutankhamon et de Nefertiti, jaunies, aux coins
retroussés. Le mobilier et l'ensemble de la décoration
se déclinent dans des nuances de jaune. Les chaises à

roulettes sont en cuirette miel ; le meuble du lavabo est mimosa, et le comptoir, poil de chameau. Le fini laqué des armoires en mélamine réfléchit l'éclat des néons. Tout chatoie dans des teintes safran, citron, topaze, tout sauf le négatoscope. Accrochés au mur, une vingtaine de diplômes et de certificats que Wali a obtenus au fil des années. L'un d'eux, rédigé en arabe, est frappé d'un sceau ambré.

Wali roule jusqu'à moi.

— Ouvre la bouche. Oui, très grand. Ça va être important de ne jamais la fermer, jamais. Hmm, la onze… fracture mineure de l'émail…

Il promène sa sonde sur mes dents du haut, puis sur celles du bas. On dirait qu'il joue du xylophone. Il prépare la pompe à salive et me demande de la tenir de ma main droite.

— Amira n'est pas là, tu vas devoir m'aider un peu.

Puis il guide ma main pour que j'insère la tige dans ma bouche.

— Dis-moi, *ya* Alain, tu as toujours les mêmes problèmes de santé ?

— Oui.

— Dans ton dossier, je vois… cortisone… Purinethol…

Il lit la première d'une dizaine de fiches brochées, noircies de pattes de mouches qui retracent l'histoire de mes dents. J'en profite pour retirer la pompe à salive de l'intérieur de ma joue.

— J'ai aussi pris du Flagyl et du Cipro jusqu'en avril…

— Hmm…

— Qu'est-ce qu'il y a?

— C'est des antibiotiques à spectre très large...

— Ça m'aide un peu.

— Très bien. Est-ce que tu es stressé? On dit que le stress n'aide pas avec ta maladie.

— C'est sûr, que je suis stressé, regarde ce qui m'arrive.

— Ce n'est rien, ça.

— Si tu le dis.

— Tu connais Ahmed? Ahmed Abbas, il habitait dans votre immeuble, je crois.

— Oui, au sous-sol. Le petit Ahmed.

— Eh bien, il a reçu une boule de billard dans le visage, cette semaine. Je l'ai envoyé à Sacré-Cœur. Si tu avais vu sa bouche...

— Aïe, dis-je.

— Je vais régler ton problème en vingt minutes, ne te fais pas de souci... Ce que je me demande, c'est si tes médicaments ne fragiliseraient pas tes dents.

— J'en sais rien.

— Chez les jeunes, tu es le patient que je vois le plus souvent. Parles-en au docteur Leduc.

— D'accord. Je t'ai apporté le bout cassé.

— Ah bon, et pourquoi faire?

— Pour que tu le recolles? La cassure est nette. Au cas où t'aurais pas –

— Tu crois que je fais du bricolage?

— Je... Je sais pas, j'étais content de le retrouver... Je me disais...

— Pas du tout, tu me jettes ça à la poubelle. Pour les restaurations, j'utilise de la résine composite. Tu es toujours sur les assurances de Shafik ?

— Non, tu sais bien, ça s'est terminé quand j'ai eu vingt-cinq ans. Je suis sur celles de l'université –

— Il y a un petit extra pour le blanc, alors.

— Pour le blanc ?

— Oui, c'est plus cher si tu veux du blanc.

— Mais bien sûr que je veux du blanc !

— Ça va, je te taquine ! Relaxe, un peu. Tu vas avoir une journée formidable.

— C'est mal parti.

Je me rends compte que ma main gauche s'agrippe à l'accoudoir ; j'essaie de me décrisper.

— Donc, ce mariage ? Vous vous mariez à Saint-Sauveur, j'imagine ?

— On se marie à l'Oratoire.

— À l'oratoire Saint-Joseph ? dit Wali Wali en reculant sa chaise d'un mouvement brusque.

— Oui.

— On peut se marier là ?

Wali Wali a une expression confuse, entre l'incrédulité et la méfiance.

— Il faut être persévérant...

Il fronce les sourcils d'un air réprobateur, comme si je me moquais de lui, lève la tête et cherche mon père du regard.

— Shafik est d'accord avec ça ?

Libanais d'Égypte, Wali Wali n'est même pas melkite,

il est un fidèle de l'Église orthodoxe grecque, et très pratiquant. Les questions religieuses en lien à la chrétienté le passionnent, quelles qu'elles soient, de la dernière bulle papale aux manuscrits de la mer Morte, en passant par l'histoire des patriarches d'Alexandrie. Il suit depuis des années des cours de théologie par correspondance.

— Mon père respecte nos choix.

— Mais Alain…, commence-t-il en éloignant sa chaise à roulettes pour bien m'envisager. C'est chez les melkites que tu dois te marier… En plus, si vous aviez attendu quelques mois, vous auriez pu vous marier dans la nouvelle cathédrale, sur l'Acadie… Somptueuse, dans le style byzantin, avec des dômes en cuivre… Tes propres parents se sont mariés chez les melkites, Alain, quand l'église se trouvait au coin de Saint-Denis et Viger.

— Je sais bien, Wali, dis-je sur un ton conciliant.

Wali reste immobile quelques secondes, le front plissé.

— Ce sont des Syriens qui ont acheté l'église dans les années mille neuf cent… Il y a quatre ou cinq ans, le bâtiment était devenu vétuste, alors monseigneur Khoriaty l'a vendu à la chanteuse Mitsou… Mais ils ont retiré les vitraux avant, quand même.

— Mitsou a acheté une église?

— Elle va y installer un spa ou un centre de soins, j'ai oublié…

— Dans une église?

— Qu'est-ce que tu veux… Moi, j'étais sûr qu'on ne

pouvait pas célébrer un mariage à l'Oratoire... Comment vous avez fait ? Shafik a des contacts, c'est ça ?

— Il n'a rien à voir là-dedans. C'est une longue histoire.

À contrecœur, Wali Wali, visiblement insatisfait de ma réponse, rapproche sa chaise et se penche sur moi. Quelque chose le chicote. Je pense à mon père dans la salle d'attente. Wali examine en silence ma dent cassée à l'aide de son miroir. Je lui touche le bras de ma main gauche.

— Ça va faire mal, Wali ?

— Je ne crois pas. Garde la bouche ouverte, tiens la pompe à salive, et ça va aller.

Il commence la réparation. Je me détends un peu. En travaillant, Wali Wali narre chacun de ses gestes à voix haute. Il marmonne, turbine à haute vitesse, fraise diamantée pour rendre la onze rugueuse, maintenant le gel de mordançage, j'assèche bien, jamais de salive, s'il y a de la salive, ça ne collera pas. Ne referme pas la bouche, OK ? Matrice dentaire entre la vingt et un et la douze, un rouleau de coton pour écarter la lèvre supérieure, voilà, non, plutôt deux, pourquoi pas.

Son soliloque, couvrant le bruit de la pompe à salive, a chaque fois le même effet calmant sur moi. Je me laisse aller dans le fauteuil et visualise la journée à venir : Vir et moi dans la chapelle, devant la famille, Édouard et moi qui arrivons à l'Oratoire en Mustang, mes parents qui discutent comme des gens civilisés. Je ressens, sous ma fatigue extrême, sous l'anxiété, une sorte d'anticipation heureuse. J'essaie de m'accrocher à cette sensation, si rare, qui m'échappe si souvent. On a mis tellement d'énergie à préparer ce mariage, à penser chaque détail, que je me demande si on a pris le temps de réfléchir à ce que ça impliquait. Si, moi, j'en ai pris le temps. Je me souviens de conversations avec Vir, mais elles semblent si lointaines. Depuis février, quelque chose n'a plus cessé de reculer, de s'amenuiser, de se déséquilibrer, comme si la possibilité d'exister et de penser dans un état continu de calme et de confiance s'était enfuie. Je suis quelqu'un d'autre aujourd'hui. Je suis redevenu celui que j'étais à la fin de l'adolescence. J'ai parfois l'impression que seuls l'écriture et mon amour pour Vir me rappellent à moi-même quand l'égarement me disloque et que la panique s'infiltre, peu à peu. Je me repasse le plan de la journée, heure par heure, minute par minute. Je me projette dans l'aéroport, demain avec Vir, sur le tapis roulant, à la porte d'embarquement, dans l'avion, mon masque de sommeil sur les yeux, puis posant le pied sur le tarmac brûlant, aveuglé par le soleil du Caire, et ces images me mettent en joie, si vives que je m'y croirais presque, Vir et moi déambulant parmi les touristes et les Cairotes, dégustant la basboussa, perdus dans les rues du quartier copte ou du Khan el-Khalili, nous arrêtant au mythique El Fishawy pour boire un café turc *sokkar ziyâda*.

Sans prévenir, Wali Wali recule en se donnant un élan et saute sur ses jambes, comme un ressort :

— Shafo ? Viens ici, s'il te plaît !

J'ouvre de grands yeux. Se tournant vers moi, Wali Wali dit :

— Je suis désolé, Alain, ça ne me rentre pas dans la tête, cette histoire...

Mon père, dans la salle d'attente, se lève d'un bond lui aussi. Wali a franchi la distance qui nous sépare de la porte vitrée en un éclair et tient la porte à mon père pour l'inciter à entrer. Le linoléum est couleur fleur de soufre. Wali se rassoit. Mon père s'arrête sur le seuil de la salle de traitement. Je vois à son expression affable qu'il s'attend au pire.

— Oui, *ya* Wali ?

— Pourquoi laisses-tu ton fils se marier chez les latins ? Il n'y avait plus de place chez les grecs catholiques ?

— Eh bien, Alain est maronite... Comme sa mère.

— *Mesh maoul !* s'exclame Wali Wali, outré. C'est la confession du père qui doit primer ! Excuse-moi, Shafo, je te connais depuis cinquante ans, je ne vais pas te mentir : tu me déçois.

Mon père sourit et répond d'une voix douce :

— Tu comprends, Wali, on voulait que le petit soit baptisé en même temps que son cousin. Et Nabil et Yolande sont maronites.

Wali Wali semble à la fois abasourdi et indigné. Il répète en maugréant :

— C'est la confession du père qui doit primer...

Mon père le regarde sans broncher. Je sais qu'en ce moment, il cherche un moyen de clore la discussion.

C'est exactement le genre de situation qu'il craint dans la vie, et en particulier quand on vient chez Wali Wali.

— Tu sais, *ya* Wali, en fin de compte, les latins, les maronites, les melkites... c'est la même chose. Jésus, c'est Jésus.

Wali Wali redresse la tête comme quelqu'un qui vient d'entendre les pires grossièretés. Il lâche la lampe à polymériser sur le plateau avec fracas.

— C'est la même chose? Et je suppose que les juifs, les musulmans et les chrétiens, c'est une belle grande famille, parce que Dieu, c'est Dieu?

— C'est pas ce que j'ai dit... Toi et moi, on partage –

— Tu veux pas l'admettre, mais tu as fait un accommodement raisonnable avec ta femme. Tu étais en avance sur ton temps, Shafik!

Wali Wali vient de traiter mon père de chiffe molle et mon père feint de ne pas l'avoir perçu. Ce n'est pas la première fois qu'on lui reproche d'avoir capitulé au sujet de mon baptême. À l'époque, un de ses cousins vivant en Haute-Égypte lui avait écrit pour lui reprocher d'être un traître à sa religion. Du point de vue de mon père, me baptiser maronite valait mieux que de s'enliser dans une guerre confessionnelle qui l'aurait opposé, seul dans son camp, à sa belle-mère, sa femme et ses beaux-frères. Il ne voulait pas diviser la famille, c'est la seule qu'il avait ici, à Montréal, il était heureux de s'être trouvé un clan, le clan Safi. Son cousin pouvait bien déchirer sa chemise, Shafik avait acheté la paix et cette transaction lui convenait. Son fils vivrait en communion avec le descendant de saint Pierre plutôt qu'avec le patriarche d'Antioche : et alors ? Quelques années plus tard, lors de son premier voyage en Égypte depuis son émigration, mon père se rendrait jusqu'à Assouan pour se rabibocher avec son cousin, qui entre-temps aurait tout oublié de ce différend.

Mon père, c'est palpable, se sent pris au piège, incapable de se décider : doit-il regagner la salle d'attente et me laisser avec Wali Wali, ou rester avec nous le temps que celui-ci se calme ? Il m'a pourtant averti de ne pas recommencer avec *nos histoires*. Chaque fois, c'est la même chose, la tension monte très vite entre Wali et moi, même si, en vérité, je n'ose guère le contredire. Avec la bouche encombrée, grande ouverte, je serais bien en peine de le faire. La question de l'origine l'obsède, les querelles entre les Églises chrétiennes du Moyen-Orient aussi. Il finit toujours par évoquer l'échelle dite inamovible, l'échelle du Statu quo, appuyée contre la façade du Saint-Sépulcre à Jérusalem depuis 1727. C'est sa marotte, cette échelle, il dit qu'à sa retraite il écrira un livre là-dessus. Quand je lui ai confié que je voulais un jour visiter l'esplanade des Mosquées, Wali Wali m'a répondu qu'il s'en foutait, lui. Non seulement il n'était pas musulman, mais il n'était pas *arabe*. Il a déploré une ignorance collective et généralisée au sujet de ce fait pourtant bien documenté : au temps des croisades, plusieurs familles européennes s'étaient installées en Égypte. La plupart s'étaient converties à l'islam, mais certaines s'étaient contentées d'adopter la langue et les mœurs locales. C'était le cas de ses ancêtres. Wali Wali est français, breton ou picard, on peut chipoter, mais il n'est pas arabe.

— Tu m'as fâché, *ya* Shafik. Je suis énervé, là. Je ne pourrai plus penser à autre chose, aujourd'hui...

— Tu vois pourquoi je n'aime pas parler de religion ?

— Parce que tu es un peureux. C'est à cause des gens comme toi que les traditions disparaissent.

J'ignore comment mon père réussit à garder son sang-froid. Il ne baisse pas les yeux. Il y a peut-être un soupçon de pitié dans son regard. C'est Wali Wali qui n'ose plus le regarder. Wali a répliqué de manière impulsive, avec emportement, et mon père refuse de mordre à l'hameçon – c'est ainsi qu'il conçoit les provocations de son ancien camarade de classe. Wali Wali le cherche, le houspille, essaie de le décontenancer, de lui faire avouer on ne sait quel tort. Wali Wali s'est de nouveau concentré sur moi, il insère à intervalles réguliers la lampe à polymériser dans ma bouche. Il ne reste pas silencieux longtemps, déblatère de plus belle, ne s'adressant ni tout à fait à moi ni tout à fait à mon père. J'ai l'impression qu'il s'adresse à ses partisans depuis une tribune invisible.

— Quand je regarde les nouvelles ces jours-ci, j'ai le goût de repartir. Quel pays de moutons. Si on m'avait dit, le jour où j'ai reçu mon *landing,* que vingt ou trente ans plus tard, je me retrouverais avec une mosquée en face de ma clinique... Dieu merci, mes parents sont morts, ils n'ont pas eu à savoir ça. «Tiens-toi loin d'*eux...*»

C'est une des dernières choses que m'a dites mon père, « tiens-toi loin des mosquées ». Ça commence par un petit hijab sur la tête de leurs filles pendant une partie de soccer... puis après ils lancent des pétitions... puis ils font pression sur nos députés... On ne s'en rend pas compte mais, bientôt, les pauvres Québécois de souche ne pourront plus manger leurs oreilles de Christ en paix à la cabane à sucre.

Mon père l'écoute en affichant un sourire de malaise poli tandis qu'intérieurement, je bous, et que ma main se resserre sur l'accoudoir.

— Ça te fait rire ? Tu trouves que j'exagère ? Eh bien, pas du tout. Ils font comme toi, Shafo, les Québécois de souche. Ils acceptent d'abandonner ce qu'ils sont pour ne pas peiner les autres.

Cloué dans mon fauteuil, je secoue la tête en grognant.

— Arrête de bouger, toi, me dit Wali Wali comme à un gamin, arrête ça, c'est dangereux.

Il démarre sa fraise et m'immobilise la mâchoire avec sa main gauche. Le bourdonnement de l'appareil l'oblige à élever la voix.

— Écoute-moi, *ya* Shafik, l'autre jour, dans ce fauteuil, je traitais Gérard Ghali, notre conseiller municipal. Il m'a avoué qu'il n'était même pas certain, tu entends, qu'il n'était même pas certain qu'on pourrait garder l'arbre de Noël devant l'hôtel de ville... Tu imagines, dit Wali en remplaçant la fraise sur sa turbine. Tu imagines ? On a fui les barbus, et ils nous ont poursuivis jusqu'ici. Et ils font tellement d'enfants...

Il a laissé tomber cette dernière phrase sur un ton lourdement fataliste. Mon père ne dit plus rien. Wali se tait pour terminer le polissage de mon incisive. Au bout d'une minute de bourdonnement, il éteint la turbine.

— C'est drôle, quand même, dis-je en recouvrant l'usage de ma bouche, que tu ne parles pas du crucifix à l'Assemblée nationale!

C'est sorti malgré moi.

— Nooooooon, Alain! s'exclame mon père.

Il sait trop bien ce qui va arriver.

— Qu'est-ce qu'il a, le crucifix à l'Assemblée nationale?! s'écrie Wali Wali, piqué au vif. Qu'est-ce que tu as à dire là-dessus, toi?

Mon père m'adresse un regard désapprobateur. Je dis :

— Rien, Wali, rien.

— Non, dis-le, ce que tu penses du crucifix, de notre Seigneur qui a souffert pour nous!

— Écoute, Wali...

— Mais qui es-tu, toi, mon petit garçon, pour parler, de toute manière? crie-t-il en me lançant la fiche sur laquelle il vient de consigner la réparation. Tu as oublié d'où tu viens? Tu parles comme ça pour être plus québécois que les Québécois? Tu essaies d'être aussi gentil qu'eux, tu veux laisser les gens profiter du système qu'on a bâti avec eux? Tu es content de voir tous ces gens encaisser des chèques de BS pendant que nous, on travaille comme des bêtes? Vous n'avez pas de couilles, et les Québécois non plus. Les immigrants d'aujourd'hui vont détruire ce pays. Et j'espère, mon garçon, que tu ne seras pas assez effronté pour nous comparer à ceux qui arrivent en ce moment. Tu les as vus, ici, dans Cartierville? Ils sont partout, ils sont pauvres... Et toutes leurs femmes sont voilées. Nous, mon garçon, on est arrivés avec des diplômes, avec de l'argent dans nos poches, avec le goût de travailler. On paye des impôts depuis combien de temps? Et notre argent, il sert à quoi maintenant, tu crois? À distribuer des chèques aux profiteurs... Ta fiancée vient de Mauricie, n'est-ce pas? Eh bien, moi, j'admire ces gens, j'ai du respect et de l'admiration pour ce code de vie qu'ils se sont donné. Ces hommes sont des patriotes, ils se tiennent droits... On n'a pas eu le choix, nous, quand on est arrivés ici. On s'est adaptés. On n'a rien demandé à personne, on a fait tout ce qu'on nous a dit de faire. Tu imagines? Tu as un invité qui vient chez toi, il entre dans ta maison, il s'installe, il te dit comment tu dois décorer ta cuisine, où placer tes meubles? Tu accueilles un invité chez toi, et c'est lui qui décide de tout dans ta maison? C'est ce qui se passe ces temps-ci. Tu ne les connais pas comme nous, on les connaît... Tu vas voir. Tranquillement, ils vont prendre le contrôle. Je te jure, *ya* Alain, si ça continue comme ça, un jour, tes enfants vont réciter les sourates du Coran à l'école. *Allah wa akbar. Wa Mohammed rassul Allah.* Votre génération va s'en mordre les doigts, mon garçon. Ça va vous coûter très cher.

*

Mon père a retrouvé le sourire, soulagé qu'on soit sortis, soulagé que mon problème de dent soit réglé sans qu'on ait eu à inquiéter Virginie. J'ai d'abord cru en marchant vers la voiture qu'il voudrait revenir sur certains propos de Wali Wali et sur la manière désastreuse dont s'était terminé le rendez-vous. Mais non. Il a démarré, calme, soulagé, laissant derrière lui cet épisode. Il s'est mis à parler, et j'ai entendu dans sa voix que je ferais mieux de m'apaiser moi aussi. Il a dit que Wali Wali était généreux d'avoir ouvert sa clinique pour moi, aujourd'hui. Je n'ai pas répondu. Il a parlé de choses et d'autres, de notre voyage de noces au Caire, énumérant les endroits qu'on devait absolument voir. Gizeh, bien sûr, mais Zamalek aussi, Midan Tahrir et le musée égyptien du Caire. Il disait qu'il avait hâte au mariage, que ça le rendait heureux, il avait hâte de revoir Virginie et ses parents, de revoir Édouard et de prendre de ses nouvelles. Il disait qu'il ne fallait jamais oublier qu'on pouvait vivre dans la joie, et que la joie de vivre, ce sont les *mazag*, ces plaisirs simples qui rythment le quotidien : une matinée à la plage, un earl grey en hiver, une sieste après un dîner copieux. Je comprenais qu'il était content de passer du temps avec moi et me le communiquait à sa façon. Je lui en étais reconnaissant. Une joggeuse courait dans le parc Sainte-Odile, son golden retriever en laisse ; sur l'Acadie, un restaurateur en bras de chemise dressait les tables de sa terrasse en vue de l'heure du lunch; un couple dans la trentaine sortait de chez Byblos, chargé de sacs d'épicerie.

Mon père a garé sa voiture devant chez moi. Il m'a fait la bise et, laissant sa main sur ma joue, il a dit :

— N'en veux pas à Wali, c'est un passionné...

— Un passionné de démagogie, oui. Pas un mot sur le kirpan des sikhs, pas un mot sur les hassidim et les vitres teintées du YMCA, comme si les musulmans étaient les seuls à demander des accommodements. Pa, avoue, c'est de la mauvaise foi islamophobe...

— Tu dois comprendre d'où on vient, et l'humiliation qu'on a vécue...

— J'aurais dû lui tenir tête.

— Et qu'est-ce que ça aurait donné, hein ?

— Je sais pas, un peu de satisfaction ?

— En te taisant, tu as été plus grand que lui.

— J'en suis pas convaincu, Pa...

— La colère est inutile. Rappelle-toi cette phrase de ton grand-père : la douceur, la douceur, jamais la violence.

— J'ai pas cette sagesse-là. Le discours de Wali m'écœure. Je vais changer de dentiste, c'est plus possible.

— Ne sois pas rancunier. Quand il se fait frapper, Jésus tend l'autre joue.

— Pas moi.

— *Yallah !* Dodi va arriver d'une minute à l'autre, va t'habiller.

— Il me croira pas quand je vais lui raconter pour ma dent...

— Ne tardez pas et n'allumez pas la Nintendo, s'il vous plaît. On se voit à l'église, *ya ebni.*

*

L'eau chaude dégouline sur ma nuque, dans mon dos. Ça fait du bien. J'essaie de me détendre, de ne pas laisser revenir la panique. Je suis engourdi et épuisé. J'ai peine à croire que, dans trois heures, je serai face à l'autel, devant cent cinquante personnes. J'ignore où je vais puiser l'énergie pour tenir debout, pour vivre le moment le plus important de ma vie. Je suis dans la douche depuis quinze minutes. Je pleure, je ris, je ne sais plus ce que je ressens.

Quoi qu'en ait dit mon père, mon esprit reste bloqué sur la diatribe de Wali Wali, sur sa violence. Je m'en veux de ne pas avoir répliqué, de ne pas m'y être opposé. Je m'en veux terriblement mais, ce jour-là, je ne le sais pas encore. Ma pensée s'affole, inquiète et sans cohérence. J'ai avalé mon Xanax du midi dès que je suis rentré, mais la tranquillité ne vient pas.

Qu'est-ce que ça veut dire, « acheter la paix » ?

Je ferme le robinet. Je sors de la douche, m'enroule dans une serviette. Étendu sur mon lit, l'esprit saturé de bribes de phrases et de mots, je demande à voix haute : je me marie dans combien de temps, déjà ? Je respire pour m'apaiser. *Yallah, ya* Alain. Je me relève. Mon smoking loué, dans sa housse vert forêt, m'attend sur la table. Je dispose sur le lit la veste et le pantalon noirs, la chemise blanche. De retour dans la salle de bain, j'essuie la buée sur le miroir de la pharmacie. Mon visage apparaît. Dieu que je ressemble à mon père. Shafik Elias et Wali Wali ont immigré, oui, et cela a dû être dur, plus dur que je ne pourrai jamais l'imaginer. Qui suis-je, moi, dans tout ça ? Qui étais-je ? Que suis-je devenu ? Où est le fils d'immigrants, l'importé aux cheveux crépus, l'adolescent qui avait honte, qui vivait dans la honte d'être un importé ? Où est l'enfant qui a tout fait pour survivre au chaos dans lequel l'a plongé la guerre entre ses parents ? Qui est-il, cet homme qui a façonné son destin, qui a eu la chance, la possibilité, et surtout les moyens d'inventer sa vie dans une société qui l'a accueilli parce qu'il s'est assimilé, parce qu'il s'est coupé d'une part de lui-même ? Cette part inconnue, fantasmatique, inatteignable... où est-elle, maintenant ?

Je mets ma chemise, j'enfile mon pantalon. Il fait très chaud déjà, et des voix d'enfants montent de la rue, détachées de la rumeur des voitures.

En combien de parts peut-on se séparer ? Qui suis-je aujourd'hui, le jour de mon mariage ?

Chez Balzac, chez Flaubert, on trouve cette expression : *faire un roman,* pour parler d'une personne qui se marie *au-dessus de sa condition.*

Aujourd'hui, suis-je un homme qui *fait un roman* ?

Suis-je même conscient de cette question, de ce que nomme cette question, à ce moment précis ? Suis-je conscient, dans le présent de ma confusion et de mon angoisse, que cette question nomme quelque chose, quelque chose qui existe?

Une question plus simple vient balayer les autres : où est ma cravate, ma cravate noire à petits pois blancs? Elle n'est pas dans la salle de bain. Je vais à la commode, puis au comptoir, je soulève la valise, vérifie en vain sur les étagères, dans les poches de ma veste. Je m'assois pour enfiler mes chaussettes, et voilà qu'elle apparaît : noire sur noir, pliée en deux sur mon radio-réveil, parmi les objets qui encombrent ma table de chevet, verre d'eau, flacon de Xanax, passeport, boîte de mouchoirs. En la prenant sur le réveil, je me rends compte qu'il est midi quinze. Merde! Vir doit déjà être en route.

Qu'est-ce que peut bien foutre Édouard?

TROISIÈME PARTIE

IX

ROMAN DE A, B, E

Une adolescence (bis)

C'EST L'HISTOIRE DE TROIS ADOLESCENTS, A, B, E, c'est une histoire qui commence en mai et se poursuit en juin, une histoire qui se termine dix ans plus tard, en un juillet lointain, dans un futur encore inimaginable. C'est l'histoire d'une vengeance, d'un complot. C'est l'histoire d'un adolescent devenu homme dans la colère, aveuglé par une colère qui ne passe pas. Pour chaque fin, plusieurs commencements ; à toute conséquence, plusieurs causes. Causes, commencements : A aime C depuis cinq ans et ne le lui a jamais dit ; C et B s'aiment en secret ; confiante dans leur amitié, C l'avoue à A. A explose, crache par terre ; il ne reparle plus à C et se jure vengeance. En silence, il a mûri son plan. Conséquence : il tuera B, A.

C'est l'histoire d'une faute et d'une haine : incomprise, aveugle.

*

A et E terminent leur cinquième secondaire ; B, lui, a fini depuis un an. Il n'a pas poursuivi ses études. Il rêve de se trouver un vrai emploi, ou de se lancer en affaires. Or son nom lui ferme des portes, son allure, son attitude, aussi : B ne demande jamais la permission, il est libre, il est fier, il n'a pas honte de qui il est, d'où il vient. B sait qui il est. B est à prendre ou à laisser. Les employeurs sont méfiants : pas d'entrevue, ou alors pas de suivi après l'entrevue. B se sent à vif. Il en a vite marre : sourires faux, regards fuyants, hostilité voilée, mépris poli. Les emplois qu'il obtient, B les juge indignes : sondeur, camelot, plongeur. Il faut bien commencer quelque part, lui dit-on. B n'est pas d'accord, il dit mériter mieux, il mérite mieux. B démissionne après trois ou quatre jours, écœuré – parfois dès le premier jour, la première heure.

*

A aussi dit mériter mieux, mériter mieux que les maux de ventre dont il a hérité. Sa vie tourne autour de sa souffrance, de sa maladie. A ne s'imagine pas être heureux un jour. Mais A n'est pas seul : il a E, et E l'a, A. Oui, ils s'ont, ils sont cousins, voisins, quasi frères, un peu cons. E console A comme il peut.

*

A voit des médecins, il est hospitalisé de temps à autre. Il prend toujours plus de médicaments. Des stéroïdes, des immunosuppresseurs, des antibiotiques, des analgésiques. On lui prescrit des anxiolytiques pour calmer ses angoisses. Un mal de ventre en particulier l'effraie, qui provoque des crampes terribles, des crampes *froides*. A situe l'origine de ce mal à l'intérieur de ses organes, c'est impossible, mais A ne trouve pas d'autre image pour illustrer ce qu'il sent. Les médecins ne comprennent pas. On essaie plusieurs traitements. Seul un antispasmodique, de la dicyclomine en comprimés de 10 milligrammes, finit par contrôler ses douleurs. A le prendra plusieurs fois par jour.

*

B est arrivé au pays quand il avait dix ans. Depuis le début de l'adolescence, il se fait régulièrement interpeller par la police. Il sait très bien pourquoi. Quand il s'en plaint à A et E, ces derniers doutent un peu. Eux n'ont jamais eu à s'inquiéter de la police. Mais B... Ce n'est pas son teint mat, ce ne sont pas ses traits arabes, ce ne sont pas ses cheveux noirs, c'est son allure, c'est son style : il a l'air d'un pusher. L'habit bientôt fera le moine, même si B n'a au fond rien à voir avec les petits revendeurs de weed qui se tiennent près des stations de métro ou de Sophie-Barat, la grande école secondaire publique voisine du collège.

*

Le samedi, vers onze heures, A et E se rejoignent au rez-de-chaussée du Topaze. Ils prennent le train et, un quart d'heure plus tard, descendent à la gare Centrale. B les attend sur la rue Sainte-Catherine, à l'est de la rue Guy, devant un immeuble de trois étages abandonné en 1989 à la suite d'un sinistre, en brique jaune salie, plus large que haut. Il est aux alentours de midi, A, B, E traversent en catimini le terrain jonché de déchets et de blocs de béton, envahi par les herbes folles. On entre dans le bâtiment par une brèche dans la maçonnerie. L'endroit est lugubre : kiosques à friandises calcinés, amoncellements de popcorn durcis, luisants de suif, sur lesquels ils évitent de marcher, longs corridors sombres, plafonds de stuc à moitié effondrés. Ils explorent le rez-de-chaussée, jouent à cache-cache dans de grandes salles. A se plaît à escalader les squelettes métalliques de ce qui autrefois était des gradins. E disparaît dans la cabine du projectionniste et démonte les appareils, examine les mécanismes, récupère certaines pièces. B saute d'un côté à l'autre de la toile crevée de l'écran. Chaque samedi, sans mentir, A et E camouflent la vérité à leurs parents : ils disent qu'ils *vont au cinéma*.

*

C'est l'automne, sept mois avant les événements de cette

histoire. A, B, E sont assis dans l'escalier de secours du
York ; deux séries de trois cages d'escalier superposées
s'accrochent encore à la façade arrière, entièrement
rouillées. Les garçons sont moroses et se plaignent de
leur sort. E a peur pour son père, qui souffre de la sclérose en plaques, et dont un côté du corps est maintenant paralysé. Il vient d'apprendre le mot qui nomme
cet état : hémiplégie. A désespère que les gastroentéro-
logues parviennent un jour à résorber ses crises intestinales. B raconte l'impasse où il s'enlise, pas d'emploi,
pas de projet, aucune envie de poursuivre ses études.
Ses parents s'inquiètent pour son avenir et en arrachent
eux-mêmes. Pour une fois que B ne crâne pas, A l'écoute,
E aussi. Les deux cousins s'étonnent de voir B presque
vulnérable. Ce jour-là, quelque chose de muet les unit.
Ils se sentent bloqués tous les trois. A demande à E et
B s'ils ont envie d'essayer un de ses médicaments. Ça
les détendra. E et B ne sont pas contre l'idée. A ouvre
son pilulier, leur présente chaque molécule en détail, il
ne plaisante pas avec les médocs. Les trois adolescents
parviennent rapidement à un consensus : leur humeur
prescrit de l'Empracet, un analgésique narcotique qui
apaise les douleurs postopératoires. A, B, E en prennent
deux comprimés de 30 milligrammes chacun. Pour E et
B, c'est une révélation. L'après-midi s'écoule dans une
joie béate ; A, B, E déambulent au centre-ville, enve-
loppés par l'effet cotonneux de la codéine. B marche
devant, A et E le suivent, B entre dans des boutiques au
hasard, sans hésiter, même chez le bijoutier Birks, alors

qu'A et E craignent d'attirer l'attention. B se promet à voix haute d'acheter un collier de perles à sa copine. À laquelle? demande E. À toutes, répond B, à toutes! A, B, E hurlent de rire.

*

L'hiver approche. Avec la neige et le froid, ce sera moins agréable de se balader dehors des après-midi entiers. A, B, E fêtent dans la cour intérieure du cinéma abandonné leur dernier samedi de flânerie et d'oisiveté. Ils avalent leurs deux Empracet chacun. Quelques mètres plus haut, un des trois punks avachis dans l'escalier de secours les apostrophe : Vous prenez quoi, les gars? Yo, des pills magiques. Tu lévites, là-dessus, je te juuure. Les punks les rejoignent en bas. Il y a Guillaume, Riley, JP. Les deux premiers vivent dans la rue, le troisième est descendu de Trois-Rivières pour le week-end. Ça fait mal, demande E, les tatouages, les piercings? On s'habitue. A branche à son walkman un petit haut-parleur acheté au magasin à un dollar. Du Nirvana, évidemment. Les six discutent musique, et bientôt ils sont cinq à se moquer de B, le hip-hop, ça ne survivra pas à l'an 2000, et puis Cypress Hill, Mobb Deep et The Roots, c'est pour les Noirs, mon gars. Le vrai truc, c'est The Clash ou Sex Pistols, Sid Vicious qui en plein concert s'injectait du smack en utilisant le fil de sa basse comme garrot. A sort son pilulier, B le leur tend. A dit : c'est

314

cinq piastres la pilule, les gars. Vous vendez ? demande Riley. Qu'est-ce que tu penses ? répond A. On est les Chemical Brothers.

*

Le lieu de rendez-vous a changé. A, B, E se retrouvent désormais à l'entrée de la Place Vertu. Ils flânent tout l'après-midi dans les allées du centre commercial, ou alors ils traînent en bordure de l'agora à l'entrée de chez Sears, à quelques mètres d'une statue de Ken Dryden qui fascine B : Dryden, c'est l'ancêtre de Patrick Roy, et il a interrompu sa carrière pendant un an pour passer son barreau. A, B, E profitent de ces samedis de glandage pour raffiner l'opération Chemical Brothers. Chacun a son rôle à jouer. E est à la logistique, A à l'approvisionnement, B à la vente.

À la fin de la première semaine, ils finissent leurs frites dans l'agora, entourés d'emballages de burgers froissés, de cornets rouges et jaunes et de gobelets de mayo, de ketchup. A ressent le besoin de mettre quelque chose au clair.

— Il faut qu'on parle du cash.

B aspire une gorgée de coke et dépose à côté de lui son verre de carton grand format.

— On t'écoute, dit-il du ton de celui qui ne sait pas trop de quoi pourrait vouloir parler A.

— Il faut qu'on décide comment on se sépare l'argent.

— T'as besoin qu'on te fasse réviser tes maths, Farah?

— On est trois, on divise par trois, résume E.

— Je veux cinquante pour cent.

— Lèche mon cul!

— Attends, Bad, c'est vrai qu'il prend de gros risques.

— Des risques? Mais de quoi tu parles, Safi? C'est moi qui suis sur le terrain avec les bœufs pis les Bloods... Les risques, c'est moi qui les prends.

— OK, concède E, mais si on se fait arrêter, la police, elle fera pas de différence. On est trois à vendre de la –

— Pourquoi on t'arrêterait, toi? Tu le dis toi-même, avec la gueule que t'as, la police, elle te fout la paix.

— Mais tu crois que c'est légal, demande A, ce que je dois faire pour avoir le stock?

— Personne va venir t'arrêter, mauviette! Qui va soupçonner un fils à papa dans ton genre, un pauvre enfant malade?

— Qu'est-ce que t'as dit, man?

E, d'un geste des mains, intime aux deux autres de baisser le ton, comme s'il cherchait à contenir les éclats de voix dans l'espace.

— Les gars, ça suffit! Le gardien de sécurité nous a vus, je pense.

— De toute façon, dit B, je m'en fous, des risques. Tout le monde contribue. Travail égal, salaire égal. Et si je me fais arrêter, je vais assumer les conséquences.

E acquiesce, A ne répond rien, il croise les bras sur sa poitrine, l'air buté.

— Jamais je trahirai mes amis, c'est compris?

— J'ai pas dit ça.

— Mais tu y as pensé. J'aurais pas cru ça de toi.

— Ces pilules-là, elles tombent pas du ciel. Toutes celles que je vends, c'est des pilules que je prends pas.

— C'est bon, Farah, je t'ai manqué de respect, je m'excuse, OK ?

— Pour tes doses, ajoute E, je vais trouver une solution, mon frère. On deviendra pas riches à vendre juste le stock que tu mets de côté. Moi, je veux que tu les prennes, tes médocs.

A, B, E vendent peu au centre-ville, ils concentrent leurs activités au Mont-Saint-Louis, où B vient maintenant traîner à la fin des classes. A change de clinique et de pharmacie à chaque approvisionnement, selon un parcours dans l'ouest de Montréal établi par E. Au début, une prescription par semaine suffit : trente comprimés d'Empracet vendus cinq dollars l'unité. Les partenaires engrangent les profits, presque deux cents dollars par mois. A s'achète des CD, parfois même des coffrets. E lit religieusement *PC Magazine* et projette de se monter un ordinateur, pièce par pièce : hors de question de s'acheter une machine toute faite comme un profane. Quant à B, A et E ne savent pas ce qu'il advient de son pécule. B reste évasif, répond des conneries quand A ou E lui posent la question. Lui si fanfaron et grande-gueule est soudain cachottier. A et E s'en foutent pas mal.

*

317

Le mot se passe à l'école : A est une pharmacie ambulante, un vrai junkie. Il s'en vante. E en remet une couche, répète à qui veut l'entendre que le stock de son cousin a dix ans d'avance sur la rue. On a pour vous des K-pins et des xanies. Le weed, le mush, le speed, c'est BS, c'est passé, c'est pour les vieux. Le stock de son cousin, c'est *the shit*. L'avenir est aux *pills*.

*

Le petit manège dure jusqu'en mai, avec des interruptions imputables à une série d'aléas : remords de conscience, semaine de relâche, courte hospitalisation. Sinon, les affaires vont bon train, et les Chemical Brothers se font une réputation. A et E se prennent pour des caïds, parlent dans une sorte de langue codée où chaque médicament est affublé d'un nom farfelu. B semble étendre son réseau de contacts, on le voit moins souvent, il est distrait, il a le regard dans le vague.

*

Le printemps est désormais bien installé. C'est un samedi de la fin mai, les ruines du York sont redevenues le quartier général de A, B, E. Or ce matin, E a pris le train seul. Il se balade avec B dans les décombres, ils croisent des squatteurs qu'ils connaissent puis montent sur le toit et s'amusent à descendre par les escaliers de secours suspendus dans le vide.

A se comporte étrangement depuis trois jours. Le stress de la fin de l'année scolaire, sans doute. Il arrive de son côté, vers quatorze heures. Il est rempli de rancœur et de colère. Sa semaine repasse en boucle dans sa tête : son rendez-vous à l'Hôtel-Dieu, la promenade au cimetière avec C, le moment où tout s'effondre, son retour chez lui, la visite chez son médecin le lendemain :

— Comment tu te sens, mon grand ?

— Je sais pas…

— Est-ce que ça se tasse, à la maison ?

— Les audiences sont finies. Ma mère a demandé une révision. On attend le nouveau calcul.

— Tu réussis à prendre soin de toi ?

— À cause des crampes, je reste couché toute la journée. Je peux rien faire d'autre. Mais j'ai tellement mal que ça m'empêche de dormir. J'ai peur de devenir fou.

— Donc la dicyclomine ne te soulage plus ?

— J'imagine que ça aide… Je suis pas sûr.

— Mmm. On peut passer à vingt milligrammes, mais j'hésite…

— Pourquoi ?

— Tu n'as pas d'idées noires, n'est-ce pas, Alain ?

Les yeux de A se remplissent d'eau.

— Je suis juste fatigué, doc, vraiment fatigué.

— À ces doses-là, les antispasmodiques ralentissent beaucoup le transit intestinal. Si ça arrête complètement de bouger, tu dois revenir me voir, et il faudra qu'on surveille ta pression artérielle. Ça a souvent un effet sur tout le métabolisme. Il y a parfois des cas d'asthénie.

— Je vais y aller doucement.

Le médecin lui tend un mouchoir. A reprend ses esprits, après un long silence.

*

En rejoignant E et B au York, A arbore un sourire étrange, une grimace, presque un rictus. E sait que son cousin fomente quelque chose. Il aime A et lui fait confiance, aussi joue-t-il sa partition. A parle avec nostalgie de l'automne dernier, de l'après-midi où ils ont gobé ensemble leurs premiers comprimés d'Empracet, des premiers comprimés vendus. E remarque que A tremble comme s'il avait froid. A parle de leurs premiers clients punks, de l'excitation des débuts. Il dit s'ennuyer de cette époque, de ce sentiment d'inconnu. B l'écoute à moitié, il crayonne un logo sur son sac à dos avec un marqueur noir. A extrait un sachet Ziploc de sa poche ventrale, qu'il secoue devant les deux autres. B relève la tête. Sept comprimés bleus. Ça, les amis, c'est l'avenir, dit A, c'est nouveau, ça vient de sortir. E demande s'il peut tester le produit. C'est ce que A lui a dit de faire. A enlève sa casquette en guise de diversion, s'essuie le front puis remet à son cousin l'habituel Empracet. E l'avale. B dit : Yo, A, tu m'en files un, je vends rien que j'ai pas essayé, moi. A râle pour la forme. Il dit : OK pour cette fois, mais on fera pas fortune à consommer notre propre stock. B tend la paume. A y laisse tomber un comprimé de 20 milligrammes de dicyclomine. B l'avale aussitôt. A en avale un aussi.

*

A, B, E sont assis par terre dans une ancienne salle de cinéma au deuxième étage du York. A ne quitte pas B des yeux. B, le dos appuyé contre le mur, est blême, et ses tempes luisent de sueur. Trois quarts d'heure ont passé depuis que B a avalé la dicyclomine. Ça va, B ? demande A. B ne sait pas trop… Il se sent tout mou, sans tonus, presque faible. Dans son coin, E regrette de ne pas avoir posé de questions. Il n'aime pas l'air sibyllin et satisfait de A. E connaît trop son cousin pour ne pas s'inquiéter. La codéine ne l'empêche pas de réfléchir. Il sait que A prépare un sale coup. Étends-toi, dit A. Je me sens bizarre, dit B, qui s'allonge en tâtonnant, comme s'il avait peur de tomber dans le vide. A s'est relevé, il regarde B, les poings sur les hanches. Il le surplombe. Qu'est-ce que tu m'as donné ? C'est quoi, ce médoc ? A ne répond pas et sourit à B. Il marche le long du corps de B, de sa tête à ses pieds, de ses pieds à sa tête. E l'observe : ses traits sont maintenant empreints d'une rage qu'il ne lui a jamais vue. E voudrait partir, mais il comprend que c'est trop tard. A marche jusqu'à un tas de briques. Il en ramasse une et la lance de toutes ses forces en direction de B. La fenêtre derrière B vole en éclats. B à demi évanoui a un hoquet de peur. Son corps a réagi avec un temps de retard. Son visage ruisselle de sueur.

— Farah, bordel, t'es malade ou quoi?

— Toi, t'es un ostie de traître, un tabarnac de crosseur.

— Ça y est, je comprends…, dit B en essayant de se redresser sur son coude.

— T'allais faire semblant combien de temps encore?

— J'avais raison de dire à Constance de se méfier de toi.

A attrape une autre brique et la lance contre le mur en criant Ta gueule, bâtard! La brique retombe avec un choc sourd, dans une petite pluie de plâtre.

— Ça fait, Alain!

E s'approche de B et lui tend la main, mais A le bouscule, il se rue sur B. E le retient par les épaules. A, très agité, se déprend de E, il crie, il crie à s'en rompre les cordes vocales:

— Tu pensais que j'allais rester des semaines sans revenir sur ce que vous m'avez fait, toi pis elle? Tu pensais que j'avalerais ta marde sans rien dire?

— Je te laissais du temps… Je me doutais que ce serait difficile.

— Crève, mon ostie! Crève!

— Calme-toi, mon frère. Calme-toi, tu vas te rendre malade. Qu'est-ce qui se passe?

— Pis toi, Dodi, tu vas me faire croire que tu le savais pas?

— De quoi tu parles?

— Ostie que t'es mauvais menteur.

E n'insiste pas. Ils auront le temps de tirer les choses au clair plus tard. Pour l'instant, il faut s'occuper de B.

— Prends tes affaires, dit sèchement A, on s'en va d'ici.

Donne-moi pas d'ordres ! a envie de crier E. Il résiste. A a perdu le contrôle. Quelqu'un doit garder la tête froide.

— On peut pas le laisser là. Tu vois bien que ça va pas. Il est vert.

— T'entends ça, Abderramane : t'es vert ! T'en as pour un bout. Tu vas avoir le temps de penser à ce que vous m'avez fait. Sale traître, sale hypocrite. Et si t'as pas chié dans trois jours, tu demanderas à ta crisse de pédicuriste de mère de t'amener à l'hôpital... Tu vas apprendre à vivre avec ta marde, *je te juuuuure.*

A leur tourne le dos et marche vers la sortie.

— Alain, attends ! dit E. Il faut qu'on le sorte d'ici.

E se penche vers B.

— Es-tu correct, Bad ? Je sais pas ce qui lui prend, il est devenu fou.

A s'arrête net, revient sur ses pas et ramasse une brique. D'un bond, il se retrouve à califourchon sur B ; il le tient d'une main par le collet, et de l'autre il brandit la brique au-dessus de sa tête. Son bras tremble convulsivement.

— Fou ? Tu veux que je lui crisse l'ostie de brique dans la face ? Comme ça, tu vas peut-être comprendre c'est quoi, un fou ?

E n'a pas le choix : il se jette sur son cousin et le tire

vers l'arrière. Il le plaque au sol, le maîtrise. A se débat comme un possédé en crachant des injures. Tu vas te calmer, dit E d'une voix morte. Je te lâcherai pas tant que tu te seras pas calmé. Dans un soupir, A se résigne à déposer la brique. E relâche son emprise et A saute sur ses pieds.

— Je câlisse mon camp d'icitte !

E le suit du regard, hésitant, à bout de souffle. Puis il va s'accroupir près de B, il essaie de lui parler, il a presque envie de lui demander ce qu'il doit faire, mais il ne parvient qu'à bafouiller des mots sans ordre.

— Vas-y, Safi, ça va être OK, chuchote B.

— Man, je comprends rien de ce qui se passe.

— Moi, je comprends. Je t'expliquerai. Vas-y, il a besoin de toi. Je reprends ma respiration, deux minutes, et je vais y aller après.

*

C'est le jour de son mariage. A est assis sur le siège des toilettes, le pantalon baissé, la tête entre les mains. Le souvenir de cette scène lui revient, plus vif que jamais. La vitre qui se fracasse, les briques, la violence qui sortait de lui, ses cris, la silhouette ramollie de B, les yeux noirs de B, et la peur dans son visage, et dans celui de E, confus et tétanisé. A s'effondre intérieurement. Les insultes criées dix ans plus tôt à B, il les entend mot pour mot, comme si elles lui sortaient du ventre en ce moment même. Il entend les pas de E qui crissent der-

324

rière lui, dans les ruines du cinéma, alors qu'il marche vers le trou de lumière dans la maçonnerie.

*

Les cousins traversent la friche jouxtant le cinéma. A dit à E : Le crisse de chien est avec Constance depuis un an et demi. Ils ne m'ont rien dit, ni l'un ni l'autre.

E ne répond pas. Il est sous le choc, il n'arrive pas à donner un sens à ce qu'il vient d'entendre, à ce qu'il vient de vivre. A et E débouchent sur la rue Guy et tombent face à face avec trois policiers. Dix minutes plus tôt, une femme a failli recevoir la brique de A sur la tête. A détale. E, surpris, part à sa suite. Au métro Guy, la cohue les oblige à ralentir. Deux autres agents surgissent et les interceptent en pleine course. Les cousins sont poussés sur le capot d'une voiture. Les policiers leur tordent les bras dans le dos, les menottent et les embarquent.

*

A et E sont conduits au Centre opérationnel ouest du Service de police de la Communauté urbaine de Mont-réal. On confisque leurs lunettes, les lacets de leurs chaussures, le paquet de cigarettes de E, le pilulier de A. Heureusement, A a oublié son sachet Ziploc au cinéma. On les enferme dans une cellule aux murs caca d'oie, avec au centre une cuvette de toilette en acier inoxydable, sans siège. Ils ont pour compagnon un sans-abri hirsute qui urine toutes les vingt minutes. Ce dernier reste silencieux, sauf quand son regard croise celui de A. Alors il se met à marmonner des phrases incompréhensibles, dans une langue qui n'a pas l'air d'en être une, ou qui en mélange trois ou quatre. A perçoit des bribes de français, d'anglais. Le liter of milk est plus cher than the liter of fuel. A se demande comment ils vont se sortir de là. Son ventre est noué, A se tord de douleur, comme si l'adrénaline annulait l'effet de la dicyclomine. E semble encore sous l'action de l'Empracet, on dirait qu'il va s'endormir. A repense à B, qui a sans doute pu repartir du cinéma sans être inquiété par la police, lancée à leurs trousses. A n'avait pas le choix d'agir ainsi, c'est une question de respect. L'après-midi s'étire, les crampes ne se démentent pas, et à aucun moment A n'arrive à penser clairement. Il est plié en deux, comme si ce qu'il vient de vivre commençait à creuser son chemin dans ses entrailles pour s'enfouir au fond de lui. Et l'autre salaud qui s'en tire à bon compte… Le père de A se présente vers dix-sept heures. Il évite le regard de son fils quand il le découvre dans la cellule, et le ramène au Topaze en voiture, dans un silence rempli de mépris et de honte. Le père de E se fait attendre jusqu'à tard le soir, question que son fils apprenne bien la leçon. Les cousins n'auront plus le droit de se voir ni de se parler pendant trois mois. Ça ne leur est jamais arrivé. A et E n'osent pas protester. A se dit que tout ça aura valu la peine. A croit s'être vengé d'un affront. A croit normal qu'il y ait un prix à payer. Mais A se fourvoie : sur l'affront, sur la vengeance, sur le prix à payer.

*

Malgré les étourdissements et la nausée, B se relève, sort du York par la brèche dans la maçonnerie, prend le métro et rentre chez lui. Sa mère est au salon d'esthétique, et son père dort encore, il travaille de nuit. Dans sa chambre, B se défait de son sac à dos couvert de poussière de plâtre. On reconnaît le logo crayonné, même s'il n'est pas fini : le W arrondi et stylisé du Wu-Tang Clan. B se déshabille et se couche. Il s'endort presque aussitôt.

Sur la commode, un ghettoblaster. Le plateau à disque est sorti, il y a un disque dedans. C'est *The Bends*. B n'a pas détesté, surtout « Just », dont A parle tout le temps. Sur la commode, un trophée de soccer duquel pendent des médailles, un bâton d'antisudorifique et trois photos : B sur les genoux de Latifa, sa grand-mère, il porte un tricot qu'elle lui a donné, il n'a pas cinq ans ; B qui rigole avec ses amis de CM1 au lycée français, à Casablanca ; B qui se baigne avec ses cousins à la plage à Agadir. Un panier de vêtements propres attend au pied du lit. Au mur, une affiche de Pelé, une autre de Patrick Roy – du masque de Patrick Roy sur fond noir, surmonté du mot ROY. Sur la table de chevet, une lettre dépliée à côté de son enveloppe décorée d'un gros B tracé à l'encre magenta, entouré d'un cœur. On reconnaît la calligraphie de Constance Desmontagnes. Seize heures plus tard, quand il se réveille, B a retrouvé son teint, il a retrouvé son énergie. Les événements de la veille ne lui reviennent pas tout de suite. Car, pour la première fois de sa vie, il a mal au ventre, B : pour la première fois de sa vie, mais pas la dernière.

X

ÉDOUARD

ou

L'ASCENSION
DU MONT DESTIN

Le mariage

L ÉTAIT UNE FOIS UN GARÇON D'HONNEUR une femme le quittait.

Il était une fois son cousin une femme l'épousait.

Il était une fois un père mort il ne voulait pas partir.

Il était une fois un frère, une fois un sanctuaire.

Il était une fois un Safi, une fois un Farah.

Il était une fois une mère, une fois un baptistère.

Il était deux fois un mont, il était une ascension.

Il était trois fois une erreur, il était la honte et la peur.

Il était une fois deux anneaux.

Il était une fois un cœur, une fois un culte.

Il était une fois un mariage, une fois un mystère.

Il était une fois la question, jamais la réponse.

*

Créer sa propre religion… Édouard ricana. C'était une idée stupide, farfelue et déconnectée de la réalité, comme la moitié de ce qui sortait de la bouche de son cousin. On ne créait pas une religion comme ça du jour au lendemain. Et en attendant, restait à trouver une solution à leur problème de zonage, à Baddredine et lui. Pas question qu'Édouard perde cinquante mille dollars à cause de la mort inopinée d'un fonctionnaire. Baddredine semblait persuadé qu'il arriverait à négocier avec la Ville – je te jure, Safi –, mais il ne jouait pas son va-tout sur ce projet. Édouard, lui, se tenait au bord d'un précipice et, même s'il évitait de regarder tout en bas, il était conscient du vide sous lui. Il immobilisa la remorqueuse dans la première place libre près de l'escalier conduisant au parvis de la crypte. Quelle structure, l'Oratoire, quand même. Il était passé devant des centaines de fois. Son dôme culminait à quelque soixante mètres de hauteur, une information qu'avait un jour retenue Édouard, mais dont il avait oublié la source. Il ignorait si ce nombre incluait le lanterneau surmonté d'une croix qui, vue d'ici, paraissait toute petite.

— Tu fais une drôle de tête, Dodi. Je suis pas sûr d'aimer ça.

— Ça va mieux. Je sais pas pourquoi, mais ça va mieux.

— D'accord. Je vais débarquer ici, on se rejoint en dedans, c'est bon ? J'ai besoin d'être seul deux minutes.

— Pas de stress.

— Facile à dire.

Édouard serra affectueusement le bras de son cousin, qui descendit de la remorqueuse, puis grimpa deux par deux la volée de marches. En haut, un homme au costume pâle, appuyé au mur de pierre, semblait l'attendre.

14 h 54. Édouard prit une minute pour respirer. C'est important de respirer. Depuis deux jours, il ne dormait plus, convaincu que les cinquante mille dollars qu'il avait investis dans la rénovation du presbytère étaient perdus. La police d'assurance de son père, envolée. Il y avait cru, à ce premier investissement qui aurait mené à un deuxième, puis à un troisième… jusqu'au jour où il l'aurait enfin, *son* million. Il devait réfléchir, régler l'affaire du zonage, et ça se replacerait avec Ruby, elle accepterait d'emménager avec lui au presbytère. Plus besoin de s'empêtrer dans des histoires de bail ou de baux. Qui aurait refusé de devenir propriétaire d'un appartement rénové à neuf, en plein cœur de Montréal ? En « prime spot », avait dit Baddredine, le deal du siècle. Les petits commerces, le parc Laurier, les garderies et les écoles… Elle allait aimer ça, c'est sûr.

Édouard redémarra la remorqueuse. Sue lui avait tout expliqué : vous débarquez Alain au pied de la crypte, puis vous laissez la Mustang plus haut, de l'autre côté de la basilique. Édouard comptait suivre le plan à la lettre. Il roula jusqu'à un immense stationnement dont l'entrée se trouvait devant une minuscule chapelle, après un virage en tête d'épingle. Il se gara dans une parcelle d'ombre qui commençait à se dessiner à l'ouest de la basilique, dans l'espoir d'éviter que l'habitacle se transforme en fournaise durant la cérémonie. Le soleil tapait à en ramollir l'asphalte. Il descendit vers la crypte, par un sentier boisé où subsistait une certaine fraîcheur. Au bout de quelques pas, il se tâta les poches. Merde. Il retourna à la remorqueuse, ouvrit la porte côté passager, puis la boîte à gants et mit la main sur un écrin de velours bleu qui renfermait deux anneaux en or dix-huit carats, anneaux qui scelleraient, quelle rigolade, l'alliance entre Dieu et les époux. Édouard repartit. Ses pieds lui faisaient un mal de chien.

À l'intérieur de la crypte, l'homme au complet pâle le salua et lui glissa un œillet blanc dans la boutonnière.

— Suzanne vous attend avec monsieur Farah dans la sacristie de la crypte. Vous pourrez y accéder par la porte tout au fond, derrière l'autel.

Édouard hocha la tête et s'engagea dans l'interminable allée centrale en se demandant comment il ferait pour supporter ses chaussures jusqu'au soir. Il sentait s'enfoncer dans sa chair la moindre couture. Ses pieds étouffaient sous le cuir verni. Toutes ces fleurs, toutes ces boiseries, toute cette austère immensité le rendaient mal à l'aise. Alain avait utilisé le mot *chapelle* pour parler de cet endroit. Édouard ne serait jamais docteur en lettres, mais ça lui semblait abusif. Il pressa le pas devant les invités – pourquoi s'infliger ce rituel ? Lui, c'est certain, il ne se marierait jamais.

*

Édouard ne s'était jamais imaginé qu'une crypte puisse

être aussi lumineuse. Pour lui, le mot crypte évoquait un caveau. Quand il entendait Virginie ou Alain parler de la crypte, il voyait dans sa tête un lieu comme la Moria, cette ville souterraine millénaire construite par les Nains ; la Moria, cité florissante, abandonnée au Balrog dans *La communauté de l'anneau...* La sacristie baignait dans une lumière chaude que colorait un vitrail représentant Jésus enfant dans les bras d'un Joseph au sourire tendre. Un large buffet était placé contre le mur le plus long. Sur ce meuble s'élevait une statue de saint Joseph, haute d'un mètre. Des prêtres et des bedeaux allaient et venaient par une grande porte de bois massif qui faisait face à celle de la crypte. Une autre cérémonie se déroulait dans la basilique, cinq étages plus haut. Les religieux avaient peut-être besoin d'objets de culte rangés ici.

Il rejoignit son cousin, qui s'était accroupi et s'efforçait de respirer lentement et profondément. Édouard posa la main sur son épaule. De la crypte, où l'assistance patientait, leur parvenait la rumeur tranquille des voix. La porte s'ouvrit et le curé officiant entra ; il en était aux dernières étapes de sa préparation. Il s'assura que le registre et les plumes se trouvaient bien sur la table centrale. Puis il sortit d'une armoire une chasuble blanche qu'il se passa par-dessus la tête. Quelques étoles étaient suspendues à des cintres, des étoles mauves, vertes, violettes. Le curé en revêtit une dorée. Avant de retourner dans la crypte, il dit à Édouard et à son cousin qu'aux premières notes de l'orgue ils devaient le rejoindre. Plus que cinq minutes et le mariage commençait.

— Ça va être à nous, mon frère, dit Édouard.

— Ouais, soupira Alain.

— Prêt pour le grand moment?

— C'est pas ça –

— Moi, j'ai déjà mal aux pieds… Je porte jamais ce genre de chaussures.

— C'est quand même plus confortable que des caps d'acier.

— Elles me serrent. Et puis, c'est confortable, des caps d'acier, tu sauras.

— Tu fais de la rétention d'eau?

— Tu crois?

— J'en sais rien.

— Ça va pas, toi.

— J'ai un point qui veut pas s'en aller.

— Ça va passer dans le temps de le dire. Laisse-toi aller, suis le mouvement. Tu vas voir, c'est assez rodé, comme show, un mariage.

— Dodi, je pense que je commence une crise.

— Regarde-moi, mon frère. Tu te maries avec la femme que tu aimes. Concentre-toi sur elle, sur son visage. Oublie la famille, oublie les autres invités.

— Je sens que je vais craquer, c'est plus fort que moi.

— Respire. La cérémonie va durer, quoi, une demi-heure? Après, c'est la fête, votre voyage… Tu vas enfin voir l'Égypte, chanceux.

— Je respire, je respire, ça sert à rien. Je pense que c'est une crise de panique. Je me sens vraiment pas bien. J'ai peur de m'évanouir. J'ai mal au cœur, j'ai la poitrine écrasée. C'est comme des vagues qui montent. J'ai peur.

— C'est seulement le sang qui circule dans tes veines.

— Je sais pas ce qui va lâcher en premier, mon cœur ou mon ventre. Je dois aller à la toilette.

— Regarde-moi dans les yeux, Alain.

— Je te regarde, je te regarde.

— Mets-toi sur le pilote automatique. Arrête de penser.

— C'est pas si simple.

— Tu as assez fait de crises de panique dans ta vie pour savoir qu'il arrive jamais rien, non?

— Ça faisait longtemps, je croyais que j'étais débarrassé. Mon cœur bat tellement vite.

— Tu te souviens de mes hamsters?

— C'est quoi, le rapport?

— Quand je t'entends parler de tes crises de panique, je pense toujours à ça.

— À quoi?

— À toi qui flippais à cause du poil qui te poussait dans le visage.

— Et le lien avec les hamsters?

— Tu te rappelles pas? Mon père t'avait surpris devant le miroir avec la pince à épiler de ma mère.

— Comment oublier...

337

— Tu lui avais dit que tu avais peur de ressembler à Dodo et Grenade.

— Je panique vraiment, Dodi. Je comprends pas pourquoi tu me parles de ça. C'est qui, Grenade et…

— Mes hamsters, c'est ça que je t'explique !

— Pas du tout, tu leur avais donné des noms de Hobbits.

— Voyons, Alain, j'avais treize ans. Je savais pas c'était quoi, un Hobbit.

— Tu l'as lu à quel âge, *Le Seigneur des Anneaux* ?

— Ben, je l'ai jamais lu.

— Dodi, c'est vraiment pas le moment de me jouer dans la tête.

— Je l'ai pas lu, c'était trop plate.

— Comme tu veux. Peu importe.

— Tu étais obsédé parce que tu commençais à avoir beaucoup de poils sur le visage. Tu parlais de ça tous les jours, sans arrêt.

— C'est des mauvais souvenirs, ça.

— Tu passais ton temps devant le miroir à angoisser. Tu disais que bientôt, t'en aurais dans les yeux. Ça a empiré quand Godin t'a traité de Tamoul. «Si ça continue à pousser, tu vas être pire qu'un chameau…» Connard. Ça a mal viré pour lui, en tout cas. Je pense qu'il est en dedans, à Bordeaux ou à Pinel, je sais plus.

— Ton père, quand il m'avait vu avec la pince à épiler, il s'était mis à me crier dessus comme un malade.

— «T'es une fille, ou quoi ?» T'avais pleuré.

— J'étais terrorisé, j'ai tremblé jusqu'au lendemain.

Il avait appelé ma mère pour lui dire que j'étais gai, que j'étais une fille, qu'ils pouvaient pas laisser passer ça.

— Lui, c'est ça qui l'obsédait, qu'on soit gais, que son fils soit gai... Il voulait que je devienne un homme. Je me demande si c'est pour ça qu'il me frappait. Pour m'endurcir...

— C'était vraiment un maniaque, ton père.

Édouard posa d'un geste sec l'écrin bleu sur le buffet et mit un genou à terre pour desserrer les lacets de ses chaussures. Un maniaque, son père? D'accord, ce n'était pas quelqu'un de facile, mais il avait aimé sa famille et il avait fait de son mieux.

— Écoute, Alain, il est mort, là, dit Édouard toujours agenouillé, la tête baissée sur ses chaussures. Alors on en parle plus, OK? Personne sait ce qui se passait dans son cerveau à ce moment-là.

Il se releva d'un coup, avec trop de brusquerie, et des points lumineux dansèrent devant ses yeux. Il s'appuya au buffet, étourdi.

— Il avait pas déjà commencé les traitements?

— Il les a eus après, on était en secondaire quatre ou cinq. Peut-être que ça l'aurait aidé si on l'avait dépisté plus tôt. On a compris trop tard que c'est la sclérose qui le rendait violent.

— Je suis désolé, Dodi. Ce que je voulais dire, c'est que ton père était impulsif.

Édouard donna une longue accolade à son cousin. Il ne lui en voulait pas. Il voyait bien qu'il était plus nerveux que jamais.

Quand l'orgue libéra ses premières notes, Alain se défit de l'étreinte d'Édouard en laissant échapper un sanglot et se ressaisit tout de suite.

— OK, mon frère, on y va, dit Édouard, c'est le temps d'aller se marier.

Alain passa le premier et ils rejoignirent le curé devant le chœur. Le coup de quinze heures avait sonné. Après une dernière poignée de main, chacun serrant l'avant-bras de l'autre, Édouard chercha sa place du regard. Seules les dix premières rangées étaient occupées alors que la crypte en comptait facilement quatre à cinq fois plus. Pour créer un peu d'intimité, Sue avait fait poser sur la onzième rangée d'énormes bouquets de fleurs, devant lesquels les cent cinquante invités étaient donc assis. Édouard descendit de l'estrade par les trois marches de marbre en prenant soin de ne pas trébucher. Il n'avait pas envie de se ridiculiser devant tous ces gens n'ayant rien d'autre à faire qu'attendre et discuter entre eux à voix basse. Édouard détestait être le centre de l'attention. Une autre bonne raison de ne pas se marier. Alain, lui, adorait se mettre en scène... en temps normal. Mais aujourd'hui, ni l'un ni l'autre ne serait le centre d'intérêt. L'important, c'était la mariée. La mariée, puis les membres du cortège. C'est eux que les invités désiraient voir s'avancer dans l'allée, chacun leur tour, la demoiselle d'honneur, les parents du marié, la mère de la mariée. Première rangée, deuxième... ah ! Ruby était là. Édouard plissa les yeux de manière à ce que la masse des visages de ses tantes aux robes flamboyantes et de ses oncles en complet aux teintes plus sobres ne devienne qu'un sfumato inoffensif. Il se faufila aux côtés de Ruby, prit une grande respiration et la regarda. Elle avait les yeux rougis et semblait fatiguée. Il essaya de décoder l'expression de son visage, une sorte de tendresse mélancolique. Il eut envie de s'excuser, mais se retint. Il essaya de se détendre.

Édouard observait les voûtes, qui réverbéraient discrètement la musique quand cette dernière résonna avec une puissance qu'on ressentait dans son corps même. Jakobson, l'homme au complet pâle, était installé à l'orgue Casavant, opus 708. Il venait de lancer le programme principal. C'était le moment, le cortège allait apparaître. Sur les premières mesures de l'*Air sur la corde de sol*, de Bach, Myriam descendit l'allée, suivie de Shafik Farah, d'Agathe Pellerin-Wise et de Yolande Safi. Ils prirent place dans la première rangée. Jakobson joua encore quelques mesures de la pièce de Bach. Avant d'enchaîner, comme c'était prévu, avec le *Chœur des fiançailles* de Wagner, il se permit une petite improvisation fantaisiste dont la progression d'accords rappela à Édouard des séquences épiques, une succession de notes venteuses et verdoyantes. Édouard dans sa rêverie entendait de la flûte de pan… Il prit la main de Ruby. Les émotions qui l'étreignaient provenaient d'un passé lointain. Il oubliait que, quelques heures plus tôt, il avait merdé dans des proportions monumentales, il oubliait que Ruby et lui s'étaient engueulés la veille et à nouveau en matinée, et qu'elle le quitterait sans doute,

il en oubliait presque que son père était mort. Il imagi-
nait des collines recouvertes d'arbres touffus et des chau-
mières, chacune surmontée d'une fine volute de fumée.
Il se souvint de cette scène, coin Saint-Denis et Émery,
tous ces gens qui faisaient la file, costumés en mages, en
guerriers, en elfes, ou en créatures encore plus impro-
bables. La curiosité d'Édouard avait été piquée et, dans
les jours qui avaient suivi, il était allé voir *La communauté de l'anneau* au cinéma Quartier Latin. Les spec-
tateurs qui patientaient à la billetterie étaient encore
nombreux. Vous n'avez pas de costume, avait-il osé
dire au couple devant lui. Non, ça, c'était juste pour
la première. La première? Ils avaient déjà vu le film
deux fois. Trois heures plus tard, Édouard était ébloui
et remué, sans comprendre exactement comment le
film avait agi sur lui, ou qu'est-ce qui avait agi : moins
son propos que sa mécanique, ou sa forme, aurait dit
Alain. Il y avait quelque chose à apprendre là, à transmettre à son cousin. Au sortir du cinéma, Édouard avait
mis pour la première fois le pied dans une librairie et
s'était acheté à fort prix une édition illustrée de la tri-
logie de Tolkien, mille deux cent quatre-vingts pages,
un livre de deux kilos qu'il avait traîné partout pendant des années. La musique s'était tue. Sous la tribune
d'orgue apparurent Virginie, dans une longue robe sans
bretelles blanche cintrée à la taille, et son père, dans un
smoking parfaitement coupé. Une fraction de seconde,
Édouard vit en Virginie Galadriel, diadème en moins.
C'est alors qu'une pensée déchira son esprit, comme

une épée s'insère entre les pièces de l'armure et trans-
perce le cœur : merde, les anneaux !

*

Les oreilles d'Édouard se bouchèrent, il sentit le sang
quitter son cerveau et gorger ses pieds. Il crut que ses
chaussures allaient exploser. Il vacilla et se retint au dossier du banc d'église devant lui. Il ne voyait plus Virginie,
ni l'orgue, ni les bouquets de fleurs. Seulement la lumière
tombant des vitraux comme une fine poussière miroitante. Et, en surimpression, cet écrin de velours bleu
royal qu'il avait oublié sur le buffet dans la sacristie. Tout
son être se révoltait contre cette idée. Il ferma les yeux.
C'était pourtant vrai. Il avait laissé l'écrin de velours
bleu sur le buffet quand il s'était penché pour délacer
ses chaussures. Il rouvrit les yeux. Virginie, au bras de
son père, finissait de descendre l'allée au rythme de
la marche nuptiale. Il jeta des regards désespérés vers
son cousin et le curé. La porte de la sacristie ne se trouvait qu'à quelques pas, derrière l'autel. Pouvait-il interrompre le début de la cérémonie ? Il n'arrivait pas à s'y
résoudre. Que lui, Édouard, perde la face importait peu.
Mais son cousin ne le lui pardonnerait pas. Il avait vu
l'état d'Alain quand ils étaient entrés dans la crypte, à un
cheveu d'une attaque de nerfs qui passerait à l'histoire.
Il réfléchissait à toute vitesse, espérait un miracle. Son
cœur s'emballa. Ses pensées se dispersèrent, les mots le
fuirent et avec eux la logique, le bon sens. Il devait agir,

et vite. Faisait-il une crise de panique ? Quelle ironie. La sueur lui dégoulinait dans le cou ; il avait l'impression que son cuir chevelu était en feu. Exactement comme quand Baddredine lui avait annoncé la mauvaise nouvelle, deux jours avant. Les fonctionnaires avaient été catégoriques : le presbytère ne changerait pas de vocation. C'était zoné culte, point final. Édouard s'en voulait atrocement. L'héritage de son père. Ce n'était ni la guigne ni le mauvais œil. C'était lui, le problème, ça avait toujours été lui. Et maintenant encore, c'était lui. Il avait oublié les anneaux dans la sacristie parce qu'il était un incapable. Il n'avait jamais su comment faire les choses *bien.* Les émotions qui l'envahissaient, par contre, il les connaissait *trop bien,* le sentiment de ne plus vouloir être soi-même, la honte d'être prisonnier d'un esprit et d'un corps inaptes. Combien de fois l'avait-on traité de petit gros, de bon à rien ? Nul en sport, choisi par aucune équipe, moqué. Ça avait été foutu dès le départ. Édouard se sentait sur le point de s'effondrer, et son malaise, son inconfort, son anxiété étaient terribles, d'autant plus terribles qu'ils dissimulaient de la colère – ou une émotion plus effrayante encore. La tristesse, peut-être. Ressaisis-toi, se dit-il. Son cousin avait raison. Ce n'était pas complètement de sa faute. Avec un père moins irascible, moins malade, et une mère plus présente, sa vie aurait été différente. Il n'avait pas à se sentir coupable. Il ne devait pas non plus s'apitoyer sur lui-même. D'autres que lui avaient connu un sort bien pire. Son oncle Shafik lui dirait : je me regarde, je me

désole ; je regarde les autres, je me console. Édouard
se jura de se reprendre en main. Mais d'abord il devait
récupérer ces fichus anneaux. Il cligna des yeux, il était
de retour dans la crypte. Virginie se tenait devant l'autel.
Tom et Alain se serraient la main, ils rigolaient. La cérémonie commencerait d'une seconde à l'autre, et Alain
et tout le monde se rendrait compte que les anneaux
manquaient. Édouard ne pouvait retourner dans la
sacristie par où il en était sorti, c'était impensable. Un
autre chemin existait forcément. Réfléchis, Édouard.
Oui. Il se rappela la deuxième porte, la grande porte
de bois massif par laquelle il avait vu aller et venir
prêtres et bedeaux. Tout le monde regardait Virginie.
La crypte était orientée est-ouest, la sacristie était au
sud de la crypte... Édouard embrassa Ruby sur la joue,
s'excusa et s'élança dans l'allée centrale – direction est –
dépassa les bouquets de fleurs de la onzième rangée,
puis s'engouffra derrière, filant vers le sud par la dou-
zième. Il aboutit face à une porte, qu'il ouvrit. Elle était
surmontée d'une fresque illustrant la mise au tombeau
de saint Joseph. Un saint Joseph encore vivant l'ac-
cueillit, triomphant, juché très haut sur un piédestal.
Mais qu'est-ce que c'était que cet endroit ? Il regarda à
gauche, à droite – à l'est, à l'ouest. La pièce, peu profonde mais très large, presque autant que la crypte était
longue, était éclairée par une mer de bougies rouges
ruisselant de chaque côté du saint Joseph, qu'un puits
de lumière peint aux couleurs du ciel inondait de soleil.
Devant la statue, un agencement de bougies rouges et

blanches formait les mots SAINT JOSEPH PATRON DE L'ÉGLISE, PATRON OF THE CHURCH. La sacristie se situait à l'ouest, à la droite d'Édouard. Pas de temps à perdre. Mais comme il allait se remettre en marche, il remarqua que deux entrées s'ouvraient de chaque côté du chandelier principal, sous l'immense piédestal de la statue. Elles donnaient sur une antichambre en demi-cercle creusée, si la carte mentale d'Édouard était juste, à flanc de montagne. Il s'y glissa. Sur un comptoir, le buste d'un vieil homme aux joues creusées le regardait, les yeux plissés comme s'il essayait de lire au loin l'ins-cription sur un panneau de signalisation. Édouard n'au-rait pu dire s'il avait l'air triste ou simplement pensif. À côté s'étalait un assortiment de brochures. Édouard en prit une, ses yeux coururent sur les mots sans qu'un sens immédiat lui apparaisse. Il la fourra dans la poche de sa veste. Les anneaux. Concentre-toi, nom de Dieu. Il fit demi-tour et se figea devant un tombeau de granit. *Frère André CSC. Congregatio santa cruce.* Ça ne l'avan-çait en rien, mais c'était beau.

*

L'histoire ne dit pas si Jean Bessin fait le signe de croix au moment où son pied foule le sol de la Nouvelle-France, en l'an de grâce 1673. Le nom Bessin signifie « plantation de bouleaux » en langue d'oc ; l'homme Bessin, quelques années plus tard, possédera huit arpents labourables et trois bêtes à cornes dans la région de Chambly. Sa lignée cultivera la vallée du Richelieu pendant plus d'un siècle. De cette lignée naît en 1807 Isaac Valentin Bessette. Il sera menuisier. Isaac Valentin prend pour épouse Clothilde Foisy, femme de foi qui met au monde dans la douleur treize enfants. Alfred, son huitième, est de constitution fragile ; il ne digère rien. En 1855, Isaac abat un orme dont il compte vendre le bois pour nourrir sa famille. Mais l'arbre lui tombe dessus. Après la disparition de son mari, Clothilde se réfugie dans la prière. Elle suit à la lettre le mandement de monseigneur Bourget : elle se consacre à saint Joseph, le prie avec dévotion, mais meurt de la tuberculose trois ans après son mari. Alfred se retrouve orphelin à treize ans, une tante le prend chez elle, à Farnham. Il pratique de petits métiers : bûcheron, ferblantier, forgeron, cordonnier. Analphabète, il peut à peine signer son nom. Cela ne l'inquiète pas. Pas besoin d'étudier pour aimer le Bon Dieu ! La grande pauvreté où il vit n'a d'égale que sa piété. Il s'adonne à des mortifications : il dort sur un matelas très dur, marche dans la neige pieds nus. Il porte en permanence un cilice ; il se l'est fabriqué avec des mailles de chaîne rouillées et du fil de fer récupéré dans une grange à l'abandon. Il prie sa mère du matin au soir, elle qui reste près de lui, le protège, le défend contre le vaste monde devant lequel il se sent si petit, et qui change si vite.

Les difficultés économiques, le développement de l'industrie, la fin de la guerre de Sécession convaincront Alfred Bessette, ainsi que tant d'autres Canadiens, de prendre la route du sud. Il s'installe au New Hampshire, où il sera manœuvre et vivotera pendant quatre ans, avant de rentrer au Canada. Le curé de Saint-Césaire l'embauche comme palefrenier. On le voit souvent prier de longues heures dans les granges. On le croit fou. Le curé appuie son entrée en religion même s'il n'a ni l'instruction ni la santé pour être prêtre, et le présente au frère supérieur du Collège des frères de Sainte-Croix, à Saint-Césaire. Il est accepté au noviciat. On remarque son esprit de foi, son humilité. Il a tout du bon novice, mais sa santé l'empêche de prononcer ses vœux. Cela n'inquiète pas ceux qui le défendent. S'il est incapable de travailler, il saura prier.

*

Édouard avait ramassé parmi les brochures un plan de l'Oratoire, sans doute oublié par un touriste. La chapelle aux lampions – elle en comptait dix mille – était dite *votive*. La sacristie se trouvait à deux pas. Il sortit de l'antichambre. Face à lui, sur un pan de mur haut de plusieurs mètres, s'accumulaient en rangs serrés de longs bouts de bois très minces. Édouard mit quelques secondes à comprendre ce qu'il voyait. C'étaient des béquilles. Des centaines, des milliers de béquilles, des béquilles au vernis patiné, des béquilles alignées les unes contre les autres, rangée par-dessus rangée, du plancher au plafond. Des ex-voto offerts par les miraculés du frère André. Des malades, le frère André en avait guéri. Des gens qui souffraient de maux d'estomac, de maladies des yeux, du cœur, des gens qui avaient des bosses à la tête, la méningite parfois, des otites, des névralgies, la gangrène, la carie des os. Il avait guéri le tétanos, des furoncles, des hernies, des pneumonies, des phlébites, des occlusions intestinales, des problèmes de vésicule biliaire et des anémies graves. Une intuition s'éveilla dans l'esprit sous tension d'Édouard, un réseau de signes, de prémisses muettes. Il traversa la chapelle votive, parcourut dix mètres à grands pas légèrement indécis, puis s'arrêta devant une imposante porte de bois : une affiche plastifiée indiquait SACRISTIE. Il soupira de soulagement. Il n'avait donc pas tout gâché, ce n'était pas trop tard. Il expliquerait qu'il avait dû s'absenter pour aller d'urgence aux toilettes. Alain comprendrait. Ça ferait bien rire les gens au cocktail. Il agrippa la poignée : ça ne tournait pas. Impossible. Il essaya dans l'autre sens : c'était verrouillé. De découragement, il tapa sur la porte, avec le plat de la main, d'un coup léger. Il suait abondamment. Il donna un nouveau coup, plus fort. Le bois massif rendit un son sourd. Il se sentit sur le point de perdre le contrôle, il allait frapper comme un forcené sur la porte. Il pensa à son père, prompt aux emportements rageurs, il pensa aux problèmes que ça lui avait causés, aux gens qu'il avait blessés, aux regrets qu'il n'avait pas su exprimer. Édouard se domina in extremis, expirant longuement, la paume à plat sur la porte. Ouvrez ! appela-t-il tout bas. Il avait besoin d'aide. Mais il n'y avait personne, ni

au kiosque des bénédictions ni au kiosque des consultations. Il était seul, comme souvent il l'avait été, comme
toujours, comme depuis le début de sa vie. Une mère
absente et un père inadéquat. Un petit gros à l'écart,
dans un coin de la cour d'école, qui empilait des pyramides de cailloux. Il regarda autour de lui, et continua
plus loin dans le corridor, s'arrêtant devant d'autres
portes, tournant chaque poignée, toutes verrouillées.
Il était pris au piège : il s'était piégé lui-même, sa stupidité, sa confusion mentale l'avaient piégé. À cette
heure, le mariage était peut-être déjà gâché. Édouard se
mit à faire les cent pas dans le corridor en s'accablant
d'injures entre ses dents. Imbécile, tête de nœud, agrès,
faux frère. Puis il reprit le plan, étudia la configuration
des lieux en tournant sur lui-même pour s'orienter. Il
essayait de se raisonner, de penser clairement, mais
son cerveau bloquait encore, comme enrayé. Il était
pris au piège, prisonnier de son esprit, d'un espace circulaire sans issue. Si on le lui avait demandé, il n'aurait pas su dire quel problème il tentait de résoudre,
ni nommer tous ses autres problèmes, où ils commen-
çaient, où lui finissait. Je suis un incapable. Je suis un
homme mort. De retour devant la porte de la sacristie,
il avisa un escalier mécanique étroit au bout du corridor. C'était un escalier descendant. Édouard s'élança
sans réfléchir et le gravit à contresens, jusqu'au deuxième. Ses pieds lui faisaient mal, ils enflaient, dam-
nées chaussures. Tout partait de ces foutues chaussures.
Il avait posé l'écrin de velours bleu sur le buffet quand

il s'était penché pour délacer ses chaussures et l'avait laissé là. Comment avait-il pu faire ça ? À bout de souffle, il marcha jusqu'au fond du corridor. Trois portes fermées, avec pour seule mention, sur celle du milieu : DEUXIÈME ÉTAGE / ACCÈS LIMITÉ. À gauche, une cinquantaine de marches menaient à l'étage suivant. Édouard s'appuya contre le mur vert-de-gris. Il baissa la tête, comme absorbé par le terrazzo, les fragments de marbre et de pierres colorées. Allez, secoue-toi, trouve quelqu'un. Par l'interminable escalier, il monta d'un autre étage. En haut, il trouva le soleil, qui éclairait d'une lumière vive des stands de cartes postales et des présentoirs où étaient disposés chapelets, médailles et statuettes autour d'un modèle réduit de l'Oratoire. Édouard regarda par la grande fenêtre. En bas, le parvis et les deux cent quatre-vingt-trois marches semblaient s'éloigner en se ratatinant en plis de plus en serrés, comme la manche d'une chemise qu'on retrousse. Au loin, le collège Notre-Dame. Une voix derrière lui interrompit sa contemplation. Il se retourna. Une religieuse venait de lui apparaître, postée derrière un kiosque. Ébloui par le soleil, il ne l'avait pas vue en entrant dans la pièce. Il s'approcha pour lui parler. Elle lui souriait. Ses iris étaient blancs, son regard, vide. Elle était aveugle. Elle lui demanda s'il cherchait un souvenir en particulier. Non, merci, aucun souvenir, mais saurait-elle qui pouvait lui ouvrir la sacristie de la crypte ? Peut-être avait-elle la clef elle-même ? Sans marquer de surprise – elle ne discontinuait pas de sourire –, elle répondit qu'elle regrettait. Elle ne pouvait pas quitter son poste. Le samedi, l'Oratoire débordait de touristes. Il est vrai qu'aujourd'hui, c'était étrangement calme. Une grande cérémonie se déroulait à la basilique ; un petit mariage avait même lieu dans la crypte. Une grande rareté, ça, monsieur ! Justement, répondit Édouard, il était le garçon d'honneur et il avait un grand souci. Un souci avec les anneaux. Elle pouvait l'aider. Elle pouvait le sauver, même. Elle eut un petit rire cristallin. Il la supplia de lui indiquer, s'il vous plaît, madame, où il devait aller pour obtenir de l'aide. Essayez au quatrième, jeune homme. Mais j'ignore qui a les clefs, le samedi. Le quatrième, c'est l'étage du frère André. C'est l'étage de son cœur. Édouard la remercia et décida de tenter sa chance. Il grimpa, en grimaçant de douleur, la volée de marches menant au quatrième, rempli d'espoir, avec l'impression de dépenser ses ultimes énergies pour atteindre le sommet du mont Destin. L'espace s'ouvrait sur un large corridor dont le mur de droite abritait une succession de petites vitrines présentant des objets hétéroclites : la maquette d'une modeste chaumière, des photos en noir et blanc de paysans, des chapelets, un encensoir, des statues de Jésus et de Marie. Une cloche antique d'une cinquantaine de centimètres de diamètre occupait l'angle de la pièce. De ses jointures Édouard cogna sur sa panse. Un alliage de fer, de carbone, de graphite, peut-être, œuvre d'un forgeron des siècles anciens. Édouard eut la vision du métal en fusion qui coulait du creuset jusqu'à un moule percé de deux trous en cercle, minuscule et ensorcelé. Les mots de Galadriel lui revinrent :

Trois Anneaux pour les rois des Elfes sous le ciel,
   Sept aux seigneurs des Nains dans leurs salles de pierre,
Neuf aux Hommes mortels voués à trépasser,
   Un pour le Seigneur Sombre au trône des ténèbres
Au pays de Mordor où s'étendent les Ombres.
   Un Anneau pour les dominer tous, Un Anneau pour les trouver,
   Un Anneau pour les amener tous et dans les ténèbres les lier
Au pays de Mordor où s'étendent les Ombres.

*

Alfred Bessette prononce ses vœux en 1874. Il a vingt-huit ans. Il prend le nom de frère André. Ses supérieurs font de lui le lampiste et le barbier de ses collègues. Quand la congrégation de Sainte-Croix inaugure le Collège Notre-Dame à Côte-des-Neiges, le frère André devient infirmier et coiffeur des enfants qui fréquentent l'établissement. De plus en plus, le frère André intrigue. À peine est-il nommé portier du collège qu'on remarque ses talents de guérisseur. Le mot se passe : il a guéri le frère Aldéric, qui s'était blessé à la jambe. Il a appliqué de l'huile sur la plaie et la blessure a disparu. Les malades se présentent à l'entrée du collège pour voir cet homme à la fois si simple et si mystérieux. En 1890, tout le monde est au fait de ses dons. Mais la présence des malades indispose les parents d'élèves.

Nombreux sont ceux qui le désignent de noms infamants. Charlatan. Frotteux. Les plaintes s'accumulent chez les supérieurs. Le médecin du collège le dénigre avec mépris : frère graisseux, qu'il reçoive ses malades dans l'abri du tramway ! Le frère André obtempère et déménage dans une aubette construite par le collège en 1901, sur le chemin Queen-Mary. Les patients continuent de venir, malgré le froid et l'inconfort. Le frère André sait que la situation est temporaire. Il a un rêve, une vision : ériger sur la montagne une chapelle dédiée à saint Joseph. À l'époque, cette partie du versant nord-ouest du mont Royal est entièrement boisée. Les frères de Sainte-Croix s'en portent acquéreurs en 1896 et lui donnent un nom prédestiné : parc Saint-Joseph. On envisage d'y exploiter une carrière, ou un sanatorium. Le frère André y fait de longues promenades. Dans ses poches, il emporte des médailles dédiées à saint Joseph et les enterre au pied d'un érable ou d'un bouleau. Il recommence le lendemain. Et le jour d'après. Il recommence. Il rayonne. Il sait qu'un sanctuaire verra le jour sur cette montagne.

Le frère André se consacrera corps et biens à la création de l'Oratoire et aplanira tous les obstacles pour que sa vision se réalise : chaque fois qu'il coupe les cheveux d'un élève, il met de côté les cinq sous qu'il reçoit pour financer la construction de sa chapelle ; s'il apprend que le père d'un enfant peut fournir du bois, abattre un arbre, niveler le terrain ou le chemin, il n'hésite pas à lui demander de l'aide. La chapelle d'origine, qu'on inaugure en 1904, peut recevoir une dizaine de personnes. Elle est accessible par temps chaud seulement. En hiver, le froid et la neige rendent impossible l'ascension.

Le culte de saint Joseph est ancré dans les mœurs des Canadiens français depuis longtemps. Une rumeur circule, voulant que le frère André soit en lien direct avec lui. C'est ce qui expliquerait ses miracles. Dès 1907, la fabrique de la paroisse de Saint-Laurent transfère une relique sainte dans le petit oratoire. Un morceau du manteau du père de Jésus s'ajoute aux dizaines de béquilles montrées en ex-voto. Les pèlerins affluent : fin 1908, il faut agrandir. On bâtit une nouvelle chapelle, chauffée, éclairée, au bout d'un trottoir de bois praticable toute l'année. Désormais, le frère André se consacre uniquement à l'Oratoire, il en devient le gardien. Les pèlerins s'organisent et se multiplient. Bientôt, il y en aura trop, bientôt ils seront aussi nombreux qu'à Lourdes ou à Montmartre. En 1914, on prévoit la construction d'une crypte assez grande pour accueillir mille personnes. On l'appelle *crypte* car elle constituera les fondations de la future basilique. Elle est inaugurée en 1917.

*

Édouard lisait en diagonale les cartels explicatifs apposés sur le mur à côté des trois scènes grandeur nature reconstituant des lieux importants de la vie du frère André. Il ne s'attarda pas sur sa loge de portier ni son bureau à l'Oratoire, gêné par le réalisme des statues de cire à l'effigie du religieux. En revanche, le lit vide où s'était éteint le frère André produisit en lui une émotion puissante. Une émotion puissante et confuse, une tristesse profondément enfouie qui, en essayant de se manifester, réveillait une autre émotion, la culpabilité, qui en réveillait encore une autre, la colère, et encore une autre, le soulagement. Que faisait-il là ? Il avait oublié les anneaux de mariage dans la sacristie de la crypte quand il s'était penché pour délacer ses chaussures. Il cherchait une clef, une manière de réparer son erreur. Il avait oublié l'écrin sur le buffet. Il s'était penché brusquement après qu'Alain avait traité son père de maniaque – Édouard rougit, ses yeux se mouillèrent, il grimaça. Il n'allait pas pleurer, ce serait trop con. Il eut envie de foutre le camp. Il avait oublié l'écrin sur le buffet parce qu'Alain, sous le coup de l'angoisse, avait été cruel. Au nom de quoi tolérait-il cela ? Édouard regarda autour de lui. Que faisait-il là ? Il chassa les mauvaises pensées, regretta de s'être mis en colère contre son cousin, son cousin qui se mariait aujourd'hui. Sous le coup de l'angoisse, Alain avait parlé trop vite, il avait traité de maniaque le père d'Édouard, qui s'était penché pour délacer les chaussures maudites qui le blessaient. Édouard avait posé sur le buffet l'écrin de velours bleu, et dans l'écrin se trouvaient les anneaux, et en se relevant Édouard avait oublié sur le buffet l'écrin et les anneaux. Ça s'était déroulé comme ça. Il frémit. Il avait compris. Que se passait-il en lui ?

Un manque, une absence qui avait toujours fait partie de sa personne, un vide familier se remplissait. Il était comme hypnotisé par quelque chose qui parlait juste sous la surface du langage. Il était impuissant à dominer le mouvement de sa pensée et de ses émotions. Il sentit ses transports se déposer sur les objets d'époque qui reconstituaient les dernières heures du frère André. La chaise berçante en osier, le crucifix de bronze, la crédence de bois surmontée d'un miroir terni par les années, chaque objet serrait la gorge d'Édouard, chacun non plus fait de bois, de bronze ou d'osier, mais de tristesse, de colère, de désolation. Malgré lui, Édouard lut le cartel explicatif. Le frère André était mort à Notre-Dame-de-l'Espérance, à un jet de pierre du Topaze, à la lisière du Petit Liban. Étrange, quand même. Édouard fit un pas de côté, laissant son esprit dériver, son regard s'appesantir sur d'autres artefacts. Il était attentif et distrait, ému. Il se perdit dans la contemplation des lunettes, des soutanes, des missels, des médailles miraculeuses. Puis il eut une pensée claire : les objets du quotidien devenaient des reliques sacrées. La clef était là. Édouard sortit de sa torpeur, comme si un charme s'était rompu et que sa lucidité lui était rendue. À l'heure qu'il était, le mariage de son cousin était gâché. Il se sentait coupable et repentant. Mais une force plus grande l'empêchait de redescendre défait vers la crypte. Cette force l'éclairait, il refusait de s'avouer vaincu. Il avait commis une erreur, mais sur un autre plan, plus élevé, plus vaste, il allait se racheter. Le moment de révélation arrivait. Deux portes en fer forgé l'invitaient, ouvertes comme les bras d'un père aimant. Une lumière rouge sang qui émanait d'un boîtier l'attira. Édouard sentit en lui la tension s'apaiser. Il comprit. Ce n'est pas sans raison qu'il avait oublié les anneaux dans la sacristie, que la grande porte de bois dans le corridor avait été verrouillée, que ses pieds le faisaient souffrir, qu'Alain avait insulté son père. Il reconnaissait les signes, maintenant. Il devait monter vers le cœur de la consolation et entendre l'appel du destin. Face au cœur du frère André, Édouard avait trouvé son précieux.

*

Lorsque le frère André Bessette meurt, le 6 janvier 1937, à minuit cinquante, c'est une légende du Canada français qui va rejoindre son Créateur. Une folie collective gagne la province de Québec. Le corps, qui n'est pas embaumé, sera exposé pendant six jours dans la crypte de l'Oratoire. La crypte restera ouverte jour et nuit. On fait la file pendant des heures pour voir le corps. On arrache au défunt des cheveux, on déchire des morceaux de sa soutane. Des centaines de policiers se relaient pour assurer sa surveillance. Des trains sont affrétés depuis plusieurs villes américaines. Ils transportent à Montréal près d'un million de fidèles. Il faut six heures pour franchir un demi-kilomètre de file d'attente. Un milliardaire fait l'aller-retour en avion à cinq reprises, emmenant chaque fois six personnes. Huit confessionnaux fonctionnent en même temps. On tient deux services funèbres. Trois cent mille personnes défileront du lundi au mardi matin, jusqu'à ce que l'on soit dans l'obligation d'interrompre l'hommage, pour la mise en bière. La dépouille est placée dans un triple cercueil de bois, de cuivre et de ciment. Dans les minutes qui avaient suivi son décès, deux médecins avaient effectué l'exérèse du cœur du frère André, et déposé l'organe dans une urne de verre. On met l'urne en lieu sûr, dans la sacristie de la crypte. Mais la présence de cette relique attire, dans les mois qui suivent, une incessante procession de fidèles devant la grande porte de bois massif. Plusieurs considèrent déjà le frère André comme un saint. Pour les autorités religieuses, il s'agit d'un grave malentendu. On ne peut laisser les gens adorer qui ils veulent. On ne peut autoriser un culte spontané, surtout si l'objectif est d'un jour demander la canonisation du frère André – on aurait alors l'air de céder à la pression populaire. On enferme le cœur dans un coffret d'acier à l'épreuve du feu, derrière une porte fermée à clef. Pendant deux ans et demi, les autorités se questionnent sur la manière de composer avec la volonté des pèlerins d'adorer la relique. Il faut repenser son emplacement, tout comme celui du tombeau du frère André, installé au centre de la crypte, sous une fresque illustrant la mise au tombeau de saint Joseph. On convoque des architectes, qui offrent à la congrégation la solution suivante : creuser, au sud de la crypte, un espace assez profond qui accueillera une chapelle votive et une antichambre pour le tombeau. Les pèlerins pourront ainsi se consacrer aussi bien au culte de saint Joseph qu'à celui du frère André. Quant au cœur, il trouvera son lieu d'exposition définitif à l'intérieur d'une chambre forte devant laquelle, dans une rêverie qui a suspendu le temps, s'est oublié Édouard Safi.

*

Assis par terre, il entendit une voix : Ah, vous voilà, vous. Il cessa de lire et leva les yeux. Sue le dominait de toute sa hauteur. La contre-plongée la faisait paraître plus grande encore. Il se mit debout avec effort. Le ton léger de Sue ne laissait pas de place au doute : elle était furieuse et tentait de se contenir.

Édouard s'était réveillé comme d'un songe au milieu de l'exposition consacrée au frère André. Il avait dévalé les escaliers qui menaient au kiosque de souvenirs, avait salué la religieuse aveugle, regagné le deuxième étage, descendu l'escalier roulant au pas de course. Puis, ne trouvant toujours personne devant la sacristie, désespéré mais résigné à assumer les conséquences de ses actes, le dos au mur et la mort dans l'âme, il s'était laissé glisser par terre, si près mais si loin de ces damnés anneaux. Il avait découvert la brochure dans sa poche et s'était mis à lire.

— On vous cherche depuis un bon moment déjà, vous savez...

Il fit disparaître la brochure dans la poche de sa veste.

— J'ai oublié les anneaux dans la sacristie, dit-il.

— Ah, c'est là qu'ils sont? Il fallait le dire! Allez, allez!

— Je vous cherchais, moi aussi.

— Eh bien, je réglais votre problème de voiture, dit-elle en manipulant un trousseau de clefs à l'effigie du sanctuaire. Jakobson m'a alertée sur mon walkie-talkie.

— Alors c'est fini? Ils sont mariés?

— Alain a demandé la communion…

Elle déverrouilla la grande porte de bois massif et entra d'un pas vif dans la sacristie. Édouard la suivit.

— Ça veut dire qu'il n'est pas trop tard?

— Vous êtes très chanceux. C'était interminable. Des membres de votre famille ont voulu communier avec du pain bénit. Personne ne m'avait prévenue.

— C'est une tradition.

— J'imagine bien, dit Sue en s'arrêtant net devant la statue de saint Joseph. L'une de vos tantes en a sorti des sacs pleins.

L'écrin était là où l'avait laissé Édouard.

— C'est du *horban,* dit-il. Du pain parfumé à l'eau de fleur d'oranger.

Sue se pinça l'arête du nez, les yeux fermés, la tête baissée.

— Monsieur Safi, on a un souci plus urgent.

Elle l'escorta jusqu'à la porte de la crypte, qu'elle entrebâilla, puis elle le poussa dans le dos du bout des doigts. La porte se referma derrière lui. Le père du marié interrompit sa lecture. Shafik Elias Farah, qui avait été appelé en renfort pour lire l'Épître aux Corinthiens à la place de son neveu, jeta à ce dernier un regard perplexe. Édouard fit quelques pas sur la pointe des pieds – il se sentait ridicule – et posa sa main sur l'épaule du curé officiant. Évitant le regard de Virginie et surtout celui d'Alain, il tendit l'écrin au curé en s'excusant. Le curé eut un moment d'hésitation, puis reprit contenance. Il remercia Édouard en fronçant les sourcils et pria Shafik de terminer sa lecture. Les invités affichaient des sourires crispés. Quelques amis des mariés riaient, il s'en trouva même un ou deux pour applaudir. Édouard regagna sa place près de Ruby, qui l'ignora. Le curé ouvrit les bras, paumes tournées vers le haut, et déclara solennellement :

— Afin que vous soyez unis dans le Christ et que votre amour, transformé par Lui, devienne pour tous les hommes et toutes les femmes un signe de Son amour, devant l'église ici rassemblée, donnez-vous la main et échangez vos consentements.

Les mariés se regardèrent dans les yeux.

— Virginie, dit le curé, acceptez-vous de prendre pour époux Alain ici présent, de l'aimer fidèlement, pour le meilleur et pour le pire, jusqu'à ce que la mort vous sépare ?

— Oui, je le veux, dit Virginie.

— Alain, acceptez-vous de prendre pour épouse Virginie ici présente, de l'aimer fidèlement, pour le meilleur et pour le pire, jusqu'à ce que la mort vous sépare ?

— Oui, je le veux, dit Alain.

Le curé ouvrit lentement, de ses deux mains, l'écrin de velours bleu et passa une main au-dessus des anneaux :

— Seigneur, bénis les époux, sanctifie-les dans leur amour ; puissent ces alliances leur rappeler leur serment. Par Jésus, le Christ, notre Seigneur.

Édouard chuchota un *amen* qui le surprit. Jakobson entama le *Laudate dominum,* et la foule applaudit à tout rompre quand les mariés s'embrassèrent.

*

Sue contemplait la lumière qui tombait sur la table au centre de la sacristie. Le mariage avait eu lieu, il avait eu lieu à l'Oratoire, mais c'est maintenant qu'elle saurait si ses efforts seraient récompensés, si la cérémonie, en dépit de son exceptionnalité, serait reconnue au même titre qu'une union conclue dans la plus ordinaire des églises de paroisse. Elle n'avait pas touché mot de ses inquiétudes aux mariés. L'étape de l'inscription aux registres était pourtant cruciale, c'est par elle que les mariages ont force de loi. Sue avait convaincu la paroisse du Cœur-Immaculé-du-Saint-Nom-de-Jésus de lui prêter son registre pour quelques heures. Sur la table, les rayons du soleil faisaient leur chemin de telle manière que, partis du vitrail représentant Jésus et Joseph, ils tombaient en plein centre du grand cahier brun. Quelques minutes encore, et les mariés et les témoins apposeraient leurs signatures au bas du document. Le mariage serait reconnu par la sainte Église catholique, apostolique et romaine.

*

Édouard observait les faits et gestes de Sue, soulagé que la suite des événements repose désormais sur les épaules de quelqu'un d'autre que lui. Qui se rappellerait sa petite incartade, à part le marié ? On lui avait confié une mission, porter les anneaux, et il l'avait accomplie, avec quoi, quinze minutes de retard, une demi-heure ? Mais il l'avait accomplie. Il connaissait bien le caractère vindicatif de son cousin. C'était sans doute pour se venger de lui qu'Alain avait placé Édouard en périphérie de l'action. Il se confia à Myriam, qui patientait à côté de lui en grignotant ses cuticules.

— Je suis tout aussi exclue que toi, Édouard. Ça n'a rien à voir avec les anneaux.

Le garçon et la demoiselle d'honneur ne signaient pas le registre, voilà tout. C'étaient deux rôles différents, être garçon d'honneur et être témoin, qui plus est chez les Québécois, où ce sont habituellement les pères qui signent les registres. Le marié avait saisi là l'occasion de donner un rôle actif à sa mère, au grand dam de Sue, qui ne comptait plus les entorses à la tradition.

— OK, Myriam, dit Édouard, je veux bien te croire.

Le curé officiant demanda aux deux témoins de s'approcher pour la vérification des certificats de baptême. Tom Wise remit au curé celui de sa fille. Le curé le vérifia, puis recopia les informations dans le registre : paroisse Notre-Dame-de-Grâce, Marie Renée Virginie Pellerin-Wise, baptisée le 25 mars 1979, voilà, c'était réglé. Puis, ce fut au tour de Yolande Safi, qui sortit une feuille de papier chiffonnée de son sac à main. Édouard reconnut le cèdre libanais, emblème de l'église maronite où son cousin et lui avaient été baptisés le même jour, vingt-sept ans plus tôt, en juillet 1979. Sa tante déplia la feuille et la tendit au curé, d'un geste un peu raide et solennel. Le curé l'examina avec une très légère expression de surprise, se pencha, commença à recopier, *paroisse Saint-Maron...,* puis s'arrêta et se redressa. Silence dans la sacristie. Le curé pria Sue de venir le rejoindre, ce qu'elle fit. Elle baissa les yeux sur le document fripé. Sourcillant à peine, elle le lissa de la main. Elle le relut, impassible :

— Ça devrait aller. Au prix qu'ont payé les époux pour l'emprunt des registres, la paroisse ne chipotera pas pour une petite différence de nom.

— L'important, c'est que vous êtes chrétien, n'est-ce pas, énonça le curé en se tournant vers Alain.

Édouard avait vu l'expression de son cousin s'assombrir, se crisper. Quelque chose ne tournait pas rond.

— Quelle différence de nom ? demanda Alain.

— Ça m'a étonnée, moi aussi, intervint la mère, quand j'ai déplié le papier. Ça fait tellement longtemps que mon mari et moi, on ne l'a pas appelé comme ça !

— Ton mari ? lui demanda Virginie.

— M'appeler comment ? dit Alain.

— Mais de ton vrai nom, dit Yolande.

Elle avait répondu sur le ton de l'évidence, avec un geste léger des doigts dans l'air, comme pour éloigner un insecte importun.

— Tu parles de son nom ou de son prénom, Yolande? demanda Virginie.

— De son prénom, ma chérie.

— Alain va exploser, chuchota Myriam à l'oreille d'Édouard. Regarde-le, le pauvre.

Yolande reprit :

— C'est très normal, *ya* Alain, de ne pas utiliser son vrai prénom dans la vie de tous les jours. Tout le monde fait ça…

— Si je comprends bien, dit le curé, je n'inscris pas « Alain » au registre?

— Écoutez, je ne crois pas que –

— « Alain », c'est venu après, c'est tout, continua Yolande.

— *Après quoi?* demandèrent en chœur tous ceux qui étaient présents.

— Mon fils, tu t'appelles Youssef Charbel Safi Farah.

Édouard pouffa. Myriam lui enfonça son coude dans les côtes, mais il l'avait vue, elle avait ri elle aussi, elle s'était caché le visage d'une main. Édouard toussa dans sa manche. Depuis le temps que son cousin jouait à être plus arabe que lui… il était servi. Alain lui lança un regard mauvais. Les autres gardaient un silence gêné.

— Son père a insisté pour qu'il ait un nom français, reprit la mère. C'était pour t'intégrer, *ya* Alain. Même moi, par la faute de ton père, j'ai fini par oublier ton nom.

Sa voix avait pris une intonation querelleuse que connaissait trop bien Édouard : ça avait été, très souvent, dans une version plus abrupte, celle de son père quand il vous parlait. Yolande lui ressemblait, sans la rancœur ni les coups de gueule imprévisibles ; quelque chose de chantant et de mélodramatique, et d'inlassable, portait sa voix, là où son père était dur et impatient. Édouard ne quittait pas son cousin des yeux. Il avait le menton baissé, la mâchoire crispée, et ses pommettes étaient écarlates. Yolande s'était surpassée, cette fois-ci – Charbel ! qu'est-ce que c'était que ce prénom ? Édouard n'avait jamais entendu ça de sa vie.

— Ce n'est pas grave, poursuivit Yolande. Tu ne savais pas qu'Alain était seulement ton nom français, *khalass,* c'est fini, tu ne le savais pas, maintenant tu le sais, c'est tout ! Il y a plein de gens qui ne connaissent pas leur vrai nom. Tout le monde a un nom arabe et un nom français ! On m'appelle Lola, ça ne me choque pas, c'est affectueux. Et ça ne t'a jamais dérangé pour ton père : Shafik, Élie, Élie, Shafik, Shafik Elias, ça fait des années qu'il se bat avec les impôts pour qu'on l'appelle d'un seul nom. Et tu penses que les gens à son bureau s'en rendent compte ? Mais non ! Ils s'en foutent ! Parole d'honneur, *ya ebni,* si j'avais su que tu réagirais comme ça, je ne l'aurais même pas apporté, le foutu papier. Tu vas faire toute une histoire avec ça le jour de ton mariage ? *Yallah,* qu'on signe et qu'on en finisse !

Sue parut sortir subitement de l'espèce d'immobilité statuesque où elle s'était réfugiée. Elle tendit les plumes aux mariés. Mais Yolande n'avait pas fini, et elle haussa le ton pendant qu'on signait, disant qu'en vérité elle n'avait rien à voir avec cette histoire de nom, elle avait porté son fils dans son ventre, c'était assez, pas vrai ? Le nom, c'était l'affaire du père, et son fils portait bien le nom du père, c'était ce qui comptait, non ? Il était un Farah, il portait le nom de son père et il portait sa maladie, alors il n'y avait aucun doute – de quoi se plaignait-il ?

Yolande serra son sac à main contre elle et se tut. Édouard craignait qu'Alain ne réplique, mais celui-ci s'abstint. Personne ne parla. Le curé officiant ferma les registres, rassembla les plumes, retira et rangea sa chasuble et son étole dans l'armoire derrière lui. Édouard chercha le regard d'Alain. Il ne semblait plus en colère, mais un tic nerveux faisait tressauter ses paupières. Virginie lui avait pris la main. Elle savait que ça n'allait pas ; elle savait aussi que ça s'arrangerait. Combien de fois avait-elle vu Yolande et Alain à couteaux tirés ? Sue remercia l'un après l'autre le curé officiant, Tom Wise et Yolande Safi, puis elle pria les mariés, le garçon et la demoiselle d'honneur de rejoindre le reste des invités dans la crypte, où quelques instants plus tard Jakobson entama la *Marche nuptiale,* de Mendelssohn. Peu à peu, on prenait le chemin du parvis, dans les rires, le brouhaha des conversations.

L'espace se dégageant devant eux, Édouard glissa

sa main dans celle de Ruby, qui referma ses doigts sur les siens. Elle posa sur lui un regard plein de douceur, de compréhension, de pitié aussi. La peine qu'il ressentait depuis le matin se colora d'un regret encore diffus. Il n'était pas prêt à s'abandonner au sentiment de la fin, quant à leur relation. En lui des choses s'ordonnaient, se réglaient, se dénouaient. Ruby marcha à ses côtés vers l'extérieur, vers la chaleur sèche qui faisait onduler l'air bleu, tous deux avancèrent comme si les habitait non pas l'élan pétulant et joyeux d'une marche nuptiale, mais la longue mélodie pathétique, aux ascensions lancinantes, d'un adagio pour cordes, ou les notes désolées, flottantes, d'une marche funèbre.

*

Ruby s'éloigna au volant de sa Civic noire, qui descendit la côte en pétaradant, passa la guérite, puis s'élança sur Queen-Mary, direction La Toundra. Édouard s'était assis au pied de la statue du frère André, près de la chapelle d'origine, à l'ombre du grand dôme au toit vert. Sans doute abîmerait-il son pantalon de smoking, mais il ne s'en souciait pas, c'était un habit loué. Il tenait sur ses genoux quelques pages de plastique retirées précipitamment de son étui à CD. Les morceaux qu'avait interprétés Jakobson l'avaient mis dans un état de paix relative, d'introspection, et il avait envie de poursuivre dans cette veine, aussi avait-il pris tous les C (les classiques du classique) de même qu'un petit nombre de disques de rap et de rock, pour ne pas limiter les options pendant le trajet. Il posa les pages sur l'asphalte, sortit de sa poche la brochure sur le frère André, repêchant du même coup la carte de Baddredine. Édouard avait appris tant de choses, il aurait tant de choses à lui raconter, à son partenaire d'affaires. Il soupira, eut un rire étouffé. C'était fini, enfin. *Youssef Charbel...* Son cousin avait le don de se retrouver dans des situations loufoques, et parfois désastreuses. Édouard pensa aux médicaments de son cousin, à ses sevrages, à ses insomnies et à ses crises, à la maladie. On reproche souvent à ceux qui souffrent de se compliquer la vie. Édouard n'ignorait pas le mensonge violent qui se cachait derrière cette idée. Lui, il avait la santé. Il aimait travailler, il aimait rigoler avec ses collègues, il aimait ne pas se casser la tête, il évitait, en règle générale, de broyer du noir. Et pourtant, de plus en plus, il craignait lui aussi de tomber dans un gouffre dont il ne saurait rien dire. Il se rappela sa relation avec son père. Nabil n'avait pas su vivre une vie sereine et il était mort en le regrettant. Quelque chose en Nabil, dans sa tête, avait rendu son expérience du monde difficile, douloureuse par moments. Édouard ne voulait pas devenir son père. Il se disait qu'il était trop joyeux et aimait trop la vie pour que ça lui arrive. Mais aimer la vie et haïr la sienne, c'était possible. Ça le guettait depuis quelque temps. Il se demandait ce qu'il pourrait devenir. À quoi il pouvait aspirer. Il refusait qu'il soit trop tard. Devenir lui-même, au moins, quelqu'un qui ne se sabote pas. Il n'avait pas l'obsession de son cousin pour les choses invisibles, qui l'étourdissaient, lui procuraient un plaisir chiche et exigeant. Il se disait parfois qu'il se mettrait à ressembler à Alain s'il passait trop de temps dans sa tête, à tourner en rond, à chercher des réponses. Les questions suffisaient, quand elles ne l'affolaient pas. Il relut la brochure en diagonale. «Chapelle primitive» était l'autre nom qu'on donnait à l'église qui se dressait à côté de lui. Le premier oratoire. En un siècle on l'avait agrandi, repeint, reconstruit, déplacé. Son emplacement actuel, à quelques centaines de mètres de l'imposante basilique, rappelait le site d'origine, encore à l'état sauvage, les bois où le frère André allait se perdre lors de ses longues marches.

Édouard attendait son cousin avec une appréhension croissante. Le stationnement se vidait peu à peu. Édouard ramassa ses CD. Il ne resta bientôt plus que la remorqueuse et une douzaine de voitures éparses. Au moment où il commençait à s'inquiéter, son cousin apparut, marchant dans l'ombre d'un pas qu'il voulait nonchalant, dont Édouard avait appris à se méfier, le pas de la provocation, le pas de la rage contenue. Son visage affichait une expression butée. Il s'assit à côté d'Édouard au pied de la statue, sans un regard pour lui. L'effervescence, la bonne humeur, quasiment, qui s'était emparée d'Alain sur le parvis de la crypte avait fait croire à Édouard que le pire avait peut-être été évité. Il avait eu tort. Alain était furieux. Ça se voyait, ça émanait de toute sa personne. Il fixait, la mâchoire serrée, les voitures qui se dirigeaient vers la sortie du parking. Édouard jeta un coup d'œil à sa montre. Le cocktail commençait dans moins d'une heure.

— Je sais pas quoi te dire, mon frère.

Alain leva les yeux au ciel puis répondit sèchement :

— Dis rien, alors.

— Ça se peut pas, rien dire. Je me suis excusé mille fois.

— Ta gueule, s'il te plaît. Empire pas les choses, OK ?

— Ça aide de parler. Tu dis ça tout le temps.

— Ça changera rien à ce que t'as fait.

Édouard se passa les mains dans les cheveux, les lissant plusieurs fois lentement, avec force, comme pour qu'en jaillisse une phrase qui réparerait tout.

— C'est quand même pas si grave. Vous les avez eus, vos anneaux, en fin de compte...

Il risqua une boutade :

— On peut maintenant t'appeler monsieur Virginie Pellerin-Wise.

— T'es vraiment le fils de ton père, toi.

Édouard se figea, les deux mains en suspens de chaque côté de la tête. Il était estomaqué. Il ouvrit la bouche pour l'envoyer chier, mais se ravisa, en soupirant profondément.

— C'est ça, vas-y, défoule-toi.

— Tu vas pas jouer les victimes en plus.

— Alain, s'il te plaît.

— C'est quoi, ton problème, tabarnac ? T'as-tu le lobe frontal sclérosé toi avec ?

Édouard accusa le coup. Il ne cherchait plus quoi répondre. Son cœur s'était mis à battre à tout rompre, il avait la poitrine comprimée et le souffle court, soudain. Il savait quel genre de crise se préparait.

— C'est à toi que tu vas faire mal, Alain. Tu vas te rendre malade.

— Ta gueule. Tu penses que j'ai peur de toi ?

— Écoute, on va attendre Jakobson, on va attendre Vir, on va pas parler.

— Je te connais, mon ostie de manipulateur. Je t'ai vu aller avec Ruby. Tu veux me faire sentir coupable d'être en crisse, en plus...

Alain parlait d'une voix rauque, en regardant droit devant lui. Son corps vibrait de tension agressive, et il avait le visage rouge, les tempes et les joues en sueur.

— OK, arrête, s'il te plaît.

Édouard se leva et s'éloigna de son cousin, traça une grande boucle en marchant à pas comptés. Ses jambes tremblaient. Son cousin restait immobile, les poignets sur ses genoux relevés. Édouard alla se rasseoir au même endroit.

— Tu m'en veux, j'ai compris. Tu as raison de m'en vouloir. Je m'excuse, sincèrement. On dit plus rien maintenant, d'accord ?

— Je vais me taire pour un grand bout. Je te parlerai plus jamais, s'il le faut. Mais je veux que ce soit bien clair dans ta petite tête : je t'en veux pas, je suis en tabarnac contre toi.

— Je le sais, Alain, je le sais. On arrête, j'ai dit.

— La Mustang, d'accord. Mais les anneaux ? Les anneaux, c'est autre chose. T'as failli tout gâcher.

— Tape sur moi tant que tu veux, répondit Édouard, les yeux mouillés. Moi, ce que je sais, c'est que tu as eu un beau mariage, et que là, on va avoir une belle voiture.

— Toi, tu fous la merde en perdant les anneaux et l'autre folle débarque avec un déchet de faux baptistaire pour me faire honte devant mon beau-père… Comme si c'était moi, le sale Arabe, dans cette histoire-là.

Édouard sentit le quitter toute l'énergie qui lui restait. Il sortit son téléphone de sa poche intérieure et lança une partie de démineur, se ravisa, lança une partie de solitaire. Il essayait de ne pas laisser la tristesse et la colère l'envahir, surtout la colère, il ne s'en remettrait pas. Il fallait attendre que ça passe, ou que quelqu'un arrive qui désamorce Alain. Il l'entendait grommeler et sacrer entre ses dents. Édouard jouait mécaniquement, pour occuper ses mains et son esprit. Puis brusquement son cousin se raidit et dit :

— Je vous haïs, vous autres, les ostie de Safi.

— Nous autres ? C'est quoi, ça, *nous autres* ? T'es qui, toi, si nous, c'est *vous autres* ? On est nés ensemble, on va crever ensemble…

— Va jamais dire ça. Les Farah, c'est pas des Safi, ce sera jamais des Safi… Vous êtes des frustrés, des ostie de frustrés pis des ostie d'incultes. Vous me faites pitié. J'ai honte de vous.

— Arrête, arrête. Tes paroles dépassent ta pensée, mon frère.

— Au contraire, je me retiens. Il y en a pas un dans votre gang qui a été foutu de finir l'école... Pis après vous vous demandez pourquoi vous êtes endettés par-dessus la tête, avec vos jobs de marde ? J'ai rien à voir avec vous autres, moi. Je suis pas un pauvre. Je fais pas des crises devant des inconnus parce que la pizza est pas assez chaude au restaurant ou parce que le taxi pakistanais comprend pas le français, je traite personne de sale immigrant qui vit sur mes impôts. Vous m'avez toujours fait honte. Les Farah, on est pas comme ça, on sait vivre en société, câlisse, on respecte les lois, on sait se taire, on respecte les gens, on comprend comment le monde fonctionne pis on comprend qu'il tourne pas autour de notre nombril... Dodi, je vais te le dire, t'es chanceux.

— Chanceux ?

— Ouais, t'es chanceux, parce que j'ai pas le choix de m'accrocher un tabarnac de sourire dans la face pis de faire comme s'il s'était rien passé. Mais je te pardonnerai jamais. Ça devait être le plus beau jour de ma vie.

Édouard se sentit submergé. Il avait ravalé sa tristesse, juste derrière sa pomme d'Adam, là où elle s'accumulait depuis la mort de son père. Il avait mal, et la douleur, comme lui, semblait chercher une issue, elle montait dans sa tête puis l'assaillait dans son cœur, son ventre. Il avait trop de peine pour se mettre en colère ; il était trop fâché pour pleurer. Il fallait attendre que ça passe. C'était comme ça. On criait, on frappait, puis on se fatiguait. Ça passait. On ne s'excusait pas. Édouard regarda son cousin, observa le mouvement de la colère dans son regard, la cadence de sa respiration.

Deux coups de klaxon retentirent. Un moteur vrombissant approchait, depuis le pavillon des pèlerins.

— Elle arrive, articula Édouard.

Oui, elle arrivait, la Mustang, elle apparut aux deux cousins, sa robe blanche éclatant sous le soleil, avant de se griser, en s'enfonçant dans l'ombre, la voiture comme glissant vers eux, au pas, contrariant le galop pour lequel on l'avait créée, roulant vers eux qui ne parlaient pas, qui ne pensaient plus.

Moteur v8, quatre point six litres, zéro à cent kilomètres à l'heure en cinq secondes. *Muscle car* mythique en édition spéciale. Un rêve. Un vieux rêve réalisé, qui surgissait pourtant devant lui sans qu'Édouard puisse en jouir. Les paroles d'Alain le hantaient.

La voiture s'arrêta à leur hauteur. La vitre descendit, et on reconnut le visage et la chevelure dorée de Jakobson, qui souriait derrière ses verres fumés. Il coupa le contact et descendit sans refermer la portière, ignorant avec naturel la gueule sinistre que tiraient les cousins. Ça les rasséréna un peu. Jakobson les sauvait d'eux-mêmes. Ils firent l'effort de se décrisper et de sourire eux aussi. Jakobson tendit le porte-clefs à Édouard. Entre son pouce et son index, le mustang au galop dans son cercle argenté oscillait comme un pendule. Édouard l'attrapa en remerciant Jakobson.

— On oublie tout et on recommence, monsieur Safi ? dit Jakobson. Monsieur Farah, votre épouse ne devrait pas tarder, elle achevait avec la photographe. Messieurs, je vous retrouve à La Toundra.

Il prit congé d'un signe de tête et s'éloigna à grandes enjambées tranquilles. Sa chevelure de blé voletait dans la brise légère comme au cinéma. Édouard posa une fesse sur le capot.

— Ce gars-là, dit-il, c'est le suprême facilitateur.

— Donne-moi les clefs, dit Alain. C'est mon mariage, c'est moi qui conduis.

Édouard soupira en laissant tomber sa tête entre ses épaules. Il lui tardait que Virginie arrive.

— Allez, dit son cousin. Les clefs.

— Je suis censé vous conduire, tu le sais bien.

— Tu veux vraiment qu'on parle de tout ce que tu étais censé faire ? Enweille.

Édouard lâcha les clefs dans la paume de son cousin.

— Si c'est toi qui conduis, moi, je m'assois où ?

— En arrière, fit Alain, qu'est-ce que tu crois ?

— Et Vir à côté de toi, en avant, pendant que tu râles contre le trafic du centre-ville ? Ça va être agréable. J'ai hâte de t'entendre lui expliquer ça. Elle va adorer.

Alain ferma les yeux et se massa les tempes du pouce et de l'index en grimaçant. Il s'écarta de la portière encore ouverte et lança les clefs sur le siège. T'es content ? fit-il. Il contourna la voiture pour s'asseoir côté passager et attacha sa ceinture. Édouard regarda vers le parvis de la crypte. Nulle trace de Virginie. Il s'installa derrière le volant, ajusta le rétroviseur, mais ne mit pas le contact. Il détailla le tableau de bord, puis

377

ses CD. Il les retirait un par un des pochettes plastifiées, prenait le temps de lire ce qu'il avait écrit au Sharpie sur chacun, feignait de ne plus savoir déchiffrer sa propre écriture. Son cousin guettait au loin l'apparition de Virginie. Édouard soupira, descendit de la Mustang, jogga à faible allure jusqu'à la remorqueuse, dont la carrosserie était maintenant éclaboussée de soleil et brûlante. Il déverrouilla la portière, se pencha dans l'habitacle suffocant, prit tout l'étui à CD et repartit, de ce pas de course des gens qui ont deux fois son âge, où l'on piétine à moitié sur place en roulant des épaules. Sortit du soleil, entra dans l'ombre, remonta en voiture. Dans l'étui il dénicha le disque qu'il cherchait, sur lequel était écrit *Adagio d'Albinoni,* et qui rassemblait plusieurs versions MP3 de cette œuvre de Remo Giazotto. Il les avait glanées sur une multitude de plateformes au fil des années, sur MIRC et Napster, via des torrents sur Vuze, ou directement sur The Pirate Bay. Il mit le contact sans démarrer, inséra le CD dans le lecteur et lança la première plage. Les violons emplirent la Mustang, et la mélodie, d'une beauté douloureuse, hésitante et comme soulevée de regrets, le réconforta. Il avait entendu pour la première fois cette pièce dans *The Doors* d'Oliver Stone. Rien ne le relaxait davantage, quoi qu'en dise Virginie, qui raillait sa sentimentalité, son goût du mélo et des grosses émotions au cinéma. Édouard s'en foutait pas mal ; elle pouvait bien parler, elle qui aimait pleurer sur *Titanic.* Sa gorge se desserra, comme si la mélodie traitait son humeur, sa morosité, la traduisait différemment à chaque retour du poignant leitmotiv. L'adagio n'était pas terminé que son cousin remit la pièce au début. Alain adorait cette version en particulier, interprétée par l'orchestre philharmonique de Berlin dirigé par Karajan. Édouard lui jeta un regard à la dérobée. Ses yeux étaient rougis, ses traits relâchés. La grimace de la colère, de la rage, s'était évanouie. Il se renversa dans son siège et ferma les paupières. Ils écoutaient ensemble, sans dire un mot. On attaquait, on criait, on frappait où ça faisait le plus mal, on se fatiguait. Ça finissait par passer. On s'excuserait plus tard, ou jamais, puis les larmes couleraient. C'était comme ça. Il fallait se fatiguer, s'épuiser. Elles devaient couler. Et ça passait.

*

Édouard appuya sur un bouton et le toit de la Mustang se rétracta, laissant place au grand ciel bleu. Il regarda son cousin, rit d'excitation, puis s'épongea le front de l'avant-bras – il avait retiré sa veste, roulé les manches de sa chemise. L'asphalte du stationnement exhalait une chaleur brûlante.

— On va s'en sortir, mon frère.

— Tu crois ? répondit son cousin.

— Ouais, fit Édouard. Je crois aux miracles.

Il chaussa ses Vuarnet :

— Tu as vu les béquilles dans la salle près de la crypte ? Il y en a des milliers... C'est fou, non ? Tu regardes ça, et la première chose que tu te dis, c'est : j'ai envie de devenir croyant.

— Et la deuxième ?

— No way qu'ils ont accumulé ces béquilles une paire à la fois pendant tout ce temps-là !

— Ils les ont achetées en gros... Elles sont toutes usées pareil...

— Ça fait partie du miracle, dit Édouard. Sans blague, c'est quand même hallucinant, ce qu'un bonhomme comme Bessette est arrivé à accomplir durant sa vie.

— J'ai toujours tripé pas mal sur son histoire.

— Je le connaissais pas.

— Les sœurs nous lâchaient pas avec ça, pourtant.

— J'étais plus intéressé par le pape et Céline Dion et *Une colombe*.

— Faire le Stade olympique à seize ans, ça risquait pas de nous arriver.

— C'est vraiment inspirant.

— Hein ?

— Je veux dire les béquilles, le frère André...

— Pourquoi ?

— Je sais pas trop. Et le cœur, tu l'as vu ? Le cœur flotte dans le formol, derrière une grille de fer forgé.

— Bien sûr que je l'ai vu, Dodi. C'est l'attraction principale... La grille, c'est depuis le vol.

— Le cœur a été volé ? Mais quel cœur j'ai vu, alors ?

— Le même.

— Le même que quoi ?

— Toujours le même, le cœur du frère André : il a été volé, puis il est revenu.

— Attends, attends, je te suis pas. Quand, ça?

— Dans les années soixante-dix. Il y a des gars qui ont volé le cœur. Silence total pendant un an. Puis ils ont appelé les médias pour dire qu'ils le restitueraient contre cinquante mille dollars.

— Juste cinquante mille?

— Cinquante mille piastres, à l'époque...

— Le monde a dû capoter...

— Ça a fait le tour des nouvelles. L'Oratoire a publié un communiqué de presse super laconique. Les autorités religieuses ont refusé de négocier et elles ont demandé aux croyants de pas organiser de collecte de fonds pour la rançon.

— Je les comprends.

— Les croyants ou l'Oratoire?

— La gang de l'Oratoire, voyons. Tu imagines ça, le coup de pub? Tu restes vague, à la limite tu ignores l'affaire. La rumeur se répand...

— En tout cas, ils ont jamais rien payé. Un an et demi plus tard, le cœur a été retrouvé dans un appartement du Sud-Ouest. C'est un criminaliste avec un drôle de nom, Shoofey, une vedette de l'époque, qui a reçu un appel anonyme. Les voleurs ont exigé qu'il se rende à une adresse avec Claude Poirier et un photographe.

— Avec Claude Poirier? Tu me niaises, là.

— Je suis très sérieux. Ils sont allés avec deux policiers. Le cœur les attendait dans un bocal de verre, au fond d'un casier en métal, comme ceux qu'il y a dans les écoles.

— Dans quel état ? Putréfié ?

— C'est ça qui est le plus étrange : le formol avait été changé tous les jours.

Édouard éteignit la musique. Il réfléchissait. Cette histoire le fascinait. Ça n'avait aucun sens. On ne fait pas tout ça pour rendre le cœur à Claude Poirier sans rien recevoir en échange. La fin en queue de poisson heurtait son pragmatisme.

— Bref, reprit son cousin, le cœur a été remis aux autorités de l'Oratoire, qui se sont dépêchées de le faire authentifier par un médecin et des gens de la Congrégation. C'était bel et bien le cœur du frère André.

— Mais comment ? Les tests d'ADN existaient même pas.

— Aucune idée.

— Et je te gage qu'ils ont jamais retrouvé les voleurs ?

— Exact.

— C'est parfait !

— Comment ça, parfait ?

— C'est le crime parfait. Pas de victime, pas d'enquête, pas de coupable.

— Il y en a qui disent que c'est des étudiants en médecine de McGill qui ont fait le coup – pour une initiation. Ils appellent ça un concours de prise. Tu dois rapporter la chose la plus improbable, la plus rare, la plus spéciale.

— Tu as fait ça, toi ?

— Non, j'étais en lettres. C'était nul. Il fallait se déguiser en Marcel Proust ou en Marguerite Duras.

— Des Français morts qui ont écrit des livres ?

— C'est pas mal ça.

— Le monde à l'université a rien à faire, c'est épeurant...

— Il y a une année, les étudiants de Polytechnique ont ramené Bernard Derome à leur cinq à sept. C'était leur prise.

— C'est carrément un enlèvem – ah, voilà Vir !

— Allôôô ! lança Virginie. Mon Dieu, qu'est-ce qui se passe, vous avez l'air bizarre ?

Elle tapota par deux fois le capot avant de faire le tour de la voiture côté passager. Alain descendit et inclina le siège.

— Vous l'avez enfin, votre bolide !

— T'étais où, Bibou ? dit Alain.

— La photographe a pris plusieurs photos de Mym et moi, tu vas voir, elles sont incroyables. Mym nous a tellement fait rire. J'en reviens toujours pas, de son tatouage... Ah, et il fallait qu'on organise avec Sue la livraison des fleurs chez mes parents. Ça avait l'air compliqué, Jakobson était déjà reparti... Tu aurais dû voir ça, ma mère et Sue se lâchaient plus.

Alain avait suivi Virginie sur les sièges arrière :

— En tout cas, Dodi, je peux pas croire que tu connaissais pas cette histoire-là.

— Quelle histoire ? dit Virginie.

— Ton chum est une espèce de génie, s'exclama Édouard en démarrant.

— Il le cache bien, crois-moi.

— Je lui ai raconté le vol du cœur du frère André.

Édouard se disait qu'en fait son cousin était plutôt la lampe d'Aladdin ; le génie, c'était lui. Il rigola à voix haute en cherchant dans le rétroviseur le regard de son cousin, qui s'était rembruni ; sans doute appréhendait-il les discours qui suivraient le cocktail ; sans doute craignait-il que sa mère lui réserve une nouvelle surprise, cette fois devant tous les invités. Yolande était difficile à suivre. Édouard l'aimait presque comme une mère et s'était toujours mieux entendu avec elle qu'avec son propre père. Il lui ressemblait peut-être davantage, aussi. Il ne s'en était jamais rendu compte avant. Il commençait à comprendre ce que son cousin aimait dans l'écriture, dans le jeu des phrases. Son esprit en produisait en boucle, ça ne s'arrêtait plus. Il lui avait fallu affronter le Balrog pour trouver la voie. Il avait hâte d'en parler à Baddredine. Il lui avait fallu avoir une vision pour entendre des voix. Il manœuvrait la Mustang avec aisance, porté par le grondement moelleux du moteur. Les mots fabulaient d'eux-mêmes, s'agençaient dans sa tête et révélaient des images et des notions fantastiques. Ses idées étaient d'une fluidité cristalline, d'une clarté qui lui avait été interdite depuis la mort de son père. Hier encore, quand il avait vu la déception et la colère dans le visage de Ruby, il avait eu le sentiment d'évoluer dans un brouillard dense. À vrai dire, la clarté qu'il éprouvait à présent, il ne l'avait jamais connue avant. Il s'engagea sur Côte-des-Neiges, direction sud, mais il était ailleurs, il réécrivait l'histoire, manipulait le temps, reconfigurait les causes et les effets, et d'énoncé en énoncé il progressait vers une révélation qu'il sentait se former à une vitesse folle. Les voleurs n'avaient jamais été identifiés ; c'était la condition première de leur récit fondateur, la pièce essentielle du puzzle mythologique qu'ils créeraient, Baddredine, Alain et lui. Aucune serrure n'avait été forcée : quelqu'un avait ouvert aux voleurs, quelqu'un de l'Oratoire. À moins que... oui, à moins que le vol n'ait jamais eu lieu, à moins qu'il n'y ait pas eu de vol... Voilà pourquoi l'Oratoire avait refusé de payer la rançon. Ou alors le cœur avait été perdu à jamais. Et celui qu'on avait retrouvé ? C'était le cœur d'un autre. Mais de qui ? On ne le savait pas. Ça pouvait être celui de n'importe qui. Le cœur de la multitude. C'était le cœur inconnaissable, le cœur du mystère. Les fonctionnaires de la Ville ne trouveraient rien à redire. Leur impuissance serait totale devant le caractère béatifique de leur récit fondateur, devant l'afflux incessant de pèlerins au presbytère-condominium, des pèlerins impatients de recevoir à leur tour l'illumination, de la ressentir dans leur chair, de contempler le mystère de ce qui avait eu lieu, des jours bénis d'avant l'exérèse et des jours assombris de la Grande Épreuve, ces jours pendant lesquels la relique s'était évanouie, ces jours d'incertitude et de crise où l'on avait perdu le cœur – au cœur de lui-même. Ce que cette histoire avait de plus beau, se dit Édouard, ce qu'elle recelait d'infiniment contemplable, c'était sa parfaite circularité. Édouard et sa congrégation n'auraient pas à fournir la réponse au mystère de la disparition du cœur ni à celui de sa réapparition. Pourquoi ? Parce que la congrégation construirait son sanctuaire sur cette Question. Il ne fallait pas expliquer, il ne fallait pas comprendre. Il fallait éprouver. Il fallait voir. Avec les yeux du cœur. Amen.

XI

GLOIRE DE BADDREDINE

La noce (ter)

L E DÉBUT DE LA FIN ? LE DÉBUT DE LA FIN, c'est quand je brise une décennie d'abstinence en avalant coup sur coup deux cachets de Xanax et deux cachets d'Empracet arrosés de sirop contre la toux. C'est quand, deux heures plus tard, au réveil, je sors m'acheter un croissant au dépanneur du coin. C'est quand, au retour, je me prends les pieds dans les attaches de plastique des frères Vrátnik et que je me casse une dent. Le début de la fin, c'est quand, l'hiver dernier, Édouard vient manger avec moi et abdique devant mon problème de chauffage, et que j'en suis réduit à mettre au point le système du choc des extrêmes, c'est quand je passe la soirée chez Myriam, à boire avec elle, avec Anaïs, Godley et Kimio, que je fume leur weed à la chicha, que je me dissocie une fois encore, que la nuit se distend et le temps aussi, qu'advient la nuit la plus froide, la nuit où sur l'écran de la télévision apparaît le fantôme de Constance.

Le début de la fin, il est plus ancien encore, il précède

ma naissance, c'est le jour du mariage de mes parents à l'église Saint-Sauveur, rue Viger, ce sont mes parents qui portent des couronnes byzantines dorées serties de cristaux, monseigneur Khoriaty et le père Michel qui font passer ces couronnes d'une tête à l'autre en signe d'alliance.

Le début de la fin, c'est quand mon père et ma mère se rencontrent au comptoir d'une crèmerie du boulevard de la Côte-Vertu, lors d'une soirée informelle organisée par une collègue de ma mère à la banque : Emmène tes frères, Lola, et moi je vais te présenter un ami de la famille, il est ingénieur, il arrive d'Égypte.

Le début de la fin, ce sont les treize ans et des poussières que dure ce mariage, ce sont les querelles chaque jour, le matin, le midi, le soir, dans la nuit, ce sont les menaces, les cris, les silences lourds qui s'alourdissent, c'est moi dans ma chambre qui tremble de voir mon monde s'effondrer, c'est moi qui ne sais plus dormir, c'est moi qui mouille mon lit. Le début de la fin, ce sont les cinq années que dure le divorce, c'est la honte de voir notre folie exposée au grand jour, ce sont les policiers qui viennent cogner à la porte pour s'assurer que les cris entendus par les voisins ne signifient pas qu'on s'entretue, c'est le père d'Édouard qui s'interpose et dit à mon père : Va-t'en, Shafik, ou je te casse la gueule, et puis moi qui m'interpose et dis à Nabil : Ça va aller, mon oncle, je reste ici, j'irai pas chez lui en fin de semaine, ça me tente pas de toute façon. Le début de la fin, c'est Téta qui habite l'appartement d'en face et qui ne dit rien, qui ne dit jamais rien, mais m'accueille avec tendresse quand je fuis les cris chez elle.

À quel moment cette journée que je raconte, ce roman que j'écris commencent-ils à finir ? Quand Wali Wali nous traite, mon père et moi, de couilles molles multiculturalistes ? Quand Édouard se gare devant chez moi très en retard et en remorqueuse ? Quand il oublie les anneaux dans la sacristie ? Quand j'explose et l'insulte au pied de la statue du frère André ? Quand, au cocktail, je me mets à boire ? Quand ma mère au micro reconnaît, pour la première fois de sa vie, et en public, une part de ses torts ?

Non.

Le début de la fin, il arrive quand *il* arrive.

Le début de la fin, il arrive quand Baddredine Abderramane franchit la grande porte vitrée au centre de La Toundra.

Le début de la fin, c'est Baddredine Abderramane qui entre sous les flashs dans une salle en fête, comme on marche sur une ville conquise. C'est ce prince qui en plein juillet s'avance parmi nous, les épaules recouvertes d'une fourrure de chinchilla, ses boucles noires lustrées ceintes d'une couronne où chatoient cinq pierres du gisement de Mibladen.

Le début de la fin, c'est le passé qui resurgit dans le présent, non comme une douleur, non comme une angoisse, mais comme une puissance, comme un ennemi qui franchissant la grande porte vitrée retire ses lunettes de soleil aux verres dorés pour vous toiser de la tête aux pieds, pour vous dire qu'il sait combien fracassante est son irruption dans vos noces, et vous annoncer qu'il est là pour vous humilier.

Le début de la fin, c'est le passé qui resurgit *pour de vrai,* pour ce qu'il est, non pour ce que dans votre esprit il est devenu.

*

Le début de la fin, c'est quand je rentre dans La Toundra, et que l'horloge accrochée à la mezzanine indique 20 h 45. Je m'arrête pour respirer. Il y a quelques instants encore, dans les Jardins des Floralies, résonnait en moi ma lamentation, mon chant des signes : mon nouveau nom, les paroles de ma mère, les divagations d'Édouard, l'adoration de la lune, ma prière païenne. Mon esprit ne capte plus que par bribes la soirée qui défile sous mes yeux, l'ensemble est difficile à appréhender, chaque détail vaguement menaçant. Il y a la lumière du jour qui décline, les applaudissements qui faiblissent, le fumet de la sauce à la moutarde qui s'échappe des cuisines. Il y a les gens qui se lèvent, les gens qui s'assoient, il y a les gens qui circulent d'une table à l'autre. Mes paupières tressautent, mes yeux errent dans la salle, refusant de se fixer, reviennent à l'horloge : il est chaque fois 20 h 45.

Je vacille, recule d'un pas et prends discrètement appui contre la porte. Je me concentre. Mon père, son discours. Je l'ai manqué, à quelques phrases près. À

Cleopatra, l'émotion est grande, ça fourmille autour de mon père, qui finit par se rasseoir. Il demeure un instant droit sur sa chaise, puis se relève, pour balayer la salle du regard, pendant que ses voisins de table restés debout lui parlent avec animation. Je crois les reconnaître tous les deux. Des petits cousins de mon père, dont la famille s'est établie à New York dans les années trente : des Nammour. L'arbre généalogique leur donne, à eux, à mon père et à l'écrivain franco-libanais Amin Maalouf, le même arrière-grand-père : Iskandar Nammour. Iskandar a eu treize enfants, dont Virginie Nammour, la grand-mère maternelle d'Amin, Albert Nammour, le grand-père des cousins new-yorkais, et Nakleh Nammour, mon arrière-grand-père. Les deux hommes félicitent sans doute mon père dans un mélange d'arabe et d'anglais, *a marvellous evening, mashallah, ya Abou Youssef.* Ils lui tapotent l'épaule, ils lui tapotent le visage. Je devine au sourire gêné de mon père qu'il déteste ces manières. Il n'a plus la tête aux réjouissances. L'inquiétude l'a envahi, et il se demande bien, même si Yolande l'a prévenu, pourquoi son fils s'est absenté si longtemps, il se demande où il est. Je suis là, *ya baba,* je suis sorti m'aérer l'esprit, j'ai célébré le culte des animaux. Le voilà qui m'aperçoit enfin. Mes yeux noisette plongent dans ses yeux bleus, et une puissante et terrible angoisse monte en moi, la pire peut-être aujourd'hui, qui part des pieds et grimpe, mollets, cuisses, ventre, et vient m'écraser la poitrine et le cœur. Elle se transforme en une douleur glaciale et électrique, une douleur telle que je me dis : Ça y est, je vais mourir. Quelque chose me fait peur, j'ai oublié ce que c'était, je n'arrive plus à en formuler le nom. La douleur est partout, elle s'est propagée jusque dans mon crâne, jusque dans mon incisive brisée. Appuyé contre la porte vitrée, j'éprouve le très long choc d'une douleur qui me remplit et m'oppresse. Je la ressens, elle, et à son tour elle m'oblige à tout ressentir, ma peau où courent mille fourmis, mon cœur qui s'emballe, les os à vif de ma cage thoracique, mon ouïe attaquée par mille sons, et mes dents, une à une, comme si elles venaient de pousser toutes ensemble, de percer mes gencives, de déformer ma mâchoire. À ce moment précis, me détachant de la porte vitrée, je comprends que ce que je ressens ne dit pas son nom. Ce que je ressens a plusieurs visages, et tous se dérobent. Je comprends que ce que je ressens est un masque, un piège, et qu'en dessous il y a la fosse aux monstres, il y a l'abîme où se lève le Léviathan déroulant ses anneaux, et qu'aucun Xanax ne comblera jamais. Je marche et j'attrape un cocktail rougeoyant abandonné sur une table. Combien ai-je avalé de Xanax depuis ce matin ? Je l'ai su, je l'ai oublié. C'est écrit sur une feuille de papier pliée en deux dans la poche de ma veste. J'ai décidé de boire, je bois. C'est amer, je grimace, une tranche d'orange flotte entre les glaçons. Mon père m'a vu. Je lève la main en m'avançant avec mon drink. Il abandonne ses cousins pour venir à ma rencontre. Il me serre dans ses bras. Son étreinte est ferme.

— Pourquoi tu trembles, Alouna ?

Je ne me résous pas à répondre : parce que quelqu'un s'en vient qui ne devrait pas, parce que l'angoisse me remplit jusqu'aux yeux, parce que plus rien n'a de nom, parce que tout cache sa vérité. La voix de Baddredine parle dans ma tête. J'entends les insultes, j'entends son mépris. La voix de nos dix-sept ans, la voix d'aujourd'hui.

— Tu transpires beaucoup, tu es sûr que ça va ?

J'ai la gorge serrée, je ne réponds pas. Il me prend les épaules et me secoue affectueusement. Il me regarde avec tendresse. Je desserre les mâchoires.

— Je suis désolé d'être sorti pendant ton discours, Pa.

— *Maalesh.* Noucy l'a filmé, de toute façon, tu pourras le réécouter.

— Tu la remercieras pour moi.

— Qu'est-ce qui t'arrive ? C'est le ventre ?

— Je suis sorti dans les jardins, j'étouffais.

Je bois une longue gorgée du liquide rouge.

— D'accord, je comprends, dit-il en gardant une main sur mon épaule. Fais-moi plaisir, maintenant, et dépose ce verre. L'alcool ne va pas t'aider.

— Qu'est-ce qui va m'aider, alors ?

— Tu es entouré de gens qui t'aiment et que tu aimes. Tu as une belle vie. Qu'est-ce que tu veux de plus, *ya ebni* ?

— Un cocktail plus sucré.

— Non. Tu veux un baiser de ton père.

Il approche ma tête de ses lèvres, qu'il pose sur mon front.

— Tu vas trouver l'équilibre, Alouna. Écoute-moi bien : tu vas finir par le trouver. C'est une question de temps. Tout passe.

— Je sais, *baba*. Est-ce que je peux te dire quelque chose ?

— Bien sûr, *ya ebni*.

— Baddredine est en route.

— Qu'est-ce que tu veux dire ?

Mon père a une expression hésitante.

— Baddredine Abderramane s'en vient. Bad... Il s'en vient ici, à La Toundra.

— Pourquoi il n'est pas arrivé plus tôt ? L'entrée a été servie !

Je m'apprête à lui expliquer qu'il mélange mes amis, que Bad n'a rien à faire ici, qu'Édouard s'est enfoncé dans un bourbier sans nom, mais ma mère jaillit entre nous, toute joyeuse.

— Tu te caches derrière ton vieux père ? dit-elle en me pinçant la joue. Tu me dis que tu vas aux toilettes, mais je suis entrée au moins trois fois regarder sous les portes et tu n'étais pas là ! Est-ce que ça va mieux, maintenant ?

— Je suis sorti dans les jardins, finalement.

— Shafik, je suis tombée sur ton cousin Zizo.

— C'est vrai ?

— Il a engraissé, je ne l'ai presque pas reconnu !

— Engraissé d'où ?

— Arrête, *ya* Shafo !

— *Shafo...?* dis-je.

— Je te taquine, Lola.

— Ton père a toujours adoré me taquiner.

— Vous m'inquiétez, vous deux.

— Tu crois qu'on va se chicaner le jour de ton mariage ? répond ma mère.

— Je disais à Alain que la vie est belle. Tu ne trouves pas, *ya* Yolande ?

— Aujourd'hui, oui.

— J'ai beaucoup aimé ton discours, je suis impressionné.

— Je m'exprime bien quand même, n'est-ce pas, Shafik ?

— Tu t'exprimes *très* bien. Tu devrais solliciter un nouveau mandat à la présidence du Cercle Saint-Marc...

— Pour que je les fasse tous pendre ? J'ai assez de soucis comme ça !

— Tu ne trouves pas que ton fils est pâle ?

— Comme ça, quand il est pâle, c'est mon fils...

— Moi, de toute façon, mon fils s'appelle Youssef..., dit mon père en éclatant de rire.

— Il t'a raconté ?

— Ma, on reparle pas de ça !

— « Charbel », c'était l'idée de ta mère.

— Je m'en doutais.

— Oh, mais vous allez arrêter, avec ces histoires de noms ? s'exclame ma mère avec un geste de la main. J'ai donné au prêtre l'exemple de ton nom, Shafik. Grâce à moi, on n'a pas eu à annuler le mariage. Toutes ces tracasseries pour un bout de papier !

— Mon nom ?

— Ton nom français, *ya* Élie !

— Je ne vois pas ce que mon nom –

— Laisse tomber, *baba,* c'est n'importe quoi.

Ma mère place sa main sur ma nuque.

— Tu transpires beaucoup trop, *ya* Alain ! Ce n'est pas normal !

— J'ai couru, Ma, j'ai transpiré. Et là, je veux boire un amaretto sour.

— Tu as couru… ?

— Laissons-le tranquille, *ya* Yolande.

— Il part demain, il doit être en forme.

— Je suis juste stressé, arrêtez.

— Qu'est-ce qui te stresse, Alouna ? insiste ma mère.

— Tu te souviens de Baddredine Abderramane ? Il va passer.

— Mais oui ! s'écrie ma mère, de nouveau enjouée. J'aimais beaucoup ce garçon. Il était d'une politesse… Et d'une beauté !

— Vous ne comprenez rien.

— Son père gagne très bien, maintenant. Quand ils sont arrivés, ils n'avaient rien. Sa mère nous faisait la pédicure, à ta téta et moi.

— Un peu d'empathie, ça ne vous tuerait pas, il me semble ?

Mon père m'ébouriffe les cheveux comme quand j'avais dix ans.

— Je vais voir le père de Virginie. Et n'oublie pas : il faudra qu'on se parle du prénom de ton premier fils !

— Ton père est macho… Va où tu veux, Shafik ! Moi, j'emmène notre Alouna en haut. Je t'offre un verre, mon fils !

*

Pour rejoindre le second bar en évitant les convives, il nous a fallu zigzaguer habilement entre les tables de La Toundra. Ma mère a marché devant d'un bon pas, la tête haute, et feint de ne voir personne. Je l'ai suivie en souriant aux gens que je reconnaissais. Ce comportement ne ressemble pas à ma mère, jacasseuse devant l'Éternel, et avec tout le monde, sans discrimination. Je me dis que son discours n'était peut-être qu'un prélude à cette conversation que nous allons avoir. Je fais tourner les glaçons dans mon verre. Entendant les mots *amaretto sour*, Jakobson a froncé les sourcils : monsieur Farah, vous allez vous rendre malade. Il a remplacé le cocktail rouge que je traînais encore – un negroni, paraît-il – par un Cinzano, liqueur herbacée idéale pour s'initier aux amers, et qui ne contient que quinze degrés d'alcool. Ma mère, enchantée, a pris la même chose. Elle boit à petites gorgées, en plissant les yeux de plaisir. Nous sommes seuls à la mezzanine, à part Jakobson qui prépare simultanément une douzaine de cocktails dépareillés. Les invités profitent de la pause entre les discours pour se ravitailler. Je reconnais un German vacation sur le plateau. Je pense à Édouard, ce qui me fait penser à Bad, et je soupire malgré moi, pour essayer de desserrer l'étau qui m'empêche de respirer normalement. J'aurais dû commander quelque chose de plus fort. Je me demande si Bad va arriver pendant le discours de Mym ou, pire, pendant celui d'Édouard, qui semble n'attendre que ça pour finir de perdre le nord.

— Tu n'as pas l'air tout à fait là, tu sais.

— Désolé, Ma.

Jakobson pose deux verres d'eau devant nous.

— Vous êtes très élégant, monsieur.

— Vous de même, madame Safi. Si je puis me permettre, quel est ce tissu fabuleux ?

— Ah, mais je ne sais pas ! Mon fils dit que ma robe est en crêpe impératrice. Je répète ça à mes amies et personne ne connaît ! Je m'en fous ! De toute façon, vous avez vu comment elles sont habillées ? Il aime beaucoup les mots, mon fils.

— Ça vous va à ravir, en tout cas.

— Je suis bien d'accord, se rengorge-t-elle. Je suis l'impératrice d'Éthiopie !

J'ai rarement vu ma mère aussi insouciante et détendue. Elle s'amuse, même si je sais qu'elle a quelque chose derrière la tête. On dirait qu'elle tente de me transmettre sa joie d'être ici. La nervosité qui l'habitait quand on bavardait en bas avec mon père l'a quittée. C'est la première fois ce soir qu'elle n'est pas entourée de cousines, de tantes ou de voisines. Elle est là, seule, et elle s'occupe de moi. Il faut l'admettre : ma mère a toujours été là. Elle m'a donné la vie, puis elle a été là. Trop là, peut-être. Trop envahissante, trop anxieuse, mais toujours aimante : je me suis parfois refusé à la voir, cette mère-là ; j'ai peut-être effacé de mon enfance ces moments de bien-être, ces moments où elle s'occupait *bien* de moi, peut-être parce que de m'en souvenir décuplait ma détresse quand je me retrouvais seul au milieu d'une famille brisée par les hostilités inlassables. Je vois la fierté sur son visage. Une fierté simple et radieuse, non pas l'habituel air de supériorité désinvolte qui a toujours caché chez elle, comme chez ses frères, tant de complexes. Cette soirée est une grâce. Accoudée au bar, ma mère est sans tristesse, sans colère, sans récriminations. Son grand garçon s'est marié. Ce soir, tandis que je souffre sans comprendre, que mon corps est noué, ma mère ne me fait pas peur. Sa présence, ce soir, m'apaise. Je trouve un peu de réconfort à la voir être bien.

— Il est très sympathique, dit-elle en se recoiffant avec les doigts.

— Il travaille avec Sue. C'est son homme à tout faire.

— Il viendrait à la maison, tu crois ?

— Pour faire quoi ?

— Il y a des ampoules à changer, les vitres à laver. Et puis j'ai des problèmes avec ma télévision.

— Voyons, Ma, tu as juste à me demander, pour ces choses-là.

— Je n'aime pas quand tu te fâches.

— Ça arrivera plus. C'est juste que tu peux pas mettre des lahmajouns dix minutes au micro-ondes. Tu allais faire exploser Le Topaze !

— C'est une raison pour crier, ça ?

— Non, Ma…

Tout à coup, ma mère a le visage sérieux.

— Il y a quelque chose que je dois te dire, Alain.

Sa voix tremble. Le moment est venu. Nous nous faisons face, assis sur nos tabourets. Nos genoux se touchent presque. Ma mère pose une main sur ma cuisse. Je crois savoir ce qu'elle veut me dire, ce qu'elle veut avouer. Comme pour se donner du courage, elle boit une longue gorgée de Cinzano. Ces mots que j'anticipe constitueraient le plus beau des cadeaux de mariage. Je m'en veux de penser une telle chose, comme si des aveux tardifs pouvaient tout guérir, comme si quelques phrases allaient réparer des années de déni.

— Oui, maman, je t'écoute.

— Tu as maigri, c'est pas possible. Je te regarde, je regarde ton visage et je vois les os de ta mâchoire. Quand est-ce que tu as mangé, la dernière fois ?

— Ce matin. Un croissant, avant d'aller chez Wali.

— Ce matin ?

— J'ai aussi mangé une frite dans la remorqueuse avec Édouard. Mais j'ai pas faim. Il y a rien qui rentre.

— Tu as mangé un croissant ce matin et une frite et c'est tout ? Tu vas t'évanouir !

— Tu exagères, Ma. Je puise dans mes réserves, comme on dit.

— Quelles réserves ? Ça fait dix ans que je ne t'ai pas vu comme ça. La peau et les os…

— C'est vrai que je me suis déjà senti mieux.

Jakobson apparaît devant nous.

— On me dit en cuisine que le plat principal est prêt. Le service va commencer incessamment et sera terminé pour le discours de la demoiselle et du garçon d'honneur.

— Merci, cher monsieur, dit ma mère.

Elle le suit du regard tandis qu'il s'éloigne, lissant sa robe sur ses genoux, puis ses yeux s'attardent sur l'étoffe violette.

— Pardonne-moi, je me sens très émotive, me chuchote-t-elle. J'ai réalisé quelque chose en sortant de l'Oratoire.

— C'est pour ça que tu as senti le besoin d'en parler dans ton discours?

— J'y pensais, mais je n'en ai pas parlé.

— Pas comme ça, c'est sûr. Mais on sentait l'émotion.

— J'ai honte, tu sais.

— Je comprends.

— Tu vas trouver ça fou, que je réalise seulement maintenant, après toutes ces années.

— C'est normal, Ma. Il y a des choses qui prennent du temps à faire leur chemin.

Ma mère inspire, ferme les yeux. Ses joues rougissent. Visiblement, ce n'est pas facile pour elle. Elle ouvre les yeux et me fixe intensément.

— Je t'écoute, dis-je.

— Eh bien voilà : je pense que j'ai des pouvoirs.

En bas, Édouard éclate de rire. Je reconnais aussi

le rire de Mym, et la voix de Vir qui leur parle. Je frissonne, éberlué.

— Des pouvoirs ? articulé-je.

Elle laisse échapper un long soupir de soulagement, puis continue à voix basse :

— Je sais que tu trouves ça fou. Mais j'en ai la preuve, maintenant.

— La preuve de quoi ?

— Que je brise les gens. Que j'ai le pouvoir de briser les gens.

Des larmes montent aux yeux de ma mère. Elle paraît contrite, vulnérable. J'essaie de l'aider et de rester en contrôle de moi-même. J'essaie de chasser l'horrible pressentiment qui me ronge.

— Tu brises les gens comment ? dis-je en me forçant à rester calme.

— Avec le mauvais œil, qu'est-ce que tu crois ?

— Oh non, Ma ! Pas encore ça, voyons !

J'ai haussé le ton sans m'en rendre compte. Jakobson lève la tête, puis retourne à ses commandes.

— D'accord, d'accord. Si tu veux t'énerver, on n'en parle plus. On retourne en bas et c'est fini.

J'ai peine à croire que je me suis fourvoyé à ce point sur ce que voulait me dire ma mère. Nous nous enlisons dans les mêmes sables mouvants, les mêmes discussions impossibles et délirantes. Une bouffée de chaleur m'envahit. Mon père et ma mère avaient raison, je transpire anormalement. Je tente d'ignorer la nausée qui monte.

— OK, je m'excuse... C'est juste que je ne m'attendais pas à ça.

— Je me confie à toi et...

— Qu'est-ce que tu disais, donc ? la relancé-je d'une voix radoucie. Tu aurais le mauvais œil *toi-même* ?

— Je pense que oui.

— Tu m'as toujours dit que c'était génétique... Qu'on l'avait ou pas...

— Je sais, je sais. Mais j'observe les autres autour de moi depuis un certain temps, et je remarque des choses.

— Comme quoi ?

— Chaque fois que quelqu'un me fait du mal, le bon Dieu le punit. Les gens qui sont méchants avec moi sont punis par le bon Dieu.

J'avale une lampée de Cinzano. Les glaçons ont fondu. Je fais signe à Jakobson de m'en remettre un.

— Par exemple ?

— Tu connais Alex, l'ami de ma tante Nadine ?

— Non.

— Mais oui, tu le connais. Il rapportait des lettres d'Égypte à Téta quand tu étais petit. On prenait le café turc.

— C'est pas grave, Ma. Qu'est-ce qui s'est passé avec Alex ?

— Il vit au Canada, maintenant.

— D'accord.

— L'autre jour, il m'a donné rendez-vous chez Jounieh. Nous devions passer l'après-midi ensemble. Il est gentil.

Je ne cherche pas à me remarier, mais comme compagnon, il pourrait être très bien.

— Je t'ai dit tellement de fois de refaire ta vie... C'est une bonne nouvelle, *mama*.

— Attends un peu, je n'ai pas fini. Il me donne rendez-vous chez Jounieh, je me rends là-bas par la 121. Il n'est pas là. J'attends une heure, j'attends deux heures, puis j'en ai assez.

— Je me serais tanné bien avant.

— En rentrant à la maison, je l'ai appelé. Il m'a dit qu'il se sentait fiévreux, qu'il avait pensé à m'appeler, mais qu'il était épuisé et que ça lui était sorti de la tête.

— C'est moche de sa part de t'avoir posé un lapin. Il t'a manqué de respect. Téléphoner, fièvre ou pas, c'est le minimum, je te comprends d'être triste. Je t'ai dit mille fois de sortir avec des Québécois.

— Je n'étais pas triste, tu ne comprends pas, je m'en fous, de lui ! Mais il m'a fait perdre mon temps, j'étais en colère.

— Et quel est le rapport avec le mauvais œil ?

— J'ai maudit Alex tout le reste de la journée, et le lendemain aussi.

— Faut pas t'en vouloir, il l'a cherché.

— Bien sûr, mais Nadine m'a appris qu'il s'était brûlé au deuxième degré avec son barbecue.

— Quand, ça ?

— La semaine suivante... Il n'a pas mis de gants, il a ouvert la bonbonne, et ça a fait une boule de feu.

— Ma, ça n'a rien à voir.

— C'est le feu bleu que fait le gaz, le feu le plus chaud.

— Maman...

— Tu te souviens d'Amal, la manucuriste ?

— Tu disais pas il y a dix minutes que c'était la mère de Bad ?

— Non, Fatima, c'étaient les pieds, et ça fait long-temps, tu habitais encore à la maison. Cesse de m'interrompre, s'il te plaît.

— Ma, je sais pas c'est qui, Alex, je sais pas c'est qui, Amal. Tu as traité Amal de *charmouta,* et après elle s'est immolée par le feu ?

— Une étagère de son buffet s'est effondrée, et toute sa vaisselle s'est cassée. Il y en avait partout dans sa salle à manger.

— Ça ne tient pas debout, ce que tu racontes.

— Elle m'a engueulée comme du poisson pourri, et une heure après tout son Royal Albert était en miettes.

— Ta manucuriste a du Royal Albert ?

— Pourquoi pas ?

— Ma, ne le prends pas mal, mais il me semble que tu te chicanes avec tout le monde depuis toujours.

— Tu ne veux pas me croire ? Je vais te donner un autre exemple et tu verras.

Son ton m'apparaît soudain menaçant, comme si elle voulait m'obliger à reconnaître qu'elle a raison.

— Prends ton père.

— Qu'est-ce qu'il a, mon père ?

Jakobson pose un nouveau Cinzano devant moi. C'est une mauvaise idée. J'attrape mon verre d'eau encore

inentamé et en avale une rasade. L'eau a eu le temps
de tiédir. Je regarde ma mère. À son tour elle boit une
gorgée d'eau, puis se lance :

— Sa maladie...

— Ma, je t'arrête. Faut pas délirer... Il est malade
depuis qu'il est jeune. Ça a commencé presque en même
temps que pour moi, vers treize ou quatorze ans.

— Oui, mais c'était différent, avant.

— Différent comment ? Avant quoi ?

— Différent avant notre mariage. Tu sais que c'est
le soir de nos noces que j'ai appris qu'il était malade ?

— Je te crois pas. C'est pas possible.

— Il a toujours été très discret sur ces choses-là. Sa
tante Lili m'a demandé : Tu n'as pas peur pour tes
enfants, avec sa maladie ? Et c'est là que j'ai compris
ses fièvres, ses douleurs, ses pertes de poids.

— Tu peux pas avoir fiché le mauvais œil à Pa. Il faut
envier les gens pour que ça fonctionne, c'est ce que tu
m'as toujours dit.

— Je l'ai envié, oui. D'être parti, de ne plus avoir eu
à s'occuper de toi tous les jours. Je lui en voulais de
m'avoir laissée seule avec toi, avec toutes les responsabilités...

Je n'arrive plus à penser, à trouver les mots pour
répondre. La nausée est devenue insistante, assez pour
me distraire de la douleur qui me tenaille depuis que
je suis rentré des jardins. Je sais que je vais devoir aller
aux toilettes d'ici une ou deux minutes. Je ne tiendrai

pas. Je sens quelque chose d'étrange sous mon oreille droite, comme un point lancinant, aigu, comme si une longue aiguille s'enfonçait lentement dans mon cou, sans s'arrêter. Je touche. Une petite bosse s'est formée, qui élance.

— Écoute, Ma, je préférerais qu'on... C'est difficile pour moi d'entendre ça, ce soir.

— Je comprends, *ya ebni*. J'arrête.

— Merci.

— Mais je vais quand même te dire ce que je voulais te dire.

Ma mère retrouve son regard de fierté. Elle me saisit la main d'un geste caressant, et sa voix se remet à trembler. Ses yeux brillent de larmes.

— Je pense que ton père a raison.

— À quel sujet?

— Ce qu'il a dit – c'est vrai, tu n'as pas entendu, tu étais dehors. Ce qu'il a dit dans son discours.

— Il a dit quoi?

— Qu'il faut savoir tirer un trait sur le passé. Qu'il faut avoir le courage de regarder devant nous. C'est ce que je fais, aujourd'hui. Si je devais mourir demain, je veux que tu gardes une seule chose en tête, la seule chose qui compte vraiment.

— Dis-moi, *ya mama*. Dis-moi.

— Je t'ai tout pardonné, *ya* Alain. Je te pardonne.

Je reçois ces mots comme un coup de poing dans le ventre. Ma vision s'embrouille, c'est une migraine, je la sens arriver, et la nausée commence à m'étourdir. Ma mère me tient toujours la main :

— Oui, j'y pense depuis plusieurs jours. J'ai beaucoup souffert. Ton père est parti, tu es parti, mais maintenant ce n'est plus grave. Je vous pardonne tout ce que vous m'avez fait, *ya* Alain, et je regarde devant moi.

— Je dois retourner aux toilettes, dis-je en me levant. Je suis désolé, Ma. Je t'en prie, retourne en bas et dis à Vir que j'arrive. Si je tarde à redescendre, ne m'attendez pas.

Ma mère se lève, brusquée, perplexe, désorientée. Jakobson a déjà déposé nos verres sur son plateau. Il lui donne le bras, et les deux s'engagent dans l'escalier. Ma mère me pardonne ? Je peine à avaler, à respirer, je tangue. Je touche à nouveau du bout des doigts la bosse dans mon cou. Une faiblesse s'empare de tout mon corps. Ma mère me pardonne quoi, au juste ? Je me hâte vers la salle de bain. Des points lumineux clignotent et grésillent en périphérie de ma vision. Un long sifflement me vrille les oreilles. Ça y est, mon cœur va lâcher.

*

Je suis assis sur la lunette des toilettes, le pantalon sur les chevilles. Ma veste pend au crochet de la porte, et j'ai dénoué ma cravate. Les bras écartés, je me retiens aux cloisons de mon compartiment pour ne pas m'affaisser. Les images et les mots vont trop vite. Je suis brûlant puis j'ai froid. Mon cœur cogne, je le sens

dans mon front, mes tympans. Je savais qu'ils appro-
chaient, je les attendais depuis la veille, les scorpions,
les fouets, les crocs vénéneux, ils sont là, maintenant.
Te revoilà, crise de panique. J'ai l'impression d'être ici
et d'être ailleurs, d'avoir quitté mon corps ou de m'y
enfouir, de disparaître dans ses profondeurs. J'entends
des bruits. Pourtant il n'y a personne. Je relève la tête,
à bout de souffle. Je ne peux ni uriner, ni déféquer, ni
vomir. Je songe un instant à m'étendre par terre : si je
perds connaissance, c'est le meilleur moyen d'éviter une
chute. Non. Je me concentre sur la rumeur qui monte
de La Toundra. Jakobson semble de retour au micro.
J'entends la salle rire. Est-ce que ma mère a fait le message à Virginie ? Sans doute. On serait venu me chercher sinon. Ma mère a dû parler à Vir, lui expliquer, la
rassurer. Nouvelle salve de rires. J'entends la voix de
Mym, j'entends la voix d'Édouard. Ils ont commencé
les discours sans moi. C'est ce que je voulais. Je me dis
que Bad doit être sur le point d'arriver. Il surgira au
cœur de mes noces et sera reçu en héros. Il s'avancera
comme un roi et sourira du sourire des grands jours
et des coups fumants. Il promènera sur les invités un
regard plein de morgue et de moquerie. Il s'avancera
dans la salle, sous des tonnerres d'applaudissements,
mitraillé de flashs, acclamé de hourras. La foule s'ou-
vrira en deux haies d'honneur entre lesquelles triom-
phera Baddredine, avant de s'arrêter devant Virginie.
Il se penchera et lui fera un baisemain. D'un geste il
soumettra ma famille et mes amis à son règne. Puis,

dans son manteau de chinchilla noir et argenté, il montera à la mezzanine, s'élevant sans effort, se guidant à l'odeur, suivant l'odeur du sang et de la merde, et s'arrêtera enfin devant ma cabine. Il défoncera d'un coup de pied la porte et me découvrira, livide, tremblant, vaincu, ruisselant de sueur, le pantalon sur les chevilles, les bras serrés contre le ventre. Il rira de moi, il me dira : Ils vont finir par te tuer, ces intestins-là, Farah. Il me dira : Tu penses que ta maladie te gâche ta journée, tu penses que je te gâche ta soirée, mais elle est gâchée depuis le début, ta journée, gâchée par toutes ces raisons que tu t'inventes pour ne pas affronter ce que tu es. Il me dira : Tu peux bien prendre tous les médocs du monde, tu ne guériras pas de ce que tu es. Tu es celui qui aime souffrir. Tu es celui qui se croit martyr. Il me dira : Regarde la mascarade au centre de laquelle tu t'es placé aujourd'hui, regarde tous ces gens qui sont venus à ton mariage mais qui médisent et rient et n'attendent que de repartir. Il me dira : Tu cherches à te convaincre que ce mariage et ce faste sont ce que tu veux, mais ton corps te dit que tu mens, que tu te mens à toi-même, sur ta vie, sur ta personne, ton corps te dit que tu as honte, que tu es coupable, et je te le dis, moi, Baddredine Abderramane remonté des tréfonds de boue où tu m'as gardé, me haussant vers la gloire du jour, en vérité je te le dis, tu as commis l'inacceptable, et aujourd'hui est venu le jour où tu devras t'excuser et accepter que tu as fait ce que tu as fait, et que tu es ce que tu es. Il me dira : Je n'en avais pas envie mais je

suis venu parce que le temps est venu que tu t'excuses.
Je me dis : Ouvre les yeux, Alain, ouvre les yeux. Je me
dis : Sors d'ici. Lève-toi et sors.

*

J'écoute et je respire, les mains posées sur les cuisses. Il
est 21 h 15. Je suis assis à Shawinigan, reculotté, le nœud
de ma cravate réajusté. C'est mon mariage, c'est moi qui
me suis marié, c'est moi qui me suis marié avec Virginie,
avec Virginie Pellerin-Wise, avec Virginie la femme de
ma vie. Je suis là, je dois rester là. Des points lumineux
dansent devant mes yeux. Je ne sais plus ce qui m'arrive, la migraine ne s'en va pas, et je dois me concentrer pour respirer, comme si mon corps avait oublié
comment faire. De quelle faute ma mère me pardonne-
t-elle ? Reste calme, me dis-je. La chaleur que dégagent
mes muscles, mes artérioles dilatées, mon hypoderme,
mon derme, mon épiderme, irrigue mes mains posées à
plat sur mes cuisses. Vir a les yeux braqués sur l'estrade,
où se tiennent côte à côte Mym et Édouard, comme un
duo comique. Jakobson, un peu à l'écart, se penche sur
la console de son. Mym parle. Je me répète que ça ira,
que la crise est passée, que je dois me détendre. Mes
mains sont chaudes, mes cuisses sont chaudes, et ce
constat repasse en boucle dans ma tête. Impossible de
casser ce ressassement. Mes pensées se pensent en tournant sur elles-mêmes, comme si mon esprit était une
sphère, un mouvement perpétuel, un ruban de Möbius.

Je ne dois plus avaler de Xanax, je ne dois plus boire.
Je me sens partir, ramollir, et la nausée monte. Je serre
les poings sous la table à plusieurs reprises, c'est ce que
Mym m'avait dit de faire, chez elle en février, Mym
qui parle au micro en ce moment même, que j'écoute
et que je n'entends pas : mes mains sont chaudes, tout
mon corps est brûlant. Je serre jusqu'à en avoir mal aux
os. Les convives rient de bon cœur, je les vois, les rires
déforment les visages autour de moi, mais je ne par-
viens toujours pas à entendre ce que dit Mym. Je me
concentre sur ma respiration. Je sens Vir émue, toute
son attention se porte vers notre amie. Je ferme les
yeux. J'ai envie de pleurer. Mes cuisses sont chaudes.
La bosse sous mon oreille a doublé de volume, c'est un
ganglion, sans doute, il élance de plus en plus. Le père
de Vir s'esclaffe. Je sursaute. Édouard fait le clown et
feint de se jeter sur le micro, mais ne réussit pas à l'arracher des mains de Mym, qui lui donne un coup de
poing sur l'épaule en mimant la colère. Elle m'envoie
un sourire complice, et Édouard une sorte de clin d'œil
grimaçant. Je m'efforce de sourire. Je dois sortir cette
folie de moi. Mes pensées, mes gestes sont de plus en
plus laborieux, ils ralentissent, et mes perceptions se
confondent, se diffractent, la douleur et les sons, les
couleurs et les mots. Mym dit quelque chose de drôle,
les bouches s'ouvrent grand, les têtes se secouent en
rythme, puis Shawinigan au complet me regarde. Je
m'efforce de sourire. Les gens sont loin et près de moi,
et leurs visages, des masques incompréhensibles, faits

de tics, de fissures, de plis. J'ai l'impression de me liqué-
fier, tellement j'ai chaud. Je serre les poings, de toutes
mes forces, pour arriver à entendre ce que dit Mym,
pour extirper un à un les mots de l'image de sa voix.

— Ça va pas, Bibou? me chuchote Vir.

Elle m'a pris doucement le bras pour attirer mon
attention.

— Hein?

— T'as pas l'air bien. T'es tout blanc… Veux-tu que
je t'accompagne aux toilettes?

— Ça va aller.

Je lui touche la main, je la garde contre mon bras, je
m'y accroche. Je souris à Vir, rassuré par sa présence,
et cherchant à la rassurer à mon tour. Je tente de me
focaliser sur les mots de Mym, la voix de Mym, son
intonation joyeuse. Elle s'adresse à Vir, à Vir qui est
Virginie, qui est ma femme, Mym s'adresse à toute la
salle, à la salle remplie d'invités. Mes cuisses sont brû-
lantes. J'écoute, et cette fois j'entends.

— Alors maintenant, vous connaissez l'histoire de
l'hirondelle. Vous savez comment se sont rencontrés
Virginie et Alain. Et vous savez que, si Alain cite Khalil
Gibran, c'est qu'il l'a lu dans une carte d'anniversaire
que je lui ai offerte!

Les gens applaudissent. La nuit est tombée. Mon
assiette n'est pas entamée. Carottes nantaises, pommes
de terre grelots, topinambours, petits oignons, haricots
jaunes, garnis de persil haché; un filet d'ombre de l'Arctique. Dans l'assiette de Vir, un filet d'ombre de l'Arctique.

415

Dans l'assiette de sa mère : carottes, grelots, oignons, topinambours, haricots, mais une pièce d'agneau… ah ça me revient, j'ai appris le mot chez le traiteur, une souris, une souris d'agneau. Des rigoles de sueur dévalent mon cou. Je touche mon ganglion, démesurément gonflé. Il y a un verre d'eau devant moi. Je le vide d'un trait. L'eau est glacée. La Toundra plonge dans le noir, puis un écran s'allume.

— J'ai préparé pour toi cette petite vidéo, ma Vir chérie, dit la voix de Mym. Vingt ans d'amitié, c'est des souvenirs, des confidences, des joies, des peines. Quand je repense à nous à dix ans, à quinze ans, à vingt-cinq ans, je revois tant d'endroits qui ont été importants pour nous. J'ai eu envie de les revisiter avec toi.

Je fixe l'écran et me concentre sur ma respiration. Défilent d'abord des photos des filles à tous les âges depuis leur petite enfance, dans divers décors, à des anniversaires, dans la cour chez les parents de Virginie, dans des camps de jour, puis l'image s'anime, en caméra subjective, Mym se promène dans les rues de Notre-Dame-de-Grâce, entre leur école primaire et le collège Villa Maria, elle entre dans les boutiques qu'elles aiment, dans les cafés aussi, puis elle va aux HEC, où elle nous a présentés, Vir et moi. Mym raconte, au fil des lieux, une soirée d'Halloween, leur après-bal, leurs premiers emplois sur Monkland, et la vidéo se conclut dans la cuisine ensoleillée de l'appartement où elles cohabitent depuis cinq ans. L'écran s'éteint, la salle se rallume et Mym descend de l'estrade pour venir s'arrêter tout près de Virginie. Mym chuchote dans le micro, comme s'il n'y avait plus qu'elles dans la salle.

— Vir, je suis tellement chanceuse de t'avoir dans ma vie. Tu ne peux pas savoir à quel point ça me rassure de savoir que tu seras toujours là, les bons jours comme les mauvais jours. Les gens disent qu'on est des sœurs, mais je pense que c'est plus que ça. C'est plus que ça, parce qu'on s'est choisies. Je t'aime, mon amie.

Un tonnerre d'applaudissements se déchaîne. Mym pose le micro sur la table et prend Vir dans ses bras. Les deux filles s'étreignent longuement, riant et pleurant à la fois tandis qu'on les ovationne. Mym ensuite me tend la main et, se détachant de Vir, me serre contre elle à mon tour. Elle me murmure à l'oreille de prendre soin de sa vieille amie. Je retiens un sanglot. N'oublie pas de prendre soin de toi aussi, ajoute-t-elle, en me donnant une bise sur le front. Je me rassois. Le niveau sonore, les voix, les sourires et les larmes et les mains qui s'agitent me désorientent, la nausée est encore là, mais j'arrive à sauver les apparences. Mym a rejoint Édouard sur l'estrade, et les gens rient. Édouard semble très sérieux, pourtant, et aussi très nerveux en dépit de son ivresse évidente. Il tient le micro dans sa main droite, et de sa main gauche il a soulevé le pied de micro du sol, et le garde très incliné, façon Axl Rose sur le point de chanter *Paradise City*. L'image est incongrue, d'autant plus qu'Édouard, après avoir commencé par *Mesdames et messieurs, Alain, Virginie,* cherche immédiatement ses mots. Il examine un instant un point au plafond, puis se met à parler très vite. Il parle de notre naissance, de notre baptême chez les maronites, du Topaze, du Petit Liban, qu'il appelle le Petit Beyrouth, il raconte ses expériences, dont j'étais le cobaye consentant, tout ça à toute vitesse. Il passe d'une anecdote à l'autre, sans suivre de logique, comme égaré dans la parole. Si je ne me sentais pas si mal, prisonnier de mon état de surtension, je serais gêné et ému aux larmes en même temps. Mais dans les circonstances, je m'accroche, j'essaie simplement de suivre. Il est en train de dire que, lui et moi, on est si proches et depuis si longtemps que Vir a senti le besoin de s'assurer qu'il n'emménagerait pas avec nous après le mariage. Les gens rient de bon cœur. Puis il s'interrompt, pose le pied de micro et entreprend de fouiller dans les poches de sa veste. Le silence est revenu dans la salle. Apparaissent dans ses mains des dépliants, divers papiers, des kleenex froissés, on a peine à croire que tout ça entrait là-dedans. Il fronce les sourcils en marmonnant, refourre tout dans ses poches et s'approche du micro :

— Bon, j'ai perdu ce que j'avais écrit, mais c'est pas grave parce que je m'en souviens. Ce genre d'événement, un mariage, des noces, c'est l'occasion de fêter. Tout le monde sait ça, c'est évident. Mais c'est aussi l'occasion de réparer les choses. Je veux dire, un mariage, c'est une promesse : on se promet qu'on va réussir à réparer, à pardonner, à guérir, à avancer. Si on s'aime, on laissera pas les choses se briser. En ma qualité de mécanicien, réparer, c'est ce que je fais de mieux. Je réussis pas tout le temps. Mais quand je réussis pas et que j'ai réellement essayé, je suis en paix avec moi-même. Alain, toi et moi, on s'est presque jamais chicanés, et c'est pas aujourd'hui qu'on allait commencer. Mais on s'est pas tout le temps dit ce qu'on aurait dû se dire. Ça, ça va changer, je te le promets. Et je voulais te dire aussi que les trois mois où nos pères nous ont empêchés de nous voir ont été les plus longs de ma vie. Alors, en terminant, le cadeau que je t'offre aujourd'hui, c'est le cadeau de la paix avec le passé, c'est le cadeau des retrouvailles. J'espère qu'il sera à la hauteur de la joie que j'ai de t'avoir dans ma vie. T'es un maudit paquet de troubles, mais je t'aime, mon frère.

Des applaudissements d'abord hésitants s'élèvent, puis les invités, voyant Édouard descendre de l'estrade, comprennent que les allocutions sont enfin terminées ; alors déferle une vague d'euphorie, j'entends des cris, des sifflets, des ustensiles qui tintent sur les assiettes, des verres qui s'entrechoquent. Édouard salue la salle d'un geste de la main et rejoint Stuttgart à pas légers, sans jamais cesser de sourire comme un enfant. Ruby l'accueille en ouvrant les bras, je crois lire sur ses lèvres : Tu étais très bon ! Mais le cadeau, c'est quoi ? Ses ongles roses et nacrés s'agitent vers le plafond. Édouard rit. Je surprends un échange de regards interrogatifs ou médusés entre mes parents. Le cadeau de la paix avec le passé, le cadeau des retrouvailles, eux non plus ne savent pas ce que ça signifie. Moi-même, je ne me sens plus les ressources mentales et émotionnelles pour décrypter

ces allusions, pour les distinguer de mes pressenti-
ments, de l'angoisse qui m'écrase la poitrine, de l'étau
qui me comprime le front, de la chaleur brûlante qui
m'affaiblit. J'ai renoncé à réfléchir. Je laisse se diffuser
en moi le sentiment d'amitié, le lien d'amour qui m'unit
à Dodi, mon frère.

— Bibou! Tes mains sont glacées...

Virginie a d'abord posé sa main sur la mienne et
maintenant me serre les deux mains de ses mains à elle.

— J'ai... J'ai un...

J'ai du mal à poursuivre. Mon esprit est confus, et
une immense envie de pleurer se bloque dans ma gorge.

— Qu'est-ce qui se passe ?

— Peux-tu... peux-tu regarder... là, sous mon oreille,
le ganglion, tu...

Je me sens soudain extrêmement mal, comme si je
tombais en moi de dix étages. Puis je ne sens plus rien.
Ma conscience m'a quitté. Je ne suis plus là. Mon corps
s'est raidi et glisse lentement sur la chaise, avant de
basculer sur le côté. La chaise bascule avec moi. Je ne
sens pas le choc. Une longue plainte inarticulée sort
de ma gorge, entre le gémissement et le râle. Je ne vis
plus ce que je raconte. Deux filets de sang s'écoulent
de mes narines.

— Alain! Alain!

Vir s'est levée, elle repousse sa chaise puis la mienne,
et se penche sur moi.

— Il va pas bien, il va pas bien, aidez-moi! crie Virginie à ses parents.

Je reste inconscient par terre pendant deux, trois minutes. Quand j'ouvre les yeux, je vois le visage de Vir, de Mym, d'Édouard. J'arrive à tourner la tête. La nausée est terrible. J'aperçois ma mère, le visage transi de peur, et mon père, plus loin, au téléphone, qui me regarde, les traits crispés. Il s'inquiète aussi. Ma belle-mère s'agenouille près de moi. Ses yeux sont calmes.

— Alain, bouge pas, mon ange, dit-elle. Je pense bien que tu as fait une syncope. Ça va être froid un peu.

Elle applique sur mon front une serviette de table imbibée d'eau glacée.

— Tu as saigné du nez, ça nous a inquiétés un peu.

*

Un quart d'heure plus tard, une ambulancière franchit la grande porte vitrée de La Toundra, mallette à la main, suivie de près par sa collègue. Elles ont la jeune vingtaine. Celle qui tient la mallette est très grande, les cheveux blonds blancs, les tempes rasées ; l'autre est de ma taille, les cheveux noirs ramenés en arrière en une longue queue de cheval qui se balance sur sa nuque. Mon père marche à leur rencontre, mais elles me repèrent très vite en scannant la salle du regard. Je passe près de bondir sur mes pieds pour aller les accueillir. Je me raisonne à temps. Je lève plutôt la main pour me signaler à elles et reste campé dans mon rôle. J'ai la tête de l'emploi. Sue et Jakobson m'ont installé dans une chaise au bas de l'estrade et ont drapé mes jambes d'une nappe blanche pliée en deux. Mes mains sont croisées sur mes cuisses. Ma mère m'a dit que je ressemblais à Téta Aïda dans son fauteuil roulant. Édouard a dit la même chose cinq minutes plus tard, dans ses mots à lui : un petit vieux oublié sur un balcon. Les ambulancières nous saluent. Ma mère vient se poster à côté de moi, une main sur mon épaule. Je soupire. La grande blonde pose sa mallette sur Cleopatra.

— Moi, c'est Sarah, dit sa collègue aux cheveux noirs. Votre père nous a raconté ce qui s'est passé…

— Mais il n'a même pas vu, il bavardait avec ses cousins ! s'exclame ma mère. C'est à moi qu'il faut demander !

— Merci, madame, répond Sarah, on vient vous voir si on a besoin d'un complément d'information. Vous êtes sa mère ?

— Je me suis occupée de lui toute seule toute ma vie. Je le connais mieux que personne !

— J'en suis certaine, madame.

— Et vous, comment ça va ? me demande la blonde.

— Ça va mieux… Ça va.

— On va vous poser quelques questions, OK ?

— OK.

— Pouvez-vous me dire la date d'aujourd'hui ?

— On est le 7 juillet 2007, le jour de mon mariage. On est samedi.

— Félicitations, monsieur, dit Sarah. Je veux dire, pour le mariage.

— Merci, c'est gentil.

— Comment vous appelez-vous ? demande la blonde.

— Alain Far... Alain Charbel Youssef Safi Farah, dis-je en levant les yeux vers ma mère.

— Tu dis tous tes noms, maintenant ?

Sarah pince les lèvres pour ne pas rire.

— Vous avez quel âge ?

— Vingt-huit ans.

— Vous habitez où ?

— Au 7310, rue Christophe-Colomb, à Montréal.

— Avez-vous bien dormi ?

— Pas vraiment. J'ai réussi à m'endormir à l'aube.

— Bien mangé ?

— Un croissant ce matin, et une frite vers midi. Je n'ai pas eu faim pour souper.

— D'accord. Et avez-vous beaucoup bu ce soir, monsieur Charbel ?

— Farah, monsieur Farah, s'il vous plaît. Deux ou trois verres d'alcool. Peut-être quatre. Du prosecco.

Édouard rôde en périphérie depuis que les ambulancières sont arrivées. Il déambule derrière elles, s'étire la tête d'un côté et de l'autre pour mieux voir. Quand il a entendu « monsieur Charbel », il s'est retenu, il n'a pas pouffé. Ma mère me serre l'épaule :

— Est-ce que tu as bien compté le Cinzano, *ya ebni* ?

— Cinq, donc, c'est vrai. Attendez. Six avec le moroni. C'est un cocktail rouge.

— OK, un cocktail rouge. Est-ce que vous savez ce qu'il y avait dedans ?

— Non. C'était amer. Un peu sucré, aussi, mais pas assez. Pas normal.

— Pas normal… Qu'est-ce que vous voulez dire ?

— Un *negroni*, Alain !

Édouard a réussi à se glisser entre les deux femmes.

— OK… ? dit la blonde en se déplaçant d'un pas, les sourcils froncés.

— C'est un drink classique italien. Une once de gin, une once de Campari, une once de vermouth, sur glace, avec un zeste d'orange.

— Je voulais dire que ça goûtait drôle, expliqué-je.

— C'est parce qu'il aime les drinks sucrés, reprend Édouard, à présent partie prenante du petit conciliabule que nous formons. Dès que c'est pas un drink sucré, Alain trouve que ça goûte le cul. Le médicament, je veux dire.

L'ambulancière, peut-être un peu déconcentrée, marque un temps. On dirait qu'elle se donne quelques secondes pour réévaluer la situation.

— Et vous avez bu tout ça en combien de temps, monsieur Ch – monsieur Farah ?

— En quatre ou cinq heures, je dirais ? Je ne bois pas, en règle générale. J'ai commencé à dix-sept heures.

— Prenez-vous un médicament en ce moment ?

— Quelques-uns, oui. Je suis traité pour une maladie chronique.

Pendant que sa collègue m'interroge, Sarah ouvre la mallette sur la table et en sort un petit appareil relié à un brassard gris. Un tensiomètre numérique. Pression

systolique, pression diastolique, fréquence cardiaque.
La routine.

— Qu'est-ce que vous prenez exactement? continue
la blonde. Vous avez probablement fait un choc vagal,
un malaise, si vous voulez, causé par le stress, mais on
aime mieux être sûres.

— Je prends du Purinethol, du Salofalk, du Cipro
et du Flagyl... Depuis une bonne dizaine d'années. Et
puis, aujourd'hui, j'ai aussi pris ça...

Je sors de la poche intérieure de ma veste la feuille
pliée en deux et la lui tends. Elle la déplie du bout des
doigts. Elle lit Xanax, Xanax, Xanax, Xanax, Xanax et
se dit sans doute : «D'accord, il se marie, c'est beaucoup
de stress, tous ces invités, la famille. Si ça se trouve, ça
aurait été pire sans.» Dans notre petit groupe, plus
personne ne bouge. Mon père, ma mère, Édouard se
sont figés, une sorte de silence s'est installé, de flotte-
ment indécis. Vir et Mym, debout près de Shawinigan,
ont interrompu leur conversation pour se tourner vers
nous, leurs verres de vin suspendus dans les airs. Elles
observent la scène avec curiosité. Une part de moi a
honte, l'autre a envie de rire. La puissance d'une feuille
de papier pliée en deux, me dis-je. Édouard tend le cou.
Mon père et ma mère échangent des regards contrariés,
pour des raisons différentes – mon père parce qu'il se
doute que je me suis remis aux calmants, ma mère parce
qu'elle ne tolère pas de ne pas savoir sur-le-champ ce
qui est écrit sur la feuille. Cette information lui est due
en priorité, ça lui démange de s'emparer de la feuille et

de s'exclamer : «Mais est-ce qu'on va en finir un jour, avec ces foutus papiers?»

La blonde lève les yeux vers moi. Son expression est interrogative.

— «9 juillet, Le Caire, j'arrête»?

— Promesse à moi-même.

— Bon, très bien, monsieur, dit-elle en repliant la feuille, qu'elle me rend. Pourriez-vous s'il vous plaît retirer votre veste et remonter votre manche droite? Ma collègue va mesurer votre pression artérielle.

Je m'exécute, sans doute trop lentement au goût de ma mère, qui pour m'aider à m'extraire de ma veste me manipule et tire sur les manches par à-coups brusques. Elle me fait bien sentir son mécontentement devant mes cachotteries. Sarah enroule le brassard pneumatique autour de mon bras et appuie sur le bouton. Le brassard se gonfle, je m'efforce de ne pas contracter les muscles.

— Ah, vous la prenez sur le bras? dit ma mère.

— Ça va, Ma, soupiré-je.

— Tout est beau, monsieur, 121 sur 79.

— Il faut la prendre sur le mollet, insiste ma mère.

— C'est toujours sur le bras qu'on la mesure, madame. Faites-nous confiance.

— Comme vous voulez! Mais moi, je sais qu'il n'y a jamais assez de pression dans les bras, ça ne fait pas de bonnes lectures. Il faut la prendre sur le mollet.

— Yolande, s'il te plaît, intervient sèchement la voix de mon père. Les ambulancières savent ce qu'elles font.

Je garde les yeux baissés. Je ne m'en mêle pas. Sarah détache la bande velcro du brassard et le retire.

— Vous n'oubliez pas de lui faire passer un électrocardiogramme, hein?

— Ce ne sera pas nécessaire, madame, votre fils –

— Mais qu'est-ce que vous en savez, si c'est nécessaire ou pas?

— Ma, ça va, promis.

Ma mère me serre l'épaule trop fort, elle est maintenant très énervée, sa voix commence à se briser dans les aigus. Mon père roule des yeux, je le vois expirer par la bouche. Édouard me regarde, l'air interloqué, mais je ne comprends pas ce qu'il veut me communiquer.

— Votre fils a vingt-huit ans, sa pression est –

— Mon garçon, il a peut-être fait un infarctus et vous ne vérifiez pas? s'emporte ma mère. Et s'il meurt demain dans l'avion, ou qu'il s'effondre dans un souk au Caire, vous allez me dire quoi?

— Je comprends votre inquiétude, dit Sarah. Mais rien ne laisse croire que votre fils a eu un malaise cardiaque.

— Écoutez-moi bien, mademoiselle! J'ai fait un infarctus, moi. J'ai failli mourir, d'accord? J'ai eu un triple pontage, on m'a remplacé l'aorte, on m'a même mis une valve de cochon, vous entendez? Alors je sais ce que je dis! Moi, ils me prennent toujours la pression sur le mollet, parce qu'il n'y en a pas assez dans les bras!

— Je vous assure que sa pression est parfaite.

— Mais je ne vous parle plus de ça, moi ! Je vous dis qu'il faut un électrocardiogramme !

— Je comprends qu'avec vos antécédents vous vous inquiétiez, mais –

— Pourquoi vous me parlez de mes antécédents ? Vous n'avez qu'à sortir votre petite machine –

— Yolande, tais-toi ! lance mon père d'une voix rauque. C'est fini, maintenant. Elles ont d'autres appels, on les empêche de travailler, c'est ridicule.

— Madame, écoutez-moi, dit doucement Sarah, ignorant l'intervention de mon père. Si j'avais le moindre soupçon, je ferais un électrocardiogramme.

Le visage de ma mère se referme d'un coup. Elle hoche la tête avec vigueur et remercie l'ambulancière d'un murmure tremblant. Elle pourrait se mettre à pleurer, de colère autant que de tristesse.

— Mais je suis convaincue que tout ira bien.

Édouard, voyant son désarroi, est venu la prendre par les épaules et lui parle dans l'oreille : « Ça va aller, Yolande, c'est fini ! On va profiter de la soirée, maintenant. » Les deux ambulancières approuvent avec chaleur. Sans prononcer un mot de plus, ma mère les salue de la main et Édouard la raccompagne galamment vers Addis-Abeba.

— Elle est très émotive, se sent obligé de préciser mon père.

— On la comprend, répond Sarah. C'est une situation stressante pour tout le monde.

428

— Tu vois comme il me rabaisse…, dit ma mère à Édouard.

— C'est sa manière de s'inquiéter, ma tante.

Il lui colle un baiser sonore sur la joue.

Tandis que Sarah finit de ranger le matériel, l'ambulancière blonde se penche vers moi.

— Et votre femme, elle est où ?

Virginie se tient un peu en retrait avec Mym. Je me rends compte que j'ai envie d'être près d'elle. J'ai hâte d'entendre sa voix qui me demande si je vais bien, et sa voix qui dit qu'elle est heureuse que je me sente mieux.

— Elle est magnifique, dit l'ambulancière. En temps normal, je vous aurais recommandé d'aller vous reposer à la maison. Mais je sais bien que vous n'écouterez pas. Alors allez rejoindre votre femme et faites attention à vous. On passe au Perrier, peut-être, et on ralentit aussi sur les –

— Promis. Et vous, c'est ?

Elle s'est déjà relevée.

— Je veux dire, c'est quoi, votre nom ?

— Je m'appelle Ève. Bonne soirée, monsieur Farah. Félicitations encore.

*

Il doit être autour de 22 h 30 et devant moi les invités ondulent sur la piste de danse, comme hypnotisés par la boule disco qui projette sur les murs et les baies vitrées des confettis de lumière argentée. Aux platines, Jakobson enchaîne les morceaux de notre liste, à Vir et moi – d'Amy Winehouse aux Chemical Brothers, de Jean Leloup à Jay-Z, de Franz Ferdinand aux Rita Mitsouko, de Gwen Stefani à Michael Jackson et IAM en passant par des tubes de tecktonik –, qu'il entrelace de demandes spéciales et de classiques de mariage, *Dancing Queen*, *I Will Survive*, YMCA ou *I Feel Love*.

Mais avant, pour que la famille s'amuse un peu, on a fait jouer la sélection d'Édouard. Les grands-oncles et les grands-tantes ont dansé et chanté sur du Dalida, beaucoup de Dalida, tante Nouhad a même demandé à ce qu'on rebranche le micro pour qu'elle y lance des youyous avant de charmer tout le monde de sa belle voix enrouée en chantant *Paroles, paroles* avec l'ancienne Miss Égypte. Il y a eu du Frank Sinatra et du Dean Martin, à la grande joie de mon père et des cousins Namour, il y a eu du Oum Kalsoum house et du Fairouz techno, qui ont fait danser ma mère.

La fête a enfin des allures de fête. Rassurés après l'épisode du choc vagal, nos amis suent et dansent ou prennent un verre, formant des cercles qui se brisent et se reconfigurent au fil des chansons. Au centre de la piste, les silhouettes de Mym et de Vir, jaune or et blanc immaculé, se détachent de la tapisserie de points lumineux qui tournoient. De temps à autre, on vient me voir, s'enquérir de mon état. J'explique aux amis que c'était le stress, que c'était dans ma tête, que ce n'était rien, que je me sens mieux, que je vais les rejoindre bientôt. C'est vrai que je me sens mieux. J'ai recouvré un certain calme. Par mon malaise s'est exprimée une chose qui cherche à se dire depuis si longtemps que le langage peine à trouver à quoi s'accrocher. Des mots comme *honte, maladie, culpabilité, déni, tristesse, anxiété* n'ont plus aucune prise sur mon esprit épuisé. Édouard se poste devant moi, un German vacation à la main. Je vois dans ses yeux qui commencent à se désaxer la fatigue, l'ivresse, une forme d'exaltation, aussi. Ses paupières sont bouffies, comme s'il avait pleuré.

— Ça va être la soirée la plus belle, répète-t-il, fermant un seul œil, sans interrompre ses mouvements de danse robotiques. Tu viens sur la piste de danse ? Je me sens seul, là…

— Tantôt, dis-je. Je me sens encore amorti, je veux pas trop m'en demander.

Vers vingt-trois heures, les serveurs déposent sur une table au centre de la salle un croquembouche d'un mètre de haut, au sommet duquel sont piquées des figurines de mariés. Les invités s'agglutinent autour des centaines de choux à la crème recouverts de caramel croquant, qui disparaîtront en moins de quinze minutes. Vir m'a apporté une assiette et on mange nos choux ensemble, isolés dans une petite bulle d'intimité. Elle me rapporte des anecdotes sur nos amis et me donne des nouvelles de ceux ou celles à qui je n'ai pas encore eu l'occasion de parler, Anaïs, Colin, Françoise, Marie-Claude. Le dessert a énergisé nos invités, qui sont tous de retour sur la piste de danse. Des serveurs les rejoignent le temps d'un twist ou d'un morceau de Dr. Dre ou de Rage Against the Machine. Sue fait ses au revoir ; elle est en grande discussion avec ma mère, qui lui tient les mains. Peu après vingt-trois heures s'égrènent les premières notes de *Perfect Day*.

— T'as perdu connaissance, je comprends, dit Vir, mais t'es pas infirme non plus. Viens danser !

— OK, Bibou, mais juste un peu.

Elle m'a déjà entraîné à sa suite, sous les applaudissements de nos amis. Lou Reed chante *Oh, it's such a perfect day / I'm glad I spent it with you / Oh, such a perfect day / You just keep me hanging on.* Jakobson ne pouvait pas mieux choisir. Virginie et moi, enlacés, tournons sur nous-mêmes, et nos amis dansent avec nous, en binômes avec leur amoureux ou amoureuse, pour ceux qui en ont, tandis que les célibataires s'enlacent par deux, trois ou quatre et que d'autres valsent avec eux-mêmes, les bras grand ouverts, le visage épanoui, tourné vers le plafond. Je me dis que je dois m'imprégner de ces images. Je souris à la vue d'un couple improbable : ma mère danse avec un de mes vieux amis, Joë, la tête posée sur sa poitrine, l'air apaisé. À Casablanca, Édouard converse avec Mym, qui l'écoute en repêchant la cerise au marasquin de son cocktail. Je suis enfin bien. Cette journée de fou s'achève enfin, et le temps de la paix est arrivé. Le temps simple, Dieu merci.

*

Assise à la lisière du jardin, sur la chaise de plastique où les employés vont souffler durant leurs pauses, Ruby fume une cigarette, jambes allongées, pieds nus, ses escarpins à côté d'elle. Elle sursaute en me voyant, puis bondit de la chaise pour me laisser sa place.

— Non, je t'en prie, dis-je. Je suis assis depuis une heure.

— T'es certain?

— Oui, je t'assure. J'ai besoin de me dégourdir les jambes.

— Je vais rester debout avec toi, alors.

— OK. Je peux te prendre une clope?

— Tu fumes? me demande-t-elle en me tendant son paquet de Du Maurier.

— Quand je bois. Ça va ensemble.

— Sauf que là, t'as arrêté l'alcool pour ce soir, j'imagine…

— J'ai donné un bon spectacle, hein?

— Même d'où j'étais, j'ai eu peur. T'étais raide, les yeux révulsés. Et avec ta mère qui criait au meurtre… c'était pas mal le clou de la soirée.

— J'ai cru que j'allais y passer.

— Arrête, les anxieux comme toi, ils meurent à quatre-vingt-dix ans. Un choc vagal, c'est impressionnant, mais quatre fois sur cinq, c'est rien du tout. Stress, manque de sommeil, baisse d'énergie.

— C'est ce que l'ambulancière m'a expliqué.

— On en voit tous les jours, à l'hôpital. Même des jeunes du secondaire, pendant les rushs d'examens…

433

— Je suis rassuré.

Ruby expire la dernière bouffée de sa cigarette, qu'elle éteint dans le cendrier improvisé – une énorme boîte de conserve – au pied de la chaise.

— Alain, je vais y aller. J'attends mon tax.

— Déjà?

— Prends-le pas mal, mais j'ai envie d'être chez moi.

— Je comprends. T'as eu une grosse journée, toi aussi…

— Un gros six mois, je dirais…

— J'en reviens toujours pas, de cette histoire-là. Édouard doit tellement regretter. Qu'est-ce que tu vas faire?

— Je vais déménager, j'ai pas vraiment le choix. Le camion est réservé, je rends les clés au proprio à midi.

— Je suis sûr qu'Édouard va se ressaisir… On se le disait tantôt, il est dans une mauvaise passe…

— Mauvaise passe ou non, il est peut-être temps que je me rende compte qu'il est pas le gars pour moi, même si je l'aime. Il a pas vieilli. C'est encore un enfant, il est incapable de faire face à ses responsabilités. Ça le terrorise, de partir en appart avec moi. Je sais pas pourquoi, je lui ai jamais rien demandé. Et puis, cette affaire délirante avec votre ami du secondaire…

— Ami, c'est vite dit.

— Ouais, j'ai cru comprendre que tu le portais pas dans ton cœur.

Des phares braqués dans notre direction nous interrompent. On distingue à travers les cèdres un élégant VUS noir qui s'immobilise près de l'entrée principale de La Toundra.

— Ton taxi est là.

— Je pense pas. J'attends un taxi Diamond, pas une limousine.

Un chauffeur en uniforme descend puis contourne la voiture pour aller ouvrir la portière, et Sue, qui vient de sortir de La Toundra, s'engouffre à l'intérieur sans me voir. Un instant plus tard, le VUS s'engage sur le circuit Gilles-Villeneuve.

— Ce qu'Édouard fait avec son héritage, ça le regarde, reprend Ruby. Mais il aurait pu m'en parler, il y a trois mois, de son projet d'achat et de revente de condo... J'ai besoin de quelqu'un qui sait où il s'en va. J'ai besoin de quelqu'un qui me parle. Tu es au courant, que je l'ai pas eue facile. Je bûche comme une malade avec ma job et mes études. Je vois pas le bout. J'ai pas besoin d'un gars comme Édouard pour me compliquer la vie.

— Mais dans quelques mois, quand tu auras ton diplôme, ta vie va changer.

— J'espère. Faut juste que je me rende. Excuse-moi, Alain, c'est lourd. Je choisis mal mon moment pour te dire tout ça.

— T'inquiète, Ruby. Je suis content qu'on ait pu se parler, en fait.

— La morale de l'histoire, c'est que ton cousin va avoir besoin de toi.

— Le temps passe, c'est ça qui finit par nous guérir.

— Tu y crois vraiment ? Est-ce que ça se guérit, ce qu'Édouard a vécu avec son père ?

— Peut-être pas, au fond je peux pas savoir. J'ai été plus chanceux que lui. C'est mon père qui dit toujours que le temps passe et guérit tout.

— Il a fait un beau discours, ton père. Il y avait beaucoup d'amour, beaucoup de fierté dans ce qu'il disait. Mais le temps qui arrange les choses… Non. Les problèmes qu'on refuse de voir, de régler, ils nous rendent malades tôt ou tard.

Elle se tait, expire sèchement par le nez, peut-être mal à l'aise, comme si elle se rendait compte qu'elle en avait trop dit.

— En tout cas, vous faites un méchant duo, Édouard et toi.

— Un duo d'imbéciles…, dis-je, soudain très las.

— Des fois, je me demande si c'est pas ça, ton problème.

— Ma relation avec Dodi ?

— Non, ton espèce de fatalisme, de défaitisme, comme si chaque revers, chaque coup dur était la fin du monde.

— Mon Dieu, à ce point-là ?

— Je m'exprime mal… Tu prends les choses très à cœur. C'est aussi une qualité, remarque… Mais j'ai l'impression que ça vient toujours avec une tension, une forme de stress.

Le stationnement s'illumine à nouveau. On reconnaît qui brille dans les interstices de la végétation le petit losange de Taxi Diamond.

— C'est le mien, celui-là, dit-elle en remettant ses chaussures. Vous allez être prudents en Égypte?

— Promis, cousine.

On se fait la bise, et Ruby me dépose deux petites claques affectueuses sur la joue avant de s'éloigner dans la noirceur.

*

Dois-je ou non parler à Édouard de ce que Ruby vient de me confier? Dois-je ou non le convaincre de vite la rejoindre, de s'expliquer, de s'excuser... Je ne sais pas. Je glisse la cigarette dans ma poche de chemise et m'assois sur la chaise de plastique. Le phare de la Place-Ville-Marie balaie le ciel au-dessus de moi. Mon père m'a raconté hier que c'est la première chose qu'il a vue de Montréal quand il est arrivé il y a trente-quatre ans, alors que son Boeing 747 en descente survolait l'île; les faisceaux coloraient de mauve et de rose le ciel nuageux du soir.

Je respire maintenant sans difficulté. Je continue de ressentir le calme apparu quand je suis revenu à moi, auquel s'ajoute une immense fatigue, une fatigue que plus rien n'inhibe. Il est presque minuit, on sortira bientôt la *sweet table*. Dans une heure ou deux, mon père nous conduira à l'InterContinental, Vir et moi. J'ai hâte qu'on soit à l'aéroport, hâte de monter dans l'avion, de

sentir l'accélération qui nous arrachera au sol. J'aurai
l'impression de laisser quelque chose derrière moi, qui
me grève. J'ai hâte à notre premier réveil au Caire. Des
lumières mouvantes me tirent de ma rêverie. Une voiture roule sur le circuit Gilles-Villeneuve. Je bouge la
tête un peu pour la suivre du regard, à travers les buissons. Pas de lanternon sur le toit, il ne s'agit pas d'un
taxi. Cette voiture cherche manifestement comment
accéder à La Toundra. Il est vrai que l'endroit n'est
pas facile à trouver, Sue a même joint des plans de
l'île Notre-Dame aux faire-part. À cette heure-ci, c'est
encore moins évident de s'y repérer. Je ferme les yeux
et laisse la brise du fleuve caresser mon visage. J'écoute
les feuilles bruisser, et dans la salle derrière moi, les
percussions, puis la basse bondissante, si irrésistible et
datée, je reconnais *Alger* qui commence, de Jean Leloup,
et les cris d'excitation, les voix qui chantent à l'unisson,
« Ouh là là là pauvre Moustapha / Il a reçu un coup sur
le cabochon / Ouh là ça saigne pauvre Moustafa / Allez
on fout l'camp c'est des cons ! / *El din imma el din baba /
El din imma el din baba* ». Je rigole en réentendant les
paroles de ce refrain en arabe chanté par autant de mes
amis. La signification leur en échappe, mais pas la joie,
l'allégresse transgressive, au diable les parents. Le ron-
ronnement du moteur se précise. L'intérieur de mes
paupières rougeoie un instant. J'ouvre les yeux : la voiture s'est engagée dans le parking et s'avance à faible
allure, le faisceau de ses phares sculptant la végétation, transformant la terrasse où je suis en une sorte de

scène expressionniste. Puis le moteur s'éteint, ensuite les phares. Retour du silence. Les portières s'ouvrent et se referment en un claquement sourd, l'une après l'autre. Le son d'une berline luxueuse. Il y a une voix de femme, puis les pas d'une personne seule, étouffés par le gravier. Je me lève :

— Par ici !

Derrière les cèdres, une femme apparaît dans la pénombre du sentier. La lumière provenant de l'intérieur de La Toundra, jaunâtre et tamisée, est trop faible pour que je voie autre chose qu'une silhouette qui se dirige vers moi. La femme s'arrête à quelques pas, sans se rendre compte que le haut de son corps est toujours dans l'obscurité :

— Oh, tu nous attendais vraiment...

La voix m'est lointainement familière, sans que je parvienne à l'associer à un visage ou à un nom, à un souvenir. Je me dis que c'est la sœur d'Anaïs, ou l'amie d'un de nos invités qui vient le chercher. Je fouille dans ma mémoire, évoquant comme en même temps toutes les filles que j'ai pu croiser, sauf une, Constance, sauf Constance Desmontagnes. Elle s'approche et s'exclame : « Dix ans que je t'ai pas vu, et t'es pareil ! » J'ai un choc en la reconnaissant, en retrouvant son visage, ses traits, son sourire en coin, ses yeux. Sa tenue est plus décontractée que celle de nos invités : robe courte à jupe tulipe en coton bleu clair, tongs couleur crème, sac de cuir champagne, cheveux détachés. Constance a un petit rire, de gêne peut-être. Comment est-il possible qu'elle

439

soit là ? Et je ris aussi. Je ris de joie de la revoir, d'entendre cette voix à nouveau, de voir ce visage changé s'animer, ce visage, cette voix, ce corps qui émergent du halo à la fois intangible et douloureux du souvenir pour s'incarner dans la personne devant moi, cette personne que j'ai tant aimée. Constance me serre contre elle très vite, puis recule.

— Je m'attendais pas à tomber sur toi là, tout seul dans le noir. Ça va ?

— Ayoye... Si je m'étais pas évanoui il y a une heure, je pense que je m'évanouirais maintenant...

— Tu as été malade ? Est-ce que tu préfères qu'on s'en aille ? On hésitait, mais Édouard a tellement insisté...

J'entends des pas sur le sentier. Une deuxième silhouette, de haute taille, se dessine derrière Constance. C'est un homme, et lui, je le reconnais tout de suite, je le reconnais trop bien, cet homme que j'ai tant haï et qui me dit, d'un ton léger qui dément son propos :

— Je te jure, on débarque comme des voleurs... C'est pas possible. Je le dis à Constance depuis que Safi a appelé la dernière fois : on peut pas faire ça...

C'est lui, c'est Baddredine. C'est elle et c'est lui. Elle avec lui. J'éclate de rire.

— Attendez... Vous êtes encore... ? J'y crois pas...

— Eh bien, crois-le..., s'amuse Constance, et, envoyant un coup d'épaule à Bad : high school sweethearts, mon cher !

Baddredine n'a plus sa crinière noire bouclée : il porte maintenant les cheveux aussi courts que les miens, et il se tient devant moi, plus grand que dans mon souvenir, avec sa dégaine inimitable, mélange de nonchalance étudiée et d'arrogance narquoise. Il est en pantalon kaki et en chemise à fleurs, les deux premiers boutons défaits. À part les cheveux, il n'a pas changé.

— J'y crois juste pas.

— Dépêche-toi d'en revenir, Farah, parce qu'on restera pas longtemps.

— Assez longtemps pour que tu nous présentes ta femme, quand même, dit Constance, pince-sans-rire, l'œil très vif.

J'avais oublié cette expression, et la revoir passer dans son visage d'adulte me bouleverse, comme si dix ans d'émotions contradictoires, condensées en une bille noire invisible, venaient d'exploser.

— Ce sera une surprise pour Virginie, dis-je en me ressaisissant.

— Tu lui as parlé de nous? demande-t-elle.

— Un peu, oui... Vous allez tout me raconter, pour vous deux, j'espère?

— Oublie ça, Farah, on va te raconter que dalle! dit Bad. Tu demanderas à Safi.

— Écoute-le pas, Alain. Il a le trac, c'est tout.

— Venez. Vous arrivez à temps pour la *sweet table*. C'est ma mère qui s'en est occupée, il y a des baklavas pour nourrir le Liban et l'Égypte au grand complet.

— My God, ça va me faire tellement bizarre de voir tes parents...

— Ils sont revenus ensemble, tu savais?

— Quoi ?! s'écrient en même temps Bad et Constance.

— Mais non, je déconne.

— Ça me rassure...

— Tu imagines le bordel ?

Je lisse ma veste du plat de la main avant de les inviter à entrer d'un geste ample.

— Le mieux, c'est que vous alliez vous installer au bar de la mezzanine, le temps que j'aille chercher Édouard et qu'on vous rejoigne avec Vir.

Et nous franchissons la grande porte vitrée de La Toundra, Constance Desmontagnes, Baddredine Abderramane et moi, comme si c'était la chose la plus naturelle du monde, alors que Jean Leloup finit son histoire et que nos amis, sur la piste de danse, chantent avec lui, de tout leur cœur : « J'te jure mon frère il a neigé / Il a neigé hier à Alger // C'est là aussi que j'l'ai connue / La première fille que j'l'ai perdue / La première fille que j'l'ai aimée / La première fille que j'l'ai caressée / En face il y avait la casbah / Les enfants les macs les fatmas / Les olives et les oliviers / Et la mer Méditerranée / Et la mer Méditerranée ».

*

Assis seul à Stuttgart, le visage long, les yeux dans le vague, Édouard ne chante pas du Leloup, lui. Il a troqué les cocktails aux arômes floraux pour un poison plus pur. Il fait tournoyer un liquide incolore dans son verre, liquide qu'il boit lentement, la mine funeste.

Constance et Bad, à la mezzanine, attendent leur commande. Comment Virginie réagira-t-elle à leur présence? Et Mym, qui connaît aussi cette histoire et sait à quel point elle m'a traumatisé? Je m'assois près d'Édouard et j'éloigne son verre, ce qui le sort de sa torpeur.

— Qu'est-ce tu fais? articule-t-il, la mâchoire molle.

— Tu as assez bu pour ce soir, Dodi.

— Je sais, je sais, je finissais en douceur, avec une petite vodka glacée.

— Tu as pas mal fini, justement, dis-je. Ça va pas, hein?

Il hausse les épaules.

— Tu veux pas qu'on en parle?

— J'ai tout gâché, tu as raison, mon frère. Je gâche tout, tout le temps.

— Arrête. Un couple, c'est deux personnes...

— Ah, t'es au courant?

— J'ai croisé Ruby avant qu'elle parte.

— J'ai merdé, j'ai merdé grave...

— Les derniers mois ont été difficiles, et pour toi et pour elle. Il va falloir que tu fasses du ménage dans ta vie, et dans ta tête. Il va falloir aussi que tu commences à lui parler de ce que tu ressens.

— J'y arrive pas, je suis nul là-dedans, parler. Quand j'essaie, ça sort tout croche, je reconnais pas le gars qui parle. Encore tout à l'heure, j'ai dit des choses à Ruby, mais je faisais juste m'enfoncer. Quand je parle, je m'enfonce. Quand je parle pas, je le regrette... Comme avec mon père.

— Qu'est-ce que tu veux dire?

— Ben, mon père, je peux plus lui parler. Tu le sais, toi, pourquoi il a été en colère toute sa vie?

Édouard pose sa tête sur la table, la cogne à trois reprises sur la nappe, se redresse. Il se frotte longuement les yeux de la main gauche, soupire.

— Je suis tellement cave. Pendant des années, j'aurais pu aller le voir, j'aurais pu m'occuper de lui. Essayer de comprendre.

— Tu crois que ça aurait changé quelque chose?

— J'ai jamais pris le temps. Je pense que ça aurait changé beaucoup de choses. Pour moi, en tout cas. Et lui, il l'aurait pas montré, mais ça l'aurait peut-être réconforté aussi.

— Il y a une leçon à tirer de tout ça.

— Sans doute.

— Tu gardes tout pour toi : tes plans, tes désirs, ta colère. On est plusieurs à t'aimer, Dodi, à t'écouter…

— Merci, mon frère. Mais je sais pas par où commencer…

— Je vais te le dire, moi, par où commencer.

— Par où?

— J'haïrais pas que tu m'expliques comment tu as pu penser que c'était une bonne idée d'inviter Bad et Constance à mon mariage.

— T'es sérieux, ils sont là?

La fébrilité soudaine d'Édouard le transfigure, a effacé la tristesse de son visage. Impossible de lui en vouloir.

— Ils sont au bar, en haut.

Édouard tend le bras pour attraper son verre de vodka, qu'il siffle d'un trait avant de sauter sur ses pieds.

— Je vous rejoins là-bas !

Édouard passe derrière la console, demande à Jakobson je ne sais quoi, va trouver Vir sur la piste de danse. Il l'attire à l'écart, lui parle dans l'oreille. Pour une rare fois aujourd'hui, ce que fait Édouard me paraît évident et sensé. C'est à lui d'expliquer à mon épouse ce que mon premier amour fait au cœur de ses noces.

*

Le dévoilement de la *sweet table* a eu lieu à l'heure prévue, vers minuit trente. Avec l'aide d'Édouard, Jakobson a dressé une table à l'ouest d'Addis-Abeba et en bordure de l'estrade. Cette table, non baptisée, accueille : Constance, Baddredine, Vir, Édouard, Mym et moi. Cette table apparue inopinément et ce couple inconnu, nos invités les remarquent. On s'approche pour observer celui et celle que la rumeur décrit par le truchement du bon vieux téléphone arabe comme d'anciens camarades de classe, des amis de longue date. L'effet de la nouveauté s'étiole vite, et puis il n'y a rien à voir, on ne s'attarde pas, on va qui reprendre du dessert, qui danser, qui fumer une cigarette ou attendre un taxi dehors. Il reste encore une quantité impressionnante de pâtisseries libanaises, ma mère a commandé la totale : des baklavas, de la konafa à la crème, des assortiments de maamouls aux dattes et à la pistache, une immense basboussa gorgée de miel qui scintille de mille feux. À notre table, l'ambiance est bon enfant, même si Vir et Mym peinent parfois à capter les références sibyllines dont nous émaillons malgré nous nos anecdotes sur le Mont-Saint-Louis. Surtout, elles sentent que quelque chose de peu ordinaire se trame sous les facéties. Je comprends qu'Édouard n'a jamais rompu les liens avec Baddredine et Constance. J'ignore comment mon cousin a pu me cacher un fait aussi fondamental durant autant d'années. Dans le feu de la discussion, je fais comme si de rien n'était. Je me dis : un secret n'est pas une trahison. Aujourd'hui, je sais que c'est plus complexe que ça, et qu'après l'épisode du cinéma York, j'ai imposé à Édouard un insoluble conflit de loyauté. Plein d'une impatiente énergie, Édouard nous invite à porter un toast à nos retrouvailles. Constance lève son verre de prosecco et je remarque à son annulaire gauche un discret jonc d'or blanc. Je lève le verre de prosecco que j'ai commandé moi aussi, pour éviter qu'on me pose des questions auxquelles je n'ai pas envie de répondre. Bad, lui, s'en tient à l'eau. Édouard déclare mystérieusement que, s'il a appris quelque chose dans les dernières heures, c'est que tout est possible. On choque les verres et, avant même que j'aie pu prendre une gorgée pour la forme, Édouard tape délicatement sur sa flûte avec une cuiller.

— Ding ding ding ding ding! chantonne-t-il.

Quoi encore…, me dis-je.

À la table, tout le monde se tait, curieux de l'entendre.

— Mesdames et messieurs, le moment est venu d'inaugurer la congrégation des Yeux du Cœur!

— Inaugurer quoi? dit Mym.

— Les Yeux du Cœur! C'est le nom de notre congrégation.

— Votre congrégation?

— C'est leur affaire de presbytère, de condos, dis-je.

— OK? J'étais pas au courant... Et c'est la congrégation de qui?

— Oui, de qui? renchérit Baddredine en fronçant les sourcils. J'aimerais bien le savoir, moi.

— Enfin, Édouard, dit Virginie, tu vas pouvoir nous expliquer *clairement* ton fameux investissement...

Édouard vacille sur sa chaise, laissant échapper un rire d'ivrogne, puis lève à nouveau son verre, cette fois en direction de Baddredine :

— Rendons à César...

— Le pauvre Bad a été embarqué là-dedans par mon père, l'interrompt Constance. Ce projet-là est compliqué depuis le début.

Baddredine cligne des yeux, l'air de se dire « Mon Dieu, qu'est-ce que je fous ici? ».

— Oui, commence-t-il, hésitant. Mais il y a pas grand-chose à dire, même si ça excite beaucoup Édouard. On a un souci bureaucratique qui risque de nous empoisonner la vie si on se conforme pas aux exigences de la Ville.

— Ça paraît que...

447

Un violent hoquet empêche Édouard de poursuivre. Il s'essuie la bouche avec sa manche de chemise, va continuer mais un deuxième hoquet, encore plus sonore, le coupe. Il inspire et retient son souffle. On se regarde autour de la table, Vir et Mym essaient de ne pas rire, et les secondes s'écoulent. Baddredine me paraît étrangement réservé, ou distrait, ailleurs. Constance lui prend la main. Raide sur sa chaise, et sérieux comme un pape, Édouard combat son hoquet, les joues gonflées, le front en sueur. On écoute l'ouverture de *Groove Is in the Heart* en tapotant sur la table. Puis Édouard expire longuement et bruyamment :

— Toi, ça paraît que t'as pas mis tout ton argent là-dedans, Bad !

— Il y a zéro risque, j'arrête pas de le répéter.

— On comprend pas la moitié de ce que vous racontez, dit Vir. Pourrais-tu repartir de zéro, qu'on suive un peu ?

— La version courte, mon amour, s'il te plaît, dit Constance.

— J'étais sûr qu'Édouard vous avait donné tous les détails.

— Ça fait huit ans qu'il travaille avec mon père, dit Constance en s'adressant à Virginie. Au début, il s'occupait surtout des chantiers de rénovation.

— En fait, dis-je, plus Dodi nous parle de votre projet, moins c'est clair.

— Le pire, c'est que c'est assez simple, dit Baddredine. Yves, le père de Constance, est dans l'immobilier depuis trente ans. Il a commencé comme courtier, mais aujourd'hui il fait aussi du développement. L'an dernier, il a appris d'un contact que les Sœurs de Sainte-Croix voulaient se départir d'un presbytère de cinq étages sur Saint-Joseph. Il a acheté le presbytère et m'a demandé de trouver des investisseurs pour financer la conversion de l'immeuble en cinq lofts à vendre clefs en main. Constance et moi, on a décidé d'en acheter un, soit pour investissement, soit pour le jour où on aurait envie d'habiter sur le Plateau. J'en ai parlé à Édouard, il a voulu investir, mais il avait pas le deux cent cinquante mille que ça aurait pris. Il m'a proposé d'investir son cinquante mille dans notre unité et de devenir copropriétaire avec nous. C'est tout.

— Copropriétaire ? dis-je.

— Ou plutôt co-investisseur, suggère Virginie.

— Voilà, dit Constance.

— Pas grand risque, donc, conclut Mym.

— Aucun risque, confirme Bad.

— Et si ça devient un problème que son argent reste immobilisé, ajoute Constance, on va le racheter.

— Me *racheter,* lâche Édouard. Ça a donc l'air facile, tout ça, pour vous deux.

— Es-tu dans l'immobilier, toi aussi ? demande Mym à Constance, qui éclate de rire.

— Jamais de la vie ! Je commence ma deuxième année de résidence cet automne.

— Quelle spécialité ? Moi, je suis travailleuse sociale en centre jeunesse.

— Médecine familiale...

— Est-ce que c'est devenu un problème ? dis-je. Parce que si c'est le cas, Dodi sait quoi faire. C'est comme réglé, si je comprends bien.

Édouard balaie ma phrase de la main.

— Continue, Bad, continue.

— Mais le père de Constance a signé avant que le changement de zonage soit accepté, sur la promesse que ce serait une formalité.

— Tu as investi en sachant ça, Dodi ?

— Qu'est-ce que tu crois ? Un changement de zonage, *c'est* une formalité !

— Absolument pas ! C'est ce que racontent la moitié des films de mafia !

— Far... Alain, t'exagères. Il y a eu de l'eau dans le gaz cette semaine, mais ça va se régler, il faut être patient. Bref, il y a deux jours, Édouard nous a demandé s'il pouvait emménager dans le loft avec Ruby et –

— Emménager dans le loft avec Ruby ? s'esclaffe Mym. Je pensais que vous alliez vivre à Longueuil ! Mon Dieu, Édouard, t'as le don de te compliquer la vie.

— Est-ce que les lofts sont déjà rénovés ? demande Vir.

— Pas vraiment, dit Constance. Le ménage est fait, les architectes sont passés voir, on attend les devis et les plans... et ça sent encore le vieux missel.

— Donc ce que tu me racontes depuis ce matin, Dodi, c'est n'importe quoi...

— OK, j'en ai mis un peu, mon frère. Mais regarde

ce que ça a donné : vous vous retrouvez ce soir, vous tournez la page !

— Pas si vite avec les bisous, Safi, prévient Baddredine.

— Ce qui est certain, dit Constance, c'est qu'à part la question du zonage, c'est un investissement solide.

— Je blaguais, Édouard, dit Baddredine, mais quand même, mêle pas tout.

— Un immeuble sur le Plateau, dit Mym, ça va pas se dévaluer.

— C'est même un très bon investissement, dis-je.

— Et il s'en va nulle part, dit Bad.

— Vous en êtes où, là, concrètement ? demande Vir.

— Mon père parle à ses avocats, répond Constance. Il est pas trop inquiet. Au pire, si on obtient pas le changement de zonage, on vendra à une organisation caritative. On s'en sortirait kif-kif.

— On perdra pas un sou à condition de pas investir plus d'argent dans le projet, ajoute Baddredine à l'adresse d'Édouard. C'est ça que je veux que tu comprennes.

— Je t'entends, je t'entends. Mais moi, j'essaie de t'expliquer autre chose.

— OK, Safi, vas-y.

— Si on fonde la Congrégation, dit-il en haussant légèrement le ton, on aura le droit d'habiter là *légalement*, on pourra mettre de l'argent dans les condos, bâtir avec des bons matériaux, et un jour –

— Les revendre à profit, terminé-je, quand on aura eu la dérogation au règlement de zonage.

— Oh, dit Mym, si Alain embarque, ça risque de prendre une dimension...

— Délirante ? avance Vir.

— Je suis libanais, dis-je. J'ai les affaires dans le sang.

— T'es sûr ?

— Ce que les cousins réalisent pas, intervient Constance, c'est que ça devient vite une source d'emmerdements infinis, question paperasse. Faut pas être pressé, ou vouloir tourner les coins ronds.

— Tourner les coins ronds, je sais pas, dis-je, mais les emmerdements, j'ai navigué là-dedans toute ma vie. La paperasse me fait pas peur.

— Vraiment ? Je me rappelle ta crise au bureau de passeports, avant qu'on parte à New York...

— Quelle crise ? demande Vir.

— C'est rien. Notre voyage scolaire de secondaire cinq. Il y avait eu un souci avec mes papiers.

— Hmm, fait Constance.

— Dès qu'il voit un formulaire, il panique, dit Vir.

— J'en doute pas, dit Constance.

— Vous exagérez, dis-je.

— Sérieusement, reprend Constance, vous allez devoir produire une bible de documents. Déjà, les plans, les devis, l'existant, le projeté, les argumentaires, les certificats de localisation, c'est la croix et la bannière. Avec vos évangiles bidon en plus...

— Mais c'est le plus facile ! protesté-je.

— Bon, tu viens, Mym ? dit Vir en se levant. Et toi,

Warren Buffett, tu signes rien ce soir, compris? Je compte sur toi, Baddredine!

— Pas d'inquiétude, je l'ai à l'œil.

— Car maintenant, dit Mym en sortant ses cigarettes de son sac pailleté, Alain, tu as besoin de l'autorisation de ton épouse.

Vir s'approche de Constance, qui est debout elle aussi. L'image me paraît irréelle, presque impossible, Vir qui fait la bise à Constance et, à travers celle-ci, aperçoit peut-être l'ado de dix-sept ans que j'ai été. Les deux femmes sont l'une en face de l'autre, et la seule idée qui me vient en tête est que le passé est une illusion, que le temps existe seulement au présent.

— Ravie de t'avoir rencontrée, Constance.

Mes beaux-parents sont au vestiaire en train de ramasser les sacs cadeaux. Il n'y a plus personne à Shawinigan. Je me lève à mon tour, sans trop savoir pourquoi, tandis que Mym embrasse Constance.

— Je suis contente de pouvoir mettre un visage sur ton nom!

Après avoir salué Baddredine, Vir et Mym restent debout près de la table quelques minutes à bavarder avec Constance. Il s'avère qu'elles ont plusieurs connaissances en commun : Léa, doctorante en architecture, Anne-Catherine, dentiste maintenant installée à Palm Beach, et d'autres dont je n'entends pas les noms. C'est la filière des collèges privés de l'ouest de la ville. Jakobson a baissé le volume de la musique, et l'éclairage est résolument moins tamisé. Certains de nos amis sont sur le départ. Les plus vaillants se sont rassemblés à la mezzanine pour un dernier verre. La fin de la soirée approche. Mon attention se divise entre les mouvements de mes amis dans la salle, la conversation des filles, dont je crains qu'elle finisse par porter sur mon passé sentimental, et celle d'Édouard et de Bad – ces deux-là se connaissent bien, c'est à présent manifeste.

— Alain et moi, on y a pensé, argumente Édouard, tordant le réel un peu plus. Le cœur, là, dans les Yeux du Cœur, c'est le cœur du frère André.

— Le frère de qui ?

— Come on, Bad, le frère André. C'est comme le Québécois le plus célèbre.

— C'est Céline Dion, man, la Québécoise la plus célèbre. Ou le Cirque du Soleil.

— Tu étais en morale ou en religion ?

— Voyons, Safi, je suis musulman.

— C'est vrai, j'oublie tout le temps. Écoute-moi, là, on s'égare : on va se concentrer sur le cœur, le vol du cœur, le retour du cœur.

— On parle de vendre un condo, pas de fonder une secte.

— Si on crée un culte, avec des rites spécifiques, les fonctionnaires vont nous laisser tranquilles.

— Je veux pas te faire de peine, Édouard. Toi, c'est les chars. Ton cousin, c'est les poèmes. Moi, c'est l'immobilier, les affaires. Pourquoi vous m'écoutez pas ?

— On va dire que le cœur qui se trouve à l'Oratoire, c'est pas celui du frère André, mais de Joseph.

— Lâche-moi, avec ton histoire de cœur... et Joseph qui, d'abord?

— Ben, Joseph... Joseph de Nazareth, crisse, le charpentier!

Le visage de Baddredine se crispe soudain – de douleur, on dirait, mais c'est peut-être autre chose. La sueur perle sur ses tempes. Édouard se tait, et son expression montre qu'il comprend ce qu'a Bad, qui a posé une main sur son ventre.

— Où sont les toilettes, Édouard?

— Tu es correct, mon amour? demande Constance, qui vient de se rasseoir.

— Ça va aller, répond Baddredine en reculant sa chaise. Il y a un des desserts qui passe bizarrement... As-tu une poche, au cas?

— Je pense, oui, dit-elle en ouvrant son sac à main.

Elle en sort un sachet de papier à l'effigie d'une pharmacie et le tend à Baddredine, qui se lève et dit à Édouard de l'accompagner s'il veut continuer à le bassiner avec ses histoires de cœur volé. Opération de routine, ajoute-t-il pour moi en secouant le sachet.

Constance et moi sommes maintenant seuls à la table; je me rapproche de quelques chaises. Je réfléchis à l'échange qui s'est déroulé sous mes yeux, au sachet, à la grimace de douleur. Une allergie? Il y a les pistaches des maamouls, le fromage de la konafa, le lactose... Mais Bad, si ma mémoire ne me trompe pas, n'était ni allergique ni intolérant à quoi que ce soit. Une forte intuition me tourne dans la tête, que je n'arrive pas à formuler, elle m'échappe sans cesse, comme un mot sur le bout de la langue… «As-tu une poche?», a-t-il dit. Une poche de quoi? Il voulait dire *un sac*. Toute ma vie, j'ai craint cette éventualité désastreuse, j'ai craint de perdre mes intestins à force de crises. Je dois me tromper, c'est impossible. Je dois projeter, je projette. Je projette mes peurs sur Baddredine, j'ai tout faux, j'ai associé un mot à un objet qui me terrorise depuis que je suis malade. Un médecin, prophète de malheur, m'a prédit un sac avant mes quarante ans. J'avais quinze ans et il m'a dit : prépare-toi, avec des ulcères comme ceux-là, avec une inflammation aussi systémique, un jour tu n'auras pas le choix, ce sera le sac ou la catastrophe, la catastrophe du cancer. Je m'étais imaginé devoir, toute ma vie, cacher cette réalité à mes proches, ce handicap, terrorisé à l'avance par la perspective que ça se sache, que des gens malveillants retournent cette réalité contre moi, s'en servent pour m'humilier, me ridiculiser. J'ai grandi dans cette peur et, le jour de mon mariage, elle n'a pas fini de me hanter. Or la vie a joué un tour à mes angoisses. Après le pronostic funeste de ce médecin, de nouveaux traitements se sont développés, éloignant un peu le spectre de la stomie. On m'en a proposé un, un traitement pas tout à fait expérimental mais à l'époque dit *d'exception,* administré par perfusion toutes les six semaines. J'ai eu une chance immense : mon corps a bien répondu. Aujourd'hui, des années après les événements que je relate dans ce livre,

pas un jour ne passe sans que je me dise : Alain, tu es
béni des dieux.

*

Je demande à Constance, en regardant les bulles monter
doucement dans mon verre presque plein :

— Il va être correct, Bad ?

— Oui, oui, t'en fais pas, ça arrive souvent, ces
temps-ci.

— Je pense que je peux comprendre...

— Peut-être qu'Édouard t'a dit, mais Bad a dû subir
une colostomie l'hiver dernier.

— Mon Dieu.

— Il le vit relativement bien, tout compte fait. Bad,
tu sais, il est... C'est dur à expliquer. Il s'agit pas de foi
ou de déni, mais c'est un gars qui accepte de pas tout
contrôler, même s'il se bat tout le temps. Il a peur, il
râle, il prie, il gueule, mais il trouve à quoi se raccrocher.
Une stomie, ça demande des ajustements, et il s'ajuste.

— Une stomie. Je savais pas que... qu'il avait...

— Oui. Il a pas la même maladie que toi, c'est moins
pire, une colite ulcéreuse. On a eu du mal à avoir le diagnostic, il y a, quoi, sept ou huit ans ?

— Je vois trop bien de quoi tu parles, dis-je. Si tu
savais comme je compatis.

— Merci, dit Constance. Et toi, ton ventre ?

— Je vais essayer un nouveau traitement.

— Les thérapies biologiques ?

— Oui, des anticorps monoclonaux, chimère humain-murin.

— Il n'y a que toi pour mémoriser ces termes-là. Tu tripes toujours autant sur les mots, à ce que je vois.

— Toujours, oui, je finis mon doctorat en littérature à Normale Sup. C'est un peu grâce à toi que j'ai écrit mes premiers poèmes.

— Ceux sur le tennis et la « tennis girl » ? Comment oublier... C'était quoi, donc ?

— « Amour, l'œuf », quelque chose comme ça.

— Ah oui ! rigole Constance, « Il y a de l'amour dans l'œuf, poulœuf, poulœuf »...

— Bon, ça suffit...

— Tu préfères qu'on reparle de ta crise au bureau des passeports ?

J'avais enfoui le souvenir de cet incident au plus profond de ma mémoire. On était en cinquième secondaire, Constance m'avait accompagné pendant la semaine de relâche au bureau de passeports, en face de la Place Vertu. J'avais préparé mes papiers en vitesse, sans faire attention, égaré mon certificat de naissance, ou ma carte d'assurance maladie. Au guichet, plutôt que de me rendre à l'évidence et de revenir plus tard avec un dossier en règle, je m'étais énervé, j'avais perdu le contrôle, crié, j'avais même donné une violente claque sur le comptoir, qui avait fait sursauter tout le monde. Une scène pitoyable. Les agents de sécurité m'avaient escorté à la sortie, je gueulais comme un fou. J'avais fait un scandale. Comme souvent ma mère avant moi, comme le père d'Édouard, comme un Safi.

— C'était écrit nulle part que le verso de la photo devait être tamponné !

— J'ai eu honte de toi, je t'avoue...

— Et moi donc...

— Tu criais que tu voulais voir le patron ! Mais le patron des passeports, c'est qui ? Jean Chrétien ? Élisabeth II ? Tout le monde était tétanisé. J'avais jamais rien vu de pareil.

— J'étais pas fier de moi le lendemain...

Constance m'adresse un sourire rempli de bienveillance, où je vois peut-être un peu d'amitié encore. Elle me secoue la main, fais pas cette tête, ça définit pas qui on est pour toujours, ces moments-là... Je lui souris en retour, prenant le temps de la regarder, de soutenir son regard. S'il m'est impossible de ne pas reconnaître la Constance adolescente, ses yeux malicieux et plissés, ses pommettes, ses taches de rousseur, je me dis qu'en réalité nous sommes en ce moment des inconnus l'un pour l'autre, des images distordues du passé. On partage une histoire, mais ce n'est pas la même, elle n'a pas le même sens.

— Je suis vraiment contente d'avoir rencontré Virginie.

— C'est une femme incroyable.

— Ça se voit en trente secondes. Et Myriam, aussi.

— Mym, c'est notre ange gardien. C'est elle qui nous a présentés !

— Oui, elle me l'a dit.

— C'est pas la seule fois, Constance, que ça t'est arrivé, hein?

— Je te suis pas.

— D'avoir honte de moi… je veux dire, de pas comprendre ce qui se passe…

— Alain, on n'est pas obligés de parler de ça.

Mais on sait tous les deux qu'on en parlera, qu'on en parlait déjà, que c'est le moment ou jamais, que le chat est sorti du sac, qu'il vient de nous sauter au visage, même si, quinze minutes plus tôt, rien ne l'annonçait. Elle retire l'élastique de son poignet et s'attache les cheveux en queue de cheval. Elle soupire et dit :

— C'est pas tant une affaire de honte que de peine, Alain. La peine d'avoir réalisé, ce matin-là, au cimetière, que je comptais pas plus que ça pour toi.

— Tu étais toute ma vie!

— Justement, j'étais *ta* vie. Tu pouvais pas concevoir que j'existais à l'extérieur de toi, pour moi-même. Ce jour-là, j'ai perdu la seule personne au monde en qui j'avais une confiance absolue. T'as pas idée du choc que ça a été. Cinq ans d'amitié qui disparaissent, la confiance anéantie. J'avais refusé de me méfier, même quand Bad m'avait dit de faire attention. Je te défendais, je lui disais, Non, c'est pas ce que tu crois.

Le silence occupe à nouveau l'espace entre nous, puis, comme en réponse à un signal invisible, se répand dans La Toundra. La musique s'est arrêtée. Jakobson a allumé les lumières, comme à la fermeture des bars.

Les amis ont commencé à se regrouper à l'orée des jardins, et attendent leur taxi. Constance regarde vers la mezzanine, d'où Édouard et Baddredine ne sont pas encore redescendus. Elle a raison sur toute la ligne. Je n'avais pas la capacité de prendre conscience de ce que j'avais fait et de ce que j'avais caché, de supporter cette part de moi-même qui a pris toute la place au cimetière, et par la suite au cinéma York, ni à en accepter la responsabilité. Ce moi vengeur et aveuglé, déterminé à faire payer le prix de ma colère et de ma frustration, à le faire payer d'abord à elle, à Constance, qui n'avait rien demandé, à qui j'avais lancé en tremblant de rage un chapelet d'insultes abominables. Constance, impassible, m'avait regardé droit dans les yeux et dit : « Tu dois souffrir beaucoup pour être aussi méchant. » Puis elle s'était relevée d'un mouvement brusque et résolu et avait quitté le cimetière sans se retourner. J'avais passé le reste de l'après-midi là, à pleurer, à crier, à paniquer. J'avais raté mon rendez-vous à l'hôpital et j'étais rentré chez moi avec l'envie de me tuer.

— Quand j'y repense, j'ai tellement honte. Pendant des années, j'ai tout fait pour pas y penser.

— C'est pas grave. On était des enfants.

— Peut-être. Ce serait commode de pouvoir y croire. Et ça me rappelle quelque chose que j'ai jamais osé te dire, Constance. Monsieur Cho...

— Oui, je sais. Son petit mot, l'amour qui déplace des montagnes...

— Mais comment ?

— Tu l'avais raconté à –

— À Bad, oui, je me souviens. Je lui avais raconté à la blague, pour fanfaronner.

— C'était un peu tordu, que Cho se permette d'écrire une phrase pareille sur le travail d'un élève, mais on sait qu'il allait mal. Il t'aimait bien et il a oublié qu'il était ton prof et pas ton pote. C'est derrière nous, maintenant.

— Oui. Mais je m'excuse quand même. Je m'excuse, Constance.

— Merci, j'accepte tes excuses, dit-elle. Je m'excuse aussi.

— Tu m'as rien fait.

— Je sais.

— Alors… pourquoi?

— Pour que tu sois moins seul avec tes regrets. Pour qu'on soit ensemble. Ensemble, quittes du passé.

*

Constance et Bad se sont arrêtés près des massifs de lys et d'hostas qui ceinturent le stationnement. Constance lâche la main de son mari et s'avance vers moi.

— Merci, Alain, de nous avoir si bien accueillis.

Elle me prend l'épaule et me fait trois bises, à la libanaise : une bise, bon voyage, le fou; une bise, n'oublie pas, régime sans crudités pendant tout le séjour; une bise, vous nous enverrez une carte postale.

— Au revoir, j'espère, réponds-je.

M'adressant un dernier sourire, elle sort ses clefs. Je t'attends dans la voiture, dit-elle à Baddredine en lui caressant le bras au passage, puis elle s'éloigne d'un pas tranquille vers la Lexus au fond du stationnement, avec les gratte-ciel illuminés en arrière-plan. La brise traverse l'étoffe de ma chemise, l'air est chaud et sec, et on entend au loin la vibration du pont Jacques-Cartier. Bad et moi regardons Constance marcher, en silence. Bad parle le premier :

— Ça s'est mieux terminé que la dernière fois qu'on s'est vus, tu trouves pas ?

— On s'en sort pas trop mal, reconnais-je. Grâce à Constance... Et puis, j'ai eu ma crise plus tôt dans la soirée.

— Oui, il paraît... T'as toujours eu le sens du spectacle, rigole-t-il. Ça nous transforme, hein, ces maladies ? Tu avais quel âge, quand tu as eu ton diagnostic ?

— Quinze ans.

— Je me rendais pas compte, je pense. C'est jeune, quand même...

— Maintenant que t'as eu l'opération, prends-tu encore beaucoup de médocs ?

— Non, ça va. En théorie, tu retires le côlon, il n'y a plus de maladie. Sauf que c'est jamais aussi simple... J'ai un oncle au Maroc qui a ça. Ils ont essayé les stéroïdes, les immunosuppresseurs, il a galéré longtemps avant que ça se stabilise.

— C'est toujours de près ou de loin relié à la famille.

La Lexus démarre. Bad me fixe, le visage détendu,

c'est-à-dire qu'il a son habituelle expression ironique. Les phares de la voiture qui roule lentement vers nous dévoilent le jeu frémissant des feuilles dentelées.

Bad me tend la main, je fais de même, et on échange une poignée de main franche, presque chaleureuse. Lui ne me quitte pas des yeux, il me scrute, l'air énigmatique. Puis il va pour s'éloigner, s'arrête et dit :

— J'ai remarqué quelque chose ce soir, Alain. T'es entouré de gens qui t'aiment.

— Oui, je suis chanceux. Je les aime aussi.

— C'est précieux, tu le sais ?

— Je le sais, même si je prends pas toujours bien soin d'eux...

— C'est parce que t'as pas encore appris à prendre soin de toi. Penses-y, Farah.

XII

LES YEUX DU CŒUR

Le jour des funérailles,
la nuit de noces

C'EST UNE PETITE FILLE, QUATRE ANS ET des poussières, son visage plein de vie rayonne, c'est une petite fille qui avance. Elle avance, car elle a peur que les grandes filles l'attrapent. Elle se retourne à quelques reprises, elle jette un œil derrière elle et elle ne peut s'empêcher de rire, elle s'esclaffe, même. Elle les a semées. Elle crie de joie. Personne ne l'entend. Le brouhaha qui règne dans la salle est considérable. L'enfant s'esclaffe et avance encore, elle avance, l'enfant, avec détermination. Elle trotte à toute vitesse, fonce vers une rangée de chaises inoccupées le long du mur. Elle se met à quatre pattes, s'engouffre dessous et rampe en poussant des cris d'excitation, pourchassée par les deux grandes filles dont elle voit les pieds entre les pattes de chaise. Nous sommes presque deux cents personnes rassemblées dans la grande salle. Toutes, à un moment ou à un autre, ont posé le regard sur la petite fille qui joue et déambule. Je la regarde moi aussi, je la regarde essayer d'échapper à Molly et Bénédicte.

Je vois les gens poser leur regard sur elle, puis sur les photos encadrées de sa mère, puis de nouveau sur elle. Je devine leur gorge nouée ; ils reprennent leur conversation là où l'ont interrompue des pensées tristes, ils reprennent la conversation et racontent anecdotes, souvenirs proches ou anciens. Ces deux cents personnes sont venues rendre hommage à la mère de cette petite fille de quatre ans et des poussières, rendre hommage à Mym, à la femme qu'a été Myriam E.

Nous sommes le 6 janvier 2015, il est près de vingt heures, la soirée tire à sa fin. Depuis dix-sept heures, les parents de Mym serrent des mains, font des bises, acceptent les condoléances ; depuis dix-sept heures, la fille de Mym a dessiné avec des crayons de cire sur de grandes feuilles de papier, combattu des dinosaures sur la tablette de son grand-père, joué aux aventuriers avec moi. Nous avons exploré de fond en comble le rez-de-chaussée du Centre funéraire Côte-des-Neiges, nous nous sommes cachés dans les manteaux de duvet, de laine et de fourrure suspendus dans le grand vestiaire, jusqu'à ce que le mélange de parfums qui nous enveloppait nous étourdisse. Tous les soirs avant de s'endormir, m'a-t-elle expliqué, elle rassemble dans sa tête ses lances, ses pièges à monstres, ses provisions, pour être sûre de ne manquer de rien dans ses explorations. Quand nous sommes revenus dans la salle, la petite fille a couru se réfugier dans les bras de sa grand-mère. Vers dix-neuf heures, Vir et moi sommes montés sur la petite estrade aménagée dans un coin de la pièce, près de l'endroit où l'on expose habituellement le cercueil ou l'urne. Vir a dit, en essayant de retenir ses larmes, qu'elle ne savait pas par où commencer, qu'elle ne savait pas comment elle allait continuer, comment elle allait vivre sans Mym, vieillir sans Mym. Puis ça a été à moi de parler. Je n'ai pas pu, depuis la veille je savais que je n'y arriverais pas sans faire un spectacle de ma peine, que les mots ne viendraient pas, et puis ce sont ceux de Mym que je voulais entendre, alors j'ai ouvert la carte qu'elle m'avait offerte à la mort de Téta Aïda, une carte ornée d'une photo de tournesol, où Mym avait recopié l'un des plus beaux passages du *Prophète,* de Khalil Gibran. Pendant que je le récitais d'une voix sourde, la petite fille s'est mise à s'agiter. Elle voulait jouer encore. Ruby a dit quelque chose à l'oreille d'Édouard avant de sortir dans le hall, où nos filles, les grandes, assises l'une à côté de l'autre, pianotaient sur leur téléphone. Les cousines ont redressé la tête quand Ruby s'est accroupie devant elles : « Pourriez-vous vous occuper de la petite ? Vous seriez gentilles. Elle a besoin de bouger. Gardez-la ici avec vous le temps des allocutions. On en a pour une dizaine de minutes encore. Molly, ma cocotte, regarde-moi, tu lui offriras un peu de chocolat, OK ? Merci, ma belle. Merci, Béné. »

Nous sommes le 6 janvier 2015, le salon funéraire a été le théâtre d'un défilé incessant de parents et d'amis, de collègues, de connaissances. Mon père et ma mère sont arrivés tôt et sont toujours ici, avec les parents de Vir. Des enfants courent çà et là, les gens bavardent avec animation. On ne devinerait pas leur chagrin. Le moment de se recueillir devant la dépouille n'est pas venu ; la dépouille de Mym n'est pas exposée. La famille a souhaité éviter que l'image de la mère vivante, dans la mémoire de la petite fille, ne soit oblitérée par celle de la mère morte. La présence de Mym se sent malgré tout : des sérigraphies grandeur nature, créées par un ami artiste à partir de photos, reproduisent des scènes de sa vie, pendant la petite enfance, puis à l'école primaire, au secondaire, à l'université, en voyage, embrassant le Général Sherman dans le parc national de Sequoia, bouche bée devant la Sagrada Família à Barcelone, pointant des deux mains ses aiguilles entourées de grues, radieuse de fierté au sommet de Big Hill, qu'elle avait gravi avec sa fille de six mois sur le dos, endormie dans le porte-bébé. Trois écrans de télévision diffusent aussi des images de la vie de Mym, des images de nos vies. Peu à peu, la salle se vide, les gens se dirigent vers le grand vestiaire, se saluent, s'étreignent, se promettent de se revoir, partent en petits groupes. Le volume sonore décroît jusqu'à ce qu'on n'entende plus que des voix indistinctes ou qui chuchotent, ou qui résonnent dans notre tête, en l'absence de celle qu'on voudrait le plus entendre. Il ne reste bientôt plus dans la salle que les arrangements floraux, le long des murs et sur l'estrade, à l'endroit où, quand tout le monde sera parti, dans quelques minutes, on placera le cercueil.

Le lendemain matin, nous sommes quelques-uns seulement à revenir au salon funéraire. Nous formons un cercle autour du cercueil ouvert où gît la dépouille de Mym. Mym aux cheveux courts, Mym toilettée et maquillée par l'embaumeur. Sont présents les parents de Mym, des oncles et tantes, des amis proches, dont Vir et moi. Nous nous recueillons en silence pendant de longues minutes. Après être demeurée elle-même tête baissée un instant, une employée du salon vient voir la mère de Mym et lui parle tout bas. La mère hoche la tête puis se penche sur sa fille et l'embrasse tendrement sur le front.

*

Mym est assise sur le bout de sa chaise, elle ne dit rien, elle écoute et à son insu enregistre chaque détail de cette scène. Elle laisse parler le spécialiste, un oncologue. Il parle de la pluie et du beau temps. Ça doit être bon signe : on ne parle pas de la pluie et du beau temps avant d'annoncer une mauvaise nouvelle. Nous sommes en janvier 2013, un mercredi. Mym mourra dans moins de vingt-quatre mois. Le ciel est gris, le ciel est bas, une neige mouillée tombe sur Montréal. Le dimanche précédent, en prenant sa douche, elle a remarqué une bosse sur un de ses seins. Le lundi, elle a appelé son médecin de famille, qui lui a dit : « Ne t'inquiète pas, c'est souvent rien du tout, c'est hormonal, mais viens me voir quand même cet après-midi, ça va te rassurer. » Mym y va ; elle n'est pas rassurée. Son médecin prescrit une échographie. Mym prend rendez-vous pour le lendemain dans une clinique privée. Le mardi, l'examen a lieu. Tout en essayant de la réconforter, le technicien procède à plusieurs biopsies. On traite le dossier en priorité. Vingt-quatre heures plus tard, Mym se retrouve dans le bureau de l'oncologue. Elle est assise sur le bout de sa chaise, l'oncologue parle de la pluie et du beau temps, puis il dit *cancer*. Dans la tête de Mym, tout s'arrête. À cette seconde précise où le mot *cancer* est prononcé, le cœur de Mym s'emballe, et une immense terreur s'empare d'elle. Des mois plus tard, le moindre détail de ce moment, cette seconde où sa vie a basculé la hantera. Dans le cabinet de l'oncologue, il y a une horloge bleue, un tabouret de bois blond aux pattes de métal rouge, deux classeurs et une bibliothèque : sur la première tablette s'alignent de petites sculptures oxydées, vert-de-gris ; sur la deuxième, beaucoup de livres, rangés dans le désordre, des livres à la couverture rigide, des traités d'anatomie, mais aussi des magazines de science ; et, sur la troisième tablette, des formulaires, des fiches, des dossiers, des blocs de papier carbone, des stylos. Pendant des mois, elle énumère ces objets, comme pour s'en débarrasser, s'en purger, oublier ce cauchemar. Elle donnerait tout pour revenir en arrière et ne pas entendre l'oncologue dire : « Il faut opérer vite. »

Le lundi de la semaine suivante, Mym rencontre le chirurgien ; deux jours plus tard, l'anesthésiste, et huit jours après, le vendredi de la troisième semaine de ce calvaire, Mym entre au bloc opératoire et subit une mastectomie partielle, qui se déroule sans complication.

Vir et moi prenons souvent de ses nouvelles. Comme malgré nous, il nous arrive de penser avec soulagement que ça arrive à quelqu'un de très proche de nous, mais pas à nous, et notre soulagement est indissociable d'une culpabilité et d'une impuissance diffuses, constantes. Nous continuons nos vies, et les choses vont bien. J'enseigne la littérature à l'Université McGill depuis quatre ans et je termine un roman sur le *mind control,* en partie basé sur des expériences commanditées par la CIA et réalisées sur le campus, à cent mètres de mon bureau. Virginie travaille aux ressources humaines d'une entreprise d'aéronautique. Bénédicte grandit vite, elle danse, elle chante, elle s'épanouit. Elle déborde d'énergie et de curiosité.

Peu de temps après l'opération, Mym commence la chimiothérapie. Nous célébrons la fin des traitements au milieu de l'automne. Mym est prudente, elle nous dit : « J'ai un triple négatif, et des ganglions sentinelles sont atteints ; si ça revient, c'est pas bon. » Il existe plusieurs types de cancers du sein, celui de Myriam est parmi les plus dangereux. On surveille les marqueurs : ça va bien. Ça ira bien pendant quelques mois. Mon roman sort cet automne-là, et je vis la parution de *Pourquoi Bologne* comme une grâce ; les lecteurs, les lectrices et les amis sont généreux avec moi, beaucoup de gens m'écrivent, des inconnus m'envoient des photos d'eux, mon livre dans les mains, avec pour décor le métro de Tokyo, un paysage de la Terre de Feu, une place de Zagreb. Le roman voyage, j'enseigne, je prends une pause de l'écriture. Puis c'est l'hiver, c'est Noël, c'est 2014. La rentrée universitaire et le boulot nous occupent pas mal, Vir et moi, on voit peu Mym. À l'approche du printemps, Mym se dit qu'elle est peut-être tirée d'affaire. Vir et elle, pour marquer le coup et se retrouver, planifient un court voyage – trois jours à New York. De mon côté je suis à Québec pour le Salon du livre. Elles descendent dans un hôtel-boutique à Brooklyn, font du shopping, mangent dans de bons restos. Le deuxième jour, pendant une longue balade à Manhattan, Mym se confie à Vir : elle ressent depuis deux ou trois semaines des douleurs au plexus solaire. Ce sont des douleurs intermittentes, qui la prennent le matin, et disparaissent le reste de la journée. Elle en a parlé à l'oncologue, qui s'est voulu rassurant : les métastases osseuses, si c'est ce qu'elle craint, ne sont pas douloureuses, ou alors, si elles le sont, c'est de manière constante. Voilà le genre de phrases avec lesquelles, malade, on doit vivre. L'oncologue lui a dit que c'est sans doute l'anxiété qui cause ces douleurs, qu'il appelle *des inconforts*. À son retour de New York, Mym demande tout de même des radios. Les résultats tombent un vendredi de la fin avril : des lésions sont visibles aux poumons et au foie. Mym est dévastée, et en colère aussi, quand elle repense à l'espoir des derniers mois. Deux semaines plus tard, c'est mon trente-cinquième anniversaire, et

Vir a organisé une grande soirée, des dizaines d'amis et de connaissances sont conviés dans un bar du centre-ville où elle et moi allons prendre un verre de temps à autre. Plusieurs proches nous retrouvent d'abord à la maison. Nous regardons le Canadien éliminer les Bruins au septième match et passer en finale d'association : ils sont à huit victoires de la coupe Stanley. Chargés à bloc, nous filons rejoindre les autres et dansons jusqu'à la fermeture du bar.

Durant l'été, les mauvaises nouvelles se succèdent : le traitement ne donne pas les résultats escomptés ; l'oncologue propose de changer de molécules, on essaie, en vain ; Mym n'est pas choisie pour participer à un traitement expérimental prometteur – son numéro n'est pas sorti au tirage au sort. Le cancer progresse.

C'est une soirée douce de juillet, nous sommes sur une terrasse pour l'anniversaire d'Anaïs. Je ne sais ce qui me prend alors. J'y vois avec le recul une tentative irréfléchie et malheureuse de regarder les choses en face et, aussi incompréhensible que ça puisse paraître, de donner un peu d'espoir à mon amie, alors qu'il ne m'appartient pas de le faire, que je n'en ai pas le droit. Je m'apprête à prononcer des phrases anodines et terribles, et ce ne sera pas la seule fois. Je dis à Mym que je ne suis pas inquiet, sa fille s'en sortira quoi qu'il advienne : « Regarde mon père, il avait cinq ans lorsque sa mère est morte, et il s'en est sorti. » Mym se lève et disparaît. Je suis abasourdi, me rendant compte, mais trop tard, de l'énorme maladresse que je viens de commettre.

Tout le monde se met à sa recherche, est-elle aux toilettes, ou à la caisse en train de régler ? Vir, qui était assise plus loin, ne m'a pas entendu. Elle cherche Mym partout, panique, à un moment elle éclate et nous dit à tous : « Est-ce que vous réalisez qu'elle va mourir ? » Quand je lui raconte pourquoi Mym a disparu si subitement, Vir arrête de respirer une seconde, puis soupire en hochant la tête, incrédule.

C'est la fin septembre, on fête les quatre ans de la petite fille. Elle adore les dinosaures. C'est une fête de dinosaures, les enfants sont des chasseurs, ils arrivent déguisés. La petite fille s'est fabriqué des lances avec du papier d'aluminium. La salle du YMCA de la rue Sherbrooke se transforme en jungle préhistorique. Les enfants jouent. On sert le gâteau. La mère de Mym m'entraîne à l'écart et me met dans les mains son reflex numérique : « Prends de belles photos de nous trois. » Quand tout le monde est parti et que nous rangeons, je me retrouve seul avec Mym. Elle a le visage creusé et a du mal à respirer, je le remarque au rictus discret qui crispe son visage à chaque inspiration. Elle me parle à demi-mot de la progression de sa maladie, de ses inquiétudes, de son désir d'être là au prochain anniversaire de sa fille.

C'est le mois d'octobre, son état s'est aggravé : elle a de l'eau dans les poumons, a perdu beaucoup de poids, et ressent une immense fatigue, un désespoir grandissant. Elle est moins disposée à nous voir, mais Vir lui parle souvent au téléphone. Un matin, sans réfléchir,

j'insiste un peu, sous prétexte que Bénédicte a de nouvelles lunettes et qu'elle veut les montrer à sa marraine.
On arrive chez Mym avec des meringues et des fleurs,
pour lui dire qu'on l'aime. J'ai un choc, elle tire maintenant sur ses poumons de toutes ses forces pour respirer, utilise par moments une lunette à oxygène. Sa
mère est là, qui nous offre à boire et prépare café, thé,
verre de jus. Elle s'active dans la cuisine et ses talons
claquent sur les carreaux. Elle nous sourit, s'adresse à
nous d'une voix claire et musicale. Nous restons un peu
plus d'une heure, pendant laquelle un sentiment lancinant me taraude : Mym ne nous reçoit et n'accepte
nos cadeaux que pour nous faire plaisir, mais pour elle,
c'est un grand effort. J'ai presque envie de m'excuser
d'être venu quand elle se lève de sa chaise et marche à
petits pas vers sa chambre, son corps ployant légèrement sous un poids invisible. Elle revient avec l'album
où elle conserve les articles parus sur la Congrégation
et la poursuite qu'a intentée la Ville contre nous. Elle
le feuillette et montre à sa mère son préféré. C'est celui
où le journaliste rend compte de sa visite de l'ancien
presbytère, et décrit tout le bazar semi-religieux exposé
dans le hall, l'orgue Hammond B-3, les cierges d'autel
en cire d'abeille, les bocaux de sept cent cinquante hos-
ties, les statues hétéroclites, incluant quelques Vénus, et
les « œuvres d'art suggestives » qu'Édouard avait achetées dans un marché aux puces en même temps qu'un
lot d'images du frère André. C'est la dernière fois que
je vois Mym rire. Quand nous repartons, je remarque

477

une affiche, collée à la fenêtre du salon, signalant aux pompiers la présence de bonbonnes d'oxygène dans la maison.

Nous reverrons Mym vivante deux fois encore.

Début décembre, nous lui rendons visite à l'Hôpital général juif, où elle est hospitalisée à la suite d'une opération chirurgicale invasive, qui l'a laissée affaiblie et dans une grande souffrance. On lui promet six mois de bien-être ; elle mourra trois semaines plus tard. C'est l'après-midi, nous parlons du temps des fêtes qui approche, de l'importance de se reposer durant cette période, nous donnons de nos nouvelles, nous bavardons. Le père de Mym est là, stoïque et cerné, dans un fauteuil près du lit. Plus tard en décembre, Vir et moi allons la voir aux soins palliatifs – je l'ai raconté déjà. Dans les jours qui suivent, la mort s'installe. Vir et les parents de Mym se relaient à son chevet. Puis c'est la nuit de sa mort, et c'est la soirée au salon funéraire, et c'est le matin de ses funérailles. L'employée du salon referme le couvercle du cercueil. Il est onze heures, nous sommes le 7 janvier 2015. Nous nous tenons sur la montagne, autour de la fosse, dans un espace dégagé, sans arbres, pas très loin d'où s'élève la tour de transmission de Radio-Canada. Le vent glacial souffle avec une force stupéfiante. J'ai froid, j'ai froid du froid le plus extrême qu'il m'ait été donné de ressentir, un froid qui traverse la peau et saisit les organes. Les pétales de roses que l'on répand sur le cercueil au moment de la mise en terre éclatent comme du verre friable. Le cercueil, au fond

478

de la fosse, n'est plus visible. Mes genoux se dérobent, je sanglote de manière incontrôlable. Le père de Mym me serre dans ses bras. Rassemblés autour de sa tombe, nous grelottons, nous pleurons, nous avons mal. Mais pour Mym, désormais, il n'y a plus de froid, il n'y a plus de pleurs, il n'y a plus de souffrance. Il n'y a plus rien.

*

J'observe les premières lueurs du soleil par la fenêtre de la cuisine. Elles percent à travers la haie chétive ceinturant le terrain du collège Villa Maria. Il y a maintenant plusieurs heures que je me suis résigné à me lever. La maison est encore plongée dans l'obscurité. Le vent hulule et frappe les fenêtres, qui vibrent, mais il est sans effet sur la neige que le froid des derniers jours a transformée en glace miroitante. Seule la haie s'agite follement, faisant danser la lumière qui monte derrière. Enfin, une nouvelle journée commence, une journée froide, encore.

Je n'ai pas dormi de la nuit. Au retour de l'enterrement, Vir et moi tombions de fatigue, et nous avons passé l'après-midi à nous dire que, le soir venu, le sommeil serait bon, que nous nous endormirions comme des masses. À l'heure du souper, j'ai à peine trouvé l'énergie de chauffer au micro-ondes un plat de feuilles de vigne préparé par ma mère. J'ai fait la sauce aux concombres, et nous avons mangé sans appétit. Bénédicte est allée au lit presque tout de suite après son bain. Vir et moi avons regardé la télévision. Au milieu du téléjournal, pendant le segment sur l'attentat contre *Charlie Hebdo,* Bénédicte s'est relevée pour venir nous voir, elle saignait du nez. Je l'ai aidée à se nettoyer, puis elle s'est remise au lit, me faisant promettre que je ne mourrais jamais. Quand je suis ressorti de sa chambre, nous avons décidé d'aller nous coucher. Aux alentours de minuit, j'ai ouvert les yeux, pour m'apercevoir que l'insomnie tourmentait aussi Vir et Bénédicte. Notre fille avait allumé les lumières de sa chambre, puis celles du salon, et commencé un bricolage. Nous l'avons laissée faire. Avec des morceaux découpés de vieilles boîtes destinées au recyclage et des cartons de couleur, elle a fabriqué une Mym plus grande qu'elle d'une trentaine de centimètres, et elle est venue nous la présenter. D'une main elle tenait délicatement le dessus de sa tête, de l'autre son épaule. Puis elle s'est penchée pour la coucher doucement sur le sol, au pied de notre lit. Elle refoulait ses larmes en nous regardant d'un air grave. Nous l'avons serrée dans nos bras et raccompagnée dans sa chambre, où elle a fini par s'endormir. Nous nous sommes recouchés. Nous avons encore parlé ; Vir s'est assoupie. Je me suis recroquevillé, transi. Je savais ce qui m'attendait. Les pensées tourbillonnaient dans mon esprit. J'aurais du mal à m'apaiser. C'était à prévoir, je ne dormais plus depuis des semaines, déjà. Des visions de Mym se bousculaient à l'intérieur de moi : Mym devant l'entrée des HEC au début de notre vingtaine, qui me crie quelque chose que je n'entends pas ;

sérieuse et émue lors de notre mariage ; rongée par l'inquiétude après son diagnostic ; immobile et comme dissemblable à elle-même, retirée de son corps, dans un cercueil ce matin-là. Les souvenirs, ou plutôt les images de la journée de notre mariage se sont peu à peu imposées, elles se sont animées, comme auréolées d'un halo de vie, de chaleur et d'émotions contradictoires et prégnantes, elles ont fait écran aux pensées morbides, si bien que je m'y suis accroché. Nos existences, à Vir, à Mym, à Édouard et à moi, s'étaient liées ce jour-là d'une manière qui ne me quitterait plus, et la conscience de ce que j'étais, de ce dont j'héritais, avait atteint une sorte de paroxysme, un paroxysme impossible à comprendre sur le coup, d'auspices et de signes, de déni et de stress, d'angoisses et de paranoïa, d'amour et de soulagement. Tout me revenait : mon insomnie, les médicaments, ma dent brisée, le comportement erratique d'Édouard, les anneaux oubliés, le cœur du frère André, le discours de ma mère, ses confidences sur le mauvais œil, l'apparition de Baddredine et Constance, l'hirondelle tatouée de Mym, les yeux de mon père.

Mon protocole a échoué. On le sait, je ne dormirai pas cette nuit ; mes tentatives pour attirer le sommeil, l'une après l'autre, sont restées vaines, suscitant plutôt dans mon esprit un maelström d'images. Je me suis résolu à m'installer à la table de la cuisine. J'ai ouvert mon cahier et me suis mis à écrire. J'ai accueilli les images qui m'obsédaient et j'ai accueilli les phrases les légendant, je les ai laissées venir pêle-mêle sans chercher

à organiser le désordre. J'observais, j'écrivais. Je laissais venir les phrases qui me rendaient à ma souffrance,
à la vérité de ce que je vivais, à celles et ceux que j'aimais, mes parents, Vir, Dodi, Mym, Mym vivante qu'il
fallait laisser partir et que je voulais violemment faire
revivre. Je ne barrais plus la route à ce qui me faisait
mal. Je le consignais. Je voyais Mym dans sa robe jaune,
Mym lumineuse, et je voyais mon père, petit garçon
de cinq ans et des poussières, dans une pièce sombre,
tendue d'épais rideaux noirs, qui apprenait encore et
encore l'atroce nouvelle, la nouvelle que sa mère était
morte. Je les voyais tous les deux, Mym et mon père,
pris dans ce passé qui ne reviendrait jamais, fondus,
scindés, et je me voyais, moi, égaré dans la forêt des
signes, aveuglé par ma foi en la littérature, qui cares-
sais l'espoir naïf de les sauver.

Je viens de poser mon stylo sur la table, je regarde
le cahier dont j'ai noirci plusieurs pages, oubliant les
heures, cinq grandes pages, format A4, recouvertes
de phrases et de schémas qui retracent la vie de mon
père. De courts paragraphes, des dessins gribouillés, çà
et là des notes à propos de choses à acheter, à faire, à
abandonner. Je referme le cahier, lève les mains devant
mes yeux. Elles tremblent. Je les sens trembler. De
nouveau je découvre – je sais – que ça ne va pas, qu'il
y a des mois que ça ne va pas. Tout va recommencer,
encore. Tout ne peut pas recommencer. Les paniques,
l'insomnie, l'hôpital, les obsessions, les médicaments.
Ça a déjà recommencé. Je reprends du Xanax depuis

novembre. Je garde sur moi dix comprimés en permanence. Je gère ma consommation depuis novembre et m'enfonce plus profondément dans l'impasse, paralysé par l'habituelle double contrainte : soulager l'angoisse, mais vivre avec une dépendance aux calmants. Je sais que, cette fois, la réponse à ma souffrance ne pourra se limiter à ces vains mouvements de yoyo. Je ne veux pas revivre un sevrage de plus. Je ne veux pas en arriver à ce jour où, prenant la dose maximale, j'aurai besoin d'une dose plus forte et serai acculé au mur. Je commence à accepter une autre voie, j'envisage de suivre les recommandations de ma psychiatre : depuis une quinzaine d'années, elle propose de me prescrire des antidépresseurs. Cette possibilité me fait peur. Ce traitement me fait peur. Mes mains tremblent devant mes yeux. Pour ne pas y penser, pour les occuper, je rouvre le cahier et me remets à écrire. J'écris une sixième page, je note tout ce que je peux me rappeler de Mym, j'écris lentement, tirant avec délicatesse le fil du souvenir. Je me demande où est son poisson, le petit poisson en or, aux yeux en turquoises, le petit poisson qu'elle serrait dans son poing et embrassait pour éloigner le malheur. Je redresse la tête. Il fera bientôt jour. Je pose mon stylo et lis ces pages arrachées à l'insomnie, je les relis puis reviens en arrière pour lire les précédentes. En haut d'une page, à droite, un nom, souligné d'abord, encerclé au marqueur bleu ensuite. Un nom à consonance italienne, celui d'un analyste, qui m'a été donné par ma psychiatre lorsque je lui ai dit en novembre que je cherchais quelqu'un de bien pour m'aider, pour m'accompagner. Sous le nom, un numéro de téléphone que je composerai tout à l'heure. Je laisserai un message sur la boîte vocale. Quelques semaines plus tard, je gravirai Redpath-Crescent, à cinq minutes à pied de mon bureau à McGill, je franchirai la porte du cabinet et me présenterai à un homme de l'âge de mon père. Je m'allongerai sur le divan et je commencerai à parler. Ces visites au sommet de Redpath-Crescent deviendront au fil des mois une habitude qui se répétera des centaines de fois, un rituel qui m'aidera à accepter que je suis un mari à mon tour, un père à mon tour. Ce travail de tant d'années, ce travail d'écriture et de lecture de moi-même par la parole m'aidera à comprendre comment, prisonnier de la colère, de la honte et du déni, j'ai construit un récit où me cacher, où me mettre à l'abri de la vérité. Aujourd'hui, j'ai dit adieu à ma meilleure amie, partie dans les glaces de janvier. Aujourd'hui, tandis que la nuit s'achève, je n'y vois pas encore clair, mais au moins j'ai ouvert les yeux. Et le passé revient, sous la forme de souvenirs, de souvenirs de Mym pleine de vie le jour de notre mariage dans la chaleur de juillet, d'images qui viennent à ma rencontre dans une septième page au lendemain de ses funérailles, tandis que le jour se lève et que j'arrive au seuil d'une lucidité nouvelle.

*

Un taxi klaxonnait à répétition dans le stationnement.

L'horloge indiquait deux heures du matin. Constance et Baddredine étaient partis depuis une quarantaine de minutes, suivis de la plupart de nos invités. La Toundra baignait maintenant dans la lumière dense et froide des néons. Je tenais à peine debout, Mym et Vir me regardaient en se retenant de pouffer. Jakobson avait ramassé les nombreux sacs-cadeaux encore au vestiaire, qui lui faisaient de chaque côté du corps deux gros buissons froufroutants de papier de soie multicolore. Il nous attendait à l'écart, en bras de chemise, les manches roulées, bâillait en serrant les dents. Ma mère et Mym partageaient un taxi – c'était sans doute le leur, dehors. Mais les derniers au revoir de ma mère s'étiraient en longueur, les rires, les triples bises, les compliments, les ultimes anecdotes, les accolades, les *mabrouk!,* les promesses de se revoir. Il y a eu une longue note de klaxon insistante et irritée. Je commençais moi-même à m'impatienter, et je craignais que mon père, assis jambes croisées à Shawinigan, le visage pensif ou absent, sorte de sa rêverie pour venir s'en mêler. Le chauffeur a fait irruption sur les entrefaites :

— Madame Myriam, madame Yolande? a-t-il appelé au hasard. Ou bien vous venez, ou bien moi, je repars sans vous !

Il est ressorti aussi brusquement qu'il était entré. La porte de La Toundra ne s'était pas encore refermée qu'on l'a entendu claquer la portière de son taxi. Ça a déridé mon père, qui a ri de bon cœur.

— C'est un Syrien, a dit ma mère, piquée au vif. C'est

toujours comme ça, avec les Syriens, ils sont très agressifs. Et toi, Shafik Elias, tu devrais venir saluer les gens plutôt que de te moquer dans ton coin!

— Mais j'ai salué tout le monde, *ya* Lola, a dit lentement mon père, sur un ton faussement accablé. Mets-toi à la place du chauffeur! Ça fait cinq minutes qu'il poireaute.

— Il n'avait qu'à ne pas arriver si vite! Est-ce que je vais lui klaxonner au mariage de sa fille, moi?

Mon père a soupiré pour la forme. Mes parents se houspillaient plutôt par habitude que par inimitié réelle, et ma mère était trop enjouée pour que ça dégénère. Mon père s'est levé et a regardé sa montre.

— Je vais aller le voir pour m'assurer qu'il vous attende.

Et il est sorti dans le stationnement.

Vir s'est approchée de ma mère.

— C'est pas grave, Yolande. C'est le temps de partir pour tout le monde, de toute façon.

Ma mère lui a pris les mains avec affection.

— Merci de ta présence ce soir, a repris Vir, tu as mis plein de joie dans la soirée.

— Merci à toi, Virginie, tu es si belle! Je t'aime! lui a répondu ma mère en l'embrassant.

J'étais debout à leurs côtés, souriant, épuisé. J'ai fait un pas en direction de ma mère pour lui donner l'accolade, elle s'est blottie dans mes bras. Puis elle s'est reculée d'un mouvement énergique en levant les paumes vers le ciel.

— Je vous demande une seule chose, pour l'amour de Dieu, ne faites pas d'imprudences au Caire. S'il vous plaît, s'il vous plaît. Surtout toi, m'a-t-elle dit en me pinçant la joue. Ne mange pas les falafels vendus par les fellahs sur la rue, tu entends?

— Tu m'as toujours interdit d'en manger ici, Ma, je vois pas pourquoi je commencerais là-bas.

— Parce que je ne pourrai pas te surveiller!

— Tu devrais pas t'en faire, Yolande, a dit Mym. Un voyage de noces, ça se passe pas mal juste dans la chambre d'hôtel...

— J'ai tellement hâte d'être grand-mère, si tu savais, *ya* Myriam!

— Inch Allah! a lancé Mym.

— Bonjour la pression! a dit Vir.

À Addis-Abeba, Édouard dormait comme un bienheureux, ronflant sous la lumière blanche, isolé derrière un arrangement chaotique de chaises. Il dormait dans une posture étrange, évoquant la sculpture abstraite et le folioscope, comme si se superposaient en un seul tableau trois temps, trois états successifs de son endormissement. On aurait pu qualifier sa posture d'assise-affaissée, ou de semi-étendue-recroquevillée; il ne dormait ni tout à fait sur le dos ni sur le flanc, comme en équilibre entre les deux. Son visage était pourtant détendu, et sa bouche, entrouverte. Il avait déplié sur sa poitrine une serviette de table, comme une petite couverture.

— Qu'est-ce qu'on fait de lui? ai-je dit. C'est pas trop sur votre chemin...

— C'est le fils de mon frère, et le garçon d'honneur, a répliqué ma mère. Emmenez-le jusqu'au stationnement, et je m'occupe du reste.

— Merci, *ya mama*. Je t'aime.

— Je sais, *ya ebni*.

Le cœur réchauffé, j'ai regardé ma mère s'éloigner d'un pas décidé vers le taxi, et j'ai eu un élan de sympathie pour le chauffeur, qui comprendrait vite qui fixait les ultimatums en ce bas monde.

*

— Ça te gêne pas, ce petit détour, Élie ? a demandé Vir.

La Toundra disparaissait derrière nous. Une partie des sacs-cadeaux se trouvaient entassés sur le siège passager, le reste avait été mis dans le coffre. On roulait en direction du pont des Îles.

Le col de sa chemise déboutonné, mon père chantonnait à voix basse *Ahsan Nas,* de Dalida, qui avait joué plus tôt. Il avait l'air fatigué lui aussi. Il a répondu :

— Tout pour te faire plaisir, ma Vir adorée.

— Merci pour le lift, Pa. Nos invités ont dû mobiliser tous les taxis de Montréal.

— De rien, *ya baba*.

J'ai posé la tête sur l'épaule de Vir et j'ai fermé les yeux, profitant de l'air sec de la nuit qui s'engouffrait dans l'habitacle.

— Tu vas avoir une journée entière dans l'avion pour te reposer, a dit mon père.

— J'en ai besoin, ai-je dit sans bouger.

— Je trouve ça drôle, quand tu appelles Alain «*ya baba*».

— Ça sort tout seul. C'est une manière pour nous, au Liban, en Égypte, de nous adresser à nos enfants. En arabe, c'est naturel.

La voiture venait de franchir le pont de la Concorde, et nous roulions vers l'ouest sur l'avenue Pierre-Dupuy, qui offrait à ma droite, derrière l'eau noire des bassins du Vieux-Port, une excellente vue sur l'horizon montréalais. Pas de navires dans le havre cette nuit-là. Mon regard effleurait presque sans s'en rendre compte la façade aux lignes strictes du Palais de justice, la silhouette vaguement pyramidale de l'édifice Aldred, premier gratte-ciel de Montréal, où mon père avait travaillé brièvement quand il était arrivé ici – il me l'avait rappelé la veille. Pendant un temps, les murs aveugles du Silo nº 5 ont occupé tout mon champ de vision, puis j'ai reconnu les gigantesques colonnes de béton blanc de la tour de la Bourse et la flèche du 1000 De La Gauchetière. Mon père s'est engagé sur l'autoroute Bonaventure entre deux clignotements de l'enseigne de FARINE FIVE ROSES, à laquelle manquaient des lettres, et peut-être ai-je aussi cligné des yeux : j'ai eu l'impression de lire FARE LI RO. La voiture a ralenti sur l'autoroute surélevée, s'immobilisant au feu rouge à l'intersection de University et de Notre-Dame. Pour Virginie, j'ai pointé du doigt le Tour de Ville, structure octogonale surmontant la tour de l'hôtel Delta. Elle connaissait, bien sûr.

— Faut qu'on y aille ensemble, a-t-elle dit.

— En tout cas, ton mari était nerveux, hier soir, au restaurant...

— Moi aussi, Élie. J'étais au spa avec Mym et j'avais du mal à en profiter.

— Pa, tu as beaucoup parlé du divorce, hier...

Mon père a eu une expression de surprise, comme s'il avait oublié le long monologue que, de fil en aiguille, il avait fini par faire.

— Alain a peur qu'il nous arrive la même chose qu'à Yolande et toi, a dit Vir. Mais on est des gens différents, c'est une autre époque...

Au square Victoria, la voiture s'est immobilisée entre la statue de la reine et l'entrée Guimard. Vir m'a pris la main. Mon père est resté songeur pendant un long moment, puis il a coupé le contact. Des travaux de voirie entravaient la route à l'est de Saint-Antoine, on ne pouvait pas continuer. Mon père s'est retourné et a cherché mon regard.

— Je sais qu'on t'a fait du mal, Alain... Mais tu vas voir : avec le temps, la douleur s'apaise.

On aurait dit une promesse. Il a repris sa position en soupirant, les deux mains sur le volant, comme s'il s'apprêtait à redémarrer. Aucun de nous n'a bougé. On entendait quelques éclats de voix, et la rumeur diffuse du trafic sur l'autoroute Ville-Marie. Après une minute ou deux, je me suis penché vers mon père.

— Pa, on va faire le reste du chemin à pied. On va prendre un peu d'air.

— Attendez, a dit mon père.

Il a soupiré de nouveau, profondément, exactement comme Édouard ce midi dans la remorqueuse. Vir et moi, nous nous sommes regardés. Le connaissant, je savais qu'en temps normal mon père serait descendu de la voiture pour aller ouvrir la portière à Virginie, qui serait descendue à son tour. Il aurait attendu que je les rejoigne, puis nous aurait donné l'accolade et souhaité bon voyage. Or il restait assis, hésitant, fixant le chantier plus loin devant nous. On a attendu. Je me suis demandé quelles émotions le réduisaient ainsi au silence. Vir et moi n'osions pas bouger ni parler.

— Tu vis des moments difficiles, Alouna, a-t-il repris, d'une voix rauque, incertaine, la tête légèrement tournée vers nous. Je l'ai senti hier et je l'ai vu ce soir. Tout le monde l'a remarqué, nous ne sommes pas aveugles. Tu es sorti pendant mon discours, tu es resté la moitié de la soirée dans les jardins, tu as perdu connaissance. Tu as peur, tu te sens en danger, la peur et le danger te font mal. Je suis passé par là, crois-moi. Peut-être pas de la même manière, mais je suis passé par là, et laisse-moi te dire : c'est toujours plus de peur que de mal. C'est la peur elle-même, avec les années, qui est le mal. Tu dis que tu te sens faible, mais un jour tu réussiras peut-être à accepter cette faiblesse. Elle te rendra non pas plus fort – la force est une illusion, Alouna –, mais plus apaisé, plus serein. Notre maladie nous fatigue, elle nous fatigue toujours plus... Et elle est humiliante, elle est humiliante et ne s'en va pas. Nous avons mal, et

491

parfois la douleur nous vole toute notre énergie. Mais il ne faut pas en avoir honte. Il ne faut pas la craindre. Tu as en toi une grande détermination, une soif, une volonté qui te permettront d'accomplir les choses qui t'importent. Les autres ne connaissent pas la peur que tu ressens, ils ne sont pas habités par l'urgence qui t'habite. Vous m'écoutez, Virginie et toi, et peut-être que vous entendez un homme de cinquante-huit ans qui vient de marier son fils. Moi, il m'arrive de me sentir encore comme un fils. Elle n'est pas loin, cette souffrance qui m'a frappé, enfant. Elle est encore là. Je ne sais pas quoi en faire, où la mettre. Quand je prie, je cherche un refuge, je psalmodie, mais elle revient, cette souffrance, je revis chaque épreuve, je suis à nouveau dans les rues de Cleopatra, j'ai l'âge que tu avais quand les chicanes ont commencé avec ta mère. Moi, à cet âge, j'avais perdu la mienne. Je ne comprenais pas, je ne comprends toujours pas. La vie est ainsi. Tout ce qui me reste de ces années-là, c'est cette peur que tu vis aussi, cette peur qui a grandi en toi, cette peur qui m'a construit, cette peur que tu as peut-être reçue avec mes gènes. Mamy est morte quand j'avais cinq ans, et je porte ce choc en moi. Ma vie aurait peut-être été différente si j'avais su en parler. Je suis content que tu aies vu une psychologue, adolescent. Tu devrais recommencer. Moi, la culpabilité m'a déchiré l'intérieur. À l'adolescence, on m'a dit à l'hôpital que mes diarrhées étaient causées par la nervosité, et quand ils ont découvert l'existence de cette maladie, ils m'ont bourré de cortisone.

Il n'y avait pas d'autre traitement. C'est en Suisse que j'ai commencé à avoir de l'espoir, on y avait développé d'autres médicaments, une autre approche. C'est pour ça que je suis parti, que j'ai émigré. J'ai quitté l'Égypte parce que j'étais condamné à y être malade. Je suis arrivé presque par hasard ici, dans ce pays de froid, puis j'ai connu ta mère, *ya* Alain, et nous nous sommes mariés. Ta mère, ta grand-mère, ses frères, ils formaient un clan, c'était nouveau pour moi, qui étais orphelin. Je peux te dire que ça n'a pas toujours été difficile avec ta mère. Nous avons été heureux. Mais j'en ai voulu plus, plus d'argent, plus de moyens. Je me suis jeté dans le travail. J'ai commencé à voyager, j'étais tout le temps parti. Quelque chose entre Yolande et moi s'est brisé. J'ai voyagé pour l'argent puis j'ai voyagé pour fuir la maison. J'ai laissé ta mère seule avec toi. Je t'ai laissé seul avec ta mère, je le sais. Elle m'en a toujours voulu pour ça. Elle n'était pas bien. Du matin au soir, elle avait le nez plongé dans son dictionnaire médical, à véri-fier si tu étais malade. *Votre corps : mille secrets mille dangers,* c'était le titre... Yolande était dévorée par l'an-goisse. Et moi aussi. Je m'en rends compte, à présent. Le divorce devait nous aider, tu imagines... Même toi, tu n'arrives pas à en parler, ou alors tu ne veux pas. Et après le divorce, il y a eu la pire épreuve de ma vie, ce jour où du Mont-Saint-Louis ils t'ont amené de force à l'hôpital Sainte-Justine, et où ta mère et moi on a compris que tu avais dépéri sous nos yeux sans qu'on s'en aperçoive. On s'engueulait tellement qu'on n'avait rien vu... Tu avais les yeux sanguinolents, ils ne s'ouvraient plus à cause du pus des conjonctivites. Et c'est là qu'on m'a appris que tu avais ma maladie. Ce jour-là, je me suis effondré.

Mon père parlait avec un calme contrôlé, les phrases, lentes, se succédaient, sans intonation particulière, alors que les larmes coulaient le long de ses joues.

— Je me suis battu toute ma vie, et ça m'a coûté cher. Je travaille depuis trente ans, et personne ne sait pour ma maladie, personne ne sait ce que j'ai enduré, ce que j'ai vécu, et je veux que ce soit comme ça jusqu'à la fin... Mais c'est une erreur, c'est donner trop d'importance à ce que pensent les autres. La vie commence et elle nous échappe déjà.

Mon père a enfoui son visage dans ses mains. Sa tête était inclinée, il a fait non en la secouant de gauche à droite, comme s'il réalisait tout ce que cette lutte intime lui avait coûté, tout ce qu'elle lui avait infligé. Il a laissé échapper un bref sanglot, aussitôt ravalé. Il a retiré ses lunettes, a soufflé sur les verres puis les a remises en se raclant la gorge. Il a plongé ses yeux rougis dans les miens.

— Fais mieux que moi, mon fils. Ne te condamne pas à être malade et à avoir peur. Fous-toi de ce que les autres pensent. Fais ce que tu aimes, *ya baba*. Fais ce que tu veux, ce que tu veux vraiment. Écoute-toi, écoute ce qui parle en toi. Et même si ce que tu entends t'inquiète, même si ce que tu entends t'apparaît insensé, fais-toi confiance. Tu trouveras la joie et la paix. Trouvez la joie tous les deux, les enfants.

*

En chemin vers l'InterContinental, nous débouchons depuis la rue Saint-Antoine Ouest sur la place Jean-Paul-Riopelle, déserte, où se font face les panneaux multicolores du Palais des congrès et les hautes façades de verre de la Caisse de dépôt, entièrement éclairée. Tandis que nous longeons l'immeuble, Virginie suit des yeux le vaste réseau de tubes blancs qui grimpent à divers angles derrière les parois jusqu'aux étages supérieurs.

— On dirait une araignée géante... Regarde, les colonnes blanches, les tubes, c'est comme des pattes gigantesques. On dirait une machine-araignée monumentale qui se déplace dans une boîte de verre...

— La boîte de verre la plus chère de Montréal...

— Je faisais une image, Bibou, réplique-t-elle. Je m'émerveillais. Tu dis toujours qu'il faut prendre le temps de s'émerveiller.

— Je suis pas mal sûr que j'ai jamais dit ça, mon amour.

— Tu écris des poèmes, c'est pareil..., dit-elle en s'appuyant sur mon bras pour enlever ses sandales. On a eu quelques réunions ici pour le financement du train à grande vitesse. Le jour, la lumière naturelle remplit l'atrium, c'est hallucinant.

On se remet en marche, Vir d'un pas d'abord hésitant, comme si elle devait se réhabituer à sa posture naturelle. Elle me raconte par bribes ses dernières vingt-quatre heures, les moments où l'on n'était pas ensemble, la soirée avec Mym au spa, la matinée chez ses parents, le salon de coiffure, son arrivée à l'Oratoire. Ses sandales se balancent au bout de ses doigts, elle préfère continuer pieds nus, elle a trop mal aux chevilles et aux mollets, on est presque arrivés, de toute façon, et puis les trottoirs, dans ce coin du centre-ville, sont impeccablement balayés.

Quand nous pénétrons dans notre chambre, au vingt-quatrième étage de l'InterContinental, on a l'impression d'entrer dans une bulle de verre noire flottant dans le ciel montréalais, entourée de lumière. Nous avons réservé la suite tourelle, qui offre une vue à trois cent soixante degrés sur le centre-ville. J'allume le plafonnier. Vir laisse tomber ses sandales et va se poster devant l'une des grandes fenêtres. Je délace et retire mes chaussures en soupirant d'aise.

— Viens m'aider avec ma robe.

Je la rejoins et l'aide à dégrafer les attaches dans son dos. Elle s'extrait de la robe en la tirant doucement le long de ses hanches.

— Si tu savais comme ça fait du bien!

Je ramasse la robe par terre et l'étale sur le canapé. Des pâtisseries et une corbeille de fruits sont disposées sur la table basse. Je déboutonne ma chemise à moitié puis m'allonge sur le lit pendant que Vir sort sa trousse de toilette de sa valise. Elle disparaît dans la salle de bain. Il est 2 h 42, et la journée sera bientôt finie, enfin. Je fixe le plafond en stuc, pour faire le vide dans mon esprit. Je n'ai pas envie de ressasser maniaquement les paroles de mon père. Pas tout de suite. Je regarde le plafond et m'imagine être un pilote de brousse survolant le désert Libyque, où je vois s'élancer des troupeaux de gazelles à cornes fines que pourchassent les guépards, où je vois, épars et minuscules, les loups d'Égypte et les renards faméliques, et plus loin encore, progressant avec lenteur, une colonne de dromadaires. Au terme d'une longue boucle, je survole l'oasis du Fayoum et continue vers Le Caire, au-dessus des flamants roses qui s'ébrouent sur les bords du lac Qaroun. La fatigue aidant, j'ai bientôt la sensation de quitter mon corps, et un frisson d'angoisse me traverse de part en part. C'est assez, dis-je à voix haute. Je pose les pieds sur l'épaisse moquette et me lève. Dans la salle de bain, Virginie, en culotte et en t-shirt, les cheveux retenus par un bandeau, se tamponne délicatement les paupières et les joues à l'aide d'un coton démaquillant. J'abaisse le couvercle des toilettes et m'assois.

— Tu m'en veux pas trop ? Je veux dire, d'être comme je suis ?

— Tout le monde a eu une belle journée, Bibou. Tu as vu le sourire de ta mère quand elle est partie ?

— Oui, c'était beau.

— Ce que tu as vécu aujourd'hui, avec Édouard, avec ta mère pendant la signature des registres, les Xanax, je sais que c'est difficile. Je sais que tu vis des choses difficiles. Mais je suis avec toi et je t'aime, même si j'arrive pas toujours à me représenter ces choses-là.

— Je t'aime aussi, Bibou. Mais… ça te fait pas peur?

— Je sais dans quoi je me suis embarquée.

— On dirait que je commence à peine à comprendre…

— Ça s'en ira pas par magie, Alain, tu sais.

— Je sais. Je vais devoir apprendre.

— À vivre avec la souffrance?

— J'ai pas le choix.

— L'accepter, c'est un début.

— Tu regrettes pas?

— De t'avoir épousé? D'être amoureuse de toi? De rire de tes niaiseries? D'avoir à lire tes poèmes? Oui, je regrette tout ça, infiniment…

— Arrête, Vir… Je suis sérieux.

— Non, je regrette pas. Je sais qui j'ai épousé.

— Un maudit paquet de troubles?

— Bien résumé.

NÉ À MONTRÉAL en 1979 de parents libanais d'Égypte, Alain Farah enseigne la littérature française à l'Université McGill. Au Quartanier, il a publié *Quelque chose se détache du port* (2004), *Matamore nº 29* (2008) et *Pourquoi Bologne* (2013). Il est également l'auteur d'un essai, *Le gala des incomparables : invention et résistance chez Olivier Cadiot et Nathalie Quintane,* paru en 2013 aux éditions Classiques Garnier, et d'un roman graphique, *La ligne la plus sombre,* en collaboration avec Mélanie Baillairgé, paru à La Pastèque en 2016. Il a signé en 2017 l'adaptation théâtrale du *Déclin de l'empire américain* de Denys Arcand, produite par le théâtre PÀP dans une mise en scène de Patrice Dubois, créée le 28 février 2017, et dont il y a eu près de quatre-vingts représentations.

FLEURY, Sara-Ànanda, *Western spaghetti*
FRICKE, Lucy, *Les occasions manquées*
  (trad. de l'allemand par Isabelle Liber)
FROST, Corey, *Tout ce que je sais en cinq minutes*
  (trad. de l'anglais par Christophe Bernard)
GAGNÉ, Louis, *Une mouche en novembre*
GAGNON, Martin, *Les effets pervers*
GAGNON, Renée, *Des fois que je tombe*
GAGNON, Renée, *Steve McQueen (mon amoureux)*
GAGNON, Renée, *Emparée*
GENDREAU, Vickie, *Testament*
GENDREAU, Vickie, *Drama Queens*
GENDREAU, Vickie, *Shit fuck cunt*
GIGUÈRE, Nicholas, *Freak Out in a Moonage Daydream*
GIRARD, Rodolphe, *Marie Calumet*
HUYGHEBAERT, Céline, *Le drap blanc*
LAFLEUR, Annie, *Rosebud*
LAFLEUR, Annie, *Bec-de-lièvre*
LAFLEUR, Annie, *Ciguë*
LALONDE, Catherine, *La dévoration des fées*
LALONDE, Catherine, *Cassandre*
LALONDE, Catherine, *Corps étranger*
LAMBERT, Vincent, *Mirabilia*
LAPERRIÈRE, Charles-Philippe, *Barbare amour*
LAPERRIÈRE, Charles-Philippe, *Gens du milieu*
LAUZON, Mylène, *Holeulone*
LEBLANC, David, *Mon nom est Personne*
LEDUC, Simon, *L'évasion d'Arthur ou La commune d'Hochelaga*
MACKAY, Xavière, *Pont Rhodia*
MACKAY, Xavière, *Contrées*
MALLA, Pasha, *Nos grands-pères les fantômes*
  (trad. de l'anglais par Christophe Bernard)
MORIN, Alexie, *Chien de fusil*

Notice typographique

MILLE SECRETS MILLE DANGERS est composé en
LL Bradford Book 11 sur 14. Créé par Laurenz Brunner
sur une période de dix ans, commercialisé en 2018 par
Lineto, le caractère LL Bradford est une réinterpréta-
tion contemporaine du Römische Antiqua. Dessiné par
Heinz König, le Römische Antiqua est publié en 1888 par
la fonderie allemande Genzsch & Heyse et se retrouve
quelques années plus tard à New York, vendu sous le nom
de Bradford Old Style par la A. D. Farmer & Son Type
Founding Company. Caractère de synthèse, LL Bradford
porte également l'écho de Plantin, gravé sous la direction de Frank Hinman Pierpont (1913, Monotype), et de
Times New Roman, de Stanley Morison et Victor Lardent,
créé pour le journal anglais *The Times* (1932). Comme
ses prédécesseurs, il consiste en un romain ancien moder-
nisé, plus économe et plus noir, avec un œil plus gros
et des jambages raccourcis. ¶ Né en 1980, LAURENZ
BRUNNER vit à Zürich, où il a fondé Source Type, un
centre de recherche sur la typographie. Il a aussi créé
LL Akkurat (2004) et LL Circular (2013).

Achevé d'imprimer au Québec
en septembre 2021 sur papier Enviro Édition
par l'Imprimerie Gauvin.